KB273519

기억된 미래

— 연극·영화론집

김남석

보고사

연극과 영화를 공부한다는 것

나는 영화를 학문적으로는 공부하고 싶지 않았다. 좋아하는 일이 직업이 되는 순간, 그 일이 반복적 일상으로 전락하고 흥미가 반감되는 현상을 경험해 왔기 때문이다. 그래서 영화만은 순수한 취미로 남겨 놓고 싶었다.

하지만 이 소망은 뜻대로 되지 못했다. 어느새 나는 시나리오로 박사학위를 받은 연구자가 되어 있었다. 영화평론가가 되어 영화평론을 써 본 적은 없지만, 알게 모르게 영화에 대한 단상을 발표하기도 했다.

이럴 바에는 전문적으로 연구하자, 결심하고 과거의 시나리오를 찾아 읽기 시작했다. 오영진 연구가 대표적인 경우이다. 나는 오영진에게서, 연극에서 영화로 갈라지는 길을 보았다. 아니 연극과 영화가 공존하는 길을 확인했다. 오영진은 한편으로 연극을 하면서 다른 한편으로는 시나리오와 영화를 공부했다. 오영진을 만난 적은 없지만, 그의 일생과 용기 있는 결단 그리고 두 분야에 대한 애정은 나의 귀감이 되기에 충분했다.

오영진의 시나리오는 현대의 시나리오와는 다르다. 오영진의 시나리오는 정돈된 문학 작품 같다. 영화 하는 사람들이 보기에는 지나치게 얌전하다고 할까. 그러나 오영진의 시나리오에는 연극에서 영화로 가는 전시대 사람들의 고민이 담겨 있다. 오프닝 신을 어떻게 구축할 것인가. 같은 소재를 영화와 연극으로 만들 때는 어떻게 달라져야 하는가. 카메라의 시점과 미학을 위해 어떠한 설정을 제시해야 하는가. 그리고 시나리오란 무엇인가에 대한 질문과 답안이 들어 있다. 고백하자면, 오영진의 질문을 상기하고 그의 답안을 찾고 다른 답안을 생각하는 일은 무척 흥미로웠다.

현재의 연구 풍토에서, 영화와 연극의 길이 겹쳐질 수는 없을 것이다. 그러나 두 분야는 우리가 상상하는 이상으로 밀접하다. 나는 독립된 두 개의 분야에 가교를 놓는 역할을 누군가 다시 해야 한다고 믿는다. 영화는 연극으로부터 배울 바가 적지 않으며, 연극은 우월감을 버리고 영화를 벤치마킹해야 한다.

이 책은 그 배울 바를 '기억된 미래'라고 했다. 과거의 연극에서 현재의 영화가 나왔다는 점에서, 과거의 연극에는 미래의 영화가 기억되어 있다. 영화의 성장은 연극의 미래를 가늠하는 척도가 되는데, 그 척도를 꺼낼 수 있다면 연극의 미래도 한층 밝아질 것이다. 과거의 연극을 통해 영화가 성장했다는 기억도, 현재의 우리 예술이 배워야 할 점이다. 이것 또한 과거의 예술에 담겨 있는 '기억된 미래'이다. 나는 나의 책이, 이러한 고민에 대한 자극으로, 미래에 대한 전망으로 작용할 수 있기를 진심으로 바라마지 않는다.

학문은 순수 분야이다. 동의한다. 그러나 그 순수가 목적 없는 순수가 되어서는 곤란하다. 논문이 학문적인 결론을 얻기 위한 습관적인 연구의 산물이어서는 곤란하다는 것이다. 상아탑의 자기만족이어서도 곤란하다. 논문을 쓸 때마다 생각하는 것은, 나의 이러한 노력이 세상에 조금이라도 도움이 되었으면 하는 바람이다.

이 책은 시간의 순서로 꾸며졌다. 과거의 연극, 과거와 현재의 갈림길에서 만난 오영진의 시나리오, 그리고 동시대의 시나리오와 텔레비전 드라마. 이것은 우리 현실로 접근하는 연행예술의 계보이다(물론 엉성하고 자의적이지만). 이러한 계보를 통해 현재 그리고 미래의 연행예술이 흘러갈 것임을 확인할 수 있어 기쁘다. 그러나 아직은 너무나 부족해서 부끄럽다.

부산에서 김남석

차례

기억된 꽈거

사라진 공연의 흔적

제 1 부

1부 기억된 과거 : 사라진 공연의 흔적

근대극 도입기 연극 홍보 전략

1. 문제 제기

연극은 영화에 비해 관중 동원 면에서 불리하다. 철저하게 수공업적 공연 형태를 지향하기 때문에, 대량으로 필름 복사가 가능한 영화에 비해 공연 기회가 적게 마련이다. 대량 생산 체제가 근본적으로 불가능하다고 할 수 있다. 이를 극복하기 위한 방편으로 대형 공연장을 준비하기도 하지만, 공연의 질과 관객 만족도에 문제가 생기면서 이 또한 현명한 대안으로 인정받지 못하고 있다.

연극이 소수의 관객을 대상으로 해야 한다는 사실은 광고 홍보 전략에 상당한 영향을 미친다. 광고 홍보비를 감안할 때 관객을 일정 이상 수용할 수 있는 여건이 필요한데, 연극의 경우는 공연장 조건이나 공연 횟수 등에서 이러한 여건을 충족시키기 어려운 경우가 상당하다. 즉, 막대한 광고 홍보비를 사용할 경우 이를 상쇄시킬 실제 이익을 기대하기 어렵다. 따라서 영화와 같은 대중 예술 장르에 비해, 연극은 광고 홍보에 인색한 경향을 보인다.

대량 생산 체제의 불가능은 광고 홍보비의 부족과 효과 반감을 야기하고, 광고 홍보 부족은 관객의 수효를 확대시키지 못하는 결과를 낳음으로써 연극은 '영세 수공업적인 제작과 공연'의 체계 속에 갇히게 된다. 이 논문은 이러한 연극의 현황을 타계하고자 하는 의도하에 연구되었다. 현재의 연극 홍보에 관련된 사항들에 접근하기 위해서 과거 연극 홍보 사례를 분석하고 이를 토대로 현재의 모습을 점검하기 위함이다.

이 연구를 시작하면서 한 가지 문제점을 절감했다. 연극 관련 논문 중에서 광고와 홍보에 관련된 사안을 중점적으로 다룬 연구가 없다는 점이다. 최근 발간되고 있는 소수의 예술 경영 안내서 혹은 문화 정책 지침서 가운데, 나름대로의 기준으로 연극의 광고와 홍보에 대한 견해를 피력한 책은 더러 있으나 이것은 외국의 사례에 의존했거나 막연한 소신에 기댄 경우가 많아 신뢰할 만한 기준으로 삼기 어려웠다. 더구나 막연한 이론에 불과해서 실태를 짐작하기 어려웠다.

이에 과거로부터 우리 연극에서 발견되는 광고 홍보 사례를 일례별로 모아 점검하는 작업이 우선임을 인식했고, 이를 위해 대표적인 극단(식민지 시대 이전)에 주목할 만한 광고 홍보 사례를 수집했다. 객관적인 자료가 부족해서 연극계 원로들의 회고담이나 대담 자료 혹은 신문 기사 등의 일차 자료에 의거했음은, 주지하는 바와 같이 우리에게 이러한 인식이 희박함을 알려주는 증거이다.

가급적 여러 사람의 증언과 관점을 교차시켜 객관적으로 당시 광고 홍보 상황을 파악하려고 노력했다. 또 광고 홍보 방식에서, 변화하는 방식과 변화하지 않는 방식, 반복해서 사용하는 방식과 점차 발전시켜 활용하는 방식을 변별하기 위해서 노력했다. 외국에서 근대극이 도입되고 점차 발전하면서, 광고 홍보에 대한 인식은 증가하였으나 막상 현실적 여건으로 인해 주목할 만한 변화나 획기적인 개혁은 없었다. 그러나 과거의 상황을 재구하고 이로부터 우리 연극계 홍보 현황을 살피는 데에는 유용한 자료가 될 수 있도록 했다.

본고에서 근대극이란 일본을 통해 수입된 서구극 이후의 변화된 한국 연극을 가리키며 구체적으로 지적한다면 임성구의 <불효천벌>을 효시로 삼았다. 도입기는 근대극이 성장하는 일련의 시기를 통칭하는 명칭으로, 일제 강점기를 그 기간으로 설정했다. 그 중에서 대표적인 극단인 혁신단, 신극좌(김도산 일행), 토월회, 극예술연구회, 동양극장, 아랑 등을 대상으로 삼았다. 현대극장이나 고협 등의 극단은 자료 미비로 인해 이 연구에서 일단 제외시켰다.

2. 주요 극단의 홍보 전략

1) '마찌마와리'의 도입 : 최초의 신파극단 '혁신단'

임성구의 혁신단 창립 과정을 기술하고 있는 『신극사 이야기』에 따르면, 혁신단의 최초 공연은 남성사에서 열렸다. 당시 상황을 묘사하고 있는 안종화의 서술을 옮겨 보겠다.

초저녁 남성사 앞이다. 극장 정면에는 가로 된 커다란 틀의 간판이 붙었는데, 바탕은 백로지에 굵은 모필로 '혁신단 창립 동행'이라 썼고,

문턱에는 그 날 상연할 예제(藝題)를 백로지 작은 간판에 다음과 같
이 씌어 있었다.

광고

혁신단 일행　　　　　　　　來演

藝題 〈불효천벌〉　　　　　　七幕

　　　　　　　　밤 – 八時開演

그리고 좁은 골목 안에는 기름한 '혁신단 일행'이란 깃발이 날렸고,
손님을 부르는 날라리 소리가 큰 행길 밖으로 새어나갔다. 당시는 호
적(胡笛)을 통칭 '날라리'라 불렀다.1)

최초의 근대식 공연이라고 할 수 있는 〈불효천벌〉의 초연(1911
년 12월 초순)은 소박한 광고 효과만을 동반하고 있다. 극장 앞에 붙
은 간판, 백지에 쓴 극단 소개, 프로그램 안내가 전부이고, 골목 안
에 세워진 깃발과 역시 극장 앞을 맴도는 음악(날나리) 소리만이 공
연장임을 알리고 있다. 당시 신문에 이 공연에 대한 광고나 기사는
없다.

안종화는 이 공연에 관객이 거의 없었다고 증언하고 있다. 그러
면서 그 이유를 "'남성사' 관객이란 '협률사'로 잘못 알고 들어온
객이 대부분이었다"고 부연한다. 이것은 작품에 대한 광고 혹은 관
객을 대상으로 하는 선전 활동이 매우 미흡했음을 증명한다. 근대

---

1) 안종화, 『신극사 이야기』, 진문관, 1955, 92~93면.

극 최초의 연극 공연답게, 광고 선전 효과에서도 축적된 노하우를 가지고 있지 못했던 것이다.

연극 홍보의 실패는 공연(흥행)의 실패로 직결되었다. 당시 신파극은 조선 민중에게는 낯선 공연 양식이었다. 더구나 남성사[2]의 위치는 경성의 변두리(남문 밖)였고, 주변에 이를 뒷받침할 만한 고급 관객을 확보하지 못하고 있었기 때문에, 홍보 전략이 막중했다고 할 수 있다. 그럼에도 안일하게 대처한 것은 공연의 실패를 가져왔다. 하지만 이 공연을 통해 혁신단은 홍보 전략의 중요성을 인식하게 되었다.

혁신단의 다음 공연은 단성사에서 열렸다. 단성사 공연에서는 홍보 전략을 강화한 것이 주목된다.

이 때는 '혁신단 일행'이라고만 하지 않았고, '혁신단 임성구 일행'이라고 내세웠다. 단성사 초일에 비로소 처음으로 반나절 동안이나 광고대(廣告隊)가 돌았다. '혁신단 임성구 일행'이란 깃발과 호적대가 돌며 시내 샅샅이 광고지를 뿌렸다. 모두 이러한 광고 방식은 남성사 때에는 못했던 처음인 선전이었다. 단성사는 본시 모시라 대로(大路)에 면접했기 때문에 극장문 앞에 깃발들과 백로지에 써 붙인 예제 간판들이 오고가는 행인들의 눈을 끌었다.[3]

'혁신단'을 강조하는 문구에서, '임성구'를 강조하는 문구로 바뀌

---

2) 이두현은 당시 극장의 이름이 어성사(御成社)였고, 후대에 이름이 바뀌어 남성사(南成社)가 되었다고 밝히고 있다(이두현, 『한국신극사연구』, 서울대학교출판부, 1971, 46면 참조).

3) 안종화, 『신극사 이야기』, 앞의 책, 112~113면.

어 있다. 이것은 임성구의 이름을 '브랜드화'하고 이러한 '브랜드화'를 통해 기존 극단과 혁신단의 차별성을 강조하기 위함이다.[4] 광고 효과에 극장의 입지 또한 최대한 감안했다. 단성사는 시내 중심에 위치한 극장으로, 남성사와는 비교도 할 수 없을 만큼 요로에 위치하고 있었다. 같은 백지에 글자를 쓴다고 해도 유동 인구로 인해 그 효과가 판이하게 달랐다.

광고대가 시내를 돈 것은 중요한 사실이다. 당시 서울의 중심은 종로를 중심으로 한 사대문 안이었다. 그 곳은 지리적으로 그리 넓지 않았기 때문에, 요란한 악기를 동원하면 주목을 끌 수 있었다. 이를 통해 새로운 연극의 상연을 알리는 광고 효과를 거두었다.

윤백남은 당시 광고 효과가 대단했음을 증언하고 있다.

"구경갑시다"
"무슨 구경이낫오?"
"광고가 바루 굉장합디다 그려 朝鮮新派劇元朝란 '노보리'가 단성사 앞에 즉 늘어서고 바루 '마에게이끼'(前景氣)가 그럴듯합니다"
"임성구?"
물론 그(조일제 : 인용자)와 나(윤백남 : 인용자)나 일찍이 듣지 못했던 이름이다.
"신파원조 임성구라고 뚜렷이 '소메누끼'를 하여있던데"[5]

---

4) 기업이 자사의 브랜드 이미지를 높이기 위해 노력하는 이유는, '타사와의 경합에서 명확한 차별화'가 요구되기 때문이다(이견실, 『현대광고입문』, 나남출판, 1992, 135~136면 참조).
5) 윤백남, 「조선연극운동의 20년전을 회고(回顧)하며」, 『극예술』(1), 극예술연구회, 1934년 4월.

윤백남과 조일제는, 이전에 임성구의 이름을 들어 본 적이 없었다. 그러나 임성구의 연극이 시작되면서 그에 대해 듣기 시작했고 그의 연극을 보지 않을 수 없었다. 임성구의 이름이 알려진 것은 전적으로 신파극 덕분이었다. 임성구의 이름이 유명하게 된 계기는 '朝鮮新派劇元朝'라는 광고 때문이었다. 윤백남과 조일제도 그 광고를 보고 단성사를 찾게 되었다.

주목할 점은 두 사람이 남성사에서의 공연은 전혀 모르고 있었다는 점이다. 그들은 단성사에서의 공연이 임성구의 첫 번째 공연이라고 믿고 있었다. 다시 말해 남성사 공연은 홍보 부족으로 인해 전혀 알려지지 않은 상태였다. 또한 이를 통해 확인되는 것은 단성사가 가지는 교통의 이점이 광고 효과를 크게 증폭시켰다는 사실이다. 단성사 공연은 직접적인 광고 방식으로 실효를 거둔 공연이었던 셈이다.

당시 관객 중 하나였던 박진은 그 효과를 다음과 같이 증언하고 있다. "장안 한복판에서 하늘을 찌르고 퍼지는 징, 꽹과리, 날라리 소리는 장안 사람의 궁둥이를 들먹거리게 했다. 나는 그때 중붓골이라는 중곡동, 즉 지금의 장사동(長沙洞)에 살았으니 그 날라리 소리는 나를 매일같이 연흥사 문 밖에 불러내 세웠다. 대인은 10전, 소인은 5전, 출입구 옆 고좌(高座)에 앉은 사람이 나무패를 두두리며 핏대를 올리고 외쳤다. 그 위 높다란 곳에서는 호적 소리가 신이 났다"[6]

박진은 광고대의 순행과 더불어 극장(연흥사) 전면의 풍경도 보

---

6) 박진, 「임성구의 '혁신단'」, 『세세연년』, 세손, 1991, 26면.

여주고 있다. 출입구를 지키는 사람은 높은 의자에 앉아 자신이 눈에 잘 띄도록 하고 있다. 그리고 나무패를 두들기며 주목을 끌고, 연극에 대한 제반 사항을 알려주고 있다. 광고대와 별도로, 호적을 부는 사람도 배치한 것으로 보인다.

박진의 회고는 비단 연흥사 풍경만을 보여주는 것은 아니나, 이러한 증언을 참조하여 임성구 일행의 연흥사 공연과 홍보 전략을 살펴볼 수 있다. 임성구는 1922년 2월 18일부터 21일까지 연흥사에서 공연했다. 안종화는 단성사의 흥행이 끝난 후에, 임성구 일행이 사동 연흥사에서 공연했다고 증언하고 있다. 이러한 공연 일정과 연흥사 공연은 박진도 증언하고 있는 바이다. 이 때 임성구의 혁신단 공연은 신파극단 최초로 신문 광고를 실었다.

신파 연극 원조(元朝)
혁신단 임성구 일행

구 정월 1일부터 중부사동 연흥사(演興社)
에서 대대적으로 개연
초일의 연제
육혈포강도

개연시간
매일 오후 6시 30분

명치 45년 2월 18일
임성구 일행 주임 겸 사장 박창한

단성사 공연을 통해 이미 임성구 일행은 장안의 화제가 되었다
고 했다. 소위 말하는 '입소문'으로 임성구 일행과 혁신단의 연극은
충분한 홍보 효과를 거두었다고 할 수 있다. 그럼에도 연흥사로 공
연 장소를 바꾸었을 때에, 임성구 일행은 보다 공격적인 홍보 전략
을 구사했다. 먼저 작품을 바꾸고, 이전에는 하지 않았던 신문 광
고를 통해 대외적인 인지도를 확장하려고 시도한 것이다.

별도의 광고지를 통해 막의 제목과 출연진도 선전했던 것으로
보인다.7) 위에서 박진이 증언한 광고대도 이러한 확대된 홍보 전
략으로 인해 보다 강화된 형태였을 것이다. 이러한 다층적인 홍보
전략으로 인해 임성구와 그의 극단 그리고 그들의 공연 작품과 연
극 양식은 단시일 내에 서울 사람들의 주목을 끌게 되었던 것이다.

이러한 성공으로 인해 혁신단은 인천 흥업에 나서게 되었다. 인
천은 경인철도로 인해 비교적 가까운 거리에 위치한 지방 도시였
다. 임성구 일행이 인천에서 구사한 전략은 보다 극단 홍보가 강화
된 형태였다.

혁신단 개막을 알리기 위한 광고 일행이 돌았는데 그 행렬 모습이
협률사와는 다르다. 앞 뒤에 많은 깃발이 늘어섰고 호적 취주대와 함
께 단원 일행의 도보행렬이 보였다. 후일에는 인력거 행렬로 변해서
각각 단원의 명단을 달고 인력거 바퀴에까지 벚꽃 장치를 해서 호화
로운 선전을 했지만 초회에는 그러하지 못하였다. 혁신단 일행의 광
고행렬을 바라보는 인천시민들의 눈은 신기했다. 종전에는 볼 수 없

---

7) 이두현은 안종화가 소개했다고 밝히면서 당시 광고지의 내용을 공개했다(이두현,
『한국신극사연구』, 앞의 책, 49면 참조).

던 광고행렬이다. 협률사일행 같았으면 모두 상투이겠는데 보아한즉 깨끗한 시속청년들의 모습임에 저윽이 호기심으로들 바라보았다. 또 둘러매고 가는 광고판이나 거리에 뿌리는 광고의 내용문면(文面)까지도 처음보는 문투였다.

창(唱)이란 글자는 한 자도 보이지 않고 무슨 소설제목 같은 예제명(藝題名)이라든지 연극의 장별(場別)을 알리는 막수(幕數)의 소개 같은 것도 처음 보는 것이었다.[8]

임성구의 연극과 대비되는 연극은 협률사를 중심으로 한 전통연희극이었다. 아직 새로운 연극에 낯선 관객들을 감안하여 임성구는 차별화의 필요성을 강하게 느꼈고, 홍보 전략 역시 그 차이에 역점을 둔 것으로 판단된다. 더구나 인천은 서울과 달라서 공연 문화에 대한 이해도와 감상 수준이 현저하게 떨어졌다. 변변한 극장 하나 없는 도시에서, 한 번도 본 적 없는 공연을 올린다는 측면에서 임성구의 고민은 상당했다. 자연스럽게 홍보 전략에 치중하지 않을 수 없었다.

'마찌마와리'라고 부르는 광고 행렬의 초기 모습이 나타나고 있다. 임성구는 배우들을 거리로 내보내서 예비 관객들에게 미리 보여주었다. 주로 새로운 인상을 전하는 데에 전력했다. 구시대 구연극을 대표하는 '상투' 튼 연희자가 아니라, 새시대 새로운 연극을 개척하는 '시속청년'들의 이미지를 앞세운 것이다.

물론 광고 전단을 통해 공연 예제와 막수 등의 문구를 광고했다. 그러나 이러한 광고가 예비 지식이 없는 인천 사람들에게 제대로

---

8) 안종화, 『신극사 이야기』, 앞의 책, 127~128면.

이해되리라고 바라지는 않았다. 안종화의 기술에서 엿보이는 것처럼, 당시 마찌마와리를 보던 사람들은, 창(唱)이라는 한자가 보이지 않는다는 점과 홍보 문자 배열이 낯설다는 점에서 호기심을 느꼈을 것이다. 이것은 낯선 형식을, 낯선 이미지로 홍보하려는 임성구의 고심을 담고 있다.

'마찌마와리'의 모습에 대해서는 박진이 증언하고 있다. '마찌마와리'는 '정(町)'이라는 뜻의 '마찌'와 '회(廻)'라는 뜻의 '마와리'가 결합된 단어로, '동네를 돈다'는 뜻이다. '노보리(幟)'라는 폭이 좁은 깃발을 수십 명의 사람들이 드는데, 그 깃발에는 극단의 이름과 배우의 이름 그 날의 예제(藝題)가 쓰여있다. 노보리가 앞장을 서면 마찌마와리가 시작된다. 노보리는 주로 아이들이 맸고, 극단에서는 수고비로 그 날의 표를 주었다고 한다. 노보리 뒤에는 '조라치패'가 뒤따랐다. 조라치패는 일종의 악대였다. 노랑 옷에 띠를 두르고 초립을 썼다고 하는데, 한 때는 이왕직 양악대가 해산되어 가담하기도 했다고 한다. 악대 뒤에는 인력거 행렬이 뒤따랐다. 인력거에는 남녀 배우가 단장을 하고 탔고, 작은 노보리(고노보리)를 꽂았다. 배우는 각각 마찌마와리 의상을 입어야 했다.9)

배우의 순서는 주로 인기와 미모 순으로 결정되었다. 근대극에서 광고대의 시작은 혁신단에서 찾을 수 있다. 그러나 이러한 광고대는 '마찌마와리'라는 이름으로 일반화되었고, 동양극장에서 이를 폐지할 때까지 신파극단을 중심으로 광범위하게 사용되었다. 통상적으로 예쁜 여배우들이 많은 경우에, 관객이 많았다고 한다. 임성

---

9) 박진, 「우선 예쁘고 봐야」, 『세세연년』, 앞의 책, 32~34면 참조.

구는 광고대를 통해 새로운 연극의 출현을 알렸고, 한편 새로운 연극의 주도적 홍보 방식을 제시한 것이다.

2) 신문사와의 제휴 : 김도산 일행

서항석은 1910년대 신파 극단의 홍보 행렬을 다음과 같이 증언하고 있다.

> 그 무렵 그러니까 1917년 정사(丁巳), 나이 18세 때가 되겠다. 가끔 '김도산 일행'이라는 큰 기를 앞세우고 인력거를 탄 사람들이 줄을 지어 거리를 누비는 것을 본 기억이 있다. 이것은 그 해에 김도산이 임성구의 혁신단에서 탈퇴해서 새로 동지를 규합해 가지고 개량단으로 발족했던 때의 일일 것이다.[10]

'김도산 일행'이라는 문구는 '혁신단 임성구 일행'이라는 문구의 변형이다. 그리고 김도산의 홍보 방식은 노보리를 앞세운 마쯔마와리 방식 그대로이다. 즉, 1911년 혁신단의 홍보 방식은 1917년이 되어도 크게 변하지 않은 셈이다. 오히려 조라치에 대한 설명이 없는 것으로 보아 더욱 영세해졌을 가능성도 있다.

> 전편은 2일밤까지로 마치고 오늘밤부터는 철천지 한을 유복이가 만나가지고 부친의 원수를 갚은 후에 유복의 내외와 여승의 몸이 된 옥선이가 자기 고향으로 모친을 찾다가 수원방화수유정에서 어떠한 개연을 만나서 돌아간 줄 알았던 부친까지 만나가지고 모친을 찾아 원

---

10) 서항석, 「연극사적 자서전」, 『서항석 전집』(5), 하서출판사, 1987, 1825면.

만한 가정을 일우는 그 재미있는 곡절은 불(가)불 오늘밤부터 흥행하
는 후편을 관람하지 않을 수 없는 일이며 또한 2일밤부터는 <u>특별히
본지 애독자를 위하여 특별 할인권을 사용하는 고로</u> 더욱 만장의 성
황을 이루겠더라.(밑줄 강조 : 인용자)[11]

위의 광고는 『매일신보』에 게재된, 김도산의 신극좌가 공연한 <방
화수유정극(訪花隨柳亭劇)>에 대한 기사이다. 이 기사는 다른 기사
와는 약간의 차이를 보인다. 그것은 '특별히 본지 애독자를 위하여'
마련했다는 '특별 할인권'을 소개하기 때문이다.

이러한 서비스는 김도산 일행과 매일신보사의 제휴로 가능했다.
그것은 『매일신보』 1920년 12월 1일자 광고로 알 수 있다. 이 광고
에서 매일신보사는 신극좌의 후원단체로 명기되어 있다.

> 11월 30일부터
> 연속특별흥행
> 신극좌김도산일행
> <u>매일신보사후원</u>
> 은파 박용환씨 걸작
> 일제 조중환군 각색
> 근세대대비극
> 방화수유정
> 전편—후편 16막
> 6일간에 亘하야 종료
> 단성사[12](밑줄 강조 : 인용자)

---

11) 「방화수유정극(訪花隨柳亭劇) 흥행 제 2일 관객의 눈물 오늘부터는 후편」, 『매일
　　신보』, 1920년 12월 3일.

흥미로운 것은 특별 할인권의 정체이다. 지금으로서는 특별 할인권의 정체를 알 수 없으나, 본지 애독자라고 한 점으로 보아 '신문'이 아니었을까 한다. 독자들은 신문을 들고 특별 할인을 받아 연극을 구경했을 것이다. 근대 영화 도입기에 빈 담배갑(10개)을 입장료 대신 지불해 단편 사진 기록영화를 보았다는 기록이 남아 있다.13) 빈 담배갑이 유용했던 것은 자사 제품을 홍보할 수 있었기 때문으로 흔히 풀이된다.14) 이것으로 보아 물품과 입장권을 교환하는 관례는 오래 전에 시행된 것으로 보인다. 신극좌는 이러한 관례를 이용해서 신문을 이용한 홍보 전략으로 응용했다.

3) 동경 유학생의 이미지 : '토월회'

토월회(土月會)는 박승희, 김기진, 김복진, 이서구, 박승목, 김을한, 이제창이 1922년 10월에 결성한 문예서클이었다. 연학년과 이수창이 가담하여 곧 9명으로 늘어났고, 객원 회원도 생겼다. 이들은 모두 동경 유학생으로 각자의 전공이 달랐지만, 남다른 교분을 쌓고 있었다. 사교 모임을 빈번하게 열고 있었는데, 보다 생산적인 활동을 하자는 제안에 따라 조직을 결성한 것이다.

토월회를 결성하고 난 이후에 그들은 조직적인 활동을 준비하게 되는데, 그것이 연극 공연이었다. 토월회의 창립 공연은 1923년 7월 4일부터 8일까지 조선극장에서 열렸다.15) 유진 피롯의 <기갈>

---

12) 『매일신보』, 1920년 12월 1일.
13) 유현목, 『한국영화발달사』, 한진출판사, 1986, 42면 참조.
14) 정종화, 『자료로 본 한국 영화사』(1), 열화당, 1997, 13면 참조.

(전 1막), 체홉의 <곰>(전 1막, 연학년·이정수 출연), 박승희 작 <길식>
(전 1막, 김기진·이혜경 출연), 버나드 쇼의 <그 남자가 그 여자의 남
편에게 어떻게 거짓말을 했나>(전 1막, 박승희·이월화 출연)가 선정된
작품이었다.

토월회는 동경 유학생들이 주축을 이룬 단체답게, 기존의 신파
극과 차별화된 연극을 추구했다. 그들은 문학과 예술에 대한 자신
들의 신념을 조선에서 펼쳐 보이고 싶어했고, 조선에 유행하고 있
는 신파극을 국적 불명의 연극으로 치부했다. 그들이 선택한 작품
들은 그들이 지향한 연극 세계의 단면을 보여준다. 그들은 최첨단
사조인 리얼리즘 연극 최고 문호들의 작품을 선택함으로써 낭만주
의 연극의 후신인 신파극과 차별화된 공연을 준비했다.

하지만 그들의 이상과는 달리 그들의 연기력은 리얼리즘 연극을
소화할 능력이 없었다. 공연을 준비하는 과정에서도 아마추어적인
허점을 상당 부분 드러내었다. 대표적인 경우가 광고 홍보 분야였
다. 박승희는 자신들의 홍보가 구시대의 관습을 벗어난 것이 아니
었음을 실토하고 있다.

선전은 옛날 구악 조랏치 칠인조로 초립에 노랑 청복을 입게 하여
옛날 우리들의 풍습을 거리에 떨치게 하였다. 삐라와 포스타는 인사
동 정미당 인쇄소에서 의상으로 해주는 인연을 맺아 우리와 오랫도록
거래를 하였고 우리뿐 아니라 다른 극장의 주문도 받게 되었다. 그 외
에 토월회란 기도 만들어 앞에 세우고 조랏치들이 선전을 나서니 서
울에는 토월회 이야기로 간 곳마다 귀가 따가웠다.16)

---

15) 『동아일보』, 1923년 7월 8일 참조.

박승희는 자랑스럽게 선전 효과를 말하고 있지만, 그 방식은 신파극의 마찌마와리와 다를 것이 없었다. 다만 배우들이 가두 선전을 나가는 관습은 사라진 것 같았다. '토월회'의 이름을 적은 노보리가 앞장서고, 그 뒤를 칠인조 조라치가 따르면서 거리의 시민들에게 토월회의 공연을 알렸다. 역시 '선전물'을 돌리고 '포스터'를 부착했다. 선전물과 포스터는 그 이후로도 주기적으로 만들어 선전에 동원했던 것을 알 수 있다.

혁신단이 상투 머리 대신에 신식 청년의 이미지로 자신들의 연극을 차별화했다면, 토월회는 동경 유학생임을 내세워 기존의 신파 극단과의 차별화를 시도했다.

그 때는 우리도(토월회 : 인용자) 동경 유학생 기분 내느라고 루파시카를 입고 멋을 냈지. 그 땐 하여튼 그 루파시카라는게 유행이었어. 요새 사람들 나팔바지 좋아하는 식으로 말이지. 동경에서 서울 올 때 그거 입고 와야 티가 난다고 그랬으니까. 지금은 더 하지만 그 때 일본에서 신극 운동하던 사람들은 대개 좌익색채가 짙었고, 그래서 이 루파시카라는 옷이 바로 로서아 노동자들의 옷이니까 유행했던 모양이야. (중략) 그리고 머리도 기다랗게 길렀고, 꼭 요새 그 뭐라드라? 히피라던가 그 애들처럼 말이야.17)

토월회 멤버들은 루파시카를 입고 경성 거리를 활보했고, 이를 보는 사람들은 루파시카를 보고 그들이 토월회 멤버임을 알아 보았다고 한다. 그만큼 토월회 멤버의 이미지는 루파시카와 밀접하

---

16) 박승희, 「토월회 이야기」(1), 『사상계』, 1963년 5월호, 338면.
17) 김을한·김기진·이서구 대담, 「극단 토월회 시절」, 『세대』, 1971년 5월, 235면.

게 닿아 있었다. 물론 이것은 선구적이고 진취적이며 약간은 좌익적인 이미지와 연관되어 있고, 그래서 지적이고 진지한 측면을 담지한 것이었다. 토월회는 지식인의 연극단체로 그 이미지를 쌓고 있었다.

토월회는 신문 광고도 동원했다. 『매일신보』 1923년 7월 4일자 조선극장 광고면을 보면 "동경토월회 제1회 공연"의 제목으로 광고가 실려 있다. 공연 작품의 제목과 원작자 그리고 막수가 소개되어 있다. 흥미로운 것은 같은 날 토월회의 공연을 알리는 기사가 함께 실렸다는 점이다. 기사는 기자가 쓰는 것이지만, 기사와 광고가 병행됨으로 인해 광고 효과는 증폭되었다고 할 수 있다. 이것은 제목에서도 두드러지는 것처럼, 토월회의 구성원들이 동경 유학생 출신이고 지성인의 그룹에 속해 있기 때문일 것이다.

토월회에 대한 선전 효과는 그 이전에도 찾아볼 수 있다. 『매일신보』 1923년 6월 28일자 기사를 보면 "동경유학생 극단 토월회의 제1회 공연극은 27일부터 단성사에서 하려던 예정이었으나 사정으로 인하여 명(일) 29일부터 조선극장에서 개연하게 되었"다는 소식을 전하고 있다. 사실 7월 4일 기사도, 6월 29일부터 시작되리라 예고되었던 토월회 공연의 지연 기사였다. 이러한 기사는 극단의 홍보 효과를 제고시켰을 것으로 생각된다.

6월 28일 기사를 보면 "입장권은 특등과 일반에 한하여 예약판매도 한다"는 안내 문구가 곁들여져 있다. 즉 토월회는 입장권을 여러 등급으로 나누었고, 이를 미리 구입할 수 있도록 매표 체계를 구축했다. 이것은 광고 홍보 체계에 대응하려는 노력으로 간주될 수 있다.

토월회 선전과 관련되어 주목되는 자료가 또 하나 있다. 첫 날 공연에서 박승희는 대사를 잊어버리는 실수를 해서 공연 자체를 무산시켰다. 그 결과 조선극장 극장주는 크게 화를 내며 계약 조건의 변경을 요구했고, 대관 자체의 위기를 맞이한 토월회 측은 불리한 계약 조건을 받아들여야 했다. 그 가운데에 선전비에 관한 조항도 있었다. 1회 공연 실수 이전의 계약에서는 선전비가 전액 극장 부담이었는데, 선전비 일체를 토월회 측에서 부담하게 되었다.[18]

제1회 공연에서의 토월회 홍보 전략은 과거의 것을 크게 벗어나지는 못했지만, 신문 기사와 광고를 활용하여 큰 효과를 추구한 흔적이 있다. 또 예매 체계를 구축함으로써 그 자체로 홍보 전략을 삼으려 했던 의도를 엿볼 수 있다. 그리고 선전이 본래 조선극장 측에서 전담하던 것이었음을 알 수 있다.

제2회 공연은 제1회 공연으로 야기된 적자를 만회하겠다는 의도가 강했다. 그래서 처음부터 관객들에게 보다 친근하게 접근할 수 있는 작품을 선택했다. 이것은 <부활> 같은 작품에서 나타났다. 이 작품은 유행하고 있는 노래를 이용하겠다는 점에서 토월회가 추구하는 이상적 연극에서 멀어져 있는 경우였다. 그래도 김기진 이하 회원들은 이 작품의 통속성을 인정하면서도 무대에 올렸다.

2회 공연 선전과 관련되어 박승희의 기록은 다음과 같다. "예정대로 선전도 완전하게 되었다".[19] 박승희의 자부심으로 판단하건

---

18) 김기진, 「나와 '토월회' 시대」, 『신천지』, 1954년 2월, 171면 참조.
19) 박승희, 「토월회 이야기」(2), 『사상계』, 1963년 6월호, 288면.

대, '예정대로'란 '1회 공연 때와 마찬가지로' 이해된다. 마찌마와리
를 거행했고, 삐라와 포스터도 돌렸을 것이다. 그 구체적인 풍경은
다음의 글 속에서 묘사되고 있다.

> 9월에 이르러 토월회는 다시 톨스토이의 연극과 페르스터의 <아
> 트 하이벨베르히>와 빠나-드소의 <How he lied to her husband>
> 라는 1막물을 가지고 제2회 공연을 전과 같이 조선극장에서 열었다.
> 저녁마다 극장옥정(劇場屋頂)에서 광고하느라고 부는 고악(古樂)의
> 처량한 호적(胡笛)소리와 나팔장고소리가 광야같이 소조(蕭條)한 서
> 울 어두운 하늘에 울려 들릴 때[20]

심홍의 연극평을 분석하면, 토월회는 구악을 동원하여 거리의
사람들에게 공연을 알리는 방식을 사용했다. 이 점은 기존의 마찌
마와리와 크게 다르지 않다. 다소 다른 점은 극장의 옥상에서 광고
를 시행했다는 점이다. 이러한 방식은 이전 기록에서는 잘 엿보이
지 않는 방식이었다. 다만 박진이 "출입구 옆 고좌(高座)에 앉은 사
람이 나무패를 두드리며 핏대를 올리고 외쳤다"고 증언한 내용과
유사한 측면이 있다. 즉 출입구 옆 고좌가 옥상으로 변모된 셈이다.
조선극장 광고면에 토월회 2회 공연 광고는 1923년 9월 15일에
실렸다. '예고'의 형식으로 실렸는데, 실제 공연은 18일부터 시작되
었다.[21] 1923년 9월 18일에도 광고가 실렸다. 역시 작품 제목과 원
작자 그리고 막수를 표기하고 있다. 특이한 것은 후원 단체의 명시

---

20) 심홍, 「미래의 극단을 위하여－토월회 제2회 공연을 보고」, 『동아일보』, 1923년
  10월 14일.
21) 『매일신보』, 9월 15일 참조.

였다. 2회 공연 후원 단체는 백조사였다.[22]

토월회의 제2회 공연을 준비하는 모습은 9월 9일, 13일, 17일에 걸쳐 세 번 기사화되었다. 9월 9일 기사에서는 제1회 공연을 치른 토월회의 이름을 상기시키면서 9월 15일부터 시작되는 제2회 공연을 소개하고 있다. 특히 토월회 연극의 장점이었던 무대 장치와 의상 분야를 거론하면서 '일층 화려하게' 했다는 선전성 기사를 싣고 있다.[23] 9월 13일 기사에도 애쓰는 토월회의 동정을 전하면서 15일 공연을 알리고 있다.[24]

9월 17일 기사는 15일 공연 예정이 18일로 연기되었음을 알리고 있다. 흥미로운 것은 토월회의 홍보 전략을 소개한 부분이다.

지난 15일부터 인사동 조선극장에 개연하려던 토월회의 제2회 공연극은 사정으로 인하여 18일로 연기하고 지금 토월회의 동인제씨가 준비에 더욱 분망한 중인데 극의 순서에 대해서는 누차 보도한 바이어니와 '캬츄샤'와 '하이데벨'은 그 중에도 특히 세계에 유명한 것이라 그 극의 성명을 조금도 손상치 않으려고 밤을 낮으로 알고 연습하는 중이며 또는 문예잡지 '백조사'의 후원을 얻어 <u>수만장의 오색 선전지와 표현파 식의 포스터</u>며 기타 배경도구에 정일을 더하는 등 밝아오는 18일을 앞두고 많이 애쓰는 중인데 18일 밤부터 일주일 동안의 조선극장은 유희의 극장으로부터 영혼의 극장이 될 터이더라.[25] (밑줄 강조 : 인용자)

---

22) 『매일신보』, 1923년 9월 18일 참조.
23) 『매일신보』, 1923년 9월 9일 참조.
24) 『매일신보』, 1923년 9월 13일 참조.
25) 『매일신보』 1923년 9월 17일.

토월회는 오색 선전지와 표현파 식의 포스터를 제작해서 선전 효과를 가중시키려 했다. 그런데 더 중요한 것은 신문 기사이다. 토월회는 1회 공연에서 주목을 받기는 했지만, 대체적으로 실패한 공연을 했는데도 불구하고, 2회 공연에서는 신문 기사를 통해 대대적인 홍보 지원을 받고 있다. 이후에도 9월 20일과 9월 21일 기사를 통해 토월회의 동정이 전해졌다.

이것은 토월회의 홍보 전략이 가두 행진이나 선전물에 의거하기보다는, 신문 매체를 이용한 선전에 치중했음을 알려준다. 신문 기사는 기자들이 작성하는 것이나 그 영향력은 다른 이들로부터 전해질 수 있다. 특히 토월회 멤버 가운데에는 동아일보 기자로 재직하고 있던 이서구가 포함되어 있었다. 신문 기사에 의한 간접적인 홍보 지원은 토월회의 구성원들이 홍보 전략을 바꾸었음을 시사한다.

이러한 증거는 박승희의 다음과 같은 회고에서 그 일단은 찾을 수 있다.

> 각 신문에 <춘향전>과 <심청전>의 평이 나서 매우 칭찬이요 이런 연극은 우리의 자랑거리라 하였다. 그때는 신문에 연극평 같은 것은 없었다. 이것이 선전이 되어 각 지방에 있는 극장에서 편지 혹은 사람이 와서 초청까지 한다.[26]

<춘향전>(30회, 33회)과 <심청전>(35회)의 공연은 1925년 9월에서 10월에 이루어졌다. 그러니 초창기 토월회의 성격과는 달라진 이후였다. 하지만 그들은 신문 지면을 통한 간접적 홍보 효과에

---

26) 박승희, 「토월회 이야기」(완), 『사상계』, 1963년 8월호, 286면.

대해 알고 있었고, 어떤 면에서는 이를 적극적으로 활용한 흔적을 내비추고 있다. 토월회의 광고 전략은 주로 신문이었음을 알 수 있다.

4) 신문 기사를 이용한 우회적 광고 홍보 : '극예술연구회'

극예술연구회는 '극예술의 연구와 신극 수립'을 목표로 결성된 단체였다. 구성원들은 주로 해외 문학을 전공한 사람들로, 최초 발기인은 김진섭·서항석·유치진·윤백남·이하윤·이헌구·장기제·정인섭·조희순·최정우·함대훈·홍해성 등 12인이었다. 이들은 주로 동경 유학생들로 외국어에 능통하고 연극(신극)에 깊은 관심을 가지고 있었다. 극연은 신극 수립의 기반을 조성하기 위해 다양한 사업을 전개했고, 연극 공연은 그 사업 가운데 중요한 일익을 담당했다.

토월회의 초기 공연이 신파극이 아닌 신극의 유형을 보여주었고, 김우진의 글과 작품이 신극의 가능성을 노정했지만, 1930년대까지만 해도 조선에는 본격적인 신극 단체가 없었다. 그러니 극연의 공연은 관객층을 확보하지 못한 상태에서 시작해야 했다. 이를 위해서는 극연의 공연을 대외에 알릴 획기적인 방법이 필요했다. 극연은 이러한 홍보 방법을 신문사에서 구했다.

신문을 통한 선전은 즐거운 비명이 나올 정도로 활기가 있었다. 당시 신문사로는 동아와 조선 이외에 중외일보, 매일신보 등이 있었는데, 그 중에서도 동아와 조선이 서로 우리를 후원하겠다고 밤낮 맞섰다. 조선일보의 편집국장 함상훈(咸尙勳)은 함대훈(咸大勳)의 백씨였는데, '내가 동아에 진다면 무슨 면목으로 국장 자리를 지키고 있겠는 가' 할 정도로 열을 올렸다. 결국 우리 간부측이 사이에 들어 교대로 후원을 받겠다고 약정함으로써 간신히 타협이 이루어졌는데, 양상이 그 쯤 되니 사고는 가위 대서 특필 격의 요란스러운 것이었다.[27]

서항석은 동아일보 문예부 기자였고(나중에 문예부장이 된다), 이하 윤은 중외일보 문화부장이었다. 또 유치진이 밝힌 대로 함대훈의 친족인 함상훈이 조선일보 편집국장이었다. 더구나 해외문학파는 수시로 신문에 글을 쓰는 재사들이었다. 그러니 신문사 측의 비호 는 대단했다. 서항석의 증언을 토대로 해도, 이러한 사실은 확인된 다. 극연 공연은 "동아일보 학예부 후원이었고, 이후 극연 공연은 언제나 동아일보 학예부 후원으로 이루어졌다".[28]

위의 증언대로, 동아일보와 조선일보는 전폭적인 극연의 후원자 였다. 그러니 공연에 대한 신문 광고는 별도로 준비할 필요가 없을 지경이었다. 신문사들은 극연의 활동과 공연에 대한 정보를 기사 형식으로 대서 특필하곤 했다. 신문이라는 언론 매체는 1930년대 무렵 강력한 홍보력을 가지고 있었다. 많은 연극단체들이 광고를 제작해야 하는 부담을 안고 있었는데, 극연은 광고를 능가하는 기 사를 통해 극단의 홍보을 대행할 수 있었던 셈이다.

그러나 극연의 광고 전략이 신문 기사에만 의존한 것은 아니다. 극연의 멤버들도 일반 극단과 비슷한 형태의 홍보 전략을 사용했 다. 유치진의 증언에 따르면, 극연의 동인들은 선전을 하는 데에도

---

27) 유치진, 『동랑 자서전』, 서문당, 1975, 134면.
28) 서항석, 「나의 이력서」, 『서항석 전집』(5), 하서출판사, 1987, 1784면.

함께 나섰다. '삐라'를 뿌리고, '포스터'를 붙였으며, '표'도 팔았다. 포스터는 5백 장 분량이면 서울에 배포할 수 있다고 가정하고, 색도도 2~3에 이르는 비교적 호화 인쇄를 추구했다. 이러한 방법은 제한적이고 수동적이었지만, 비교적 큰 효과를 거둔 것으로 자체 평가되었다.[29]

그러나 이러한 전략은 다른 극단에서도 이미 시행하고 있었으며 과거의 것과도 크게 달라진 것은 아니었다. 재래식 전략이라는 측면에서 극예술연구회는 당대의 라이벌이었던 상업극단을 능가하지는 못했다. 무언가 다른 전략이 필요했다. 더구나 극예술연구회는 동인제 극단으로 신극 수립을 목표로 하는 소인극 운동의 중심지였다. 상업적인 목적을 위해 일반 극단의 상업적 관행을 따를 수 없다는 암묵적인 합의하에 있었다. 따라서 그들은 보다 독자적인 홍보 전략을 고안해야 했다.

(19)33년 11월 28일부터의 제 5회 공연에 셰익스피어의 <베니스의 상인>을 상연하는 것을 기회로 삼아, 며칠 앞선 11월 16일부터 4일간 장곡천정(長谷川町, 지금의 소공동)에 있는 다방 플라타느에서 극연 주최로 셰익스피어 전을 개최하여, 셰익스피어에 대한 일반의 이해도 넓히고, 공연 선전도 하려 하였으나, 당국은 이를 허가하지 않고 당초의 진열예정이었던 무대도안(舞臺圖案), 모형(模型), 사진, 문헌 중에서 다방의 장식으로 될 수 있는 것만을 다방이 빌어서 다방의 명의로 전시하는 데 그치게 하였다.[30]

---

29) 유치진, 『동랑 자서전』, 앞의 책, 134~135면 참조.
30) 서항석, 「나의 이력서」, 『서항석 전집』(5), 앞의 책, 1787면.

플라타느는 유치진이 운영하던 다방이었다. 플라타느는 문인들과 연극인을 위한 '사랑방' 역할을 했는데, 이 공간을 개방해서 전람회를 열고자 했던 것이다. 극연의 시발점이 '극영동호회'라는 연극영화전람회에 있다는 점을 상기한다면, 전람회는 극연의 주요 행사 방식 중 하나였다고 할 수 있다. 중요한 것은 전람회를 통해, 대중적인 교화와 연극적인 계몽을 추구하는 동시에 연극 공연 자체에 대한 홍보도 전담한다는 전략이다. 이것은 상업적인 활동에 제약을 느끼는 극연이 선택할 수 있는 우아한 홍보 전략이었던 셈이다.

이러한 주변 홍보에 신문 기사들이 가세한다. 5회 공연을 사례로 들어 신문 기사를 통한 극연의 홍보 전략 실태를 점검해 보자. 5회 공연을 3일 앞둔 11월 25일·26일 양일 동안 박용철은 「극연의 제5회 공연 상연대본 해설」을 게재하고 있다.[31] 25일자 기사의 서두는 극연의 5회 공연이 갖는 의미를 부각시키는 데에 치중하고 있다. 공연 당일인 11월 28일에는 이헌구의 「베니스 상인 재인식」을 실었다.[32] 박용철이 피란델로의 작품 <바보>를 해설했다면, 이헌구는 셰익스피어의 <베니스의 상인>을 해설했다. 두 작품은 극연 5회 공연의 선정작이었다(나머지 하나는 유치진 작 <버드나무 선 동리의 풍경>이었다).

한편 당시 『동아일보』에는 서항석의 글 「근대극과 여성」이 연재되고 있었다. 연재의 시작은 1933년 11월 19일이었고, 끝은 같은 해 12월 5일이었다. 이러한 연재 기간은 극연의 5회 공연을 앞뒤로

---

31) 박용철, 「극연의 제5회 공연 상연대본 해설」, 『동아일보』, 1933년 11월 25일~26일 참조.
32) 이헌구, 「베니스 상인의 재인식」, 『동아일보』, 1933년 11월 28일.

감싸고 있다. 서항석은 이러한 시기에 '여성'을 주제로 한 일련의 논문을 발표한 셈인데, 그 안에는 <베니스의 상인>을 관련지을 때 주목되는 부분이 있다. 일단 11월 21일 분량을 보면 '사옹극(沙翁劇, 셰익스피어극)'에 대한 진술이 나타나고 있다. 더 주목되는 부분은 근대극에서의 여성의 역할을 강조하는 대목이다.

근대에 와서는 (과거 어린 남자가 하던 역할을 : 인용자) 여배우가 잇게 되었고 더구나 전대에 배출한 남성 명배우들에게 기예의 전수와 단련(鍛鍊)을 받아 그 연기가 여성의 내외제면(內外諸面)을 무대상에서 표현하기에 아무러한 부족을 느끼지 않으리만치 되었습니다. 이리하여 때마침 실사회(實社會)에 있어서 새로 주요한 지위를 획득한 근대여성을 무대상에 있어서도 주역으로 등장시키기에 아무 주저(躊躇)할 필요가 없이 되었습니다.

고전극 무대에서는 예컨데 사옹극(沙翁劇) 같은 것의 무대에서는 매장면의 처음마다 그 장면의 정경을 극중 인으로 하여금 서술케 하는 부자연하고 불필요한 대사를 삽입하거나 근대의 발달된 무대설비로는 그러한 혈만(穴漫)한 대사를 기다릴 것도 없이 막이 올라가면 관중의 눈에 그 장면의 자연풍경과 기분 정조를 무언의 중(中)에 충분히 보여줄 수 있게 되었고 더구나 전기조명은 배우의 자태와 표정의 표현력을 놀랍게 확대시키고 극장건축은 음향설비를 충분히 하여 무대상의 작은 속삭임까지도 관중에게 무난이 들릴 수 있게 되었으므로 극작가는 여성의 극히 짧은 대사와 낮은 목소리로도 그 심중의 숨겨진 감정과 주장을 충분히 표출시키고 또 전달시킬 수 있었습니다.[33]

---

33) 서항석, 「근대극과 여성」(3), 『동아일보』, 1933년 11월 21일.

5회 공연에서 상연될 부분은 <베니스의 상인> 중 '재판 장면'으로, 이 장면에서는 여주인공 포오샤의 역할이 상당히 중요하다. 무대 위에서 여성이 주도권을 쥐게 되는데, 서항석의 글을 참조하면 그것은 근대적인 현상이다. 연기 면에서 여성들이 하등 뒤떨어질 것이 없다는 투이다.

더구나 과거의 셰익스피어 공연이 아니기 때문에, '부자연하고 불필요한 대사'가 없다는 것이다. 근대적 극장 구조는 조명과 음향 분야에서 괄목할 만한 개가를 이루었기 때문에 여성 배우로 인해 관극에 지장을 받지 않을 것이라고 단언하고 있다. 이것은 극연 공연이 가지고 있던 일말의 우려에 대한 암시적인 방호라고 볼 수 있다. 극연이 공연할 <베니스의 상인>이 볼 만한 가치가 있으며 관극상의 무리가 전혀 없다는 뜻으로 풀이된다.

이러한 기사 배치는 다분히 극예술연구회를 염두에 두고 있다. 더구나 박용철과 이헌구는 '극예술연구회'의 멤버이기 때문에, 공정한 해설을 기대하기 어려웠다. 이것은 극연의 공연이 중요한 이유임을 감안해도 편파적인 보도 방식이라고 할 수 있다. 신문 기사가 일종의 '연극 프리뷰'로 기능함으로써 극연의 공연에 상당히 유리하게 작용할 수밖에 없었다.

연극에 대한 평도 제출되어 있다. 『조선일보』는 12월 6일부터 10일까지 나웅의 「극예술연구회 제5회 공연을 보고」를 싣고 있고, 『조선중앙일보』는 12월 3일부터 7일까지 심훈의 「극예술연구회 제5회 공연 관극기」를 싣고 있다. 이러한 체제는 평의 호오(好惡)를 떠나 연극 공연의 의미를 부가하고 기록을 양산한다는 점에서 주목된다. 극예술연구회의 업적이 사장되지 않고 연극사의 중요한 맥락으로 기술될 수 있었던 것은 이러한 정리 작업 때문이다.

하지만 다른 극단 혹은 다른 극장에 대한 프리뷰 혹은 리뷰 형식의 정리 작업은 이만큼 체계적이지 않았다. 편파성이 느껴질 정도로 극연은 신문 기사의 혜택을 받고 있었다. 이것은 극연의 공연을 미리 알리고 극연의 이미지를 격상시킨다는 점에서 고도의 홍보 전략으로 평가될 수 있다.

극연의 활동은 비단 연극 공연에만 있지는 않았다. 극연은 강연회를 수시로 개최했다. 강연회의 목적은 신극 수립을 위한 대중의 계몽이었고, 연극 이론과 실제에 대한 강습의 성격도 지녔다. '강연과 낭독의 이벤트'도 열었다. 또 기관지『극예술』을 발행하여 대외적인 이미지를 격상시키기도 했다. 이러한 활동은 극연의 연극 공연에 대한 이미지를 학술적이고 지사적인 것으로 만들었다.

당시 극연의 공연을 본 관객층은 주로 식자층이었다. 가령 유치진의 진술을 보면 "공연 때마다 학생들은 물론, 지식인, 소시민들이 객석을 메웠"다고 되어 있다. 박진은 극연의 배우들을 가리켜 '공회당 배우'라고 했는데, 이것은 극연의 연극이 특수한 관객층을 대상으로 했다는 야유를 담고 있었다.

이러한 극연의 활동이 처음부터 극단이나 작품에 대한 홍보의 성격을 지향하지는 않았을 것이다. 그들은 신극 수립을 제일의 목표로 두고 이를 위해 필요한 방법을 강구했고, 소박하게나마 공연에 유리한 홍보 전략을 세웠다. 그 과정에서 학술적이고 지사적인 이미지를 활용한 전략들이 우선 채택되었고, 이것이 극연의 중요한 홍보 전략으로 내세워졌다. 신문 기사에 의한 간접적인 작품 홍보, 강연회·낭독회·전람회를 통한 극단 홍보 등이 대표적이다. 이것은 그들의 학식과 교양 그리고 신념을 해치지 않는 범위 내에서 이루어졌다는 점에서 극연의 홍보는 고차원적이었다고 할 수 있다.

5) 연극과 배우에 대한 이미지 제고 : '동양극장'

동양극장의 홍보 방법에 대한 기록은 비교적 자세하게 남아 있다. 그것은 동양극장의 배우였던 고설봉이 증언을 남겼기 때문이다. 고설봉의 증언을 요약하면 다음과 같다.[34]

동양극장의 공연 홍보도 기본적으로는 마찌마와리였다. 고설봉은 이를 '골목선전'이라고 했다. 기존의 극단과 다른 점은 배우들이 나서지 않았다는 점이다. 주로 구악(舊樂)을 하던 사람들이 누런 두루마기(노랑 청복)를 입고 동양극장 깃발을 앞세워 거리를 다녔다. 이들은 선전을 위해 고용된 행사전문요원이었다. 극장에서 과자를 파는 소년들은 선전삐라를 뿌리면서 뒤따랐다.

신문지면을 이용한 광고도 활용했다. 이전 극단에 비해 훨씬 체계적이고 대규모로 이루어졌다. 서울에서 발행하는 일간지에는 동양극장 연극을 광고하는 난이 있었다. 이 난은 대개 고정란으로 주로 학예면의 끝에 위치했다. 초창기 동양극장 광고를 보면 극단명, 작가(연출가)명, 작품명, 막수, 그리고 연기진의 이름이 날짜와 함께

---

34) 고설봉 증언, 장원재 정리, 『증언 연극사』, 진양, 1990, 51면 참조.

소개되고 있다.

그런데 동양극장 광고는 1936년 9월을 기점으로 연기진의 이름을 소개하지 않고 있다. 그 후 특별한 상황이나 예외적인 경우를 제외하고는 출연 연기진은 명시되지 않았다. 가끔은 짧은 문구를 포함하는 경우도 있었는데, 이 역시 후기로 갈수록 빈도가 줄어들었다. 이것은 동양극장의 명성이 널리 퍼지면서, 출연진과 세부 사항에 대한 광고가 불필요해졌기 때문으로 해석된다.

선전물에 의한 홍보도 이루어졌다. 먼저 포스터로 공연을 홍보했는데, 별도로 독립한 선전부에서 칼라로 제작했고 과자를 파는 아이들이 시내 곳곳에 붙였다. 선전부의 독립은 주목된다. 상업극단으로 변화된 토월회에서도 선전과 광고를 전담하는 부서는 별도로 없었는데, 동양극장은 이러한 부서를 가지고 있었다. 그만큼 광고 홍보의 위력에 대해 면밀하게 이해하고 있었다는 뜻이다.

앞에서 마찌마와리를 하되, 배우들의 얼굴을 노출하지 않았다고 했는데, 이것은 지방 순업에서도 그대로 나타났다. 동양극장은 배우들을 이용해 작품을 선전하고 관객을 끌어 모으는 방법을 혐오했다. 이것은 동양극장이 기존의 신파극단과 크게 차별화되는 지점이다. 동양극장은 배우들에게 직업 정신을 심어주었고, 관객에 대한 서비스 개념을 강조했지만, 한편으로는 배우의 신비함과 존엄성을 지킬 것을 강요했다.

항상 깨끗한 의복을 입도록 규칙화했으며, 그 의복은 대개 정장이었다. 정장을 입지 않고 배우의 품위를 손상시키는 복장을 한 배우에게는 배역을 주지 않거나 지방 순업에 불참시키는 등의 불이

익을 가했다. 극장 측은 양복점과 외상 거래를 할 수 있도록 해주면서까지 배우들에게 이 점을 강요했다. 이러한 의복 규정은 배우들에 대한 종래의 인식을 불식시키고 동양극장 연극배우들에 대한 인식을 바꾸어 놓았다.

이러한 인식 전환의 일환으로 지방 순업에서 배우들을 길거리에 노출시키지 않았다. 기차로 역에서 내린 배우들은 대절한 차에 탑승한 채 숙소로 이동했고, 숙소 안과 바깥에서 정장을 하고 예의를 지키게 했다. 혼숙이나 스캔들 혹은 불미스러운 행동에 대해서는 제재를 가했다. 이렇게 하여 배우들로 하여금 품위 있는 이미지를 구축하도록 유도했다.

이렇게 구축된 이미지는 '혁신단'이나 '토월회'의 이미지와 상당히 달랐다. 일단 혁신단이나 토월회는 극단 측의 의도나 계획에 의해서 만들어진 이미지라기보다는 자연스럽게 형성된 것이었는데, 동양극장의 이미지는 철저하게 극단에 의해 통제 관할된 것이라는 점에서 차이가 있다. 이것은 동양극장의 배우관이 훨씬 조직적이고 투철했음을 의미한다. 다른 말로 하면 선전부의 선전 홍보 전략이 일관되었다는 뜻이다.

이렇게 형성된 동양극장의 이미지는 동양극장의 연극을 고급스럽고 품위 있는 것으로 인식시켰다. 경성 구경을 온 이들에게 동양극장은 반드시 들러야 할 명소였고, 심한 경우에는 동양극장의 외관에 경탄하면서 신발을 벗고 들어오는 관객의 일화마저 만들어 내었다. 그러나 무엇보다 이러한 이미지 격상이 가져오는 효과는 배우들에게서 찾을 수 있다.

배우들은 자신들의 직업에 대해 자부심을 가질 수 있게 되었고, 달라진 사회적 위상을 실감할 수 있게 되었다. 자연스럽게 연기력이 안정되었고, 연기 외적인 문제로 인한 말썽이 줄어들어 극장 측에서는 장기적인 관점에서 생산 효율이 제고되었다. 또 극장 이미지 상승으로 인해 금전으로 환산하기 어려운 극장 선전 효과를 얻게 되었다. 이러한 측면을 고려할 때 동양극장은 장기적이고 치밀한 광고 효과를 기획하고 그 이익을 찾은 사례라 할 수 있다.

동양극장의 소유주였던 홍순언은 흥행의 귀재였다. 그의 경영 능력은 널리 인정받고 있는데, 그 능력 중에서 공격적인 공연 마케팅은 주목된다. <사랑에 속고 돈에 울고>는 동양극장 최고의 흥행작이었는데, 홍순언은 밀려드는 관객을 외면하고 9일만에 다른 작품을 상연했다. 그러면서 그 사이에 속편을 준비시켜 더 큰 공연장인 부민관에서 <사랑에 속고 돈에 울고> 전후편 대회를 열어 몇 배의 관객을 불러모았다. 이로 인해 서울시 교통이 마비될 정도였다고 한다.[35]

이러한 <사랑에 속고 돈에 울고>의 성공은 관객의 심리를 절묘하고 대담하게 이용한 홍보 전략의 승리였다. 관객들로 하여금 작품을 더욱 보고 싶도록 만들어서 그들의 자발적인 폭주를 유발하는 공격적인 홍보 전략이었다. 이것은 동양극장의 서둘지 않는 그러면서도 미래를 내다보는 홍보 전략과 일맥상통한다.

---

35) 고설봉 증언, 장원재 정리, 『증언 연극사』, 앞의 책, 70~71면 참조.

6) 극단적 마찌마와리 : '동양극장' 대 '아랑'

아랑은 황철을 중심으로 탈퇴한 동양극장 배우들이 만든 연극단체였다. 동양극장의 사장 홍순언이 죽고 그 경영권이 최상덕(독견)을 거쳐 제 삼자에게 인수되자, '청춘좌'의 배우들은 크게 반발했다. 이들은 대숲에서 죽은 정녀 '아랑'의 정절을 본받는다는 뜻에서 별도의 극단을 만들어 분가했다. 이로 인해 아랑의 첫 공연작과 동양극장의 공연작은 신경전을 벌이게 되고, 이러한 신경전은 홍보전으로 나타나게 되었다.

> (아랑은 : 인용자) 첫 공연작으로 <김옥균>을 택했다.
> 이 소식을 들은 신동양극장(기존의 동양극장 : 인용자)에서는 공연 초일을 앞두고 시내 전역에 자동차로 삐라를 뿌리고 애드벌룬을 올리는 소동을 하자, 나(박진 : 인용자)는 생각 끝에 신용인에게 청하여 비행기로 삐라를 뿌렸다.
> 이 김옥균 소동을 갑신년 이후 처음 '김옥균, 김옥균'하고 사람마다 떠들었다. 결국 벽돌집 창고인 제일극장이 터졌고, 서대문 마루턱은 대신집 문전 같았다.[36)

자동차로 전단지를 돌리고 애드벌룬을 띄운다는 전략은 그 이전에는 보지 못한 대대적인 홍보 전략이었다. 이에 맞서는 박진(아랑측) 또한 그 기세가 대단했다. 비행기로 전단지를 돌리겠다는 방책을 세운 것이다. 이러한 전략은 결국 아랑의 승리로 돌아갔다. 하지만 그 과정에서 보이는 전략은 대단히 참혹한 것이었다. 당대 최

---

36) 박진, 「동양극장과 극단 아랑」, 『세세연년』, 앞의 책, 179~180면 참조.

고 스타인 황철과 차홍녀를 보유하고도 관객들의 인지도를 확보하기 위한 아랑의 홍보 전략은 연극과 홍보의 관련성이 얼마나 깊은 것인지를 역설적으로 보여준다.

3. 정보 전달의 광고 전략과, 이미지 제고의 홍보 전략

근대극 도입기 각 극단의 광고 홍보 전략은 크게 두 가지로 대별된다. 하나는 극단의 공연 정보를 잠재적 관객에게 알리는 정보 전달 차원에서의 광고 전략이다. 다른 하나는 공연 주체인 극단을 대중들에게 인식시키고 그 이미지를 제고시키는 홍보 전략이다. 전자의 전략은 크게 두 가지로 다시 나누어진다.

하나는 마찌마와리라고 불리던 직접적인 방법이다. 극단원 혹은 배우들이 거리로 나가 작품을 선전하고 잠재적 관객을 극장으로 불러모으는 활동이다. 포스터를 붙이고 전단지를 돌리는 방식의 광고 전략도 여기에 포함된다. 처음에는 거리에 극단의 공연을 알리는 종이만을 써 붙였다(혁신단의 남성사 공연). 그러다가 점차 관객들의 시선을 끌어 모을 수 있는 방법이 도용되었다. 깃발을 들고 시끄러운 소리를 내면서 요란한 행렬을 벌이면서 대중들의 시선을 끌어 모으고, 그들의 마음속에 호기심을 불러일으키는 방식으로 발전했다.

대부분의 극단들이 이 광고 방식을 따랐다. 임성구 일행의 단성사 공연부터 김도산 일행과 여타 신파극단들이 이 방식의 원조 격이다. 신파 연극을 반대하고 새로운 연극(신극)을 주장한 단체들도 기본적으로는 이 광고 방식에서 벗어나지 못했다. 신파 극단의 가장 대척점에 서 있었던 극연도 동인들이 거리를 돌며 '삐라'를 뿌리고 '포스터'를 붙였으며 '표'를 팔기 위해 노력했다. 전통적인 마찌마와리에서 한결 차분해진 인상이지만, 직접적인 방식으로 작품을 알리는 이러한 방식을 전면 거부한 것은 아니었다.

마찌마와리의 가장 첨예한 형태는 동양극장과 아랑의 광고 경쟁에서 나타났다. 애드벌룬을 띄우고 비행기로 삐라를 뿌리는 행위는 사람들의 눈길을 끌기 위한 대규모 마찌마와리 홍보 방식으로 볼 수 있다. 이러한 사례들로 보았을 때, 마찌마와리로 대표되는 직접 광고는 가장 기초적인 광고 홍보 방법이었음을 확인할 수 있다.

정보 전달 차원의 광고 전략 중 두 번째 방법은 매스 미디어를 사용하는 것이다. 당시에는 신문이 가장 강력한 매스 미디어였다고 할 수 있다. 대중들은 신문을 읽고 상당한 정보를 습득하며, 일단은 신문의 정보를 객관적인 것으로 여기는 경향이 농후했다. 따라서 신문을 이용한 방식은 일찍부터 주목받았다.

박창한이 사장으로 취임하면서 임성구의 혁신단은 신문에 광고를 게재했다. 신문 광고는 말 그대로 광고주(그러니까 연극단체)의 필요에 의해 비용을 지불하고 신문의 지면을 사는 행위이다. 선전 효과는 상당하지만 광고비가 필요하고 그 자체만으로 전폭적인 신뢰를 보장받기는 힘들다. 독자들은 신문 광고가 극단 측의 입장을 대변하고 있음을 충분히 감안하고 그 정보를 받아들이기 마련이다.

김도산은 이러한 신문 광고를 협력 혹은 후원의 형태로 바꾸어서, 선전 주체를 극단 일방에서 극단과 신문사 공동으로 바꾸어 놓았다. 신문이 할인권을 제시한다는 것은 공연에 대한 책임도 지겠다는 뜻으로 볼 수 있다. 즉, 광고의 주체에 신문사도 포함되는 효과를 겨냥하고 있다. 이를 통해 김도산은 자신들의 공연이 사회적 합의 하에 이루어지는 것임을 간접적으로 내세울 수 있었다.

토월회와 신문사의 관계는 더욱 돈독했다. 토월회는 신문 광고가 아닌 기사의 힘으로 간접적인 홍보 효과를 거두었다. 물론 신문사가 토월회만을 위하여 기사를 내보내는 것은 아니나, 신문사는 토월회의 활동 사항과 공연 일정을 기사화함으로써 세인들의 관심을 촉발시키는 역할을 담당했다. 토월회의 구성원 중에 신문기자 출신이 있었는데, 이것은 공연 홍보의 중요성을 선취하고 있는 경우로 이해할 수 있다. 신문을 활용한 홍보 전략에 상대적으로 민감했고, 그 방식이 고차원적이었음을 알 수 있다.

극연의 경우에는 토월회의 전례를 뛰어넘고 있다. 극연 멤버의 상당수는 신문사에 재직하고 있었으며 그것도 동아, 조선 양대 신문사를 좌지우지할 정도였다. 광고 면을 살 경우, 헤아릴 수도 없는 돈을 주어야 할 홍보 지면을 간단하게 얻을 수 있었다. 뿐만 아니라 대외적으로 신문사의 지원을 받았기 때문에, 이를 통해 극연의 공연은 일찍부터 예술적인 보증 혹은 사회적인 공신력을 획득할 수 있었다.

5회 공연을 분석하면, 고도의 수준에 이른 극연의 간접 홍보 전략을 확인할 수 있다. 프리뷰 성격의 글을 싣고, 극연 공연의 약점이 될 만한 요소를 방호할 수 있는 에세이도 수록했다. 공연이 끝나면 공연에 대한 평을 게재하여 다음 공연에 대한 이미지를 격상시켰고, 문학사나 연극사의 기술을 좌우할만한 정리 작업을 수행했다.

　이러한 전략은 정보 전달의 수준을 넘어, 극연의 공연을 수준 높은 것으로 간주하게 만들었다. 그들의 공연은 선진적이고 고급스럽고 아카데믹한 것이며 심지어는 지사적(志士的)인 것으로 여겨졌다. 이러한 전략은 잠재적 관객층을 자극했고 상당한 의미 부여를 가능하게 했다. 흥행 여부에 관계없이 좋은 연극이라는 인식을 심어주었다. 뿐만 아니라 이를 지원하기 위해서 전람회, 강연회 등을 열어 극연의 공연을 새로운 차원의 문화 행사로 인식시키려 했다.

　반면 상업 연극 지향성을 보인 동양극장은 애초부터 극연 수준의 신문사 협조와 지원을 기대할 수 없었다. 실제로 극연 출신의 많은 연극 비평가들이 동양극장의 연극에 대해서는 냉소적이었다. 이로 인해 기사와 평문 혹은 고급 에세이 류의 아카데믹한 글의 지원을 기대하기는 힘들었다. 대신 동양극장은 신문의 일정 지면을 동양극장 광고란으로 고정시킴으로써 직접적인 광고 효과를 창출하는 전략을 펴나갔다.

　정보 전달 차원에서의 광고 전략은 거의 모든 극단이 사용했다. 마찌마와리는 다소의 차이는 있으나 거의 대동소이하게 사용했다. 그러나 간접적 정보 전달 방식인 신문을 이용한 광고 방식에서는 차이가 있었다. 이것은 매스 미디어로서의 신문에 대한 이해가 부족했거나 노하우를 제대로 파악하지 못했기 때문이지만, 그 이면에는 신문기자와의 교제 관계나 계층적 밀접성도 좌우했다. 다시 말해서, 지면을 이용한 우회 광고에서 우위를 점한 극단은 별도로 존재했다.

신파극단이나 동양극장 같은 경우에는 신문 기자들의 간접적 지원을 기대하기 어려워 광고 지면을 이용하는 방식 이외에는 생각하기 어려웠다(김도산 일행은 예외). 그러나 토월회나 극연의 경우에는 신문사의 전폭적인 지원을 받을 수 있었다. 특히 극연의 경우에는 대단한 지원을 등에 업고 공연을 했다고 할 수 있다. 기사의 객관성이 손상당할 정도의 편파 보도였기 때문에 부정적인 측면도 상당했지만, 광고 홍보의 측면에서 경제적이고 파격적이었다고 결론지을 수 있다.

신문을 이용한 광고 방식은 정보 이외의 것도 안겨주었다. 신문사라는 공적 단체가 가진 공신력을 통해, 공연 수준이나 완성도에 대한 보증도 함께 부여받는 효과를 낳았다. 신문을 이용한 광고 방식은 이러한 특성 때문에 그 효과가 막강했다고 할 수 있다.

근대극 도입기의 광고 홍보 전략에서 정보 전달 방식 이외에도 극단(공연 주체)의 이미지를 제고하는 방식이 사용되었다. 특정한 작품을 홍보하는 방식이 아니라, 해당 극단의 이미지를 제고시킴으로써 관객들에게 해당 극단(혹은 극장)에서 하는 연극이 신뢰할 만하다는 인식을 심어주기 위한 전략이다.

초기의 임성구 일행도 이러한 전략을 사용했다. 전통연희극이 아닌, 새로운 연극(신파극)임을 알리기 위해 '시속 청년'의 이미지를 사용했다. '상투' 쓴 연희자가 아니라 새로운 시대를 사는 청년의 이미지를 강조함으로써 새로운 연극에 대한 호기심을 촉발시켰다. 이것은 근본적으로 혁신단이 기존의 연희 단체와 다름을 홍보하려는 전략이다. 토월회도 마찬가지였다. 토월회의 구성원들은 대부분 동경 유학생이었기에, 신문물에 익숙했다. 그들이 입고 거리를 활개쳤다는 루파시카는 당시 사람들에게는 신세대 문화의 상징이었다. 따라서 그들의 연극이 1920년대를 사는 최첨단 문화 조류임을 선전하기에 적당한 이미지였다.

극연은 옷차림이나 시각적 상징으로 자신들의 극단을 선전하지는 않았다. 그러나 신문에 쓰는 글, 전람회와 강연회 개최, 그리고 신문기자나 칼럼리스트라는 직업으로 인해 선구적이고 지사적인 풍모를 자아냈다. 이러한 이미지는 극연의 공연이 다소 어렵고 이해하기 힘들다 해도 새로운 문화적 조류로 받아들이지 않을 수 없게 만들었다. 반복되는 이야기이지만 신문을 통한 간접적인 지원은 이러한 이미지를 보다 굳건하게 만들었다. 많은 독자들이 극연의 공연이 문학사적으로 그리고 연극사적으로 가치 있는 것임을 확인받을 수 있었기 때문이다.

배우와 극단의 이미지 제고에 가장 앞장 선 단체는 동양극장이다. 동양극장은 가난하고 지저분한 배우의 인상을 제거하고, 단정하고 격식 있는 배우상을 제시했다. 이러한 방침을 따르지 않을 경우 극단의 제재가 심해서, 동양극장 배우들은 극장이 요구하는 자격 요건을 갖추지 않을 수 없었다.

경제적으로도 여유를 가질 수 있도록 배려하여 배우의 이미지를 손상시키지 않도록 유도했다. 극장을 새로 짓고 극장의 품위를 유지하는 데에도 신경을 썼다. 많은 이들이 동양극장을 구경하는 것을 원할 정도로 동양극장의 이미지는 부상되었다. 이로 인해 동양극장은 새로운 극단 이미지를 창출했고, 이러한 이미지는 동양극장의 공연에 우호적으로 작용했다. 다시 말해서 동양극장의 작품들이 동양극장을 유명하게 만든 측면도 있지만, 거꾸로 깨끗한 동양극장의 이미지가 동양극장의 작품들에 품위를 부여하기도 한 셈이다.

임성구 일행부터 동양극장에 이르는 일련의 과정을 보았을 때, 극단과 배우의 이미지를 제고하려는 홍보 노력은 점차 강화되어 왔다. 처음에는 작품의 선전이나 공연 광고에 집착했으나, 점차 극단의 이미지를 형성하고 유지하고 발전시키는 방법을 모색하기에 이르렀다. 근대극 도입기를 대표하는 극단들은 이러한 이미지 제고에 어느 정도 성공한 극단이라고 할 수 있다. 특히 동양극장은 모범적인 선례를 남겼다. 많은 이들이 배우를 하찮은 직업으로 생각할 때, 이들은 배우의 존엄과 가치를 제고할 수 있는 길을 모색했고 그 모색이 작품에 대한 긍정적 결과로 이어진 것이다.

공연 주체에 대한 홍보가 중요함을 인식하는 과정은 '기업 이미지' 홍보에 비견될 수 있다. 기업들은 자사의 이미지를 제고하기 위해서 막대한 홍보비를 지출하는 것이 일반적인데, 이것은 기업 이미지가 궁극적으로는 상품 경쟁력과 부가가치 창출로 이어지기 때문이다. 공연 주체 역시 마찬가지이다. 근대극 도입기의 대표적인 극단들은 극단의 이미지를 부상시킬 대안을 모색했다.

가령 임성구의 시속 청년 이미지, 김도산의 신문사 제휴, 동경 유학생의 면모, 지사적 풍모, 모범적인 연극인 상의 제시 등은 극단이 의식적이든 무의식적이든 추구한 극단 이미지 상이었다. 토월회 같은 경우는 동경 유학생의 이미지가 무너지면서 하향 곡선을 그렸고, 극예술연구회는 지사적 풍모를 유지하면서 상업적인 극단인 동양극장과 1930년대를 양분하는 연극 세력으로 존속할 수 있었다. 이것은 광고 홍보 전략이 궁극적으로 극단의 목표나 공연 주체의 세계관과 부합되어야 함을 간접적으로 보여준다.

〈뇌우〉 공연의 변모 과정

1. 〈뇌우〉의 공연사와 문제 제기

한국에서 〈뇌우(雷雨)〉는 지금까지 여러 차례 공연되었다. 이 작품은 1946년 낙랑극회에 의해 초연되었다. 그 뒤 1950년 6월 6일부터 15일까지 국립극단 제2회 정기공연작으로 무대화되었다. 이 공연은 폭발적인 인기에 힘입어 6월 19일부터[1] 연장 공연에 돌입했다.

강계식의 증언에 따르면, 피난지 부산(1950년 무렵으로 추정)에서도 이해랑 연출로 〈뇌우〉가 공연된 사실이 있다.[2] 강계식이 연도를 정확하게 밝히고 있지는 않지만, 부산으로 피난 온 이해랑을 언급하는 것으로 보아 1950년 무렵일 것으로 추정된다.[3]

---

1) 『경향신문』, 1950년 6월 17일 참조.

2) 김미도, 「강계식 선생과 함께」, 『한국 근대극의 재조명』, 현대미학사, 1995, 395면 참조.

3) 이해랑은 소위 말하는 '도강파'이다. 그는 6·25전쟁이 발발하자, 다리가 끊어진 한강을 헤엄쳐 건너 아버지가 거주하는 부산으로 피난을 떠났다. 그는 서울이 수복될 때까지 부산에 머물렀다.

또 <뇌우>는 6·25전쟁중(51년 8월) 피난지에서 공연되기도 했다.[4] 1954년 7월[5]에도 <뇌우>가 공연되었다.[6] 그 후 한동안 공연되지 못하다가, 1988년 10월 16일부터 25일까지 국립극장 대극장과 소극장에서 국립극단에 의해 134회 정기공연작(이해랑 연출)으로 올려졌다. 다음해 1월 21일 135회 정기공연작(장민호 연출)으로 이어서 무대화되었다.[7] 최근 국립극장 201회 공연작으로 선택되어 공연될 예정에 있다.[8]

조우의 작품은 해방 공간에서 한국에 소개되면서 중요한 흔적을 남겼다.[9] 그 중에서도 <뇌우>가 남긴 족적은 뚜렷하다. 좌우익이

---

4) 김미도, 「김동원 선생과 함께」, 『한국 근대극의 재조명』, 앞의 책, 373면 참조.
5) 일부의 기록에서 1954년 공연을 6월로 적고 있는데, 이것은 착오로 보여진다. 1954년 7월 18일자 『경향신문』을 보면, 유치진이 쓴 연출의 글 「운명극 <뇌우> ─연출자로서」와 극단 신협의 공연 광고가 실려 있다. 공연 광고를 보면, 광고가 실리는 당일 그러니까 1954년 7월 18일부터 '시공관'에서 <뇌우>가 공연됨을 알리고 있다.
6) 백성희, 연구자와의 개인 인터뷰, 2004년 2월 13일 : 1954년 <뇌우> 공연 사실에 대한 증언은 다소 엇갈리고 있다. 공연이 되지 않았다고 기억하는 측도 있다. 그러나 1954년 공연은 이루어진 것으로 보인다. 54년 공연에서 다시 번의 역을 맡게 된 백성희는 당시 공연중에 찍은 사진 자료를 증거로 1954년 시공관에서의 공연은 이루어졌다고 증언했다. 다만 시공관 이후에 순회공연으로 마련된 동양극장에서의 공연은 취소되었다. 그 이유를 백성희는 작가 조우가 공산국가인 중국에서 상당히 높은 직책을 맡은 사실이 알려졌기 때문이라고 기억한다.
7) 문영수, 연구자와의 인터뷰, 2004년 3월 26일 : 이 공연은 국립극단 워크샵 공연이었다. 대외적으로 발표하기 위해 준비한 공연이 아니라, 연수단원들이 과제용으로 수행한 공연이었다.
8) 2004년 4월 1일부터 7일까지 국립극장 달오름극장.
9) 서연호, 『한국근대희곡사』, 고려대출판부, 1994, 389면 참조 : 조우의 3부작 중 하나로 일컬어지는 <일출>은 제명이 <태양이 그리워>(김광주 역, 이진순 연출)로 바뀌어 1947년 10월 신지극사에서 공연되었다. 또 <매미는 껍질을 벗다>가 박노경 연출로 여인소극장에서 1950년 3월에 공연되었으며, 위에서 기록한 대로 1946

결집되면서 주목을 끈 낙랑극회가 야심찬 기획으로 선정한 작품이기도 하고, 초연의 실패에도 불구하고 국립극단(신협)에 의해 다시 선택되어 공전의 히트를 기록한 작품이기도 하다. 1950년대를 살았던 사람들에게 이 공연은, 연극에 대한 인식을 바꾸어 놓았다. 이 공연을 보지 않고는 '문화인' 자격을 얻을 수 없다는 인식이 만연하기도 했다. 그런가 하면 1988년에는 재공연에 대한 기대에도 불구하고, 흥행과 미학적 측면에서 실패한 작품이기도 하다. 연구자들도 이 작품이 담지한 사실주의적 특성에 대해 깊이 공감하며, 해방기 이후 <뇌우> 공연이 사실주의의 정착과 변화에 끼친 영향을 남다르게 주시하고 있다.

그럼에도 우리에게는 <뇌우> 공연에 대해 일목요연하게 정리된 공연사조차 없다. <뇌우> 공연에 대한 자료와 기록이 정확하지 못할 뿐더러, 서로 이견을 보이고 있다. 당시 공연에 참여했던 사람들 사이에서도 일치하지 않는 진술과 증언이 나타나고 있다.

시간의 순서대로 논점을 정리하면 다음과 같다. 첫째, 1946년 공연 여부와 당시 배역에 대한 문제이다. 낙랑극회에서 초연이 이루어졌다는 사실에 대해서는 거의 의심할 수 없지만, 당시 배역에 대해서는 논란거리를 남겨 두고 있다.

둘째, 6·25전쟁이 발발하고 피난지에서 <뇌우>가 몇 번이나 어떻게 공연되었는가의 문제이다. 앞선 강계식의 증언을 따르면 50년 무렵에 '예술극회'를 중심으로 연극인들이 모여 이해랑 연출로

년 7월과 1950년 6월에 <뇌우>가 공연되었다. <뇌우>는 1946년 4월 선문사에서 출간되기도 했다.

<뇌우>를 공연했다고 한다. 그러나 이 공연에 대한 객관적 자료는 확보되지 않은 상태이다.

셋째, 1951년 8월 피난지에서 <뇌우>가 공연되었다는 기록이 정확한가의 문제이다. 김동원의 증언은 이 점을 명기하고 있기에, 일단 사실일 것으로 추정된다.[10] 그렇다면 보다 객관적인 물증으로 사실이 뒷받침되어야 할 것이다. 왜냐하면 유치진의 기록에 의하면 피난지에서 공연된 <뇌우>는 "1952년 여름에 대구·부산 등에서 각광을 보았다"[11]고 되어 있기 때문이다. 두 기록의 차이는 착오로 인해 발생할 수도 있고, 아니면 두 공연 모두 이루어졌기 때문에 일어날 수도 있다. 이 점에 대한 규명이 필요하다.

넷째, 김동원의 다른 기록에 참조하면, "세 번째 공연은 피난지 부산, 대구와 수복된 서울에서 이뤄졌다. 이 세 번째 무대에서 내가 맡은 역은 큰 아들 평(萍)이었다".[12] 김동원이 말하는 세 번째 공연이란, 1946년 낙랑극회 초연(당시 주충 역)과 1950년 6월의 국립극단 공연(당시 주복원 역) 다음 공연이라는 뜻이다. 이 기록을 존중할 경우, 피난지 부산, 대구, 서울의 공연이 연속선상에 있게 되며, 그 공연에서 김동원은 국립극장 초연 때와는 달리 주평으로 바뀐 역을 맡게 된 셈이다. 그러나 이러한 주장과 다른 자료들은 일치하고 있지 않다.

다섯째, 1988년 국립극장에서 정리한 <뇌우> 공연 연보에 문제

---

10) 김미도, 「김동원 선생과 함께」, 『한국 근대극의 재조명』, 앞의 책, 373면 참조.
11) 유치진, 「운명극 <뇌우>—연출자로서」, 『경향신문』, 1954년 7월 18일.
12) 김동원, 「네 번째 <뇌우> 무대에 서서」, 「국립극단 134회 공연 팜플렛」, 1988년 10월.

점이 제기된다.

> 1953년 극단 신협 부산·대구·서울 공연
> 김광주 역·유치진 연출, 출연에 박암·백성희·문정숙·장일호·
> 황정순 외[13)

일단 1953년 신협의 부산·대구·서울 공연은, 이 연보에서만
보이는 기록이다. 신협의 본격적인 재공연인 연도는, 환도 이후인
1954년이다. 위의 공연 연보는 1954년을 오기하여 1953년으로 적
은 것으로 일단 여겨진다.

그러나 1954년의 오기라고 간주해도 문제는 여전히 남는다.
1954년 제작된 <뇌우>가 지방 공연에 연이어 서울에서 공연되었
다는 기록이나 증언은 없는 상태이다. 1954년 서울에서는 공연했
지만 지방(순회공연)으로 공연을 떠나지 않았던 것으로 보인다. 이
대목은 여섯째 논점과 연결되고 있다.

만일 김동원이 증언한 넷째 논점('세 번째 공연')과 연관시켜 이 자
료를 해석한다면, 어느 정도 일관성을 찾을 수 있는 것처럼 보인
다. 피난지를 거쳐 서울에 올라온 <뇌우>의 공연이라는 점에서
일치하기 때문이다. 그렇다면 부산과 대구 그리고 서울에서의 <뇌
우> 공연 배역이 정확하게 일치해야 하며, 시간상의 연속성도 어
느 정도 보장되어야 할 것이다.

여섯째, 과연 1954년 공연이 실제로 이루어졌는가의 문제이다.
일부에서는 조우의 공산당 입당(혹은 공산당 내에서의 높은 직책) 사실

---

13) 「공연연보」, 「국립극단 134회 공연 팜플렛」, 1988년 10월.

이 알려지면서 이미 준비되었던 공연이 취소되었다는 회고가 있다. 자료를 참조하면 이 문제는 비교적 쉽게 해결될 것으로 보이지만, 객관적인 자료를 통해 그 경위를 분명히 밝혀야 할 필요성이 엿보이는 지점이다.

일곱째, 1988년 공연은 어떻게 이루어졌는가의 문제이다. 조우가 공산권 국가의 작가였기 때문에, 그의 작품 공연이 국내에서는 한동안 금지되었다. 그러다가 개방의 물결을 타고 1988년 국립극단에 의해 재공연되었다. 이 공연은 작품성과 흥행성에서 모두 실패한 것으로 여겨지는데, 그 이유는 작품 해석과 관련이 깊다.14)

그 이유를 탐색하기 위해서는 이 전에 <뇌우>를 연출했던 이서향·유치진과의 비교가 필요하다고 판단된다. 특히 1950년 관객들의 대대적인 호응을 얻었던 공연과의 비교는 필수적인데, 이를 위해 작품 창작의 배경 자료를 검토할 것이다. 당시 참여했던 연극인들의 증언과 관련 기록을 토대로 공연의 윤곽을 드러내고자 한다. 이러한 작업은 필연적으로 연출 성향과 연출관(演出觀)을 살피는 계기를 도출할 것이다.

공연사의 측면에서 <뇌우>는 단순한 외국 작품이 아니다. <뇌우>의 공연사는 한국 공연사의 중요한 획을 그으면서 당시 연극계의 성향과 사정을 알려주는 척도가 되는 사례이다. 또 <뇌우>의 공연 성패는 당시 연극 관객의 수준과 성향을 감지하게 한다. 아울러 다양하게 이어지는 한국의 연출자 스타일도 알려준다. 초연의 이서향과, 국립극단 제2회작과 환도 후 재공연작을 연출한

---

14) 백성희, 연구자와의 개인 인터뷰, 2004년 2월 9일.

유치진, 그리고 배우에서 연출자로 변신하여 <뇌우>에 도전한 이
해랑은 한국 연극 연출사의 중요한 맥락을 이루는 연출가들이다.
이러한 연출가들의 개성을 공연사적 연속선상에서 찾아보는 것은,
미미한 한국 연극사의 한 부분을 채우는 작업이 되리라 판단된다.
본고는 위에서 제기된 문제점을 해결하고, 관련 자료의 수합과 당
시 출연진들의 증언을 통해 <뇌우> 공연의 실체와 연출 성향을
규명하기 위한 의도로 쓰여졌다.

2. 1946년 낙랑극회 공연과 이서향의 연출 의도

낙랑극회(樂浪劇會)는 함세덕(咸世德)과 황철(黃徹) 그리고 신극의
기수인 이해랑(李海浪)이 힘을 합쳐 만든 연극단체였다.15) 당시는
좌우익의 대립이 본격화되기 이전이었기에, 이러한 극단 구성이
가능했다. 1946년 낙랑극회는 함세덕 번안의 <산적>(원제 : 쉴러의
<군도>)을 공연했다. 그 다음 작품으로 <뇌우>(조우 작, 김광주 역)를
7월 5일부터 11일까지 국도극장에서 공연했다.16) <뇌우>는 이서
향이 연출하고, 황철·김동원·김선영·김양춘·강노석 등이 출

---

15) 그 밖의 인물로 김선영, 서일성, 박민천 등이 있었다.
16) 당시 신문광고를 참조하면 낙랑극회의 <뇌우> 공연 광고가 『중앙신문』의 경우
　　1946년 7월 5일부터 11일까지 게재되었고, 『중외신보』의 경우에는 1946년 7월 9
　　일부터 11일까지 게재되었다. 『중앙신문』과 『중외신보』에 게재된 광고문구는 동
　　일한데, 그 광고문구에는 <뇌우>가 (1946년 7월) 5일 시작된다고 표기되어 있다.
　　『중앙신문』의 경우, 공연 시작과 함께 광고가 게재되고 공연이 끝나면서 광고도
　　끝난 것으로 추정된다. 두 신문이 공히 7월 11일에 광고가 끝난 점도 이러한 마감
　　일 추정을 뒷받침하고 있다. 이러한 사실을 종합하면 <뇌우>의 초연 개시일은
　　1946년 7월 5일이 분명하고, 마감일은 7월 11일로 추정된다.

연하였다.17)

당대의 명배우인 황철이 주평(周萍) 역을 맡았고, 김동원은 둘째 아들 주충(周冲) 역을 맡았다. 주씨 집안의 후처로 들어와 의붓아들인 주평과 사랑에 빠지는 주번의 역은 김선영이 맡았고, 주복원(周樸園) 의해 쫓겨나 아들 대해(大海)를 데리고 노씨 집안으로 시집온 시평(侍萍) 역은 김양춘이 맡았다. 모든 은원의 원흉인 주복원은 강노석이 맡았다. 차범석의 회고에 따르면18) 문정복(文貞福)과 유경애(兪慶愛) 등도 출연했다고 한다.

그런데 다른 기록이 있어 논란을 불러일으킨다.

낙랑극회는 (<산적>에 : 인용자) 이어서 중국작가 조우의 <뇌우>를 무대에 올렸다. 노역과 악역에 능한 그(이해랑 : 인용자)가 아버지 周樸園 역을 맡고 황철이 아들 萍 역을 맡아서 두 번째 연기대결을 벌였고 절제된 연기로 주목을 끌었다.19)

이러한 주장은 이 작품의 초연과 관련되어 논란거리를 제기한다. 결론부터 말하면 이 기록은 착오로 여겨진다. 이 작품에 출연했던 김동원의 증언에 따르면, 이해랑은 이 작품에 "배역이 없어"서 출연하지 않았다. 황철과 이해랑이 연기 대결을 벌였다면, 그것은 낙랑극회가 이전에 공연한 작품인 <산적>에서였다고 보는 편이 옳다. 단 이해랑이 주복원 역의 물망에 오른 사실은 있었다.

---

17) 김동원, 연구자와의 전화 인터뷰, 2004년 2월 9일.
18) 「추억의 <뇌우>」, 「국립극단 134회 공연 팜플렛」, 1988년 10월.
19) 유민영, 『이해랑평전』, 태학사, 1999, 200면.

이해랑의 불참 증거는 1950년 국립극단 공연팜플렛에서도 확인된다. 주평 역을 맡아 출연하게 된 이해랑은 「<뇌우>에 출연하며」라는 글을 통해 "해방 이듬해 낙랑극회에서 <뇌우>를 상연하였을 때 나는 회원이면서 피치 못할 사정으로 출연을 못하고 관객의 한 사람으로 이 연극을 평하여 말한 일이 있다"고 회고하고 있다.

이러한 착오는 잘못된 신문 기사에서 연원한 것으로 판단된다. 1988년 <뇌우>가 재공연될 당시, 한 신문 기사는 이해랑이 아버지 역(주복원)을 맡았다가 아들 역(주평)으로 옮겨갔다는 식으로 보도하고 있다. 그러나 이것은 명백한 착오이다.[20]

1946년 <뇌우>는 황철과 그의 연기로 기억되는 공연이다. 당시 관객의 회고에 의하면 '황철이 낫을 들고 길길이 뛰는'[21] 연기가 인상적이었다고 한다. 당대 최고의 배우로 불리던 황철이었기에, 그의 대중적 인기로 인해 기억되는 공연인 것이다.

그러나 <뇌우>의 국내 초연은 성공한 사례로 기억되지 않는다. 그 이유를 작품에 출연했던 김동원은 다음과 같이 말하고 있다. "대중극단이었던 까닭에 작품을 완전히 소화하기에는 무리가 있었다".[22]

극단원이었지만 출연하지 않았던 이해랑은 보다 객관적인 입장에서 초연의 성과를 분석했다.

---

20) 『중앙일보』, 1988년 10월 14일, 8면 참조.

21) 송정숙, 「지금와서 <뇌우>는 좀…」, 『중앙일보』, 1988년 8월 29일, 3면.

22) 김동원, 「서울 시민 6분의 1이 관람한 번역극 <뇌우>」, 『미수의 커튼콜』, 태학사, 2003, 169면.

낙랑극회의 무대에서는 원작의 긴박(緊迫)한 감정을 볼 수 없는 것이 유감이었고 각인물의 성격이 모호(模糊)하여 탄력을 상실한 것이 애석하였다. 연출의 간결(簡潔)한 수법은 좀더 대담하지 못했으며 성격의 내부를 저류하는 성실한 정서에 충실하지 못했고 또 마땅히 무대에 팽창(膨脹)해야 할 힘이 결여되었다. 그리고 각자의 연기는 단순하고 평면적이어서 매력이 없었다.[23]

이러한 평가는 이 작품이 지닌 '심리적인 요소'를 제대로 그려내지 못했다는 뜻으로 풀이된다. <뇌우>의 등장인물들은 애욕의 관계로 얽혀 있다. 번의와 주평의 관계(불륜)가 그러하고, 주평과 사봉의 관계(혼전성교, 근친상간)가 그러하며, 멀게는 주복원과 시평(미혼모)의 관계가 그러하다.

작품이 전개되면서 과거의 사연과 숨겨진 비밀을 드러나는데, 그 표출 방법은 대담하게 이루어져야 한다는 것이 이해랑의 생각이었던 것 같다. 이러한 생각을 이해랑은 '내용의 몸서리나는 사실의 폭로'라고 규정했다. 그러나 이서향 연출의 46년 <뇌우>는 이 점에서 해석을 달리했고, 그로 인해 극적 긴장감이 고조되지 못하는 취약점을 드러냈다는 평가인 셈이다.

3. 1950년 국립극단(신협) 공연과 유치진의 연출 의도

1950년 국립극단이 만들어지면서 창단 공연으로 올려진 작품은

---

23) 이해랑, 「<뇌우>에 출연하며」, 「국립극단 제2회 정기공연작 <뇌우> 공연 팜플렛」, 1950년 6월.

<원술랑>(유치진 작, 허석 연출)이었다. 첫 작품은 성공을 거두었고, 자신감과 사기가 한층 높아진 국립극단(극단 신협)은 그 다음 작품으로 조우 작 <뇌우>를 선택했다. 의욕적인 출발을 다짐하는 그들에게 사실주의 연극의 동양적 전범처럼 보였던 이 작품은, 한국 연극사에 주목할 만한 성과와 흥미로운 사례를 남겼다.

유치진 연출로 연습에 돌입하자, 흥미로운 일이 생겼다. '만년 주인공'으로 불리던 김동원이 아닌, 이해랑이 '주평' 역에 캐스팅된 것이다. 이해랑은 이 역을 고사했다고 한다.24) 왜냐하면 그 때까지 남자 주인공 역은 주로 김동원이 도맡아 했고, 이해랑은 노역이나 악역을 주로 맡았기 때문이다. 그러나 유치진의 캐스팅 의지는 단호했고, 자신의 연출 방향은 낙랑극회와는 다르다면서 이해랑을 격려했다.25)

당시의 캐스팅을 보면, 이해랑이 주평 역을, 김동원이 주복원 역을, 신태민이 주충 역을, 박경주가 노대해 역을, 박상익이 노귀(魯貴) 역을 맡았다. 여자 배역을 보면, 김선영이 시평 역을, 황정순이 노사봉 역을 맡았고, 주번의 역에 백성희와 유계선이 더블 캐스팅되었다. 단역으로 고설봉, 오사량 등이 출연하기도 했다.26)

국립극장의 제2회 공연작으로 6·25전야 무대가 된 <뇌우>는 번역

---

24) 유민영, 『이해랑평전』, 앞의 책, 249면 참조.
25) 『일간스포츠』, 1988년 10월 13일 참조.
26) 유치진이 남긴 연출 대본을 보면, 주복원을 주박원으로, 번의를 번기로 부르고 있다. 이것은 '樸'의 해석을 '복'이 아닌 '박'으로 읽었기 때문이다. 『시경』의 뜻을 취하면 '주복원'이 옳을 것으로 판단된다. 번의의 경우는 오독으로 판단된다. 번의의 중국식 발음도 'yi'이다.

극이란 단점말고는 그때까지 최고의 예술무대였다. 원작이 지닌 예술적 향기와 연출, 연기, 장치 등이 빚어낸 절묘한 앙상블은 무대와 관중을 똑같이 열광시켰다. 이 연극을 보지 않고는 문화인 소리를 들을 수 없다고 할 만큼 지식층의 호응을 받은 것도 우리 연극사에 전무후무한 일이었다. 지금의 서울시의회인 부민관 앞에는 연일 자동차가 빼곡이 들어찼으며 계속되는 무더기 관중 때문에 앙코르 공연이 불가피했다. 당시 40여만 명이었던 서울 인구의 6분의 1을 차지하는 7만 5천 명 정도가 이 연극을 관람했다는 것만 보더라도 충분히 알 수 있을 것이다.[27]

공연은 대성공이었다. 예상을 뛰어넘는 관객들이 몰려들었다. 당시 1만 명만 들어도 대성공이라는 극장에 무려 7만 5천 명의 관객이 든 것이다. 서울 인구의 1/6 정도가 보았다는 계산은 천문학적인 수치이다.[28]

이렇게 <뇌우>가 관객들의 사랑을 받게 된 것에는 몇 가지 원인이 있다. 먼저 무대 장치를 들 수 있다. 명 무대 미술가로 알려진 김정환이 무대 장치를 맡아[29], 당시로서는 파격적인 세트 디자인

---

27) 김동원, 「국립극단 창단 무렵」, 「국립극단 제186회 정기공연작 <태>공연 팜플렛」, 2000년 4월.

28) 유치진, 『동랑 유치진 전집』9, 서울예대출판부, 1993, 208면 참조 : 이러한 수치는 <뇌우>의 성공을 거론할 때마다 언급되는 것이다. 그러나 이 수치는 과장된 것 같다. 왜냐하면 이 수치를 만든 사람은 유치진인데, 그의 계산법에서 믿기지 않는 대목이 있기 때문이다. 그는 1천 8백 석 좌석의 극장에 4천 명이 들어갔다고 계산하여 이 수치를 산출했는데, 당시 부민관에 4천 명이 들어갔다는 것은 신뢰하기 어렵다.

29) 당시 공연팜플렛을 보면 '장치 강성범'으로 되어 있다. 당시 출연진인 백성희와 황정순의 증언을 참조하면, 무대 장치와 세트 제작은 김정환이 했다고 한다.

을 선보였다. <뇌우>의 무대 장치는 세트 뒤로 비가 내려 흘러내리는 스펙터클을 만들어 내었다. 무대 주변에 파이프를 설치하여 인공강우를 실현시킨 것이다.[30]

여기에 실감나는 천둥소리가 더해져, 관객들은 집에 갈 때 우산 걱정을 해야 할 정도였다고 한다(마침 첫 날은 비가 와서 작품 속에서 비 내리는 실감이 더해졌다고 한다). 무대 뒤에서 천둥소리를 낸 스텝은 차범석이었다. 차범석은 당시 음향 효과를 내던 방식과 유치진의 주문을 기억하고 있다.

> 매 공연마다 무대 뒤에서 번갯불이 번쩍이며 뇌성을 내는 음향 일이 내(차범석 : 인용자)가 맡은 일이었다. 공사판에서 쓰는 여섯 자 길이의 함석판을 매달아놓고서 무대감독의 지시에 따라 섬광이 반짝반짝 발광하는 것을 기다렸다. 2초 후쯤 함석판을 흔들어야 한다는 약속이다. 그것도 뇌성소리가 멀리서부터 서서히 들려야 하니 처음부터 큰소리가 나서는 안 된다고 유치진 선생은 강조하셨다.[31]

유치진은 빛이 먼저 보이고 소리가 나중에 들리는 물리적 현상까지 신경을 썼다. 세심하게 작품을 읽고 합리적으로 연출한 흔적으로 보인다. 유치진은 대본의 해석에 충실한 연출가였다. 그는 배우들과의 연습에서 읽기(리딩)를 강조했고, 많은 시간을 작품 분석에 할애했다.[32] 유민영은 이 작품의 성공 요인으로 '유치진의 뛰어난 작품 해석'을 꼽고 있다.[33]

---

30) 김동원, 「국립극단 창단 무렵」, 앞의 글 참조.
31) 차범석, 「활짝 핀 글로디올러스」, 백성희, 『무대밖에서』, 혜화당, 1994, 225면.
32) 백성희, 연구자와의 개인 인터뷰, 2004년 2월 9일.

실제 공연에서 유치진은 작품 전체를, 원작자의 의도 그대로 무대화하지 않았다. 먼저 서막(프롤로그)과 종막(에필로그)을 제거했다. 남은 1막에서 4막도 상당히 수정해서 올렸다. 백성희의 증언에 의하면 대사를 대폭 축소하여 공연 시간이 3시간 정도였다고 한다.[34] 유치진이 남긴 연출 대본을 보면, 대사를 많이 삭제하고 고친 대목이 상당했음을 알 수 있다.[35]

1막은 상대적으로 가장 수정이 적은 막이다. 특기할 만한 부분은 노귀가 사봉에게 3년 전에 본 귀신 이야기를 하는 대목이다. 유치진은 노귀가 들려주는 이야기에서 어린 주충이 겁에 질렸다는 부가적 이야기를 삭제하도록 표시하고 있다. 사실 주충이 겁에 질린 상황 묘사는 사건의 진위를 더디게 전달하여 관객들을 궁금하게 만들기 위함인데, 유치진은 이를 무시하고 숨겨진 사연을 빨리 전달할 수 있도록 바꾸어 놓았다. 사건 전개의 리듬을 변화시키는 연출적 설정인 셈이다.

2막은 대거 수정된 막이다. 먼저 2막의 도입부에 배치된 사봉과 주평의 대화 장면을 대거 삭제했다. 반복되는 내용을 위주로 대사를 제거했다. 이것은 사봉과 주평의 미묘한 신경전을 길게 보여주

---

33) 유민영, 『우리시대 연극운동사』, 단국대학교출판부, 1990, 241면 참조.

34) 백성희, 연구자와의 개인 인터뷰, 2004년 2월 9일.

35) 유치진의 연출 대본은 드라마센터(지금의 서울예대)에 소장된 것을 말한다. 유치진의 <뇌우> 연출 대본이 1950년 것인지, 1954년 것인지 분명하지는 않다. 다만 지금으로서는 1954년 것일 확률이 더욱 높다고 말할 수 있다. 그러나 유치진은 1954년 『경향신문』에 게재한 「운명극 <뇌우>―연출가로서」라는 글에서 1954년 공연에서 '5년 전 초연시의 플랜'(1950년 6월 국립극단 공연)을 그대로 적용했다는 기록을 남기고 있다. 이러한 기록을 토대로 드라마센터 소장본을 분석하여 1950년 6월 공연의 실체를 밝혀보려 한다.

지 않겠다는 의도로 풀이된다. 유치진은 이 작품이 치정극이 되지 않도록 주의했다. 사봉과 주평의 사랑 싸움도 그러한 측면에서 길게 재현되지 않은 것으로 추측된다.

번의와 시평이 만나는 장면도 대사가 많이 삭제된 대목이다. 유치진이 고치고 기입해 넣은 대사 중에 다음과 같은 구절이 있다. "여보게 결론부터 얘기하겠는데 사봉이를 데려가주게".36) 이러한 구절은 번의가 시평을 만나는 의도를 직설적으로 요약한다. 유치진은 이러한 대사를 노골적으로 말하게 함으로써, 다른 주변 대사들을 삭제할 여지를 만들어내었다. 마찬가지로 장면의 인상이나 만남의 분위기를 강조하기보다는 장면의 의도를 직접적으로 전달하는 것에 목적을 둔 연출 방식이다.

주복원과 시평이 만나는 대목에서도 대사의 축소가 엿보인다. 시평은 주복원을 알아보지만, 처음부터 자신의 신분을 밝히지 않는다. 시평은 주복원과 자신만 알 수 있는 이야기를 드문드문 풀어나감으로써 주복원과의 얽힌 사연을 들려준다. 또한 자신의 기억과 과거로 서서히 진입함으로써, 오랜 세월의 은원을 불러일으키는 성격적 면모를 내보인다. 그러나 유치진은 에둘러 가는 대사를 대부분 삭제하고, 주복원과 시평의 만남이라는 장면의 요체를 드러내는 선에서 대사를 정리했다.

전체적으로 대사가 가장 많이 정리된 막이 2막으로, 전개 부분에 해당하는 이 막에서 유치진은 인물간의 만남이 갖는 의미를 전달하는 데에 초점을 두고, 미묘한 심리적 긴장감을 살리는 데에는

---

36) 유치진 연출 대본, 『뇌우』, 드라마센터 소장본, 1950, 470면.

상대적으로 적은 비중을 두고 있다.

3막에서 가장 눈에 띄는 것은 효과음(effect)이다. 유치진은 3막의 도입부에 기록된 무대 지문을 대부분 지워버리고, 그 위에 "E / 鍾 / 개고리 / 번개·우뢰 / 犬 / 딱딱이소리 / 장사치소리 / 胡琴 / 비"를 적어 놓고 있다. 이것은 무대 지문과 대사 속에서 발췌해 놓은 3막의 주요 음향이다. 대본이 진행됨에 따라 효과음이 삽입되어야 할 부분을 기록한 면이 보이기도 한다37).

3막은 유일하게 공간적 배경이 달라지는 막이다. 효과음에 신경을 써야 하는 또 다른 이유는 유치진이 무대 장치를 이용하여 3막을 표현하기보다는 효과음으로 공간적 배경을 살려내려 한 것에 있다.

4막은 음악이 사용된 흔적이 있다. 유치진은 연출 대본의 여백에 음악으로 생각되는 'M'를 표시하고 있다. 이러한 음악 표시는 3막 말미(1번)부터 나타나기 시작하더니, 4막에서는 4번 나타난다.38) 특히 마지막 음악 표시는 사봉과 주충이 죽고, 복원과 하인이 뛰어나간 후에 시작되도록 되어 있다. 대본에 지시된 문구는 'High Mass—Bach'이다.

4막도 대사의 삭제 분량이 전체적으로 많은 막이다. 특히 엔딩 부분으로 갈수록 대사의 삭제 분량이 커진다. 반 페이지 정도의 대사를 한꺼번에 삭제한 곳도 있다. 이것은 극의 종결 속도를 가속시키기 위한 의도로 풀이된다.

---

37) 같은 책, 90면; 100면; 103면; 104면; 115면; 119면.

38) 같은 책, 122면; 123면; 134면; 149면; 163면.

이처럼 유치진은 장면의 진행 속도를 증가시키고 반복되는 대사를 줄이는 작업에 연출의 초점을 맞추었다. 음향의 사용과 음악의 활용을 보았을 때도, 그가 원작을 벗어나지 않는 한도 내에서 자신의 연출관을 고수했음을 알 수 있다.

배우들의 연기도 상당히 뛰어났다. 유치진은 주복원[39]과 시평에 오랫동안 호흡을 맞춰 온 김동원과 김선영을 배치하는 것을 필두로 해서, 어린 백성희와 선배 유계선을 경합시키는 등 의표를 찌르는 배역 설정을 감행했다. 결과적으로 이러한 캐스팅은 배역의 짜임새를 다질 수 있는 기틀을 마련했다. 여기에 1회 정기 공연 <원술랑>의 성공에 고무되었던 국립극단(신협) 배우들의 사기와 의욕이 결합되었다.[40]

<뇌우> 공연의 성공은, 유치진의 리얼리즘 연출 메소드와 훌륭한 배우들의 앙상블이 이루어낸 보기 드문 성과였다. 이 연극에서 개인적으로 주목을 받은 배우가 두 사람 있다. 한 사람은 이해랑으로 깡마른 체구에 파리하고 창백한 분장으로 주평의 이미지를 잘 살렸다는 고평을 들었다. 다른 한 사람은 백성희이다. 이 연극으로 백성희는 대중들에게 얼굴을 알리게 되고, 높은 성장 가능성을 내보이게 된다.[41]

노대해의 배역도 적절했던 것으로 보인다. 유치진은 체격이 건

---

39) 유치진은 주복원(周樸圓)의 한자에서 가운데 자를 '복'이 아닌 '박'으로 해석했다. 이것은 한자읽기와 보편적 이해의 차원에서 타당한 것으로 생각된다.
40) 김동원, 「국립극장 시대」, 『미수의 커튼콜』, 앞의 책, 166면 참조.
41) 백성희, 『무대밖에서』, 앞의 책, 127면 참조.

장한 박경주로 하여금 노대해 역을 맡도록 하여, 무대에 등장했을 때 시각적 중량감이 인지되도록 유도했다. 시각적 비중은 무산 계급의 이미지를 무대에 실연했을 뿐만 아니라, 대해의 극중 위상도 강화하는 요건으로 작용했다.

당시 상황에서 이 작품의 공연이 당면하게 될 가장 커다란 문제는 외설과 윤리적 관점에서의 시시비비였다. 1950년 공연 팜플렛에는 이러한 시비를 종식시키고 극단의 입장을 변호하기 위한 글이 실려있다.

<뇌우>를 상연하려고만 하면 이 상연을 반대하고 비난하는 사람이 있다. 첫 번째 상연(1946년 낙랑극회 : 인용자) 때는 극단 내부에서 맹렬히 반대하였다. 그것을 물리치고 상연하고 '나니 외부에서의 비난이 더 컸다. 이 비난이란 <뇌우> 상연의 예술적 성과에 대한 것이 아니고 <뇌우>가 내포한 윤리성에 대한 것이었다. 이번에는 상연도 하기 전에 동곡(同曲)의 방송이 들어오고 있다. 나는 이 방송에 답하지 않을 수 없다.

어머니가 아들을 사랑하고 오빠가 누이동생을 사랑하고 골육이 상쟁하는 이러한 것을 상연한다고 비난을 한다. <뇌우>가 단지 이러한 파륜적(破倫的)인 면이 강조되었다고만 보는 것은 지나친 근시안적 관찰이다. <뇌우>의 비극성을 이렇게 윤리적으로만 해석하여 결론을 지으려는 것은 조급하고도 평면적인 해결이다.

작가 조우는 중국의 사회를 주복원의 대가정으로 축소시켰다. 그래서 몰락하여가는 중국의 봉건사회 생활상을 무자비하게 척말(剔抹)하면서 그 어둡고 침침한 제도 아래서 허덕이고 있는 여러 인간상을 그렸다.[42]

기획자였던 박민천의 글은 당시 상황에서 <뇌우>가 윤리적으로 큰 파장을 불러일으켰음을 역으로 반증한다. 당시 윤리의식은 지금보다 완고했기 때문에, 작품 해석과 공연에 대한 안내와 옹호의 입장이 필요했을 것이다. 이러한 상황과 입장은 <뇌우>가 인기를 끈 중요한 요인 중 하나를 유추하게 한다. <뇌우>는 파격적인 성의식과 자극적인 윤리를 보여주는 문제적 측면을 담지한 작품이었다.

이 작품의 연출이었던 유치진도 공연이 치정극으로 흐르지 않도록 주의했다. 먼저 유치진은 <뇌우>의 비극성을 '환경의 중압'에서 찾으려 했다. 유치진은 주씨 집안과 노씨 집안이 얽히게 되는 원인이 개인의 성격보다는 사회적 모순에 있다고 파악했다. 주평과 계모의 불륜, 시평의 버려짐, 주복원의 고민 등을 가족제도의 모순에서 잉태된 것으로 분석했다. 그것은 치정에 얽매인 인간을 보여주기보다는 봉건제도의 굴레 속에서 벗어나지 못하는 인간을 보여주어 그들의 선택과 파멸이 외부에서 온 것임을 강조하기 위함이다. 즉, 운명적이라는 것이다.

반면 조우가 관심을 가지고 그려냈던 번의의 비중은 낮아졌다. 조우가 계모 번의에 대해 흥미를 기울여 극의 중심 인물로 그려낸 사실을 알고 있다고 밝히면서도, 유치진은 실제 연출 작업에서는 인물들의 비중을 골고루 분산시키는 자세로 임했다. 특히 시평의 비중을 강화한 점이 눈에 띈다. 배역으로 보아도, 시평 역은 가장

---

42) 박민천, 「<뇌우> 상연에 관한 노트」, 「국립극단 제2회 정기공연작 <뇌우> 공연 팜플렛」, 1950년 6월.

핵심 배우인 김선영에게 주어져 있었다.

유치진은 "수동적인 입장으로 묘사되어 있는 전처 시평에게서 그 비극성의 보다 무거운 부면을 찾아내려고 애썼다. 연출을 번의에게만 중점을 두면 이 작품이 하나의 운명극이기보다 흔히 있는 치정극이 되기 쉬운 폐단도 있거니와 봉건적 중압을 운명인 줄 알고 참고 견디려는 시평이야말로 봉건주의의 가장 대표적인 희생물이며 그 고민이야말로 모성애의 극치임을 간과할 수 없기 때문"[43]이라고 논리적 근거를 세웠다. 그러면서 번의에 의해 작품이 주도되지 않도록 주의했다.

이러한 입장은 이 작품이 치정극으로 전락하지 않도록 고심한 흔적이다. 유치진은 치정적 요소로 얼룩진 연극, 즉 평범한 멜로드라마가 되지 않도록 하기 위해서 '운명극'이라는 장르적 개념으로 작품을 해석하고 '운명'적 요소를 강화하여, 작품의 품위가 실추되지 않도록 하여 가치를 제고시키고자 했다.

그렇다면 유치진이 가장 신뢰했던 배우였던 김선영과 김동원을, 시평과 주복원으로 캐스팅한 이유를 알 수 있다. 유치진은 주번의를 중심으로 하는 원작의 구도를, 시평을 부각시키는 자신의 연출 의도로 재편하기 위해서, 노련한 배우 김선영이 시평 역으로 필요했던 것이다. 그래서 1946년 때 이미 주번의 역을 맡은 적이 있었던 김선영의 캐스팅 이동을 감행할 수 있었다.

처음 김선영은 캐스팅에 불만을 토로했다고 한다. 1946년 낙랑극회(초연)에서 맡았던 주인공(번의) 역을 하지 못하게 된 것에 대한

---

43) 유치진, 「운명극 <뇌우>—연출자로서」, 앞의 글.

불만이었다. 이 때 유치진은 자신이 해석한 <뇌우>는 시평에게 극의 초점을 둔다고 사정을 설명하여 그 불만을 무마했다고 한다.44) 이러한 유치진의 주문을 황정순도 그대로 증언하고 있다.45)

당시 상황에서 김선영의 연기 파트너로 가장 적격인 배우는 김동원이었다. 김동원과 김선영은 상대역으로 연기한 경험이 있고, 어느 배우보다도 상대를 잘 알고 있기에 복원과 시평의 은원과 갈등을 조율하는 연기를 기대한 것으로 보인다. 결과적으로 배우의 앙상블을 고려하여 김동원을 주복원에 캐스팅한 셈이다. 이러한 숨은 의도를 참고할 때, 유치진이 젊은 주평과 번의와 사봉의 삼각관계(잘못하면 치정 관계로 전락될)에 매몰되지 않으려 했음을 알 수 있다.

4. 피난지에서의 공연과 환도 후의 공연

<뇌우>는 전쟁 직전에 발표된 작품이었다. <뇌우>를 끝내고 휴식에 들어섰던 국립극단 배우들은 전쟁의 참화에 휩쓸리게 된다. 유치진은 숨어 지내며 북한군의 눈을 피해야 했고, 이해랑은 한강을 헤엄쳐 건너 아버지가 있는 부산으로 가야 했으며, 집에서 숨어살던 백성희도 북한군 치하의 국립극장을 떠나 피난 생활을

---

44) 김동원, 「서울 시민 6분의 1이 관람한 번역극 <뇌우>」, 『미수의 커튼콜』, 앞의 책, 170면 참조.
45) 황정순, 연구자와의 개인 인터뷰, 2004년 2월 18일 : 당시 사봉 역을 맡았던 황정순은, 원작자나 중국인이 우선시하는 번의 역의 비중을 줄이고 아이의 어머니인 시평 역의 비중을 확대하는 방향으로 유치진이 이 작품을 연출했다고 증언했다.

해야 했다. 김동원은 납북당할 뻔하기도 했다.

강계식의 증언을 토대로 하면, 1950년 무렵에 부산에서 <뇌우>가 공연되었다. 연출은 이해랑이었다. 당시 부산으로 피난을 나와 있던 이해랑이 '예술극회'와 만나 공연했다는 것이다. 예술극회는 박남을 대표로 하여, 이상백·정민·고설봉·고선애·윤인자·문정숙 등의 배우들이 소속된 단체였다.[46]

이러한 증언은 잘 알려지지 않은 공연사의 한 부분을 보완할 수 있는 자료로서의 중요한 의의를 가지고 있으나, 마땅히 갖추어야 할 객관성을 결여하고 있다. 이해랑 관련 자료를 보면, 예술극회와 인연을 맺게 된 사연은 밝혀져 있으나[47] <뇌우>의 공연 여부는 기록으로 밝혀져 있지 않다.

신협의 젊은 단원들은 피난지인 부산, 대구, 서울에서 <뇌우>를 재공연하였다(1951년). 김동원의 회고에 따르면, 1951년 피난지 무대에서부터 주평 역을 맡은 이는 김동원이다. 김동원은 "방황, 회의 속에서 허덕이며 일시적인 정열의 잘못으로 저지른 과오 때문에 자기 자신을 저주하며 우울한 공기 속에서 뛰쳐나와 새로운 공기를 호흡하며 자기를 구해보려 애쓰다 결국에는 자살하고 마는"[48] 인물로 주평을 해석했다.

신협이 1951년 8월에 공연한 사실은 신문 광고로 입증된다. 신협은 『경향신문』 8월 21일자에서 "국립극장전속 '신협' 성하공연"

---

46) 김미도, 「강계식 선생과 함께」, 『한국 근대극의 재조명』, 앞의 책, 395면 참조.
47) 유민영, 『이해랑평전』, 앞의 책, 258면 참조.
48) 김동원, 「네 번째 <뇌우> 무대에 서서」, 앞의 글.

이라는 문구로 <뇌우>를 광고하고 있다. 장소는 부산극장이었다. 출연진은 김동원, 김복자, 이해랑, 최무룡, 박상익, 장민호, 주동운, 최은희, 박경주, 황정순, 오사량, 박상호였다.[49]

배역에서 눈에 띄는 것은 백성희, 유계선, 김선영 등이 보이지 않는다는 점이다. 당시 백성희는 대구에서 병을 얻어 신협 공연에 참여하지 못하게 되었다고 한다.[50] 병상에서 백성희는 자신의 역(번의)을 누가 하는지를 물은 적이 있었는데, 주위 사람들이 김복자라고 대답했다고 한다.[51] 이러한 증언은 신문 광고와 일치한다. 신문 광고에도 번의 역(신문에서는 '그(탄광회사사장주씨)의 아내')은 김복자가 맡고 있다. 김선영은 월북한 이후이기 때문에 당연히 배역을 맡을 수 없었다. 따라서 최은희가 시평 역, 김복자가 번의 역을 맡게 된 것은 어쩔 수 없는 일이었다.

주목되는 역할 이동도 나타나고 있다. 먼저 김정환의 경우를 보자. 김정환은 1950년 당시 <뇌우>의 세트 디자이너로 지목되고 있는 인물이다. 당시 팜플렛에 강성범 장치로 되어 있지만, 당시 출연진은 김정환을 '비 오는 세트'의 창조자로 꼽고 있다. 그런데 1951년 8월 공연 광고에는 '김정환 장치'로 명기되어 있는 것이다. 지금으로서는 속단할 수 없지만, 증언을 참조할 때 김정환이 <뇌우> 세트를 만드는 데에 상당한 관련이 있음을 증거하는 대목이

---

49) 장민호, 연구자와의 개인 인터뷰, 2004년 2월 25일 : 장민호는 이 공연이 대구시네마 극장에서 먼저 이루어진 다음에 부산에서 이루어졌다고 증언하고 있다. 또 이 공연 이후에 마산의 마산극장, 진주의 군인극장에서도 공연이 있었다고 증언하고 있다.
50) 백성희, 『무대밖에서』, 앞의 책, 136면 참조.
51) 백성희, 연구자와의 개인 인터뷰, 2004년 2월 13일.

라고 할 수 있겠다.

다음, 김동원의 배역 이동에 관련된 사항이다. 51년 김동원의 배역은 '탄광회사사장주씨', 즉 주복원이었다. 적어도 부산에서의 공연에서 김동원은 50년 6월 공연 그대로 주복원이었다. 그러니 1951년 8월에 부산공연이 이루어진 것은 최소한 사실이나, 김동원이 말하는 대로 피난지에서의 배역이 주평이었다는 기억은 잘못된 것이다.

그렇다면 김동원이 맡았다는 주평 역은 언제부터인가? 김동원이 주평 역을 맡은 것은 1954년 7월 공연에서였다. 환도 후에 신협은 <뇌우>를 다시 공연하였다. 그 때 상황을 보여주는『경향신문』 7월 18일자 광고에는 '탄광회사사장' 역에 박암, 그리고 '그의 전처 아들' 그러니까 주평 역에 김동원이라고 명시하고 있다.

두 가지 정황 근거를 바탕으로 정리할 때, 1951년 공연은 8월 21일 부산공연이 분명히 이루어졌지만, 당시 배역은 유치진이 50년도에 상정했던 것에 의거했음을 알 수 있다. 즉, 김동원의 배역 이동은 없었다. 김동원의 배역 변화는 환도 후 이루어진 54년 공연에서 일어났다.

여기서 한 가지 검토해야 할 사항이 있다. 유치진이 주장한 1952년 공연이나 국립극장 연보에 기록된 1953년 공연이 그것이다. 지금으로서는 이 두 공연이 열렸다는 증거는 없는 상태이다. 따라서 증언자들의 착오이거나 기록의 오기일 수도 있다. 그러나 가능성을 전혀 배제할 수 없는 것은, 1952년 대구와 부산 등지를 아우르는 순회 공연이 있었고 그 공연에서 김동원의 주장대로 배역 이동

(주평 역으로)이 있었을 가능성이다.[52) 그러나 이러한 추측은 현재
로서는 객관적으로 입증되지는 않은 상태이다. 필자가 조사한 범
위 내에서는 이러한 추측을 뒷받침할 근거를 찾지 못했다.

1954년 환도 후 <뇌우>는 다시 공연되었다. 김동원은 유치진
연출의 <뇌우>가 공연되었다고 적고 있다.[53) 서연호의 저작을 참
고하면[54) 시기는 1954년 6월이었고, 백성희의 증언을 토대로 하면
장소는 시공관이었으며 예정된 정기공연 일정은 무사히 마쳤다.
단 순회공연으로 예정되어 있는 정기공연 이후의 일정은 조우의
공산당 입당이 확인되면서 취소되었다.

객관적인 자료에 의거할 때 1954년 공연은 확실히 이루어졌다.
다만 기존의 기록인 6월은 잘못된 것이고 7월에 이루어진 것이 옳
다. 정확하게 말하면 7월 18일부터 시공관에서 공연되었다. 광고에
는 조우 작, 김광주 편역, 유치진 연출, 강성범 장치로 소개되고 있
다. 원작에 상당한 손질을 가한 것(특히 서막과 종막을 제거한 것)을 염
두에 두고 '편역'이라고 한 것 같다. 특이한 것은 장치가 다시 강성
범으로 되어 있는 사실이다.[55)

배역진을 보면 앞에서 말한 대로, 주복원 역을 박암이, 번의 역
을 백성희가, 주평 역을 김동원이, 주충 역을 장일호가 맡았다. 유

<hr>

52) 장민호, 연구자와의 인터뷰, 2004년 2월 25일 : 장민호는 전쟁 직후 <뇌우>의 공
    연이 서울과 지방에서 간헐적으로 이루어졌다고 증언하고 있다. 특히 52년(연도
    는 확실하지 않음) 서울 시공관 공연에서 비가 와서 극장 안으로 물이 넘어 들어
    와도 공연을 강행했다고 밝히고 있다.
53) 김동원, 『미수의 커튼콜』, 앞의 책, 216면 참조.
54) 서연호, 『한국근대희곡사』, 앞의 책, 389면 참조.
55) 『경향신문』, 1954년 7월 18일 참조.

치진이 강조하는 시평 역은 문정숙이 맡았다. 신문 광고를 보면 유치진이 시평 역을 상당히 강조했음을 알 수 있다. 주평에 대한 부연 설명으로 '전처의 아들'이라고 표기한 점이 그러하다.

예전 자료를 보면 '시평'을 전처라고 기록하고 있는데, 이것은 작품의 내용을 고려할 때 적절하다고 볼 수 없다. 왜냐하면 주복원과 시평은 정식으로 결혼한 적이 없다고 보아야 하기 때문이다. 시평이 주복원의 아이를 낳은 것은 사실이지만, 그들 사이에는 주종 관계라는 엄격한 신분적 층위가 있었다. 그럼에도 시평을 전처로 지칭하는 것은 유치진이 강조하는 시평의 극중 역할을 강조하기 위한 처사로 보여진다.

특히 1951년 8월 21일 『경향신문』을 참조하면 모든 배역이 시평의 관점에서 설명되고 있음을 알 수 있다. 가령 주평 역의 이해랑은 시평의 아들로, 대해와 사봉 역은 시평의 둘째 아들과 딸로 표기되어 있다. 이것은 시평의 극적 위상이 배역 상의 호칭을 좌우할 만큼 컸다는 사실을 증거한다. 연출자의 말에서 50년 당시 연출 의도와 달라진 점이 없다고 하면서 여전히 시평을 강조했다는 언급을 남기고 있는데, 이러한 정황 증거는 그 언급을 뒷받침한다.[56]

1954년 공연을 보고 오영진이 남긴 연극평[57]에서, 이러한 유치

---

56) 장민호, 연구자와의 인터뷰, 2004년 2월 25일 : 장민호의 증언에 따르면, 1954년 공연의 실제 연출은 이해랑이었다. 이해랑이 유치진의 '연출 플랜'을 그대로 따랐기 때문에, 연출자의 이름을 유치진으로 했던 것으로 보인다. 또 이해랑이 연출을 하면서 배역에서 빠졌기 때문에 김동원이 주평 역을 맡게 된 것으로 여겨진다. 그렇다면 54년 발표된 유치진의 글(「운명극 〈뇌우〉」)에서 '5년전 초연시의 플랜'을 그대로 사용했다는 것은, 이해랑이 실무를 담당했지만 연출의 기본 플랜은 유치진의 것이었다는 뜻으로 해석된다.

진의 의도가 드러나고 있다. 오영진은 유치진 연출로 국립극장에서 공연된 <뇌우>를 보고 '조우의 심오'를 알게 되었다고 밝히고 있다. '조우의 심오'란 일단 등장 인물의 고른 비중에서 나온다. 오영진은 <뇌우>의 중심인물이 여러 명일 수 있다는 자문을 통해, <뇌우>가 극적이고 중요한 인물로 욱실거리는 작품이라고 말했다.

특히 '시평'의 역을 강조하여, 이 작품이 '숙명적인 가정 비극 또는 추잡한 육친 간통극'으로 떨어지지 않은 이유가 여기에 있다고 진단했다. 오영진 역시 <뇌우>의 심오한 작품성을 인정하면서도 세속에 영합할 수 있는 위험성을 알고 있었고, 그 위험성을 방지한

---

57) 오영진, 「<뇌우>를 보고」, 『경향신문』, 1954년, 이근삼·서연호 편, 『오영진 전집』4, 범한서적주식회사, 1989, 374~375면 참조 : 오영진이 평론 「<뇌우>를 보고」를 쓴 시점이 1954년이고 지면이 『경향신문』이라는 사실은, 지금으로서는 명확하게 확인되지 않았다. 1954년의 『경향신문』에서 오영진의 글을 발견하지 못했기 때문이다(미처 못 발견했을 수도 있다). 그러나 전집에 기록된 사항을 일단 존중해서, 원문 출처를 1954년 『경향신문』이라고 표기하기로 한다. 여기서 오영진의 글이 그 이전에 쓰여졌을 수도 있다는 의문을 심각하게 제기할 필요가 있다. 증거는 크게 두 가지이다. 첫째, 1950년 6월 17일과 21일에 난 광고 '뇌우! 또 뇌우!'를 보면, 극작가 오영진의 단평(감상평으로 보임)이 곁들어져 실려 있다. 그런데 이 단평이 1954년 오영진의 연극 평론으로 알려진 「<뇌우>를 보고」의 세 개의 문장과 일치하고 있다. 오영진의 1950년 단평에서 이미 "등장인물 모두가 극진행에서 중대한 역할을 가지고 어느 인물이나 간단히 넘겨버릴 수 없는 작품이었다"와 "중국 극단의 거성 조우의 <뇌우>도 그런 류의 작품이다" 그리고 "국립극장에서 보고 아직 내가 몰랐던 조우의 심오를 비로소 엿본 듯한 느낌을 가졌다"라는 문구가 이미 보이고 있다. 이 점으로 볼 때, 54년 공연평은 50년도에 쓰여졌던 공연평을 적어도 일부는 그대로 수용하고 있음에 틀림없다. 둘째, 1954년 공연에는 김선영이 연기하지 않았는데, 김선영의 연기에 대해 언급하고 있다는 점이다. 이 부분에 대한 상론은 뒤에서 하기로 한다. 이러한 문제 제기는 일단 1950년의 <뇌우>와 1954년의 <뇌우>가 연출가의 동일한 의도 아래 만들어졌다는 점에서 일단 무시될 수 있다. 즉 두 공연의 비평 자료로 사용될 수도 있다는 뜻이다. 그러나 당시 정황을 정확하게 알기 위해서는 이러한 의문이 유발된 원인을 명확하게 규명하고 착오를 바로잡을 책임이 있다고 하겠다.

연출 솜씨로 시평 역의 강화를 거론하고 있다.[58] 시평 역의 강화
는 유치진 연출의 개성적 복안이었다.

오영진은 공연에서는 삭제되었지만 서막(프롤로그)을 거론하면서,
대해(大海)의 큰 비중을 읽어내고 있다. 대해는 무산자 계급을 대표
하여 유산 계급과 투쟁하는 인물이다. 또 당시 조우는 공산주의 계
열의 작가로 알려져 있었다. 이로 인해, 대해의 성격적 면모는 <뇌
우>에 대한 사회적 경각심을 불러일으켰다.

그러나 오영진은 이 작품이 지닌 '사회적 정의감'을 오히려 높이
사면서, 그것으로 인해 한 작가가 '좌익'이나 '좌경'이 될 수는 없다
고 말한다. 오영진은 '인생과 사회에 대해 이 정도의 비판안'을 갖
는 것은 당연한 일이라 주장하며, 작가가 대해의 귀환을 기다리고
있음을 암시하는 서막의 중요성을 언급하고 있다. 이것은 대해의
비중을 제고시키기 위해서는 서막의 공연이 필요함을 간접적으로
역설한 셈이다.

오영진은 김선영의 연기에 대해, '압권'[59]이라는 말로 고평했다.
정확히 말하면 이러한 상찬은 1950년 공연에 해당하는 말이겠지
만, 그 만큼 김선영의 기용과 연기력이 안성맞춤이었다는 뜻도 된

---

58) 여기서 이 평론의 문제점이 드러난다. 오영진은 이 평론에서 김선영이 시평 역(오
  영진은 '대평'이라고 했음)을 맡았다고 기술하고 있다. 김선영은 54년 공연에는 월
  북한 이후이다. 다시 말해서 김선영의 연기력으로 시평 역을 강화한 것은 50년 <뇌
  우>의 연출적 특징이다. 오영진이 50년 공연의 잔상을 머리 속에 두고 착오를 일
  으킨 것이 아닌가 싶다. 그러나 54년에 발표된 유치진의 연출 복안(「운명극 <뇌
  우>」)을 보면, 54년 연출 방향은 50년 연출 방향에서 벗어나지 않고 있다고 스스
  로 밝히고 있다.
59) 오영진, 「<뇌우>를 보고」, 이근삼·서연호 편, 앞의 책, 375면.

다. 여기서 유치진이 왜 김선영으로 하여금 시평 역을 맡도록 하였는가 라는 자문에 대해, 답변을 이끌어낼 수 있다. 유치진이 어떻게 <뇌우>의 연출에 임했고 어떻게 주목받는 공연을 창출할 수 있었는가라는 질문에도 유효한 답변을 찾아낼 수 있다. 적임의 캐스팅은 유치진의 연출적 성패를 좌우하는 중요한 요인이었던 셈이다.

5. 1988년 국립극단 재공연과 이해랑의 연출 의도

<뇌우>는 1988년 10월 16일부터 25일까지 국립극장 무대에 올려졌다. 16일과 17일 양일(兩日)은 대극장에서, 18일부터 25일까지는 소극장에서 공연되었다. 연출자는 이해랑이었고, 김동원(주복원)·백성희(시평)·손숙(주번의, 당시에는 '번기'로 표기했음)·전국환(주평)·주진모(주충)·김재건(노귀)·최상설(노대해) 등이 출연하였다.

1988년 공연은 상당한 주목을 받았다. 그 이유는 일단 세 가지로 요약된다. 첫째 1954년 7월 공연 이후 무려 34년이나 금지되었던 작품이 해금되었다는 사실이다. 1954년 동양극장 공연이 중단된 이래, 조우의 작품은 국내에서 일체 상연되지 못했다. 그러다가 88 서울 올림픽이 개최하고 중국과의 우호가 증진되면서 이 작품이 다시 상연될 수 있는 여건이 마련되었다. 국립극장은 이 호기를 이용하여 과거의 영화(榮華)를 추억할 수 있는 <뇌우>를 무대화 하였고, 당시의 신문들은 이러한 사실을 앞다투어 보도했다.[60]

둘째, 배역 상의 이동이다. 이해랑은 과거 주평 역에서 연출자로

---

60) 『일간스포츠』, 1988년 9월 16일, 9면 참조.

변모했고, 김동원은 주충 → 주복원 → 주평을 거쳐 다시 주복원으로 복귀했다.[61] 백성희는 주번의 역에서 시평 역으로 이동했고, 주번의 역은 손숙에게 맡겨졌다. 이것은 김선영이 번의에서 시평으로 옮겨갈 때, 백성희가 번의 역을 맡은 것과 비슷한 변화였다. 이해랑은 안정된 연기력을 가진 백성희를 시평 역으로 탈바꿈시킴으로써, 과거 유치진이 노렸던 배역 상의 안정을 꾀했던 것으로 보인다. 이밖에도 전국환, 주진모, 김재건 등의 국립극장 후배(2세대 초연자)들과 이해랑, 김동원, 백성희의 선배(1세대 재연자)들이 어우러진 무대라는 점에서 이 공연은 각별한 관심을 받기도 했다.[62]

셋째, 이해랑의 연출 의도이다. 이해랑은 이 작품을 과거와는 다른 방식으로 연출하겠다고 포부를 밝혔다. 그러한 이해랑의 포부는 신문과 공연 팜플렛에 나타나 있다. 구희서가 인터뷰하여 작성한 신문기사[63]를 보면, 이해랑의 육성이 담겨 있다. "비극이란 스스로 인간에게 오는 것이라는 점을 보여주는 연극이다. 숨겨진 과거가 입을 열 때 현실의 극적 흥미에 불을 붙여 관객을 몰입시킬 수 있는 작품이다"라고 <뇌우>를 분석하고 있다.

이러한 해석은 과거와는 차이를 보이고 있다. 이서향은 '대중적 요소'를 강조했던 것으로 보이고, 유치진은 <뇌우>를 '운명극'이라고 칭하고 운명적 요소를 강조했다. 그런데 이해랑은 '운명'이라는 개념을 거부하고 있다. 즉 비극은 운명적으로 주어지는 것이 아

---

61) 『일간스포츠』, 1988년 10월 10일, 9면 참조.

62) 『조선일보』, 1988년 10월 16일, 9면.

63) 구희서, 「이것이 연극이다」, 『일간스포츠』, 1988년 10월 13일, 9면.

니라, 인간이 자초한 불행이라는 입장을 바탕으로 이 작품을 해석했다.

정리하면 유치진은 극중 인물의 선택과 파멸이 외부, 즉 환경(사회적 모순, 봉건 제도)에서 오는 것이기 때문에 개인은 어쩔 수 없이 그 운명을 받아들여야 한다고 믿었던 반면에, 이해랑은 극중 인물의 선택과 파멸이 외부의 환경적 요인이 아닌, 개인에게 내재되어 있는 것(자초)이라고 주장하고 있다.

이러한 이해랑의 해석은 당시 팜플렛에 실린 연출가의 글에서 더욱 상세하게 나타나고 있다.

등장인물들은 삼십년만에 만나게 된 해후의 비극을 슬퍼하며 그것을 운명의 탓으로 돌리고 있었다. 그러나 그것은 신의 장난도 아니었고, 운명이 가르쳐 준 것도 아니었다. 그들이 저지른 일을 그들이 스스로 손짓하여 불러들인 것이었다.

등장인물들을 조종하던 신이 연극을 떠난 것은 이미 오래 전의 일이었다.

현실에 집착하고 있는 극중인물들은 과거의 잘못을 상대에게 돌리고 서로 물고 뜯고 안전에 갈등만을 일삼고 있었다. 그러나 그들이 지난 일들에 대한 책임을 상대에게 밀어 붙이고 과거를 잊어버리고 현실을 살려고 하여도 한 번 저지른 일은 그렇게 쉽게 지워지지 않는다. 과거의 죄악에서 벗어날 수가 없다. 과거의 망령이 그들을 붙들고 놓아주지 않기 때문이다.64)

<뇌우>는 우연에 의한 전개라는 점에서 극작술의 미비를 지적

---

64) 이해랑, 「연극의 진수를…」, 「국립극단 134회 공연 팜플렛」, 1988년 10월.

받는 작품이다. 이해랑은 이 점을 염두에 두었는지, 우연(운명적 힘)에 의해 플롯이 진행되는 것을 막고자 했다. 외부의 힘에 의해 인간의 선택이 옹호되거나 이해되어서는 곤란하다는 입장이다.

그는 주씨집과 노씨집의 악연은 과거의 죄악이 불러 온 필연적 결과라고 항변하고 있다. 비록 우연하게 재회하지만, 내재적으로는 인과응보 관계에 있다는 것이다. 이러한 내적인 맥락을 고려할 때, 우연으로 점철된 형식이라는 뜻의 '운명'은 받아들일 수 없었던 것이다.

그러면서 또 하나의 연출 목표를 밝혔다. 이해랑은 "모든 인물의 객관적인 묘사, 전체 출연진을 골고루 다듬은 총체적인 앙상블"65)을 연출 목표로 제시했다. 46년 이서향 연출을 객석에서 바라보면서 관찰한 바 있고, 50년 유치진의 '연출 플랜'을 이해하고 배우로 활약한 바 있으며, 전란 직후의 <뇌우> 공연에서 연출자 역할을 대행한 적이 있었기 때문에, 이해랑은 누구보다도 이 작품의 내부를 속속들이 파악하고 있었을 가능성이 높다.

그러다 보니 번의 역에 충실한 연극, 혹은 시평 역을 강화한 연극이라는 도식적 구도를 따르기 보다, 모든 배역들이 골고루 활약할 수 있는 연극을 지향하는 편이 타당하다고 판단한 것이다. 이것은 과거의 '망령'들이 각기 살아나는 배우상을 요구하게 된다. 무대 위에 서는 배우들은 과거의 죄악이 스며들어 내면에 일으키는 파장을 이해하고 표현해야 했다.

---

65) 구희서, 「이것이 연극이다」, 앞의 글, 9면.

과거에 저지른 불행한 유산이 무대에 흘러들어와서 등장인물들의 숨소리를 헐떡거리게 하고 있다.

과거의 유령의 소리와 현실의 소리가 같이 엉키어 내면에서 파문을 일으키면서 배우에게 복합적인 소리를 내게 하고 있다. 과거와 현실이 일원화된 배우의 이러한 복합적인 소리를 듣고 관객은 겨우 연극을 지배하고 있는 유령의 존재를 마음 속으로 느낄 수 있을 뿐이다.

신을 대신하여 등장한 유령이 연극을 지배하고 있었다.

등장인물 속에는 따로 주인공이 없었다. 유령의 소리를 들려주는 가시적인 연극의 앙상블 속에 연극의 주인공은 살고 있었다.[66]

결과적으로 말해서, 이해랑의 이러한 연출 의도는 실패했다. 그 이유는 세 가지로 요약될 수 있다. 첫째, 그가 말한 운명에서의 탈피가 제대로 이루어지지 않았다. 둘째, 배역 간의 균형도 실현되지 않았다. 셋째, 그가 의도한 '현실'의 실체가 명확하게 구현되지 않았다. 세부적으로 짚어보자.

이해랑은 운명적 파국이 아닌 도덕적 파멸의 자초를 보여주겠다고 말했지만, 공연 작품의 인상은 우연에 의한 전개(개인의 의지와는 관계없이 진행되는 사건)라는 점에서 기존의 작품과 달라지지 않았다. 『일간스포츠』 10월 17일자의 신문기사를 보면[67], 이 작품을 본 일반인의 평이 게재되어 있는데 당시 사람들은 이 작품이 '현실에서는 일어날 것 같지 않은 우연'으로 이루어졌다고 생각하거나 '우연의 일치가 많은 소설을 보는 듯한 재미'를 언급하고 있다.

---

66) 이해랑, 「연극의 진수를…」, 앞의 글.
67) 『일간스포츠』, 1988년 10월 17일, 9면.

이러한 평가는 새삼스러운 것이 아니다. 연구자가 보는 <뇌우>도 "'잘 짜여진 극(well-made play)'으로서의 전형적인 멜로드라마"68)이다. 문제는 이해랑이 이러한 기존의 인식을 변화시킬 정도의 새로운 연출 의도를 제시하지 못한 점이다.

또한 배우들의 고른 활약도 미비했다. 당시 이 연극을 내부에서 지켜보았던(조연출 격으로) 문영수의 증언에 의하면, 연습 과정에서 원로배우들이 자신의 연기 스타일을 고집했고 과거의 연기 패턴을 답습하고자 했다고 한다.69) 출연 배우 백성희도 연출자 이해랑의 연출 의도에 찬성할 수 없었기 때문에, 구체적인 연출 지시를 받아들이지 않은 적이 있다고 회고한 바 있다.70)

연기자의 재량뿐만 아니라, 배역의 해석에도 문제가 나타났다. 이해랑은 배역 간의 균형을 추구하겠다고 말했지만, 실제로는 대해의 비중을 상당히 삭감시켜 이러한 균형을 스스로 무너뜨렸다. 당시 출연진은 대해의 대사를 삭제한 것이 가장 큰 실책이었다고 이구동성으로 지적하고 있다.

그러나 실제 공연을 보면, 대해의 대사만 삭제된 것은 아니다. 그리고 일부에서 기억하는 것처럼 대해의 대사가 지나치게 적은 것도 아니다. 대해의 대사는 다른 배역의 대사가 줄어든 비율만큼 줄어들었다.71) 다만 대해의 극적 위상과 균형이 대폭 축소되어 있다. 주복원과 맞서는 장면에서도 대해는 거의 부각되지 못했다. 대

---

68) 김미도, 「탐욕—배금주의 비판을 주제로」, 『스포츠 서울』, 1988년 10월 27일, 9면.
69) 문영수, 연구자와의 인터뷰, 2004년 3월 26일.
70) 백성희, 연구자와의 인터뷰, 2004년 3월 16일.
71) 이해랑 연출 대본, <뇌우>, 국립극장 소장본, 1988.

해는 평범한 인물로 전락해 있어, 사봉이나 주충보다 비중이 떨어지는 단역으로 전락해 있다. 대해가 보여주는 새로운 사회에 대한 건설 의지 또한 무력하게 처리되고 있다.[72]

당시 공연 시간은 2시간 10분 남짓이었다. 이러한 시간은 서막과 종막을 제외하더라도, 전(全) 4막을 온전하게 공연할 시간으로는 부족하다. 실제 공연을 보면, 1막의 도입부(사봉과 노귀)가 지나치게 삭감되어 있다. 막이 열리면 노귀와 사봉의 대화가 진행되지만, 사봉과 주평의 관계를 알려주고 주평과 번의의 치정 관계를 폭로하는 것에만 치우쳐, 노귀라는 인물이 보여주어야 할 계급적 전형성을 보여주지 못하고 있다.

1막은 대개 이런 식으로 전개된다. 앞으로의 극적 전개를 위해 필요한 정보와, 등장인물을 소개하는 데에 급급하다. 대해, 주충, 번의, 주평, 주복원이 급히 등장하고 그 만큼 빨리 퇴장한다. 대사 분량만 놓고 보면, 절반 가량이 삭제되어 있다. 등장인물 사이의 관계가 암시되고 긴장이 누적될 시간이 절대적으로 부족한 셈이다.

그러다 보니, 2막부터의 극적 전개는 필요한 정보 전달과 감추어졌던 사실의 폭로에만 집중된다. 김미도는 이 점을 "연출은 원작에 대한 별다른 해석 없이 지극히 사실적인 무대 안에서 줄거리를 충실히 전달하는 정도에 그치고 있으며 배우들의 연기도 각자의 개성을 제대로 드러내거나 조화로운 앙상블을 이루지 못한 채 평범하게 대사를 전달하는 수준에 머물렀다"고 비판하고 있다.[73] 배

---

72) 국립극장 134회 공연 비디오 자료 「뇌우」, 이해랑 연출, 국립극장 소극장, 1988년 10월 24일.
73) 김미도, 「탐욕-배금주의 비판을 주제로」, 앞의 글.

우들은 차츰 고조되는 사건의 진행에 연기를 맡기는 것이 아니라, 삭제된 대사 속에서 필요한 정보를 살려내는 방법을 찾는 것에 급급해야 했다.

인물의 변별성도 약해졌다. 노귀는 음침한 인상으로 구부정한 몸집만 보여줄 뿐이고, 주평은 찌푸린 인상과 낮은 음성으로 연기에 임할 뿐이었다. 주충은 지나치게 철이 없는 아이로 설정되어 있어, 아버지(주복원)와 대립할 때 한계를 드러냈다. 사봉은 지나치게 개성이 없는 인물로 형상화되어 있다.

사실 이들 배역 각각만 떼어놓고 보면, 문제가 적은 편이다. 독립적인 연기의 측면에서 보았을 때 그들은 나름대로 일정한 수준의 연기를 해내고 있다. 그래서 당시 연극을 본 이상일은 사봉 역의 권복순이 자유로운 연기를 했다고 평가하고 있고, 유민영은 노귀 역의 김재건이 성격 표현을 잘 했다고 평가하고 있다. 김동원의 연기에 대해서도 두 사람은 비교적 긍정적인 평가를 내리고 있다.[74]

문제는 이러한 개별적 연기들이 앙상블을 이루지 못한 것이다. 이것은 이해랑의 연출 의도와는 정 반대의 결과인 셈이다. 그렇다면 그 이유는 무엇일까. 일차적으로 심리적, 물리적 공간의 미비를 들 수 있다. 대사가 지나치게 빠르고 심리적 긴장감이 틈입할 사이를 구현하지 못했다. 무대 공간은 가구와 탁자에 의해 도식적으로 분할되어 있고, 그 사이의 공간은 자유로운 동선을 방해할 정도였다. 비 오는 광경을 보여주겠다는 의도로 마련된 창문은 4막이 될

---

74) 『일간스포츠』, 1988년 10월 20일, 10면.

때까지는 제 기능을 하지 못하고 방치되어 있었고, 유난히 큰 문은 부담스러운 느낌을 주면서 조형감을 파괴했다.

조명의 역할도 미비했다. 1막과 2막은 섬세한 조명의 변화가 아쉬웠고, 3막 노귀의 집은 지나치게 어두워서 인물의 모습을 인지하기 어려울 정도였다. 4막은 밤을 표현하기 위해서 램프를 켰기 때문에 내부 공간에 아늑한 분위기를 만들었지만, 막 전체의 연기 질감과는 이질적이었다. 심리적 공간도 생성되지 못했고, 물리적 공간도 안정감이 없었으며, 조명의 변화에 의지하기도 힘들었다. 이것은 분명 배우들의 일체감이나 연기의 통일성을 저하시켰다.

그러나 더 큰 이유가 있다. 그것은 앞에서 제시한 세 번째 실패 이유이기도 하다. 명확하지 못한 '현실관'이 그것이다. 이해랑은 등장인물의 과거에서 들여오는 유령의 소리를 현실의 소리로 배합하겠다고 했지만, 정작 그 현실이 무엇인지는 명확하게 정리하지 못했다.

당시 평을 인용하면, 그 '현실'은 1988년의 시점에서 <뇌우>가 공연되어야 하는 당위성과 먼저 관련된다. 해금 작가이기 때문에, <뇌우>를 재공연할 필요가 있다는 논리적 이유는 막연한 것이기 쉽다.

공산권 예술이 개방되자마자 기다렸다는 듯이 국립극단이 들고 나온 것이 <뇌우>인걸 보면 우리네 기성연극인들에게 '옛날 좋았던 시절'의 상징같은 것이 이 연극이 아닌가 짐작된다. 그러나 짐작은 되지만 공감은 안 간다. 이제 새삼 <뇌우>라니, 좀 진부하지 않은가. 오늘의 '해금'을 그저 물리적인 '해동'쯤으로 여기고 40년도 더 전에 미련으로 포장해 묻어두었던 연극을, 낡아서 바스라지게 생겼거나 말았거나 무대에 올려야 하겠다고 서두르는 것 같아 성에 안 차는 느낌이다.75)

송정숙의 주장은 <뇌우> 선택의 시대적 당위성이 부족했음을 비판하고 있다. 해금이라는 절차로 인해, 과거의 영화롭던 기억으로 인해, <뇌우>가 자동적으로 선택되었다는 주장은 어떤 면에서는 위험한 추론이지만, 선택의 당위성이 올바로 제시되지 않은 상태라면 얼마든지 가능한 비판이기도 하다.

서연호도 이러한 비판을 하고 있다. 서연호는 작품의 내부적인 고민 부족을 지적하고 있다. 그는 「50년대 통속극을 넘어서야 했다」는 신문 기고평에서 "외국작품의 수용에서 원작의 취지를 명료하게 파악하고 나서 다시 우리 나름의 해석이나 현대화를 시도해야 한다는 점"을 전제로 내세우고, 결론에서 "연출가는 나름대로 <뇌우>를 새롭게 해석하여 가능한 오늘의 현대극으로 재창조하려는 예술가적 노력을 보였어야" 했는데 그러하지 못했다고 말했다. "리얼리즘이 과거를 재현하는 과정을 거쳐서 이룩되기는 하나 그 정신면에서는 오늘의 치열한 현실과 미래에의 비전을 제시하기 위한 양식으로 존재이유를 삼고 있다는 지극히 당연한 논리를 잊고 있었"다는 것이다.76)

과거 연출 의도의 답습은 작품의 선택에서 시작해서 세트 디자인, 의상 디자인, 연기 동선, 작품 해석까지 영향을 미쳤다. 이 작

---

75) 송정숙, 「지금와서 <뇌우>는 좀…」, 『중앙일보』, 1988년 8월 29일, 3면.
76) 서연호, 「50년대 통속극을 넘어서야 했다」, 『한겨레 신문』, 1988년 10월 30일, 7면.

품의 주요 성공 요인으로 사실적인 무대, 특히 비가 오는 세트가 꼽히고 있었다. 1988년 공연에서도 이러한 세트는 충실하게 재현되었다.

문제는 1988년에 재현된 '비 오는 세트'가 50년대 세트를 넘어서지 못했다는 점이다. 그러니 시간의 흐름과 함께 변화 발전된 관객의 관심을 끌기에는 낙후된 것이었다. 중국 옷을 입고 연기를 했는데, 이것은 조우가 이 작품을 집필한 30년대 중국을 보여준다는 점에서는 의의가 있는지 모르지만, 그것이 우리 현실에 얼마나 관련이 있는가라는 자문에는 그다지 명료한 답을 주지 못했다.

그리고 연기자들, 특히 과거에 <뇌우>에 출연한 배우들의 연기 패턴은 과거의 그것을 벗어나지 않았다. 가령 백성희의 경우, 50년대에는 자기 배역 이외에 다른 역을 돌볼 틈이 없었는데, 88년 공연에서는 그럴 만한 이해와 안목이 생겼다고 말하고 있다.77) 주도적으로 자신의 배역을 창조해 갔음을 간접적으로 시사한 셈이다. 그러면서 연출의 의도는 희석되었다.

유치진이 배역의 이동을 감행하여 성공할 수 있었던 이유가 또 하나 밝혀지는 셈이다. 1988년 공연에서 연출가는 새로운 연출 의도를 명료하게 제시하지 못했고 배우들은 과거의 잔영에 휩싸여 있었기 때문에 연극은 '내실 있는 배역 상의 균형감'이 아닌 '어수선한 배역 분산'으로 전락하고 만 것이다. 그러다 보니 당시 어느 관객의 말대로, '안타까운 사랑 이야기'로 남고 말았다.78)

---

77) 『일간스포츠』, 1988년 10월 16일, 9면 참조.
78) 『일간스포츠』, 1988년 10월 17일, 9면.

6. 〈뇌우〉 공연의 성패와 그 이유

1946년 이서향은 번의 역을 중심으로 〈뇌우〉를 연출했다. 당대 최고의 여배우라는 찬사를 듣던 김선영이 번의 역을 맡았고, 그녀에 걸맞는 연기력을 가진 황철이 주평 역을 맡았다. 연출 방향은 남녀 간의 애정과 두 집안의 근친상간을 드러내는 데에 맞추어졌다. 치정극이라는 우려 섞인 반응이 나타난 것은 이 때문이다.

1950년 유치진은 이러한 치정극적 요소를 차단하기 위해서, 연극의 중심을 바꾸었다. 김선영이 시평 역을 맡고, 그녀와 오랫동안 호흡을 맞춰온 김동원이 주복원 역을 맡았다. 연출 목표는 오래 전 은원을 가진 남녀 가장의 대결로 모아졌다. 반면 주평을 둘러싼 삼각관계의 비중이 줄어들었다. 유치진은 김선영의 배역을 바꾸는 파격적인 캐스팅으로 치정극의 우려에서 벗어났다.

1988년 이해랑은 어떤 역에 중심을 두지 않는 연출 방식을 택했다. 그러나 그러한 그의 연출 목표는 극의 중심 갈등을 해체하는 결과를 낳았다. 또 대해의 기능을 약화시킴으로써 스스로 선택한 '고른 배역'의 이상도 실현시키지 못했다.

이서향은 초연의 부담을 이기지 못한 채 일반적인 해석으로 평이한 연출력을 보였고, 유치진은 초연의 실패를 거울삼아 새로운 해석을 적용했다. 백성희의 파격적 등용이나, 박경주의 위압적인 인상 그리고 황정순의 연기력 등은 유치진이 모험을 감수하며 단행한 캐스팅의 결과이다.

반면 이해랑은 1950년대의 연출 플랜을 지나치게 의식했다. 그는 노련한 연기력을 가진 백성희와 김동원을 시평과 주복원에 캐스팅함으로써, 1950년대 연출 목표를 답습하고 말았다. 뿐만 아니라 1950년대 성공 요인으로 꼽히는 '비 오는 세트'에 지나치게 안주하고, 변화된 관객의 수준을 고려하지 않았다.

유치진의 연출이 성공할 수 있었던 또 하나의 요인은, 무리하지 않은 작품 해석이었다. 당시 조우는 공산권에 소속된 작가로, 공연에 위험 부담을 주는 존재였다. 그럼에도 유치진은 노대해의 중요성을 인정했고, 조우가 말한 봉건제도의 문제를 충분히 고려했다. 그래서 대해가 아닌, 주평과 번의 혹은 그 밖의 애정 관계를 강조하는 대목을 집중적으로 손질했다. 그 결과 작품의 중요한 핵심 구도인 주복원/노대해, 부르주아/프롤레타리아, 보수사상/개혁사상, 구세대/신세대, 보수적 사고/개방적 사고, 닫힌 공간(주씨 집)/열린 공간(대해의 가출)의 이항 대립이 소멸되지 않게 되었다.

반면 이해랑은 이러한 구도를 허물어뜨려 <뇌우>를 일방적으로 해석했다. 그래서 해석적 균형성과 다양한 함축성을 상실해 버렸다. 이 점은 연출가적 해석이 치밀하지 못했다는 반증으로 보인다. 실제 공연 현황을 촬영한 녹화 자료를 참조하면, 심리적 부딪침이 첨예화되어야 할 대목이 제대로 처리되지 못하고 있음을 알 수 있다. 1막의 도입부를 지나치게 삭제하여, '2년 전에 나타났다는 귀신 이야기'가 밋밋하게 처리된 사례가 대표적이다.

김선영이 압권으로 해냈다는, 매 맞는 대해를 감싸 앉는 시평의 연기가 1988년 공연에서 두드러지지 않았던 것도 그 이전 대해를 중심으로 한 무산자 계급의 실상이 비중 있게 다루어지지 않았기 때문이다. 현실에서 패퇴하는 대해가 그려지고 이를 감싸 안는 시평이 있을 때에야, 아들(주평)을 아들이라고 말하지 못하는 어머니의 신세가 더욱 애련하게 느껴질 수 있었을 것이다.

그러나 보다 근본적인 것은 <뇌우> 공연의 현실적 당위성이다. 국립극단은 전설적인 영화를 누렸던 <뇌우>를 다시 공연하는 데에만 급급했지, <뇌우>가 다시 공연되어야 할 당위성을 제시하지 못했다. 한창 유행했던 비사실주의 연극에 대한 사실주의의 응답이라는 명분은 시대적 유효성을 충분히 확보하지 못했다. 아무리 양보해도 '치정극', '멜로드라마', '가정 비극' 등의 위험 요소를 해결할 만큼 굳건한 명분이 되지 못했다.

결론적으로 말해서 이서향은 평범한 연출 의도로 <뇌우>에 접근했고, 유치진은 모험적인 방식으로 <뇌우>에 접근했으며, 이해랑은 과거의 것을 지나치게 답습한 채로 <뇌우>에 접근했다. 그 결과는 이서향과 이해랑의 실패, 그리고 유치진의 성공으로 나타났다.

낙랑극회(樂浪劇會)의 공연사(公演史)

1. 서론 및 문제 제기

　낙랑극회는 해방 이후 혼란한 연극계에서 비교적 이른 시기에 결성된 연극 단체였다. 창립 당시에는 우익 연극단체로 알려졌으나, 후에는 좌익 연극단체로 폄하되었다. 극단원 중 상당수가 좌경화와 월북을 감행했기 때문으로 풀이된다. 그러면서 낙랑극회는 남한 연극사의 주류에서 벗어난 단체로 규정되었다. 그 결과 현재는 원로 연극인의 증언이나, 저작·논문·평론의 일부에서 단편적인 편린을 드러낼 따름이다. 이러한 실상은 낙랑극회를 연구해야 하는 이유이자 필요성을 제기한다.

　사실 남한 연극사라고 해야 아직은 자료 수집 단계에 머물고 있기 때문에, 제대로 평가되지 못하는 단체는 비단 낙랑극회만이 아니다. 그러나 낙랑극회는 몇 가지 특징으로 인해 재고할 가치를 갖는다. 먼저 극단 구성원의 특성을 들 수 있다. 해방 이전 조선의 연극계는 신파극/신극, 흥행극/정극, 대중극/리얼리즘극, 상업극단/연구단체 등의 고답적인 이분법을 벗어나지 못하고 있었다. 토월회(1·2회)-극예술연구회-현대극장으로 이어지는 하나의 흐름과, 혁신단-조선연극사-동양극장-아랑·고협 등으로 이어지는 또 하나의 흐름이 대비를 이루면서 오랫동안 대립하고 있었다.

해방이 그 이중적 잣대마저 해방시킨 것은 아니었다. 많은 극단이 이전의 선례를 따라 신파극과 신극, 대중극과 리얼리즘극의 이분법을 답습했다. 이러한 구분은 낙랑극회에 와서 어느 정도 해소되었다. 따라서 낙랑극회의 실체를 살피는 것은 연극계의 이분법을 재확인 혹은 분석하는 작업이 될 것이다.

여기에 해방 이후 발생한 다른 하나의 대립 체계가 있었다. 30년대 조선을 휩쓸던 프롤레타리아 연극의 부활이었다. 경향극이라고 부를 수 있는 이 연극 운동은, 무산 계급의 승리와 자본주의와의 투쟁을 연극적 목표로 내세우고 있었다. 이로 인해 연극계는 좌익과 우익의 대립에 휘말리게 되었다. 낙랑극회 구성은 좌익과 우익이 한 진영에 모인 형국이었다. 낙랑극회를 구경한다는 것은 그 안에서 파동치는 좌익 성향과 우익 성향을 비교 가늠한다는 뜻이기도 하다.

그러나 지금의 연구 성과로는 낙랑극회의 이러한 특질은커녕 실체조차 제대로 파악하기 힘든 실정이다. 우리에게는 낙랑극회의 제대로 된 공연사조차 갖추어져 있지 못하다. 낙랑극회가 어떠한 공연을 했고 어떻게 공연했는지를 알 방법이 없는 것이다. 따라서 이 연구는 낙랑극회의 공연사를 추적하고 정리하는 일에 먼저 착수하고자 한다.

일단 그간의 연구 성과를 토대로 낙랑극회의 행보를 주시했다.

이해랑과 김동원의 증언은 중요한 지침이 되었다. 그들은 낙랑극회의 구성원으로 활동한 바 있으며, 연극 공연에도 실제로 참여했다. 그러나 그들의 입장은 낙랑극회와는 지나치게 유리되어 있기 때문에 증언의 객관성을 확보하기 힘든 경우도 상당했다. 함세덕이나 황철이 남긴 글도 참고하였다. 이들의 글은 비록 수효는 적었지만, 요긴한 경우가 많았다. 가장 중요한 것은 당시에 남겨진 공연평과 신문 기사, 그리고 광고였다. 객관적인 자료는 공연사를 재구하는 데에 큰 도움을 주었다. 그런 의미에서 지금까지의 연구에서 산출된 오류를 바로잡고자 했다.

그 다음은 공연사의 재구를 통해 극단의 현황을 파악했다. 즉, 단원들의 이동과 극단 레퍼토리의 교체 양상을 살펴보았다. 초연이었던 실러의 <군도> 공연 상황에 대해서, 과거 신파극 작품이 재공연된 이유에 대해서, 그러면서도 신극 작품의 공연을 포기하지 않고 이어나간 이유에 대해 추적했다. 아울러 극단원들이 활동한 내역, 좌경화한 시점, 탈퇴한 시점 그리고 그 이유 등을 추적했다. 이것은 낙랑극회의 내부 사정과 운영 상황을 알게 해 줄 것이다.

다음으로 정리된 자료와 드러난 사실을 통해 몇 가지 추론을 감행해 보았다. 작게는 인물들의 배역에서부터 크게는 공연 의도에 대해서 논구했다. 빈약한 자료로는 어쩔 수 없는 추론일 것으로 생각된다.

마지막으로 낙랑극회의 의의와 위상을 정리했다. 낙랑극회는 신파극(대중극, 흥행극)과 신극(리얼리즘극, 지식인 연극)이라는 과거 연극계의 불필요한 대립을 무마했던 극단이었다. 그것이 비록 일시적인 해소를 뜻하기는 하지만, 현재까지 과거의 대립을 경험하고 있는 우리 연극계의 속사정을 감안했을 때 참고할 부분이 적지 않으리라 생각된다.

2. 낙랑극회의 창립과 구성원

낙랑극회가 조직된 것은 해방 직후인 1945년 9월 초로 알려져 있으나, 창립 공연은 11월에야 이루어졌다. 공연을 준비할 시간이 필요했기 때문이라고 한다.[1] 낙랑극회의 공연 준비가 공식적으로 확인되는 시점은 1945년 10월 31일 경이다. 당시 신문은 '낙랑극회'와 '전선'의 창립 소식을 전하고, 함세덕 원작 연출 <산적>을 다음달(11월) 7일에 무대에 올릴 것을 예고하고 있다.[2] 그러나 11월 7일로 예정된 공연은 11일에 열렸다.[3]

극단재편성에 있어 제일 먼저 결성을 본 것은 낙랑극회이다. 구(舊) 아랑의 대표자이던 배우 황철과, 구 현대극장의 간부이던 박민천·함세덕과, 구 예원좌(藝苑座)의 좌장이던 서일성의 사인(四人)이 동인이 되어 김선영(金鮮英)·김복자(金福子)·이해랑(李海浪) 등의 배우진에 전속장치가 정순모(鄭純謨)를 가(加)하야 주로 정치에 구애(拘碍)되지 않고 자유한 입장에서 연극을 하자고 결속된 단체이다.[4]

---

1) 엄국천, 「배우 황철 연구」, 중앙대학교 석사논문, 1999, 33면 참조.
2) 『자유신문』, 1945년 10월 31일 참조.
3) 『자유신문』, 1945년 11월 6일 참조.
4) 함세덕, 「연극의 일년보고」, 『신천지』 1권 9호, 1946년 8월호, 142면.

1940년대 전반기 최고의 흥행 극단이었던 '아랑'의 대표 황철, 신극의 맥을 이으며 신극인들을 결집시켰던 '현대극장'의 신예 함세덕이 극단을 만들기로 합의했다. 두 사람이 의기투합했던 이유는 공개되어 있지 않다. 다만 두 사람이 훗날 좌익 세력에 동조하고 월북을 감행하는 것으로 보아, 이때부터 상당한 교분을 지니고 있었던 것으로 추측할 따름이다.

황철과 함세덕 이외에도, 박민천, 서일성, 이해랑 등이 이 극단에 참여했다. 박민천은 현대극장의 간부였고 극장 운영을 맡았던 인물이다. 서일성은 토월회 연습생 출신으로 신무대, 연극시장, 동양극장 등에서 연기를 했다. 황철이 청춘좌를 대표하는 배우였다면, 서일성은 호화선을 대표하는 배우였다. 김조성이 거금을 주고 스카웃트하여, 예원좌에서 활동하였다고 한다.5)

이해랑은 동경학생예술좌 출신으로 고협을 거쳐 현대극장에서 활동한 배우였다. 당시 이해랑은 신극의 기수로 평가되고 있었다. 절친한 친구였던 함세덕의 권유로 낙랑극회에 가입한 것으로 알려져 있다.6)

이해랑은 역시 절친한 친구이자 동료였던 김동원을 이 극단에 가입시켰다. 당시 김동원은 '전선(全線)'에 소속되어 있었다. 이철혁이 주동이 되어 실업가 강상율의 후원으로 발족한 이 단체는, 이철혁, 김동원 외에 장계원, 이화삼, 홍성인 등이 소속된 신극 단체였다.7) 전선이 창립되자 낙랑극회 소속이던 이해랑은 전선으로 자리

---

5) 고설봉 증언, 장원재 정리, 『증언 연극사』, 진양, 1990, 123~124면 참조.
6) 김동원, 『미수의 커튼콜』, 태학사, 2003, 122면 참조.

를 옮겨 활동하였으나, 전선이 2회 공연으로 해산된 이후에 김동
원과 함께 낙랑극회로 자리를 옮겨 활동하였다. 함세덕은 김선영
이 창립부터 낙랑극회에 가입했다고 기술했고, 1회 공연에서도 김
선영의 이름은 거론되고 있지만, 전후 사정을 보았을 때, 김선영도
'전선'에서의 활동을 병행하다가 '낙랑극회'로 돌아왔던 것으로 보
인다.

　낙랑극회에는 조미령, 이민자, 문정숙 등의 젊은 미녀 여배우들
도 소속되어 있었다. 이 밖의 단원으로는 송재노, 김복자, 하옥주,
이화자, 정순모 등이 있었다.8) 정순모는 동경의 미술학부를 졸업
한 장치가로, 낙랑극회의 장치를 담당했다.9) 이화자는 원로 연극
인 백성희의 당시 예명이었다. 문정복과 고설봉도 낙랑극회의 단
원이었다.10)

　낙랑극회는 공개적으로 연구생을 모집하기도 했다. 응모 조건은
남자인 경우 '전문학교졸업정도'였고, 여자인 경우에는 '여자고녀
(女子高女)졸업정도'였다. 낙랑극회의 인적 구성원을 종합하면, 황
철, 함세덕, 서일성, 박민천, 이해랑, 김동원, 김선영, 조미령, 이민
자, 문정숙, 송재노, 김복자, 하옥주, 이화자, 정순모, 문정복, 고설

---

7) 첫 공연작으로 <검찰관>(고골리 작, 허집 연출)을 무대에 올려 신극의 부활을 과
　　시했다. 고골리의 <검찰관>은 1945년 11월 25일부터 서울소극장(小劇場)에서
　　홍성인 장치·정종호 작곡으로 무대에 올려졌다(『자유신문』, 1945년 11월 24일
　　참조).

8) 「각극단·그인물들」, 『예술신보』, 1946년 1월 참조.

9) 함세덕, 「연극의 일년보고」, 『신천지』1권 9호, 앞의 책, 144면 참조.

10) 김미도, 「강계식 선생과 함께」, 『한국 근대극의 재조명』, 현대미학사, 1995, 388면
　　참조.

봉 등이었다. 낙랑극회의 사무실은 경성부(京城府) 적선정(積善町) 51번지에 위치하고 있었다.11)

3. 〈군도〉의 번안과 초연

낙랑극회의 창립 작품인 실러의 〈군도〉12)는 1945년 11월 11일 명치좌13)에서 〈산적〉이라는 제명14)으로 무대에 올려졌고, 11월 17일까지15) 공연되었다. 공연 기획은 박민천(朴民天)이 담당했고, 장치는 정순모(鄭純謨), 작곡은 김성태(金聖泰), 의작(衣作)은 이승만(李承萬), 고증은 송석하(宋錫夏), 조명은 이상남(李相南)이 담당했다.16)

출연진은 서일성(徐一星), 황철(黃徹), 이해랑(李海浪), 이몽(李夢), 송재노(宋在魯), 고기봉(高棋峯), 김철(金鐵), 김형식(金螢植), 김선영(金鮮英), 김복자(金福子), 하옥주(河玉珠), 이화자(李和子), 조미령(趙美鈴), 문정숙(文貞淑), 이민자(李民子) 등이었다. 이 중에서 이몽, 고기

---

11) 『자유신문』, 1945년 11월 6일 참조.
12) 이 작품의 초연이 11월 1일이라거나 처음에는 제목이 〈군도〉로 표기되었으나 후에 〈산적〉으로 표기되었다는 엄국천의 주장(엄국천, 「배우 황철 연구」, 중앙대학교 석사논문, 1999, 33면)은 사실이 아닌 것으로 판단된다. 초연 날짜가 11월 1일이라는 기술은 이해랑이 낙랑극회의 창립 공연일로 예정되었다고 밝힌 증언에서 기인한 것 같다(유민영, 『이해랑 평전』, 태학사, 1999, 193면 참조).
13) 명치좌가 훗날 '명동 소재(所在) 예술극장'으로 불리게 되었다고 한다(이진순, 『한국연극사』, 대한민국예술원, 1977, 16면 참조).
14) 『자유신문』, 1945년 11월 10일 참조.
15) 『자유신문』, 1945년 11월 16일 참조.
16) 『중앙신문』, 1945년 11월 8일 참조.

봉, 김철, 김형식이 낙랑극회 회원이었는지는 파악되지 않으나, 낙
랑극회 창립공연에 출연했다.17)

함세덕은 낙랑극회를 창립한 핵심 멤버이면서 동시에 이 작품을
제의·번안·연출한 책임자였다. 김동원은 "(낙랑극회의 : 인용자) 첫
작품이 <산적(山賊)>으로 실러 작 <군도(群盜)>를 함세덕이 번
안"18)하였다고 증언하고 있고, 직접 출연한 이해랑도 "창립 공연
을 하기로 예술극장을 얻어 놓은 상태에서 작품을 구하다가 함세
덕의 제안으로 독일 고전극작가 실러의 <군도>를 번안하여 공연
키로 했다. 재능 있는 함세덕은 단 며칠 사이에 <군도>를 <山賊>
으로 번안해"19)왔다고 정황을 설명하고 있다.

후대의 학자들도 이러한 의견에 동조하고 있다. 유민영도 <산적>
을 <군도>의 모작으로 보고 있다.20) '모작'의 의미를 그대로 이해
하면 함세덕은 실러의 <군도>를 모방하였으되, 자신의 작품인 것
처럼 발표했다는 뜻이 된다. 이러한 견해는 『이해랑 평전』을 쓰면
서 유민영 본인에 의해 철회되지만, 한편으로 생각하면 함세덕의
<산적>이 원작 <군도>와 다른 독자성을 보였기 때문에 어떤 이
에게는 번안이 아닌 별개의 작품처럼 보였을 수도 있다. 서연호도
<군도>가 원작 그대로 공연된 것이 아니라 '번안'되었다고 기술하
고 있다.21) 서일성이 맡았던 산적의 이름을 '수피달'이라고 기록한

---

17) 『자유신문』, 1945년 11월 10일 참조.
18) 김동원, 『미수의 커튼콜』, 앞의 책, 122면.
19) 유민영, 『이해랑 평전』, 앞의 책, 193면.
20) 유민영, 「사실과 낭만의 조화」, 『한국현대극작가론』(3), 태학사, 1995, 9~10면 참조.
21) 서연호, 「함세덕의 생애와 작품」, 한국극예술학회 편, 『함세덕』, 태학사, 1995, 36
    면 참조.

경우도 있다.22) '수피달'은 원작의 '슈피겔베르크'를 가리키며, 이를 한국식으로 번안한 이름으로 여겨진다.

이러한 주변 정황을 참조했을 때, 함세덕은 원작의 재현에 치중하지 않았다. 그는 원작을 창조적으로 번안하여 공연하려고 했고, 이를 위해 대본 구성 단계부터 준비했던 것으로 보인다. 함세덕이 단 며칠만에 대본의 구성을 마쳤다는 증언은, 이미 이러한 작업이 진행되고 있었음을 보여준다고 하겠다.

배역 상황을 보면 다음과 같다. 주인공 형(카알) 역에 황철, 동생(프란츠) 역에 이해랑, 여주인공(아말리아) 역에 김선영, 수피달(슈피겔베르크) 역에 서일성이었다. 이해랑은 황철과의 연기 대결을 통해 자신이 주목받는 공연이었다고 밝힌 바 있다. 그 원인을 두 가지로 분석하는데, 하나는 황철이 고음에 약한 점을 자신이 이용했기 때문이고, 다른 하나는 자신이 신인답지 않게 계산된 연기를 했기 때문이라는 것이다.23) 다른 측면에서 생각하면, 이해랑이 악역에 능했기 때문에 프란츠 역에 성공한 것이 아닌가 한다.

낙랑극회 <산적>공주(公主)의 國家論이나 산적두목의 國家論이나 어색은하나 연기로 캄푸라지 되여지지 않았는가. 各本의 힘은 되렸스나 俳優 극장 (多情佛心) 원작의 아름다움이 좀더 무대에서도 도라단이 있었으면 얼마나 즐거웁고 好 극가들이 좋와하였으랴 만은 아직도 갈길은 멀다.24)

---

22) 엄국천, 「배우 황철 연구」, 앞의 논문, 33면 참조.
23) 유민영, 『이해랑 평전』, 앞의 책, 200면 참조.
24) 「연극단평」, 『혁진(革進)』 1, 1946년 1월.

함세덕의 <산적>은 사상성이나 이념성이 살아있는 작품이었다. 위의 평자는 공연에서 '국가론'이 강조되었고 그 안에 이념적 전언이 담겨 있었다고 증언하고 있다. 다만 그러한 전언이 다소 생경하게 표출되었기 때문에 '어색한 느낌'을 주었다고 지적하고 있다.

그러나 강조된 사상성을 번안과 연기로 조율하는 데에 일정 부분 성공한 것 같다. '좀더' 원작의 아름다움을 표현했으면 하는 아쉬움이 드러나고 있지만, 이러한 아쉬움은 작품의 성공을 전제한 연후에 행해진 것으로 보이기 때문이다.

결론적으로 <산적>의 공연에서 함세덕은 이념 지향성을 드러내었고 이것을 생경하게 노출하기는 했지만, 이러한 생경함을 조율하는 데에 대체적으로 성공했다. 배우와 극장에 대한 아쉬움이 있고 원작의 아름다움을 보다 잘 살려내야 했다는 과제를 남겼지만, 함세덕이 작품 번안과 연출 목표와 공연 방향을 성공적으로 제어한 공연으로 평가되었다.

4. '낙랑극회'의 공연 연보와 활동 상황

1) 의욕적인 출발 : 창단작부터 4회 공연까지

<산적>으로 창단 공연(1회)을 한 낙랑극회는, 2회 공연작으로 1945년 11월 27일부터 이서향 작·연출의 <봄밤에 온 사나히>(3막 4장)를 동양극장 무대에 올렸다.[25] 역시 정순모가 장치를 담당

---

25) 『자유신문』, 1945년 11월 27일 참조.

했고, 김성태가 음악을, 이상남이 조명을 담당했다. <봄밤에 온 사나히>는 낙랑극회 3회 공연작으로 다시 공연되었다. 출연진을 보면 서일성, 황철, 이몽, 고설봉, 유계라, 김익환, 장광식, 원대연, 김선영, 김복자, 이민자, 조미령, 이화자, 하옥주 등이었다.[26] 이밖에 문정복이 출연했고, 12월 13일부터 대륙극장에서 상연되었다.[27]

<봄밤에 온 사나히>는 현재 '제1막 제1장'이 남아 있다.[28] 희곡을 보면, 가난한 농촌의 한 가정을 배경으로 하고 있다. 이 집 가장인 박서방과 그의 아내 그리고 그의 딸 '떡발이'가 가족을 이루고 있고, 이 집에 '흘러온 사나이'가 등장하면서 사건이 발생하고 서사가 진행된다.

1막 1장은 어리숙한 사나이가 느닷없이 찾아와 떡발이에게 관심을 드러내는 상황을 그리고 있다. 사나이는 비록 박서방에 의해 쫓겨나지만, 머슴 자리를 구하고 있었던 것으로 보아 농사일을 거들 사람이 아쉬운 박서방의 집에 고용될 것으로 예상된다. 더구나 박서방 집은 딸을 시집 보내지 않기 위해서 데릴사위를 원하기 때문에, 이변이 없는 이상 그 대상은 사나이가 될 것으로 예측된다.

행동과 말투는 어리숙하지만 순박한 심성과 뛰어난 재주를 가지고 있고, 마을 사람들의 관심의 대상이 되며, 제목에서 암시하는 바를 보여주는 인물이기 때문에, 이 사나이가 주인공으로 여겨진다. 당시 낙랑극회에서 주인공을 맡을 배우로는 황철이 유력했다.

---

26) 『자유신문』, 1945년 12월 13일 참조.
27) 『중앙신문』, 1945년 12월 14일 참조.
28) 이서향, <봄밤에 온 사나히>, 『인문평론』 3권 3호, 1941년 4월.

사나이와 갈등을 겪은 박서방도 주요 배역이었을 것이다. 이러한 박서방은 서일성이 맡았을 것으로 추측된다. 왜냐하면 박서방은 힘이 장사이고(비록 지금은 젊은이에게 밀리고 있지만), 나이도 지긋한 상태이기 때문이다. 서일성은 건장한 체격과 듬직한 인상을 주는 배우였다. 또 극단 남자 배우 중에 이인자인 서일성의 극단 내 위상은, 작품에서 차지하는 박서방의 위상과 합치된다.

한편 이 작품에는 여자 배역이 상당하다. 박서방의 처와 딸을 제외해도, 동리에 사는 과부 배나무집·떡받이의 동네 친구들(금순이·고방녀·음전이)이 등장하고 있고, 무대 지시문에 따르면 '동리 아낙네들 다수'가 출연하고 있다. 떡받이 역은 당대 최고의 연기를 선보였다는 여배우 김선영이 맡았을 가능성이 높다.

2) 경향극의 맹아 : 〈호접〉과 〈기미년 3월 1일〉

낙랑극회는 5회 공연으로 김사량 작, 김단미(金丹美) 연출, 김일영(金一影) 장치의 〈호접〉을 1946년 1월 4일부터 대륙극장에서 공연하였다. 이 작품은 극단 전선과 합동으로 이루어졌다. 당시 신문 광고를 보면 합동 공연을 '조선극계의 파격의 기획'[29]으로 선전하고 있다. 내용소개를 보면 작품의 전체적인 개요와 대략적인 성향을 엿볼 수 있다.

조국애에 불타는 조선의용군 이십구 용사요!
고국강산을 바라보며 조국해방에 추수일섬(秋水一閃)이요

---

29) 『자유신문』, 1946년 1월 4일.

결사(決死) 이십구용사가 왜군(倭軍)을 격파할 때 혈루무한(血淚無限)하였다

흥분(興奮)과 감격(感激)의 만인필견(萬人必見)의 연극[30]

이해랑은 공산주의자는 비록 혐오했지만 김사량의 반일애국정신은 높이 평가했기 때문에, 이 작품의 출연에 주저하지 않았고 오히려 적극적으로 합동 공연을 추진했다고 밝히고 있다. 위의 내용 소개에도 이 작품이 항일투쟁을 다루고 있음을 강조하고 있다. 사회성과 사상성이 대단히 높은 작품이었음을 보여준다.

<호접>은 작가 김사량이 조선의용군으로 태행산에 머무는 동안 실제 견문한 호가장전투(胡家蔣戰鬪)를 극화한 작품으로, 호접이 나르는 고향에 대한 향수를 가슴에 품고 포연 속에서 쓰러져 간 젊은 용사들의 거룩한 죽음을 묘사하고 있다.[31] 이 작품은 방대한 인원이 출연해야 하는 대작이었다. 그래서 이해랑은 낙랑극회와 전선이 합동으로 공연하는 계획을 세웠다. 하지만 여러 가지 의의에도 불구하고, 흥행에는 크게 실패했고, 이후 극단 전선은 해체되었다.

낙랑극회는 1946년 4월 22일부터 26일까지[32] 국제극장에서 함세덕 작 <기미년 3월 1일>을 공연하였다. 당시 광고는 이 작품을 낙랑극회 제4회 공연으로 선전했다. 개별 작품으로만 따지면, <산적>·<봄밤에 온 사나히>·<호접>에 이어 무대에 올려진 네 번

---

30) 『자유신문』, 1946년 1월 4일.

31) 함세덕, 「연극의 일년보고」, 『신천지』 1권 9호, 앞의 책, 144면 참조.

32) 「중앙신문」, 1946년 4월 22일 참조 ; 「중앙신문」, 1946년 4월 26일 참조.

째 작품인 셈이다.33)

이 작품은 조선연극동맹과 서울신문사가 공동 주최했던 '3·1 기념연극대회'의 공식 출품작으로 알려지기도 했으나,34) 그것은 사실이 아니다. 공식 참가극단은 '서울예술극장', '자유극장', '조선예술극장', '혁명극장'이었고, 낙랑극회의 <기미년 3월 1일>은 대회와 시간적 거리를 두고 공연된 비공식 참가작 정도였다.

출연진은 황철, 이몽, 김익환, 장일, 김형식, 원대연, 유계라, 강노석, 이경, 윤약명, 김영운, 이경민, 김준, 이해랑, 김동원, 김선영, 김복자, 문정숙, 조미령, 이민자, 강보금, 문정복, 함세덕(작가), 박민천(기획), 정순모(장치), 최동희(조명), 김재석 등이었다.

이 작품을 공연하는 첫날(初日), 1919년 3월 1일 당시 학생 세력의 대표자(지도자)였던 강기덕(康基德)이 강연을 했다.35) 작품의 부제도 '학생과 삼십삼인'으로 달 정도였다.36) 그만큼 함세덕은 3·1 운동에서 학생들의 역할을 높게 평가했고, 상대적으로 우익인사의 위상을 낮추었다.

이재현의 구분에 따르면 해방으로부터 이듬해 3월까지는 민족연극(좌익극)의 1단계로, '민족연극운동의 태동기이며 발아기'에 해당한다.37) 성장의 단초를 마련할 목적으로 암중모색하던 시기라고

---

33) <봄밤에 온 사나히>가 세 번 공연되었을 가능성이 크다. 재공연을 모두 계산하면 <호접>은 다섯 번째 작품이 되고, 초연만 계산하면 <기미년 3월 1일>이 네 번째 작품이 된다.

34) 이재명, 「함세덕의 <기미년 3월 1일> 연구」, 『한국현대극작가론』(3), 태학사, 1995, 223~224면 참조.

35) 『자유신문』, 1946년 4월 23일 참조.

36) 『자유신문』, 1946년 4월 25일 참조.

할 수 있다. 이해랑은 이 시기만 해도 좌익연극세력이 온건한 성향을 보이던 시기였기 때문에 <기미년 3월 1일> 공연에 참여했다고 한다. 더구나 김동원, 김선영을 '끌어들여' 같이 참여할 수 있었다고 한다.[38]

이 작품을 준비하던 시점은 낙랑극회가 온건한 성향을 드러내며 집단의 정체성을 찾기 위해 암중 모색하던 시기였다. 함세덕은 모색기를 통과하면서 <기미년 3월 1일>을 집필했다. 그는 이 작품을 통해 3·1운동의 경위와 진실을 논구했다. 역사적 사건에 대해 면밀히 조사하여 독립된 글로 자신의 결론을 피력했으며, 이를 바탕으로 작품을 창작하면서 나름대로의 당시 상황을 구체화했다. 작품을 통해 역사적 입장을 정립해 가면서, 함세덕은 우익에 대한 불신을 심화시켰고, 궁극적으로는 좌익 세력에 동조하는 계기를 마련했을 것으로 추측된다. 또한 대외적으로는 이 작품을 통해 낙랑극회의 성향이, 우파적 성향만을 지닌 단체가 아님을 천명하게 되었다.

3) 리얼리즘 작품에의 경사(傾斜) : 〈산적〉의 재공연과 〈뇌우〉의 초연

<산적>이 1946년 5월 2일부터 8일까지 단성사에서 리바이벌되

---

37) 이재현, 「수난의 민족연극」, 『민성』(4권 7·8합), 1948년 8월.

38) 김선영은 본래 낙랑극회의 창립단원이었다. 이해랑이나 김동원이, 김선영이 자신들의 영향 때문에 낙랑극회 공연에 참여할 수 있었다고 진술하는 것은 이치에 맞지 않는다. 다만 김선영이 주로 전선에서 활동하다가 전선 이후에 낙랑극회 활동에 전념하게 되었다는 뜻으로 이러한 주장을 풀이할 수는 있다(유민영, 『이해랑 평전』, 앞의 책, 199면 참조).

었다. 황철, 김선영, 문정숙 등이 출연하였고, 장치는 정순모, 음악
은 김성태(金聖泰)가 담당하였다.[39] 당시 출연진을 보면, 황철, 이
몽, 강노석, 이향, 김형식, 장일, 원대윤, 유계라, 이향민, 김준, 김익
환, 이해랑, 김선영, 문정복, 이민자, 조미령, 김복자, 강보금, 문정
숙 등으로 초연과 크게 달라진 것을 확인할 수 있다.

  우선 서일성이 출연하지 않았다.[40] 이밖에도 송재노, 고기봉, 김
철, 하옥주, 이화자 등의 초연 멤버가 출연하지 않았다. 대신 강노
석, 이향, 장일, 이향민, 김준 등의 배우들이 새롭게 등장하고 있었
다. 이러한 변화는 서일성의 탈퇴와 낙랑극회의 구성원 교체를 의
미한다.

  <산적>은 11월 12일에 성남극장에서 다시 한 번 재공연되기 이
른다.[41] 신극 계열 작품으로는 유일하게 흥행에 성공을 거둔 경우
였기 때문에 재공연이 활발하게 이어졌던 것으로 이해된다. 더구
나 상업주의 연극이 판치는 당시 상황에서, 긍정적인 성과를 거둔
작품으로 대외적으로 평가되었기 때문에 이러한 재공연은 이후로
도 계속되었다.[42]

  조우 작, 김광주 역, 이서향 연출의 <뇌우>는 1946년 7월 5일부

---

39) 『중앙신문』, 1946년 5월 3일 참조 ; 『중앙신문』, 1946년 5월 8일 참조.

40) 서일성은 1946년 5월 9일부터 동양극장에서 무대에 올려진 <이순신>에 출연하
    였다. 이운방 작, 안종화 연출의 이 작품은 서일성 · 양백명 · 윤성묘 등의 토월회
    출신 멤버들이 참여하였다(『자유신문』, 1946년 5월 9일 ; 『자유신문』, 1946년 5월
    11일 참조).

41) 『자유신문』, 1946년 11월 12일 참조.

42) 이태우, 「신파와 사극의 유행」, 『경향신문』, 1946년 12월 12일 참조.

터 11일까지 공연되었다.[43] 황철이 주평 역을, 김선영이 번의 역을, 김동원이 주충 역을 맡았다. 젊은 김양춘이 시평 역을 맡았고, 강노석이 주복원 역을 맡았다. 문정복과 유경애도 출연했다고 한다. 이해랑이 주복원 역을 맡았다는 잘못된 주장이 있지만, '배역이 없다는 이유로' 이해랑은 이 캐스팅에서 제외되었다.[44]

공연을 객석에서 지켜 본 이해랑은, 원작의 긴박감을 살려내지 못했고 인물의 성격이 분명하게 처리되지 못했음을 지적했다. 연출이 간결함을 살리지 못했고 인물의 내면을 흐르는('저류하는') 정서를 충실하게 표현하지 못했다는 혹평이었다.[45]

이와 반대되는 관람평도 제출되었다. 안종화는 낙랑극회의 <뇌우>를 시종 유쾌하게 보았다고 자신의 인상을 밝히며 이 작품을 조선극계의 청신제(淸新劑)라고 평가했다. 특히 "평탄히 흐르는 사단(事端)과 작중인물들의 연기들은 부드러운 가운데 저력 있는 표현"들이었다고 칭찬했다. 중국인으로서의 동작에 다소 흠이 있지만, 세트와 색채가 남방 중국의 느낌을 보완했다고 평했다. 또한 이태우는 "비록 조선의 도덕적 표현에서 부적(不適)하다고는 할망정 기술적으로 우수(優秀)한 성과를 거둔" 작품으로 <뇌우>를 평가하고 있다.[46]

엇갈린 평가는 작품을 보는 시각 차이를 새삼 확인시킨다. 하지

---

43) 『자유신문』, 1946년 7월 4일 참조.
44) 김남석, 「<뇌우> 공연의 변모 과정에 대한 연구」, 『한국연극학』 22호, 한국연극학회, 2004, 114~117면 참조.
45) 이해랑, 「<뇌우>에 출연하며」, 『국립극단 제2회 정기공연 <뇌우> 공연 팜플렛』, 1950년 6월 참조.
46) 이태우, 「신파와 사극의 유행」, 『경향신문』, 1946년 12월 12일.

만 근본적으로 이러한 평은 평가자의 입장 차이에서 연원했을 가능성이 크다. 일단 연출자는 <뇌우>의 사건들을 자극적이지 않게 보이도록 평이하게 처리한 것 같다. 연기자는 감정적인 기복을 크게 드러내기보다는, 감정의 표출을 억누르는 데에 초점을 맞추어 연기한 것 같다. 이러한 연기력은 응당 표면적으로는 인물의 개성을 약화시키고 사건의 연결을 느슨하게 만든다.

이해랑은 배우의 입장에 서 있었기 때문에 이러한 연기를 혹독하게 비판할 수밖에 없었을 것이다. 안종화도 물론 배우이긴 했지만, 상대적으로 연출가의 입장을 더 강하게 고수했기 때문에 연출자의 의도를 높게 평가한 것으로 판단된다. 뒤집어 말하면, 이서향이라는 연출가는 리얼리즘이 요구하는 인물의 내면 연기를 주문하는 연극적 역량을 보였는데, 이를 받아들이는 배우들이 연출자의 주문을 제대로 이행하지 못한 것으로 여겨진다. 이것은 이 작품에 참여한 많은 배우들의 면면이 신극 연기에 그다지 익숙하지 않은 상태였다는 점으로 어느 정도 뒷받침될 수 있다.

4) 대중극과 신극의 교차 상연 : 과거 대중극의 리바이벌

황철이 출연했음에도 <뇌우>는 흥행에서 부진했다. 이에 낙랑극회는 과감하게 공연 방향을 선회해서, 과거 대중의 인기를 모았던 <바람부는 시절>을 무대화했다. 이 작품은 1946년 7월 30일부터 8월 7일까지 단성사에서 공연되었다.[47] 신문 광고 문구는 "<사

---

47) 『중외신보』, 1946년 8월 6일 참조.

랑에 속고 돈에 울고> <유랑삼천리>를 능가(凌駕)한 우슴과 눈물의 명극(名劇)"이었다.[48] 대중적 인기를 노골적으로 겨냥한 문구가 아닐 수 없었다.

<바람부는 시절>은 아랑의 대표작 중 하나였다. <사랑에 속고 돈에 울고>로 일약 스타덤에 오른 임선규는 동양극장을 대표하는 극작가로 성장했지만, 희곡 작법을 공부하겠다는 열망을 잊지 않고 있다가 황철과 함께 아랑을 창설하면서 그 꿈을 펴게 되었다. 황철의 배려로 일본(동보클럽)으로 극작 연수를 떠나게 된 것이다. 임선규가 일본 유학 중에 보내 온 작품이 <바람부는 시절>이었고, 임선규의 명성에 걸맞게 대중의 폭발적인 호응을 이끌어 내었다.

<바람부는 시절>의 대본은 아직 발견되지 않았다. 다만 대강의 줄거리만 전해지고 있다. 작품의 골자는 신분 높은 여자와 하층 계급 남자의 사랑 이야기이다. 시골 별장에 온 정숙은 개천을 건널 때마다 산지기 아들에게 업어달라는 부탁을 하게 되고, 이것을 계기로 두 사람은 사랑에 빠지게 된다. 양가는 두 사람의 관계를 반대하지만, 두 사람은 이를 극복하고 결혼을 한다. 결혼 후 서울로 올라와 살게 된 두 사람 사이에, 장인(여자의 부친) 회사의 지배인이 개입하게 되고, 여자는 여자대로 세련되지 못한 남편에 대해 불만을 품게 된다. 여자의 방황이 계속되던 중, 남자는 시비 끝에 지배인을 살해하게 되고 고향에서 경찰에 붙잡힌다.[49]

작품의 줄거리를 참조했을 때, 이 작품은 남녀 간의 사랑과 치정

---

48) 『자유신문』, 1946년 7월 29일.

49) 김미도, 「임선규, 그 극적인 삶과 연극세계」, 『한국희곡작가연구』, 태학사, 1997, 189면 참조.

문제를 다룬 멜로드라마로 판단된다. 당대 관객의 심금을 울릴만한 요소가 다분했지만, 작가의 세계관을 표출하거나 사회 문제에 개입하려는 의지는 부족했다. 지나치게 감상적이고 낭만적인 사랑은 현실인식을 마비시키고 작가의식을 무화시킬 부정적 기능도 다분했다. 이러한 입장은 신극을 추구하려던 지식인 연극인들(가령 동경유학생 중심의 연극인)에게서 더욱 뚜렷하게 나타났다.

낙랑극회의 방향 선회를 지켜보는 이해랑의 시선은 냉혹했다. "황철은 과거 동양극장 시절을 생각하게 되었고 임선규가 히트시켰던 <바람부는 시절>을 무대에 올리는 만용을 부리게 되었"다고 혹평했다.50) 이진순은 이러한 작품으로의 회귀가 "외면상으로는 좌익(左翼)이고 내면으로는 과거의 신파극단의 성격을 그대로 답습(踏承)"이라고 지적하고 있다.51)

이태우는 당시 연극계를 진단하면서 대거 월북이 이루어지고 난 이후에 남은 연극인들이 "無氣力해진 끝에 또한 생활에 쪼들리어 바로 연극정신(演劇精神)까지 버리고 각각 상업주의연극의 길로 전락하여 비속한 신파의 수단으로 관객흡입에만 집중한" 실례 중 하나가 <바람부는 시절>이라고 비판했다.52)

이태우의 비판대로, 이 작품은 상업적인 면에서는 대단한 성공을 거두었다. 이러한 방향 선회는 신극과 경향극을 추구하던 낙랑극회가, 과거 흥행극(신파극)으로 회귀함을 의미한다고 하겠다. 이

---

50) 유민영, 『이해랑 평전』, 앞의 책, 200면.
51) 이진순, 『한국연극사』, 대한민국예술원, 1977, 21면.
52) 이태우, 「신파와 사극의 유행」, 『경향신문』, 1946년 12월 12일.

러한 회귀는 상업적인 열세를 만회하기 위한 운영자의 고심에서
비롯되었다.

　낙랑극회는 다음 작품으로 김사량 작, 이서향 연출의 <봇똘의
군복>을 선택하여, 1946년 8월 15일부터 22일까지 국도극장에서
공연하였다.53) 김사량의 작품으로는 <호접>에 이어서 두 번째 시
도였다. 그러나 이 작품 역시 대중들의 호응을 이끌기에는 지나치
게 경직된 사상 문제를 다루고 있어 흥행에는 성공을 거두지 못했다.
　당시 신문광고를 참조하면, 이 작품을 '해방 1주년-기념공연'으
로 선전하고 있다. 이 행사는 15일부터 국도극장에서, 연극, 음악,
영화의 세 분야로 나뉘어져 행해졌다. 정순모가 장치를 맡았고, 최
동희(崔東熙)가 조명을 담당한 공연이었다.54)
　그 다음 낙랑극회는 대중성과 작품성을 두루 고려하기 위해서
유치진이 각색한 <춘향전>(홍영진 연출)을 선택했다. 1946년 10월
13일부터 국도극장에서 공연되었고, 정순모가 역시 장치를 맡았고
최동희가 조명을 담당하였다.55) 흥행성을 다분히 고려한 선택이었
지만, 실효를 거두지는 못했던 것으로 알려져 있다.
　같은 해 11월 1일부터는 <산적>을 재공연하였다. 장치는 정순
모였고, 조명은 차욱(車旭)이었으며, 소도구는 유순만(柳順萬)이었
고, 공연 장소는 동양극장이었다.56) 11월 12일부터는 성남극장에

---

53) 『중외신보』, 1946년 8월 18일 참조.
54) 『자유신문』, 1946년 8월 13일 참조.
55) 『자유신문』, 1946년 10월 11일 참조.
56) 『자유신문』, 1946년 10월 31일 참조.

서 재공연이 이어졌다. "송석하(宋錫夏) 고증, 이승만(李承萬) 의상, 김성태 작곡"으로 선전되었다.[57]

<산적>의 계속되는 재공연은 당시 낙랑극회의 재정적 어려움과 레파토리의 곤란함을 알려준다. 낙랑극회는 관객의 뜨거운 성원을 받았던 <산적>을 통해 이러한 난관을 헤쳐나가려 했던 것 같다. 또한 이러한 선택은 <봇똘의 군복>이나 <춘향전>에서의 실패를 만회하려는 의도로 판단된다. 따라서 이후 새로운 신작이나 신극 계열의 작품을 공연하기보다는 한 동안 과거의 신파극 공연에 매진하게 된다.

당시(1946년 11월 경) 낙랑극회 단원들의 움직임이 포착되는데, 그들은 연극계에서 선도적인 입장을 고수하고 있었다. 11월 중순경에 과거 동양극장 출신 배우들이 모여 기념 행사를 치르고[58] 이를 통해 '극우회'를 조직하기도 했다.[59] 극우회에는 황철과 김선영이 참가했다. 두 사람은 동양극장 출신으로 낙랑극회를 이끄는 중심 배우였음을 대외에 확인시켜 주었다.

낙랑극회의 전속 장치가 정순모도 '무대미술연구소'를 개설했다. 이 연구소는 무대장치를 연구 보급하는 단체였다. 정순모의 사업 취지는 무대장치 재료의 혁신이었다. 그때까지 주로 무대장치 재료로 사용되던 광목을 대신해서, 지재(紙材)로 장치 전부를 완성한다는 것이다. 이러한 지재 장치는 이미 일본에서 시행된 것이지만,

---

57) 『자유신문』, 1946년 11월 12일 참조.
58) 『예술통신』, 1946년 11월 16일 참조.
59) 『예술통신』, 1946년 11월 27일 참조.

조선에서는 생소한 것이었다. 지재로 무대장치를 설치할 경우 비용도 반액에 불과하기 때문에 재정적으로 어려운 연극계에 희소식이 아닐 수 없었다.[60]

이처럼 낙랑극회의 황철, 김선영, 정순모 등은 연극계의 인지도와 공헌도에서 상당한 비중을 차지하고 있었다. 낙랑극회의 역량과 대외적 영향력이 대단했음을 증빙하는 증거인 셈이다.

낙랑극회는 11월 29일부터 3주일간 경부선과 호남선에 인접한 지방을 순회하는 순업을 단행했다. 조우 작 <뇌우>와 함세덕 각색 <산적>이 그 대상 작품이었다. 서울로 돌아오는 시점은 12월 22일 경이었다.[61]

서울로 올라온 낙랑극회는 홍영진 연출로 <바람부는 시절>을 1946년 12월 24일부터 동양극장에서 공연하였다. 당시 배우 진용을 보면, 김철, 김익환, 장일, 김형식, 유계라, 김준, 최순재, 이해랑, 김선영, 문정숙, 강보금, 조미령, 허미, 허정숙 등이었다.[62] 이해랑이 포함된 것이 인상적이다. 이해랑은 <바람부는 시절>에 대해 혹평을 했지만, 그 역시 공연에는 출연했던 것이다.

임선규 작, 박진 연출의 <정열의 대지>는 1946년 12월 31일부터 동양극장에서 공연되었다. 1947년 1일~5일까지는 3회 공연을 했다. 황철, 김익환, 장일, 유계라, 김준, 최순재, 이해랑, 김선영, 문정숙, 강보금, 이미, 허정숙 등이 출연했다.[63] 역시 이 작품에서도

---

60) 「紙代用裝置」, 『예술통신』, 1946년 11월 16일 참조.

61) 「공연소식」, 『예술통신』, 1946년 11월 29일 참조.

62) 『자유신문』, 1946년 12월 23일 참조.

이해랑의 출연이 주목된다.

<정열의 대지>는 동양극장 시절(1939년 7월 8일~17일) 청춘좌와 호화선의 합동 공연으로 초연되었다. 고설봉의 증언에 의해 작품의 줄거리와 당시 상황이 남아 있다. 일홍이라는 여인을 사랑하는 두 남자가 있었다. 하나는 가난한 청년이고 다른 하나는 부잣집 청년이었는데, 둘은 일홍을 사이에 둔 연적 관계였다. 둘 사이에서 갈등을 일으킨 일홍은 중국으로 떠나고, 두 청년은 그녀를 찾아 중국행을 결행한다. 세 사람의 해후는 2막 중국의 한 영업집에서 이루어진다. 한 청년은 대학생이, 다른 청년은 마적이 되어 있고, 일홍은 두 사람 사이에서 선택을 해야했다. 일홍은 가난한 청년을 선택했고, 분을 이기지 못한 부자 청년은 가지고 있는 총을 꺼내 상대를 쏘았다. 가난한 청년 역시 이에 응사하면서 여러 발의 총성이 울렸다. 두 사람 중에 누가 죽을지 모르는 상태에서 막이 내린다.[64]

내용으로 보면 삼각관계를 다룬 치정극에 불과했지만, 결말의 애매모호성은 대단히 특이했다. 임선규의 구술을 받아 이 작품을 필사한 고설봉은, 임선규의 극작 태도에 대해 전하고 있다. 임선규는 머리 속에서 완전하게 구상이 끝난 이후에, 원고지에 옮겨 적는 집필 태도를 지니고 있었기 때문에, 작품의 전후 관계가 매끄러운 것이 특징이었다고 한다.[65] 연출가가 변경할 여지도 상대적으로 적었다고 하는데, <정열의 대지>의 특이한 결말도 이러한 작가의

---

63) 『자유신문』, 1947년 1월 1일 참조.

64) 고설봉 증언, 장원재 정리, 『증언 연극사』, 앞의 책, 75면 참조.

65) 김미도, 「임선규, 그 극적인 삶과 연극세계」, 『한국희곡작가연구』, 앞의 책, 188면 참조.

집필 태도에서 선택된 것으로 보여진다.

1947년 1월 8일부터 개최된 '종합예술제' 행사에는 낙랑극회의 주요 멤버였던 황철, 김선영, 함세덕 그리고 서일성(낙랑극회 탈퇴 이후로 보여지지만) 등이 출연했지만, 이해랑은 출연하지 않았다.[66] 비록 낙랑극회 명의의 공연은 아니었지만, 이해랑은 극단원들과 다른 행보를 보인 셈이다. 이해랑의 불참은 여러 가지로 시사하는 바가 크다.

먼저 당시 상연 예정 작품이 함세덕의 <하곡>이었다는 점을 고려해야 한다. 함세덕은 이해랑과 고협 시절에 만나 깊은 교분을 유지하고 있었다. 이해랑이 낙랑극회에 가입하게 된 것도 과거의 교분 때문이었다. 그러나 이해랑은 프롤레타리아 연극에 대해 극단적으로 혐오했기 때문에 경향극적 성향을 짙게 드러낸 <하곡>을 용인할 수 없었다.

마찬가지로 혐오했지만 신파극(과거 동양극장과 아랑 시절의 작품)에는 출연했다는 사실로 미루어 보아, 대중극적인 요소는 용납할 수 있지만 경향극적인 요소와 좌경화 성향은 용납할 수 없다는 이해랑의 상황 선택으로 여겨진다. 이해랑의 심정적 결별은 낙랑극회의 탈퇴로 이어졌다.

'구정공연(舊正公演)'으로 기획된 임선규 작 <여명>(전 4막, 일명 '동학당')은 안영일 연출로 1947년 1월 21일부터 국도극장에서 무대

---

66) 『자유신문』, 1947년 1월 5일 ; 『자유신문』, 1947년 1월 7일 ; 『자유신문』, 1947년 1월 9일 참조.

에 올려져서,[67] 26일까지 공연되었다.[68] 본래 이 작품은 극단 아랑에서 '동학당'이라는 제명으로 초연되어, 아랑의 공연 중에서 최고의 흥행을 거둔 작품으로 알려져 있다. 황철은 과거의 흥행작을 낙랑극회의 레퍼토리로 다시 선정한 것이다.

이러한 선택은 흥행면에서 큰 성공을 거두었다. 이 작품이 '여명'으로 제명을 바꾸어 국도극장에서 상연된다는 소식은 큰 화제가 되면서 대규모의 관중을 끌어 모았다. 표를 팔기 시작한 첫날에 이미 1만 700매가 팔렸다. 가장 대목인 구정날 막을 올려 오전 10시부터 하루 4회 공연을 강행한 결과, 1주일 동안 5만8천 명이 관람하는 진기록을 세우기도 했다. 당시 수용 극장인 국도극장의 좌석 수가 1천7백 석 정도였으니, 이것은 대단한 기록이 아닐 수 없었다.[69]

함세덕은 낙랑극회에서 재공연될 때 <여명>의 일부를 수정했다고 한다. 아랑시절의 대본에는 일본의 대동아공영을 지지하는 발언이 들어 있어 해방 이후 이를 수정할 필요가 있었다. 그러나 임선규는 이미 발표한 작품을 재공연하는 것을 탐탁지 않아 했기 때문에, 함세덕이 이를 대신했다고 한다. 이 작품을 보고 크게 감동한 함세덕이 기꺼이 원고를 손질했던 것 같다.[70]

---

67) 본래 개막 일자는 1월 20일이었으나(『자유신문』, 1947년 1월 20일 참조), 21일에 서야 문교부에서 인정된 것으로 보아 21일에야 무대에 올려졌을 것으로 추측된다 (『예술통신』, 1947년 1월 24일 참조).

68) 『자유신문』, 1947년 1월 25일 참조.

69) 김미도, 「임선규, 그 극적인 삶과 연극세계」, 『한국희곡작가연구』, 앞의 책, 190면 참조.

70) 같은 책, 190면 참조.

아랑 시절의 홍행작이긴 하지만, <여명>과 <바람부는 시절>은 차이를 보인다. 일단 <여명>에는 신분(계급)적 모순에 대한 강력한 비판 의지가 드러나 있다. 동학 운동이라는 역사적 상황을 바라보는 작가의 시각도 제시되어 있고, 사회의 구체적 실상을 인물의 캐릭터에 용해시키려는 작가의 모색도 산견되고 있다. 이로 인해 낭만적 사랑이나 대중에의 막연한 영합이 아니라, 세상에 대한 작가의 고뇌와 대안을 개진하게 된다.

더구나 일제 시대 때 다루기 어려웠던 소재를 과감하게 다루면서 민중의 목소리를 드높였다는 점은 이 작품에 대한 평가를 한층 새롭게 유도하기도 한다. 임선규는 전봉준의 대사를 다른 인물로 옮겨 검열을 피하는 노련한 솜씨를 보여주었다고 한다. 검열의 위험을 감수할 정도로 이 작품에 작가적 신념을 투여한 점은 특기할 만하다. 이러한 작가 의식은 특히 프롤레타리아 연극을 추종하는 이들에게 크게 공감을 일으켰다. 함세덕이 이 작품(2막의 일부분)을 손질했다는 일화는 이를 잘 보여준다.

작가의 고민은 작품의 결미에서 결연하게 드러나고 있다. 인정에 끌려 동학군의 적(김씨 일가)을 놓아주고 그들과의 공생을 꿈꾸던 수만(壽万)은, 역전된 전세(동학군의 패퇴)에 의해 돌변하는 김성현(金性鉉)을 보고 크게 깨닫게 된다. 동학군의 패퇴는 비극적 결말이지만, 이로 인해 야기된 수만의 깨달음은 미래에 대한 전망인 것이다. 이 작품은 현실의 비관적 결말을 외면하지 않으면서도, 작가로서의 대안을 내놓는 임무를 잊지 않고 있다. 이 시기 낙랑극회는 과거 홍행 작품으로의 회귀를 시도했지만, <여명>의 사례로 보건

대 당시 낙랑극회가 흥행만을 염두에 둔 공연을 계획했던 것은 아
니다.

낙랑극회는 1947년 1월 27일 경부터 남선(南鮮) 순회 공연에 돌
입했다. 작품은 이서향 연출의 <뇌우>였고, 주요 공연 지역은 군
산과 전주였다. 이러한 계획은 낙랑극회가 <여명>을 공연하고 있
던 1월 25일 경에 세워진 것이기 때문에, 확실히 순업이 이루어진
것인지는 단정하기 어렵다. 지방 순업에서 돌아온 이후에 함세덕
작, 안영일 연출의 <운하>를 공연하기로 예정되어 있었다.[71]

<뇌우>는 2월 16일부터 중앙극장에서 다시 공연되었다.[72] 낙랑
극회는 <뇌우>의 흥행 부진 이후, 과거 흥행작을 재공연하기 시
작했다. <바람부는 시절>, <정열의 대지>, <여명> 등 과거 대중
의 사랑을 받았던 작품을 집중적으로 무대화했다. 과거 황철의 아
성을 바탕으로 대중적 호응을 이끌어 내려 한 전략으로 이해된다.

낙랑극회가 대중적 요소가 짙은 연극, 특히 과거 동양극장과 아
랑의 작품을 무대화하는 것에 대해 상당한 비판이 행해졌다. 그러
나 이러한 대중극(신파극)으로의 선회는 일정한 전략을 내포하고
있었다. 황철은 극단 경영자의 입장에서 연극 제작의 어려움을 토
로한 바 있다. 제작비는 과다한데 입장 수입은 약소해서 신극을 표
방하던 극단들도 신파극을 제작하지 않을 수 없었다는 주장이다.
설상가상으로 낙랑극회는 화재로 인하여 사무실과 집기를 전소당

---

71) 『예술통신』, 1947년 1월 25일 참조.
72) 『예술통신』, 1947년 2월 17일 참조.

하는 횡액을 겪은 바 있다.73) 당시는 극단을 운영하는데 소요되는 자금이 어느 때 보다 필요하던 시점이었다.

그래서 황철은 "신파라는 것을 범위가 적은 것, 그리고 과장해서 되는 것"이라고 여기고 "극단 운영에 적지 아니 약이 되는" 것으로 간주했다. 신파극을 공연함으로써 극단 운영에 활로를 튼다는 것이다. 그는 "네 차례 공연을 예정하면 그 중에 세 번은 그것에 가까운 타협을 하고(신파극으로 운영 자금을 모으고 : 인용자) 나머지 한 번은 단원들도 실망해서는 안될 테니까 좋은 걸(신극 혹은 인민의 연극을 표방한 수준 높은 연극 : 인용자)로 하기로" 했다고 밝히고 있다.74)

이 당시 낙랑극회의 흥행작 공연 방식은 과거 아랑이나 동양극장 시절의 신파극 공연 방식과 차이점을 보인다. 그것은 흥행극과 함께 일련의 신극 작품들의 명맥을 유지한다는 점이다. 다시 말해서 김사량의 <호접>이나, 유치진의 <춘향전>, 혹은 <산적>을 공연하면서 신극이나 경향극 류의 작품을 포기하지 않은 것이다. 또 <여명> 같은 작품을 발굴한 점도 이러한 연장선상에서 파악된다.

황철의 극단 운영 전략은 김사량의 작품(혹은 <산적>의 재공연)과 신파극의 공연 교체 주기를 대입하면 엇비슷하게 부합되고 있다. 낙랑극회는 신극 류의 작품을 추구하면서도, 공연 수입과 극단 운영 자금을 확보하기 위해서 전략적으로 흥행작을 공연했다. 주목되는 바는 극단원들을 실망시키지 않기 위해서 '좋은 연극' 즉, '신극'을 공연해야 한다는 발상이다. 그만큼 낙랑극회는 신극과 경향

---

73) 「낙랑극회에 위로금 답지(遝至)」, 『예술통신』, 1947년 1월 7일 참조.
74) 「어떠케 조흔 연극을 할 수 잇을가?」, 『예술통신』, 1947년 1월 7일.

극을 향한 의지를 지니고 있었던 극단이었다.

안영일은 1946년 한 해를 회고하는 글에서 8·15를 기점으로 해서, "창작극은 약속이나 한 듯이 고요한 침묵을 지켰다"고 평하고, 이러한 현상을 '작가정신의 고갈(枯渴)'이자 '현실과 싸워 이기려는 적극성의 상실'이라고 비판했다.[75]

이러한 현상은 낙랑극회의 1946년 활동에서도 발견되고 있다. 7월을 기점으로 낙랑극회는 과거의 작품을 계속해서 재공연했다. 재공연은 분명 현실에 대한 면밀한 검토나 새로운 연극 정신 개척을 위한 모색과는 거리가 멀었다. <봇똘의 군복>을 제외하면, 과거 연극으로의 답습이나 퇴행이라는 시각도 충분히 설득력이 있다고 하겠다. 그러나 열악한 공연 여건을 개선하고 연극 제작의 어려움을 돌파하려는 나름대로의 복안이 담겨 있었던 점도 분명한 사실이라고 하겠다.

5) 낙랑극회의 좌경화와 연극동맹과의 연합 공연
: 〈감자와 쪽제비와 여교원〉과 〈태백산맥〉

1947년 1월에는 함세덕의 <감자와 쪽제비와 여교원>을 개명(改名)한 작품 <하곡>을 올렸다. 이 작품은 일제 시대에 쓰여졌으나 검열로 인해 공연되지 못했다. 그러다가 1946년 7월 종로기독교청년회관에서 '조선연극동맹' 주최로 열린 '희곡의 밤'에서 이 작품이 낭독되었고, 1947년 1월 8일부터 중앙극장에서 일주일간 열린 전

---

75) 안영일, 「연예(演藝) 1년의 회고와 전망」, 『서울신문』, 1946년 12월 17일.

재민을 위한 '종합예술제'의 연극 공연으로 무대화될 계획이었다. 안영일과 이서향이 공동으로 연출하였고, 제목을 '하곡'으로 바꾸었다.[76]

<하곡>은 본래 영화, 무용, 시, 음악, 국악에 이어 여섯 번째 행사인 연극 분야의 공연작품[77]이었는데, 그만 9일에 연통(煙筒)을 무대에 투입하고 공연 방해를 일으킨 무리들에 의해 종합예술제가 중지되면서,[78] <하곡>은 공연되지 못했던 것으로 보인다.[79] 그러다가 종합예술제가 1월 15일부터 19일까지 제일극장에서 재개되면서 공연되었다.[80]

이번 제일극장에서의 소연(所演)은 다소 삭제된 장면도 잇섯다고 들으면서 이 연극의 가진 시대적 감격이라든가 구성의 빈틈업는 완전적 그것은 도무지 흠잡을 수 업시 밋근하고 쩨워서 박수와 쾌재(快哉)를 보내지 안을 수 업다. (중략) 관객은 오히려 무대와 완전일치하야 박수와 '올소!'와 폭소의 바다를 일우는 것 그리고 무대전면에 '모든 예술을 근로인민(勤勞人民)에게!'의 □포(布)미테서의 그 감동은 더-말하지 안흐려 한다.[81] (□ : 해독 불능)

위의 평가는 <하곡>이 경향극적 인상을 내비쳤으며 현실적 의미를 재고시키려는 의도를 지니고 있었음을 증명한다. 당시 <하곡>

---

76) 안영일, 「연극계」, 『예술연감(1947년판)』, 예술문화사, 1947년 5월, 56면 참조.
77) 「'종합예술제'의 성관(盛觀)!」, 『예술통신』, 1947년 1월 9일 참조.
78) 『예술통신』, 1947년 1월 11일 참조.
79) 채정근, 「<하곡>의 의의」, 『예술통신』, 1947년 1월 13일 참조.
80) 『예술통신』, 1947년 1월 15일 참조.
81) 「<하곡> 예찬」, 『예술통신』, 1947년 1월 17일.

은 함세덕의 극작 솜씨로 인해 호평을 받았지만, 거듭되는 방해와 삼엄한 경비 속에서 치루어진 공연장 분위기로 인해 감동이 증폭되었다.

안영일도 <하곡>이 연극동맹의 작품인 것으로 기술했다. '연극동맹'은 1946년 12월 12일 '조선연극건설본부'와 '조선프로레타리아연극동맹'이 발전적 해체와 통합 결성을 통해 만들어진 좌익 단체였다. 정확한 이름은 조선연극동맹이었다. 대외적인 주체가 조선연극동맹이었고, 이 작품의 공연에 관여한 것으로 보이는 변기종(卞其鍾), 서일성(徐一星), 황철(黃徹), 심영(沈影), 장진(張陳), 한일송(韓一松), 이재현(李載玄), 이상백(李象伯), 김선초(金仙草), 진랑(陳娘), 김양춘(金陽春), 남궁련(南宮蓮)의 배우들은 대부분 다른 극단 소속이었다.[82]

그러나 연극동맹 주최의 연극은 극단의 연합적 성격이 짙은 것이었으므로 여기서는 함세덕의 출품으로 인정하고 낙랑극회를 중심으로 한 외부 연계 공연으로 간주하겠다. 안영일의 회고에 따르면 이 공연은 외부로부터 압박을 받았던 것으로 보여진다. 좌경화 성향을 가진 단체와, 그러한 혐의를 가진 희곡이었기 때문에, 우익 진영에서 '테러'를 가했던 것으로 판단된다.

제2회 3·1연극제는 실질적으로 1947년 2월 27일[83]에 개막되어

---

82) 안영일, 「연극계」, 『예술연감(1947년판)』, 앞의 책, 56~57면 참조.
83) 일부 기록과 논문에서 3·1 기념 연극제가 2월 26일부터 시작된 것으로 기술되어 있으나, 이것은 착오이다. 당초 예정은 2월 26일이었고, 많은 기사와 광고에서 그 날짜를 초연일로 예정하고 있었다. 그러나 검열 문제로 인해 26일에는 공연을 할

3월 11일까지 열렸다.[84] 2회 대회는 1부와 2부로 나뉘어졌는데, 함세덕 작, 이서향 연출, 김일영 장치의 <태백산맥>이 1부에 출품되었다. <태백산맥>은 낙랑극회를 포함한 4개 극단이 연합한 공연이었다고 한다.[85] 하지만 당시 신문광고 대부분은 <태백산맥>의 제작을 담당한 주축 극단으로 '민중극장', '자유극장', '혁명극장', '무대예술연구회'를 꼽고 있다. 낙랑극회의 공식 참여 여부는 부인된 셈이다.[86]

그러나 지금으로서는 <태백산맥>의 제작에 낙랑극회를 포함하여 5개 극단이 참여한 것으로 보는 견해가 가장 타당하다. 왜냐하면 함세덕이 희곡을 쓰는 작가의 입장으로 참여하여, 이 공연을 만드는 데에 큰 비중을 차지했기 때문이다. 함세덕의 참여를, 낙랑극회의 제작 참여로 보는 것은 무리가 아닐 것이다. 나머지 네 극단은 민중극장, 자유극장, 혁명극장, 무대예술연구회였다.[87]

수 없었다. 그 다음날인 27일에야 작품을 간신히 초연을 했으나, 검열시 삭제 당한 대목이 다시 문제가 되어(라스트 씬) 다시 중지되었다. 공연이 정상적으로 다시 재개된 것은 28일부터이다(『예술통신』, 1947년 2월 28일 참조 ; 『예술통신』, 1947년 3월 2일 참조).

84) 『자유신문』, 1947년 2월 24일 참조.

85) 이재명, 「함세덕의 <기미년 3월 1일> 연구」, 『한국현대극작가론』(3), 앞의 책, 224면 참조.

86) 『자유신문』, 1947년 2월 27일 참조 ; 『자유신문』, 1947년 3월 21일 참조

87) 1부 참여 극단을 민중극장, 자유극장, 혁명극장, 무대예술연구회로 소개하는 광고도 있고(『자유신문』, 1947년 2월 23일 참조) 혁명극장, 자유극장, 낙랑극회, 무대예술연구회로 소개하는 광고도 있다(『자유신문』, 1947년 2월 24일 참조). 두 광고의 경우 차이를 보이지만 함세덕의 극작을 생각한다면, 낙랑극회의 참여는 인정될 수 있다. 민중극장이 논란이 되는 원인은 창단된지 얼마되지 않았기 때문에 그 존재감이 뚜렷하지 않아서였을 것이다. 민중극장은 1947년 1월 28일 조우 작 <원야>로 창단공연을 했다(『자유신문』, 1947년 1월 28일 참조). 한편 3·1기념 연극

함세덕(극작)과 이서향88)(연출) 외, 스텝으로 이만재·이병식(조연출), 김일영(장치), 김순남(음악), 김동완(효과), 박종열·최동희(조명), 백민(무대 감독)이 참여했다. 배우로는 강계식(萬乭, 징용 탈주자), 김선초(만돌 어머니), 이상백(면서기), 변기종(지주), 한일송(용바우), 박창환(강포수, 구한말포병), 심영(尚植, 강포수 아들), 이재현(牛三, 빈농), 박순희(그의 처), 김종옥(영재), 진랑(탄실), 박제행(장손할아버지), 박용관(성국), 장기호(태봉), 이해경(성국의 처), 윤석초(땡동어머니), 구옥희(강포수의 딸), 박고성(헌병장), 안충(헌병), 송해천(탄실아버지), 신상균(경관), 이동훈(경관) 등이 출연했다. 이 밖에도 상당한 수의 배우들이 이 작품에 기용되었다.89)

<태백산맥>90)은 1945년 태백산맥의 깊은 골짜기에 위치한 강원도 어느 마을을 배경으로 하고 있다. 나고야로 징용을 끌려갔다가 도망친 만돌은 어머니와 함께 간도로 도망가려는 꿈을 품어 보았지만, 불행히도 왜경에 의해 타살당하고 만다. 마을에는 곧 징용장이 날라들었고, 젊은 남자들이 징용되어야 한다는 사실에 마을은 침통함에 휩싸인다. 징용에서 제외해준다는 바람에 만돌의 시

제를 준비한 극단을 1부와 2부로 굳이 나누지 않는 기사와 광고도 있다(『예술통신』, 1947년 2월 25일 ; 『예술통신』, 1947년 2월 26일 참조). 이 기사와 광고를 따르면 3.1 연극 기념 연극제는 7개 극단의 통합적 공연으로 소개되고 있다.

88) 이서향은 '서울예술극장' 소속이었다(「각극단·그인물들」, 『예술신보』, 1946년 1월 참조).

89) 『예술통신』, 1947년 2월 26일 참조 ; 『자유신문』, 1947년 3월 16일 참조.

90) 송전은 함세덕이 쉴러의 <군도>를 모방하여 <태백산맥>을 썼다고 주장한다. 그러나 이러한 주장은 지금으로서는 확인하기 곤란하다(송전, 「한국 연극계의 독일 드라마 수용 연구」, 한국 뷔히너 학회 편, 『뷔히너와 현대문학』(10), 1997, 10면 참조).

신을 내다버린 우삼은, 결국 참회의 고백을 하게 된다. 그 사실을 알고 분노한 마을 사람들은 그 동안 억눌렸던 빈궁과 억압의 사슬에서 일제히 봉기하여 '강도일본제국주의 타도' '강제징용 반대' '강제공출 반대'를 외치게 된다. 이 봉기에 아들의 죽음을 겪은 만돌 어머니도, 강포수도, 성국도 가담하게 된다.[91]

낙랑극회의 배우들은 예술극장, 문화극장과 함께 2부 공연에 참여했다. 2부 공연은 당초 3월 5일부터 11일까지[92] 조영출 작 <위대한 사랑>을 국도극장에서 공연하려고 했으나, <태백산맥>이 3월 6일까지 연장하는 바람에 7일부터 공연되기에 이르렀다[93]. <위대한 사랑>의 대본은 현재 남아있지 않다. 이해랑의 증언에 따르면 이 작품은 '이조말엽 민중운동'[94]을 다룬 작품이라고 한다.

<위대한 사랑>의 연출자는 안영일이었고 장치가는 채남인이었다. 출연진은 황철, 서일성, 장진, 박학이 중심이었다.[95] 이외에도 유현, 고설봉, 김선영, 이예란, 한은진, 김양춘 등도 출연했다.[96] 이 작품은 '춘향전'과 '동학난'을 모티브로 엮은 것이라고 한다. 이것은 연극동맹의 대중화 사업의 일환이었다. 유려하면서도 목가적이게, 동시에 가극적(歌劇的)이면서도 신파조로 구성한 솜씨가 상당

---

91) 『예술통신』, 1947년 2월 26일 참조.

92) 『자유신문』, 1947년 2월 24일 참조.

93) 『자유신문』, 1947년 3월 6일 참조.

94) 이해랑, 「해방 4년 문화사」, 『민족문화』 제1호, 전국문화단체총연합회, 1949년 10월, 48면 참조.

95) 『문화일보』, 1947년 3월 13일 참조.

96) 『문화일보』, 1947년 3월 22일 참조.

했다고 호평받았다.

그러나 J생으로 밝힌 평론가는 <위대한 사랑>이 연출력에서는 다소 미흡함을 드러냈다고 비판했다. 특히 김양춘이 연기한 마지막 장면에서 감정적 기류를 버리고 투쟁의 대열에 나선 것은 연극을 경직시켰다고 평가하고 있다. 또 이러한 이념적 경직성(신경과민)이 당시 연극의 폐해임도 아울러 지적하고 있다.97)

이해랑도 <태백산맥>과 <위대한 사랑>에 대해 혹평을 한 바 있다. "두 작품이 다 인물의 정신적인 내용이나 생활의 깊이보다는 인물들이 발악하고 타도를 절규할 수 있는 기회를 구성하기 위하여 억지로 사건을 엮어놓은 선동극"98)이라고 폄하했다. 이해랑의 이러한 폄하는 이 작품들이 이념의 선동을 상당히 강조했음을 알려준다.

이념적 지향성에도 불구하고, 두 작품이 공연된 연극제 기간 동안 10만 명이 넘는 관람객이 찾았다고 한다. 이러한 기록은 높은 관객들의 관심을 반영하며 동시에 작품의 완성도와 수준을 증빙한다. 그 이유를 이해랑의 글 속에서 찾을 수 있다.

배우들은 관객의 열광적인 박수를 계산하여 원작의 선동적인 내용을 확대하고 연출가는 계획적으로 그것을 더 강화하기 위하여 군중의 동작을 정리하고 그리하여 열을 이기지 못한 선동자의 목청이 갈라진 소리와 군중들의 아우성소리로 연극의 전체 구도를 흔들어 놓았다.99)

---

97) 『문화일보』, 1947년 3월 13일 참조.

98) 이해랑, 「해방 4년 문화사」, 『민족문화』 제1호, 앞의 책, 48면.

99) 같은 책, 48면.

고설봉에 증언에 따르면 안영일은 많은 인물이 등장하는 신을 구성하는 데에 조예가 있었다.[100] 이서향도 계산된 연출력을 보였던 연출가이다. 이들은 배우들의 움직임에 활력을 불어넣고, 이를 정리하는 데에 탁월한 성과를 보인 듯 하다. 배우들이 작품의 내용을 관객에게 직접적으로 전달하도록 연기했던 연극인 셈이다.

그 결과 대대적인 호평을 받으면서 <태백산맥>은 3월 16일부터 제일극장에서 재공연에 돌입했고[101], 두 작품 모두 3월 23일부터 성남극장(<태백산맥>)과 제일극장(<위대한 사랑>)에서 다시 재공연되었다.[102]

이해랑의 회고를 참조하면 <하곡>과 <태백산맥>을 공연할 당시, 이해랑은 낙랑극회를 탈퇴한 후로 보여진다. 이해랑은 자신이 "전선(全線)을 옮길 무렵 동향 선배로 빨갱이 연극평론가 김동석(金東錫)과 어울렸고 그 얼마 후 <태백산맥>, <감자와 쪽제비와 여교원> 등을 마구 발표해 좌익작가의 낙인이 찍"[103]혔다고 함세덕을 힐난했기 때문이다.

그러나 <태백산맥>의 작품 성과는 우수했다. 먼저 작품의 내용을 보자. <태백산맥>은 "일제의 소위 대동아전쟁이 최후의 발악을 할 때 이에 항거하여 봉기한 인민의 피 흘릴 전투기록"이었다고 한다. 이 작품을 보면서 평자는 "해방되었다는 오늘의 조선실정과 아울러 연상할 때 우리는 연극을 보는 것이 아니라 그 몸서리

---

100) 고설봉 증언, 장원재 정리, 『증언 연극사』, 앞의 책, 144면 참조.

101) 『자유신문』, 1947년 3월 16일 참조.

102) 『자유신문』, 1947년 3월 21일 참조.

103) 이해랑, 「예술에 살다(24)」, 『일간스포츠』, 1978년 6월 5일.

치는 과거의 악몽 속에서 허덕이는 듯한 기분을 느"꼈다고 감상을 적고 있다.104)

작가인 함세덕과 연출가인 이서향에 대해서도 호평을 하고 있다.

작자 함세덕 씨는 전번의 <하곡>에서 완벽에 가까운 솜씨를 보여주었지만 이번 <태백산맥>은 작가의 피를 낸 듯 大□□□ 한줄기와 □理없는 □件의 구성은 風姿한 '클라이막스'를 여러 곳 □□當했였다고는 하나 그래도 우리의 가슴을 울리고도 남음이 있는 것이다. 이 연극을 한층 높은 데로 끌어올린 이서향 씨의 연출을 크게 사지 않을 수 없다. 그 많은 등장인물의 깨끗한 처리와 波動치는 □력과 완전한 일치를 볼 수 있는 전원의 호흡은 연출가의 비범한 역량을 뚜렷이 보여주었다.105)(□ : 해독 불능)

함세덕의 작품이 여러 군데 검열을 당하여 삭제되었으나,106) 그럼에도 뛰어난 감동을 유지하고 있다는 평가이다. 함세덕의 극작이 <하곡>과 <태백산맥>을 거치면서 완숙해지고 있다는 평가는 이해랑의 그것과는 대조를 이룬다. 이해랑과 최금동 모두 우익의 편에 속한다고 할 때(다시 말해 둘 다 좌익에 경도되지 않았다고 할 때), 함세덕과 이해 관계가 없는 최금동의 평이 객관적으로 신빙성이 높아 보인다.

이서향의 연출력에 대해서도 상당한 찬사를 보내고 있다. 이서

---

104) 최금동, 「연극평 <태백산맥>」, 『독립신보』, 1947년 3월 5일.

105) 같은 글, 1947년 3월 5일.

106) <태백산맥>의 검열에 의해 상연 중지되었다가 일부 내용을 삭제한 후 공연에 들어간 것은 다음의 신문 기사에서 확인된다(「<태백산맥>을 상연중지」, 『독립신보』, 1947년 2월 27일 ; 「<태백산맥>을 상연한다」, 『독립신보』, 1947년 2월 28일).

향은 이 작품에서 몹신(mob scene, 군중신)의 처리에 능숙했고, 극적
에너지를 표출하는 데에 탁월했다고 한다. 배우 전원의 호흡을 모
아 사상성이 짙은 연극의 효과를 제고(提高)했다는 점도, 그가 작품
에 따라 연출의 목표를 설정할 수 있었다는 증거로 읽혀진다. 이
작품은 낙랑극회만의 작품은 아니었지만, 함세덕이라는 낙랑극회
의 전속 작가와 이서향이라는 낙랑극회의 대표적 연출가(상임은 아
님)에 의해 크게 성공할 수 있었던 공연이었다.

이러한 평가는 이 작품이 일제강점의 문제를 다루었으며 현실적
인 감각이 뛰어나 많은 이들에게 공감을 주었다는 의미로 분석된
다. 이러한 분석은 상당한 관객이 관람했고, 재차 재공연되었다는
객관적 자료와 합치된다. <태백산맥>은 낙랑극회의 단독 공연은
아니었지만, 낙랑극회의 공연 역량이 발현된 공연으로 평가될 수
있겠다.

6) 재기를 위한 재공연 : <봉선화>와 <여명>

1947년 5월 28일 낙랑극회는 함세덕 작, 안영일 연출, 김일영 장
치의 <봉선화>(전 4막)를 중앙극장에서 재공연했다. 이 공연은 낙
랑극회와 민중극장의 합동 공연이었다. 낙랑극회의 황철과 민중극
장의 심영이 공동 주연한 공연으로 동양극장 이후 당대의 최고 스
타가 한 자리에 모인 무대였다.107)

이 작품은 1944년 현대극장에서 공연된 바 있었다. 당시 봉선이

---

107) 『문화일보』, 1947년 5월 29일 참조.

역할을 김선영이 맡았고, 봉선이 오빠 역할을 강계식이 맡았다고
한다. 낙랑극회 공연에서는 황철이 봉선의 부친 역을 맡았고, 최영
선이 봉선이 역을 맡았으며, 심영이 봉선의 애인 역을 맡았다.

작품의 줄거리는 다음과 같다. 봉선이는 아버지를 잃고 어머니
와 살고 있다. 그녀에게는 애인이 있는데, 그 애인의 가정에서는
봉선이를 극구 반대한다. 그것은 봉선의 모친이 아버지가 불분명
한 자식을 낳았기 때문이다. 봉선이는 어머니를 원망하지만, 나중
에서야 모친이 낳은 자식이 아버지의 자식임을 알게 된다. 봉선의
부친은 죽지 않고 살아 있다가, 봉선의 모친을 만났던 것이다. 그
러나 봉선이 그 사실을 알았을 때, 부친은 이미 떠난 후이다.[108]

낙랑극회가 이 공연을 통해 얻은 성과에 대해서는 알려져 있지
않다. 다만 김선영이 자신의 대표작임에도 봉선이 역을 맡지 않았
다는 사실은, 이 시점에 김선영이 낙랑극회에서 활동하지 않았음
을 알려준다. 김선영은 1947년 4월 24일에 출범한 극예술협회의
창단 단원으로 가입했고, 이후 낙랑극회와는 양립할 수 없는 극협
에서 활동하게 되었다.

낙랑극회는 1947년 7월 6일부터 중앙극장에서 임선규 작, 안영
일 연출의 〈동학당〉을 공연했다. 당시 제목은 '동학당'으로 표기
되었는데, 이것은 '여명'을 가리킨다.[109] 이 작품이 낙랑극회의 마
지막 작품으로 알려져 있다.

---

108) 강계식 증언, 노제운, 「자유를 향한 동경에서 닫힌 현실로」, 『함세덕 문학 전집』
　　(2), 지식산업사, 1996, 553면 참조.
109) 『문화일보』, 1947년 7월 6일 참조.

5. 낙랑극회의 의의와 위상

낙랑극회는 해방 이후 연극계가 혼란에 휩싸이지 않았다면 좀처럼 생성되기 힘들었던 특수한 극단에 해당된다. 낙랑극회는 조선연극사-동양극장-아랑으로 이어지는 황철 중심의 배우 진영과, 이서향·안영일을 위주로 한 좌파 연출가 그룹(객원), 이해랑·김동원으로 대변되는 동경학생예술좌-현대극장의 신극 세력, 함세덕·김선영 같이 현대극장(현대극장)과 좌파 성향을 동시에 지닌 연극인들, 서일성 등의 과거 토월회 진영이 공존하는 체제였다. 이들은 해방 이전에는 독자적인 세력을 형성하며 분파된 연극인 그룹이었다.

따라서 낙랑극회는 두 가지 점에서 일단 주목된다. 하나는 신파 연극인과 신극 연극인이 결집된 단체였다는 점이다. 낙랑극회의 구성원은 창립 당시부터 황철과 서일성을 주축으로 한 신파극 계열의 연극인들과, 함세덕·이해랑·김동원 등의 지식인 연극인층으로 나뉘어져 있었다. 김선영과 같은 배우는 신파극단에서 데뷔하여 현대극장에 편입되면서 신극계열의 배우로 이전한 경우였다.

이러한 전례가 없었던 것은 아니다. 현대극장 역시 신파극 연극인들과 신극 연극인들이 결합된 형태였다. 그러나 현대극장의 경우에는 일제 강점기라는 특수한 상황 속에서 만들어진 인위적 연극 단체였다. 일제는 연극인들을 강압적으로 통합하여 국책에 맞은 연극을 강요했다. 이로 인해 특수한 상황이 조성되었고, 반강제적으로 연극계의 인위적인 통합이 이루어졌다.

그러나 낙랑극회의 경우에는, 강압적인 요인으로 작용하던 일제가 사라진 직후에 만들어진 단체라는 점에서 주목된다. 홍미로운 것은 신극인들의 반응이다. 김동원은 해방 이후 정통 신극의 맥을 잇는 최초의 단체로 규정하고 있다.110) 이것은 실러의 <군도>를 창단작으로 삼은 점과, 김사량의 <호접>과 같은 리얼리즘을 표방한 작품을 거부감 없이 올렸다는 점, 그리고 신극의 대표적인 기수로 생각되는 함세덕과 이해랑 그리고 자신(나중이지만)이 가담했다는 점 등을 고려해 종합적으로 판단했을 것이다.

낙랑극회가 신극과 경향극만 추종한 것은 아니다. 황철은 극단의 경제적 형편이 어려울 때마다 동양극장 시절의 대중극(당시 관점으로는 신파극)을 무대에 올려 적자를 만회하곤 했다. 이해랑은 이 점을 강도 높게 힐난했지만, 단체 성격과 극단 운영을 무시하지는 못했다.

게다가 낙랑극회의 대표는 황철이었지만, 함세덕이나 이해랑의 주장이 자유롭게 통용되는 체제였던 것으로 보인다. 그것은 함세덕의 활약이나 이해랑의 비중으로 판단된다. 그러면서 신극과 신파극, 두 대립은 이 극단에서 어느 정도 융합되는 듯 했다. 다시 말해서 두 연극인들 사이의 뿌리깊은 불신이나 알력이 해소되는 듯 했다.

이해랑과 김동원의 진술을 보면 황철에 대한 우호적인 평가를 읽을 수 있다. 황철의 우수한 연기력과 탁월한 지도력 그리고 따뜻한 인품에 찬사를 보내고 있다. 그러면서도 그의 연기력의 한계를

---

110) 김동원, 『미수의 커튼콜』, 앞의 책, 122면 참조.

탐구하고 이를 넘어서려 했던 노력을 감행한 것으로 보인다. 황철이 가지고 있었던 신극에 대한 흠모도 나타나고 있다. 이를 통해 알 수 있는 것은 신극과 신파극이 그 자체로 완벽한 체제나 분리된 영역이 아니었고, 상호 보완될 점을 상당수 노출한 불완전한 상태였다는 것이다. 그러므로 낙랑극회는 두 계열의 연극인들이 모여 상호 영향을 준 사례로 기억될 것이다.

다른 하나는 좌익 연극과 우익 연극의 색채가 혼합되어 있었다는 점이다. 함세덕과 황철이 언제부터 좌경화 성향을 보였는지는 확실하지 않다. 그러나 함세덕의 <기미년 3월 1일>, <태백산맥>이나 김사량의 <호접> 같은 작품은 당시 인식으로는 우익 진영에서 상연하기 곤란한 작품이었다. 이해랑의 경우 <태백산맥>에 출연하지 않았지만, 나머지 두 작품은 확실하게 출연했다. 특히 공산주의자 김사량의 작품인 <호접>을 공연하기 위해서 전선과 낙랑극회를 통합하는 공격적인 연극 계획을 수립하기까지 했다.

남아있는 <기미년 3월 1일> 대본을 보면, 우익계 인사에 대한 신랄한 비난으로 가득하다. 사회를 이끌고 정의를 선도하는 역량이 대폭 축소되어 바람직한 우익의 모습을 찾아보기 힘들다. 비록 공산주의자들이나 좌익의 세력이 크게 부각된 것은 아니지만, 우익들의 비중을 축소시켰다는 점만으로 첨예한 대립을 겪는 당시 시점에서는 이미 좌익의 혐의가 충분했다. 그러나 이해랑과 김동원은 공연 참여를 주저하지 않았다.

이러한 원인은 두 가지로 추정된다. 하나는 좌우익의 대립보다 독립 운동의 의의가 우선시되었다는 점이다. 다른 하나는 정의와 신념에 불타는 배우들도 이러한 작품의 진정성을 인정했다는 점이다. 이유가 어찌되었든, 좌익적 성향을 가진 작품에 우익을 대표하는 배우들이 참여했고, 우익을 대표하는 배우들과 좌경화 성향을 보이는 연극인들이 공존할 수 있었다는 점은 이 극단의 좌우익 통합 성향을 반증해준다.

마지막으로 덧붙이자면 낙랑극회의 구성원은 각 부분에서 최고의 역량을 가진 연극인이었다는 점이다. 황철은 자타가 공인하는 당대 최고의 배우였다. 그는 극단 경영에서도 조예를 드러내어 많은 연극인들의 모범이 되기에 충분했다. 김선영 역시 최고의 여배우였다. 김동원이나 이해랑도 이러한 사실을 모두 인정하고 있다. 그들은 황철과 김선영의 연기를 최상의 연기로 꼽고 있으며, 자신들에게 영향을 주었음을 인정하고 있다.

게다가 함세덕은 자타가 공인하는 당시 최고의 극작가였다. 그는 비록 엘리트 코스를 밟지는 못했지만, 독서와 실전을 통해 무대를 잘 아는 극작가 겸 연출가로 성장했다. 그의 작품은 지금도 당시를 대표하는 명작으로 평가되고 있다.

객원 연출가였지만 이서향이나 안영일 같은 연출가도 당시 최고의 연출가였다. 이서향은 현대극장 데뷔부터 연극계의 주목을 받은 연출가였다. 그는 동경유학생 출신으로 연극이론과 실전에 두루 밝았다. 안영일 역시 프롤레타리아 연극을 이끄는 연출가로 유명했다. 두 사람은 낙랑극회의 많은 작품을 연출하면서 객원 회원으로 자리매김했다.

서일성은 황철 이전의 연극인으로 추앙을 받는 배우였다. 낙랑극회의 기획자였던 박민천은 현대극장을 거쳐 낙랑극회에서도 최고의 기획자로 대우받았다. 훗날 그는 국립극장 사업에 관여할 정도의 전문 기획자였다.

무대장치가 정순모의 업적도 빼놓을 수 없다. 그는 무대장치의 혁신을 주도했다. 종이 재료의 무대장치는 가난하고 열악한 연극계에 많은 도움을 주었다. 또 낙랑극회의 모든 공연에 장치가로 가담하면서 낙랑극회의 레퍼토리를 조율하는 역할을 맡았다.

이해랑과 김동원과 같은 신예도 빼놓을 수 없다. 그들은 낙랑극회의 좌경화 성향을 이유로 낙랑극회를 떠나지만, 차후 남한 연극계를 선도하는 젊은 세력으로 성장해서 연극계의 발전에 공헌하게 된다.

이처럼 낙랑극회의 구성원은 당대 최고의 연극인들로 이루어져 있었다. 이러한 극단이 보다 오랫동안 호흡을 같이하면서 한국연극사의 새로운 실험과 탁월한 공적을 거두지 못한 점은 아쉬움으로 남지만, 이들이 함께 연극을 만들었다는 사실은 중요한 대목이 아닐 수 없다.

낙랑극회의 의의를 정리하자면, 대중적인 배우들과 지식인 연극인들이 결집되어 대중극과 리얼리즘 연극(신극)의 점이 지대를 형성했다는 것이다. 한 극단이 리얼리즘 연극(신극)을 추종하면서도 대중극을 선보일 수 있었다는 점은 대단한 특징이다. 그 과정에서 발생한 리얼리즘 연극의 흥행 실패와 대중극의 한계를 동시에 살필 수 있는 모델이 된다. 같은 관점에서 좌익과 우익 연극의 성향과 차이를 살필 수도 있다. 우리의 연극사는 좌익극과 우익극을 절대적인 기준으로 여기고 있다. 적어도 해방 이후 6·25전쟁을 거치는 20~30년의 세월 동안은 그러했다. 그러나 두 성향을 동시에 지니면서 통합시킨 극단이 있었다는 사실은, 의심없이 믿어오던 기존의 주장을 재고(再考)시키고 당시 상황을 새롭게 인식하도록 종용하는 역할을 할 것이다.

파거에서
현재로

새로운 차이의 태동

제 2 부

2부 과거에서 현재로 : 새로운 차이의 태동

시나리오 〈시집가는 날〉의 영상 미학

1. 시나리오 〈시집가는 날〉의 변모 과정

오영진은 시나리오 〈시집가는 날〉을 1943년 4월 『국민문학』에 일본어로 처음 발표하였다. 발표 당시의 제명은 '맹진사댁 경사(孟進士低の慶事)'였다. 지금도 희곡의 제명은 〈맹진사댁 경사〉가 보다 보편적으로 사용되고 있다.

이 작품은 같은 해(1943년) 김태진이 오영진의 일본어 시나리오를 한국어 희곡으로 각색하고 안영일이 연출하여 태양극단에 의해 초연되었다.1) 연극으로 재공연된 것은 1949년 12월이었다. 당시 '극협'을 이끌던 이해랑은 오영진의 월남 소식에 기뻐하며 작품을 의뢰했다. 오영진은 희곡으로서는 첫 창작인 〈살아있는 이중생 각하〉를 써주었다. 그러나 이 작품(1949년 6월, 이진순 연출)은 흥행에 실패했다. 이해랑은 오영진에게 다시 한 번 작품을 의뢰했고, 다음 작품으로 얻은 것이 〈맹진사댁 경사〉였다.2)

---

1) 서연호, 『한국근대희곡사』, 고려대학교출판부, 1994, 254면 참조.
2) 유민영, 『이해랑 평전』, 태학사, 1999, 241~246면 참조.

이 작품은 전쟁 이후에 신협에 의해 여러 번 공연되었다. 전쟁 후 가장 먼저 확인되는 기록은 1952년 8월 공연이다. 당시 신협이 게재한 신문 광고에 의하면 8월 7일부터 5일간(11일까지) 부산극장에서 공연되었다. 특기할 점은 이진순이 연출을 맡았고, 제명을 '맹진사댁 경사'로 했으며, 작품 <별>과 교회상연(交回上演)한 점이다. 작품 <별>은 9일부터 시작되었고, 3시부터 연속 2회 공연되었다. 이해랑, 김동원, 오사량, 장민호, 최무룡, 최은희, 황정순 등이 출연했다.3)

그리고 며칠 후 환도한 서울에서 이 작품은 다시 공연되었다. 1952년 8월 19일부터 공연되었고, 장소는 수도극장이었다. 특기할 점은, 제목과 연출자의 변화이다. 8월 16일 신문자료를 참조하면, 이 작품의 제명은 '도라지 공주'로 되어 있고, 연출자는 이해랑으로 바뀌어 있다.4) 이것은 부산에서의 공연을 마치고 서울에서의 공연을 위해 의도적으로 변화시킨 것이 아닌가 한다

현재의 각종 기록을 보면, 이 작품의 제명이 '도라지 공주'로 바뀐 시기가 명확하게 일치하지 않는다. 가령『이해랑 평전』을 보면 1949년 당시 이 작품의 제명은 '맹진사댁 경사'가 아닌 '도라지 공주'였다.5) 신협의 연보도 그렇게 기록하고 있다. 반면 서연호의 주장을 참조하면, 이 작품은 "1952년 8월 작가(오영진 : 인용자)에 의해 '도라지 공주'라는 희곡으로 개작되"6)었다고 한다.

---

3)『경향신문』, 1952년 8월 7일; 8일 참조.

4)『경향신문』, 1952년 8월 16일.

5) 6·25전쟁 전에 이미 이 작품의 제명이 '도라지 공주'로 각색되었다고 주장하고 있다(유민영, 『이해랑 평전』, 앞의 책, 501면 참조).

지금으로서는 양쪽 주장 모두를 전적으로 신뢰할 수 없다. 현재 확인된 자료로만 놓고 볼 때, 제명이 '맹진사댁 경사'에서 '도라지 공주'로 바뀌는 시기는 1952년 8월 11일 부산공연이 끝나고 1952년 8월 16일 수도극장에서의 공연을 광고하는 기간일 것으로 여겨진다. 이 기간 동안 신협이 이 작품을 재공연하는 이유와 상황을 설명하기 위해서 작품의 제명을 '도라지 공주'로 바꾸고 연출자의 이름을 바꾼 것이 아닐까 추정된다.

황정순의 증언에 의하면, 이 작품은 신협이 필요할 때마다(재공연을 해야 할 필요성) 이름을 바꿔서 공연하곤 했다고 한다. 그 때마다 상황과 주변 여건을 고려하여 '맹진사댁 경사'와 '도라지 공주' 그리고 '시집가는 날'(이 제목은 나중에) 중에서 하나를 골라 이름을 정했다.7) 그러면서 이 작품은 한동안 신협의 레퍼토리로 자리잡았다.8) 그 이후로 많은 극단이 이 작품을 공연했고, 그 공연은 대개 좋은 성과를 거두었다. 국립극단에서도 한 때 상설 레퍼토리로 이 작품을 선택했고 좋은 평가를 받으면서 공연한 적이 있었다.9)

제명이 <시집가는 날>로 바뀐 것은 1956년 이병일 감독이 영화화하면서였다.10) 이 작품은 이후에도 두 번 더 영화화되었다. 1962년 이용민 감독이 리바이벌할 때에는 원제인 '맹진사댁 경사'를 사

---

6) 서연호, 『한국근대희곡사』, 앞의 책, 362면.

7) 이 작품은 1952년 8월 26일부터 평화극장에서 다시 공연되었다(『경향신문』, 1952년 8월 21일).

8) 황정순, 연구자와의 개인 인터뷰, 2004년 2월 18일.

9) 백성희, 연구자와의 개인 인터뷰, 2004년 2월 9일.

10) 변인식, 「시나리오를 문학의 경지로 이끌어낸 작가」, 『한국예술총집Ⅲ』, 대한민국예술원, 2000, 296면 참조.

용했고, 1977년 김응천 감독이 다시 리바이벌할 때에는 '시집가는 날'의 제명을 사용했다.

그런가 하면 1967년에 이 작품은 음악극 대본으로 발표되었다. 성문각에서 간행된 『장막극7인선』(1967년 11월)을 보면, 오영진의 이 작품은 '시집가는 날(2막 13장)'의 제명을 달고 있고, 음악과 노래의 비중이 큰 음악극 형식으로 바뀌어 있다. 작품집의 말미에 실린 '작품해설'(하유상)을 참조하면 음악극 <시집가는 날>은 '우리나라 최초로 시도한 본격적인 뮤지컬 플레이'라고 했다. 그러면서 '연극으로 영화로' 널리 알려진 이 작품을 '경묘한 스토오리 전개에 알맞게 삽입된 재치 있는' 음악극으로 각색했다고, 하유상은 상찬하고 있다.11)

이처럼 이 작품의 공연 장르는 혼효되었다. 일본어 시나리오에서 출발해 타인이 각색한 한국어 희곡으로, 본인이 각색한 희곡으로 변모했다. 영화화 과정에서도 시나리오의 제명과 스타일이 변모했다. 뿐만 아니라 음악극으로 변이되기도 했다. 그 때마다, '맹진사댁 경사'(일본어, 한국어)→'도라지 공주'(신협)→'시집가는 날'(시나리오) 등의 제명을 넘나들었다. 여기서는 시나리오의 제명을 <시집가는 날>로 상정하고 1956년 이병일 감독에 의해 영화화된 시나리오에 한정해 연구하고자 한다.

---

11) 하유상, 「작품해설」, 『장막희곡7인선』, 성문각, 1967, 435면 참조.

2. 오영진의 영화관(映畵觀)

오영진은 시나리오의 독자성을 믿고 주장한 작가이다. 그는 「시나리오는 왜 문학인가」(훗날 「시나리오의 새로운 방향」으로 발전적 정리)에서 시나리오가 독자적인 형식과 내용을 갖추고 있음을 설파했다. 이것은 일차적으로 무성영화에서 토키영화로의 전환을 목격했기 때문이다.

사일렌트 시대에도 시나리오는 있었다. 그러나 아무도 그것을 읽으려고 하지 않았고 또 그 문학성을 운운한 사람도 없었다. 시나리오는 단순한 영화제작의 설계도이며 영화제작의 직접 담당자인 감독이나 연기자가 읽으면 그만인 하나의 기계적인 도본에 지나지 않았다. 그러나 모든 등장인물이 설명적인 스포큰타이틀 대신에 직접 이야기하지 않을 수 없었던 그 순간부터 영화는 드디어 내용의 세계로 뛰어들어 간 것이다. 사일렌트 시대에는 어떻게 표현하느냐가 그 주요 초점이었다. 말하자면 시의 세계에 보다 가까웠던 것이다. 그러나 영화가 음을 획득하고자 현화면 구성 또는 편집이라든가 하는 형식보다 무엇을 말하느냐, 무엇을 주장하며, 무엇을 설명하여야 하는가 하는 내용 다시 말하면 산문의 세계로 깊이 들어가게 된 것이다.[12]

오영진은 무성영화가 시의 세계에 가깝고 유성영화가 산문의 세계에 가깝다고 말했다. 이것은 '시의 세계'에서는 이야기의 완결성이 별로 필요하지 않았으나 '산문의 세계'에서는 이야기의 완결성

---

12) 오영진, 「시나리오는 왜 문학인가」, 『오영진 전집』 4, 범한서적주식회사, 1989, 313면.

이 증대된다는 논법의 근거가 된다. 그러면서 시나리오는 연극에서의 희곡처럼 다이얼로그를 얻었고, 이를 구현하는 형식으로서의 시간성을 획득했다고 주장했다.

그렇다고 희곡과 시나리오가 동일하다고는 여기지 않았다. 그의 초기 영화론을 보면, 문학(희곡도 포함)과 영화(시나리오)를 구별하는 데에 심혈을 기울이고 있다.

> 문학이 시간적이고 청각적인데 반하여 영화는 보다 더 공간적이고 시각적이라고 할 수 있다. 문학은 내향적이요 영화는 외향적이다. 시, 소설, 희곡 등이 예술형태로써 등장하기 이전 그 원형적 형태에 있어서 이미 청각적이었고 그 후도 그렇고 지금도 또한 그러함에는 변함이 없다.[13]

오영진은 문학이 청각적이고 영화가 시각적이라고 단정했다. 이러한 단정은 지나치게 단순하기에 정의 상의 위험 부담이 적지 않으나, 복잡한 문제를 단순하게 이해시킬 수 있다는 장점도 있다. 여기서 오영진이 말하는 '청각적'이라 함은, 대사(다이얼로그)의 중요성이 크다는 뜻으로 풀이된다. 문학이 '시간적'이라 함은 청각을 이용하기 위하여 필요한 시간, 즉 말이나 음이나 소리의 배열이 이루어지는 시간을 뜻한다.

반면 영화가 '시각적'이라는 것은 빛과 모양 그리고 색채(특히 컬러영화)가 우선적으로 감각작용을 일으킨다는 뜻이다. 따라서 공간적이라는 것은 시각적 자극을 앞세울 때 나타나는 물리적 공간이

---

13) 오영진, 「영화와 문학에 관한 프라그멘트 1」, 『조선일보』, 1939년 3월 2일.

중시될 수밖에 없다는 뜻이다. 이러한 문학/영화의 대립은 관념적/구체적, 추상적/감각적, 내향적/외향적으로 이어진다.

이러한 차이는 문학의 특장인 심리묘사에서 두 가지로 대별된다. 문학은 시간적인 우세성을 바탕으로 언어를 자유롭게 사용할 수 있고 그로 인해 주관적 심리묘사에 뛰어나다. 오영진은 이를 '주체적 내면성 묘사'라고 했다.14)

잠재적 심리(불가시의 세계)를 시각적인 대상, 즉 '가시적 객체'로 환치하여 보여주는 방식이, 이른바 '객체적 묘사'이다. 이 객체적 묘사에서는 문학에서는 주체적일 수 있었던 심리묘사를 객체를 통해 드러내야 하고, 잠재를 현재로, 불가시를 가시로 환치해야 한다. 이것은 영화가 가지고 있는 시각적 우월성 혹은 집중력 때문이다.

시각적 집중력은 묘사방식에서 기존의 다른 예술(특히 문학)과 차이를 가져온다. 앞에서 말한 '형식으로서의 시간성'은 바로 이 차이를 가져오는 시나리오의 본질이라고 오영진은 믿는다. 그래서 시각화된 장면을 배열하는 시간의 중요성을 별도로 강조하기 시작한다.

시나리오란 한 마디로 규정한다면 시간의 문학이라고 할 수 있을 것이다. 시나리오의 형식이란 결국 시간의 구성형식이라고 말해도 과언이 아니다. 시간을 어떻게 처리하며 시간을 어떻게 축소하고, 또 시간을 어떻게 확대하느냐 다시 말하면 일정한 창작 의식과 목적 아래에 시간을 어떻게 재구성하느냐 하는 점에 시나리오 형식의 근대성과 특수성이 있는 것이다.

그러므로 여기에는 완전한 시간의 지배와 동시에 그 구속도 존재한

---

14) 오영진, 「영화와 문학」, 『현대문학』, 1965년 6월호, 242면.

다. 이러한 시간성의 제약은 운문 산문을 막론하고 다른 기성 문학형식에서 찾기 어려운 시나리오의 특수형식이라고 하지 않을 수 없다. 오버랩(O·L)이라던가 페이드·인, 페이드·아웃(F·I, F·O) 따위의 시간을 나타내는 특수한 기호가 불가피하게 필요하게 되는 것도 이러한 본질적 이유에 기인하는 것이다.15)

이러한 견해는 시나리오를 읽어야 하는 이유와 방식을 알려준다. 오영진은 시나리오를 통해 예술적 완결성을 꿈꾸었고 장면화된 공간성(시각성)을 시간의 규칙으로 나열하고 조합하고 배치하는 방식을 고민한 것 같다. 또 시나리오의 독자성을 구현하기 위해 각종 편집 기법과 광학적 처리 그리고 영상 미학적 효과를 고려했던 것으로 보인다.

본고는 이러한 오영진의 영화관을 바탕으로 오영진의 창작 시나리오를 조명하고 그 안에 담긴 작가적 의도를 밝혀내는 것에 일차적 목적을 두었고, 이렇게 수합된 일차적 결론을 통해 오영진의 영화관을 재조명하는 것에 또 하나의 목적을 두었다. 이 목적을 수행하기 위해서 대표적인 시나리오 <시집가는 날>을 사례로 선택하여 분석하였다.

오영진의 영화 논문들은 한국 최초의 본격 영화 논문들로 평가되고 있으며 영화예술의 가치를 인식시켰다는 점16)에서 재고(再考)될 필요가 있다. 그럼에도 기존의 연구에서는 오영진의 영화관에 무심했으며, 그 본질과 의미조차 제대로 파악하지 못하고 있었다.

---

15) 오영진, 「시나리오의 새로운 방향」, 『오영진 전집』 5, 범한서적주식회사, 1989, 149면.
16) 한옥근, 『오영진 연구』, 시인사, 1993, 203면 참조.

이런 문제점을 해결하기 위해서 이 논문은 구체적인 작품을 분석 사례로 삼아, 오영진의 영화관에 대한 실증적 해석 가능성을 제기하고자 한다. 작품을 인용할 경우 『오영진 전집』 3(범한서적주식회사, 1989)에 실린 텍스트에서 수록 면만을 기입했다.

3. '시각'적 장면 구축과 '시간'적 구성 형식

1) 시각적 환치

(1) 집

오영진은 영화(시나리오)는 시각적이고, 문학은 청각적이라고 규정했다.[17] 여기서 시각적이라는 말은 구체적이라는 말과 통하고, 청각적이라는 말은 관념적이라는 말과 일단 통한다. 그래서 다음과 같은 비유를 든다.

> '집'이라는 말이 있다. 우리들은 이 말로써 여러 종류의 집을 연상할 수 있다. 기와집 초가집 북구식 남구식 할 것 없이 우리가 보고들은 한의 집이란 집은 전부 다 이 개념 안에 포함되는 것이다. 그러나 같은 집이라도 이것이 한번 '필름' 위에 정착될 때에는 그 집은 절대적이고 그 이외의 연상은 무의미한 것이 되고 만다.[18]

'집'이라는 언어는 듣는 이의 경험을 바탕으로 다양한 연상을 유도하지만, 이것을 '집'이라는 모양으로 정착시키면 즉 시각으로 환

---

17) 오영진, 「영화와 문학에 관한 프라그멘트 1」, 『조선일보』, 1939년 3월 2일.
18) 오영진, 「영화와 문학에 관한 프라그멘트 1」, 『조선일보』, 1939년 3월 2일.

치하면 다른 연상이 아닌 고정된 생각을 낳게 된다는 논리이다. 이러한 논리는 예외적인 생각은 아니다. 시각 위주의 감각 체계로 재편되고 있는 세계[19]에서, 시각적 환치는 영화의 중요한 미덕이다.

오영진은 이러한 자신의 생각을 시나리오 속에 재현했다.

(맹진사의 말)

행랑방 서른 칸……이……니……마흔 칸은 착실할 걸.

#9 행랑방

주르니 늘어선 행랑채

다른 앵글로

다른 앵글로

또 다른 앵글로

행랑방 십수채

#10 창고

각기 다른 '앵글'로

높고 큰 창고가

하나

둘

셋

넷

이것두

이것두(61면)

---

19) 마샬 맥루한의 주장을 참조하면, 문자 문화의 세상에서 시각은 독점적인 지위를 부여받았다. 인쇄 문화의 발달로 인해 시각적 편향성이 우세해 졌고 근대사회의 구축은 불가능했을 것이다(이남호, 「맥루한과의 불편한 대화」, 『비평』, 생각의나무, 2002, 88~89면 참조).

도라지 골로 사위 선을 보러 갔던 맹진사는, 돌아와서 김판서댁의 위용을 가족들에게 설명하고 있다. 맹진사의 말이 시작되면 화면은 서른 칸이 넘어 거의 마흔 칸에 가까운 김판서의 행랑채를 시각적으로 보여준다.

오영진이 주장한 대로 맹진사의 말(다이얼로그)이 듣는 이에게 여러 연상을 불러일으킬 수 있음을 방지하기 위해서 직접 그 위용을 보여주려고 시도한 듯하다. 이러한 시각적 환치는 지나친 감이 있지만, 나름대로 영화적 관점을 가진 작가의 시도로 이해될 수는 있다. 오영진에게 영화는 듣는 것이 아니라, 일단 보는 것인 만큼 이러한 시각적 환치는 자연스럽다 할 것이다.

(2) 길

오영진은 영화와 문학을 나누는 주요한 기준으로 심리 묘사를 들고 있다. 그가 발표한 「영화와 문학에 관한 프라그멘트」는 훗날 「영화와 문학」(『현대문학』 1965년 6월호)으로 재정리된다. 당초 발표된 글에서 어지럽게 이어지던 심리 묘사는 이 글에서 간결 명확하게 정리되고 있다. 그 논지를 따르면 문학은 언어를 매개로 하기 때문에 '주체적 내면성 묘사'에 제약이 거의 없고, 영화는 언어에만 의존할 수 없기 때문에 '객체를 매개로 해서 눈에 보이지 않는 심리 상태를 현재화할 필요'가 있다. 오영진은 이 언어를 '다이얼로그'로 표기하거나 아니면 '시나리오의 문학성'으로 포괄하여 지칭하고 있다.[20]

---

20) 오영진, 「영화와 문학」, 『현대문학』, 같은 책, 242~243면 참조.

다시 말하면 문학은 말을 읽어 나가는(듣는) 시간적 흐름에 따라 전개되기 때문에 개인의 내면 심리를 묘사할 수 있는 기회와 가능성이 많은데 반하여, 영화는 시각적 화면을 중심으로 전개되기 때문에 개인의 심리를 묘사하기 위해서 언어를 길게 부여할 수 없다는 것이다. 여기서의 언어는 이른바 대화나 독백 혹은 내레이션과 같은 형태를 띠기 때문에 다이얼로그나 그로 인해 파생되는 문학성이라고 이해하고 있는 것이다.

이러한 오영진의 생각 역시 보편적인 관점에 입각하고 있다. 그리고 이러한 생각은 시나리오 속에 나타나고 있다. 개인들의 심리적 진폭을 표현하기 위해서 오영진이 설정한 매개체, 즉 시각적 객체는 '길'이다. <시집가는 날>에는 길을 중심으로 한 신(scene)이 여섯 개 나온다. 처음부터 간략하게 설명하겠다.

첫 번째부터 세 번째 신은 '수양버들길'이다. #29, #33, #56이 그것이다. #29는 도라지골 김판서의 자제와 정혼하기로 결정된 갑분이가 걸어가는 길이다. "수양버들 우거진 사이를 갑분이의 분홍 치마가 제비처럼 날아간다"는 설정과 '카메라의 이동'(71면)으로 가볍고 날렵한 분위기를 만들어내고 있다. 이것은 부푼 마음에 들뜬 갑분이의 심정을 표현한다.

반면 #33은 갑분이를 찾으러 가는 입분이가 지나는 길이다. 갑분이와 달리 입분이는 쓸쓸한 모습이다(74면). 이러한 감회를 돕듯이 노래 소리가 들려온다. 자매처럼 자란 갑분이가 멀리 간다는 소식과 자신이 혼자 남을지도 모른다는 두려움에 저조해진 입분이의 심정이 묻어 나온다.

#56은 두 사람이 함께 지나는 길이다. "갑분이 미친 듯이 달려가"고 그 뒤를 입분이가 갑분이를 부르며 뒤따라간다. 갑분이는 들은 척도 하지 않고 달린다. 그녀에게 버들가지들이 휘휘청청 감겨든다(83면). 갑분이는 정혼자가 불구자라는 소식에 실망한 직후이다. 갑분이는 혼란스러운 마음을 달래기 위해 이 길을 달음질치고 있다.

세 길은 길과 그 안에서 움직이는 인물의 구도가 모두 다르다. 물론 세 사람의 심정도 상이하다. 들뜬 갑분이, 불안한 입분이, 그리고 실망한 갑분이와 걱정스러운 입분이의 모습은 각기 달라지는 인물들의 심리를 묘사하기 위한 하나의 시각적 설정이다. 길이라는 매개체 위에 상이한 감정을 그려내는 수법이 상당히 설득력 있다.

그 다음 포착되는 세 길 역시 다른 의미와 심리 상태를 보이고 있다. 일단 네 번째 길은 수양버들길이 아니다. 위풍당당하게 신행길에 나서는 김미언의 행차이다. #76은 신작로로 설정되어 있다. 이 길은 절름발이라는 소문과는 어울리지 않는 당당한 풍모를 드러내준다. 이것은 김미언이 절름발이가 아니며 위풍당당한 청년임을 암시한다고 하겠다. 또 결혼에 임하는 김미언의 마음과 자세가 광명 정대함을 뜻한다고 하겠다. 신작로가 수양버들길과 달리, 곧고 강직한 인상을 주고 있기 때문이며, 그를 따르는 수행 행렬이 절도를 지키고 있기 때문이다.

다섯 번째 길은 다시 수양버들길이다. #99는 김미언이 절름발이가 아니라는 사실에 놀라서 집으로 급히 귀가하는 갑분이의 모습을 보여주고 있다. 여기서 갑분이가 돌아오는 좁은 길은, 앞의 세

신에서 나타났던 심리적인 깊이보다는 신작로와 대비되는 좁고 힘든 길로 의미가 변화된다. 즉, 김미언이 올바른 심성을 가지고 있는데 비해, 신부가 될 갑분이는 협착한 심성을 가지고 있음을 시사한다고 하겠다.

여섯 번째 길은 김미언과 입분이가 결혼을 하고 도라지 골로 돌아가는 길이다. #111은 이 작품의 라스트 신이다. 즉 두 사람의 축복된 앞날과 곧은 미래를 상징하는 탄탄대로이다. 물론 신작로이다. 그 길에는 두 사람의 행복한 심정이 투영되어 있다.

이렇게 여섯 개의 길은 등장인물의 구도에 따라 각기 다른 심리 상태와 극적 의미를 지닌다. 오영진은 영화가 시각적 중요성이 높은 예술이라고 말한 만큼, 또 등장 인물의 심리 묘사를 시각적 매개물을 통해 이루었을 때 본질적 의미에 부합된다고 믿은 만큼, '길'이라는 시각적 공간성을 구체적으로 그리고 차별적으로 제시함으로써 이러한 견해를 영화 미학적으로 실현시키고 있다. 여섯 개의 길은 대비와 변화에 따라 시각적인 차이를 가져올 뿐만 아니라 내적 의미와 심리 묘사에도 상당한 성과를 거두고 있다.

2) 이질적 배음(背音)

(1) 화면 밖에서의 부름

오영진은 영화(시나리오)에서 가장 중요한 요소로 시각적 장면을 들었다. 그러나 영화에도 다이얼로그가 있고, 그 다이얼로그로 인해 영화는 일방적으로 시각적이지만은 않게 되었다고 말했다.

다이얼로그를 독특하게 사용한 예로, 몇 가지 사례를 꼽을 수 있다. 먼저 오프닝 시퀀스에서 상대를 부르는 소리가 그것이다. #4를 보면 장면은 나물 캐는 처녀들인데, 소리는 '도라지 타령'이다. 그 소리는 외화면(off screen)에서 들려오고 있다. 그 위로 삼돌이 '아가씨'를 부르는 소리가 들린다. 역시 외화면에서 들려온다.

#5에서도 삼돌은 목소리만 들리고, 갑분과 입분이 시각적 초점을 차지하고 있다. 반면 #6에서는 삼돌의 모습이 보이고, 소리는 외화면에서 입분의 응답으로 처리된다. 쉽게 말하면 소리를 내는 사람을 포착한 것이 아니라, 시각적으로 중요한 위치에 있는 사람을 포착하고 있는 것이다. 이처럼 화면은 시각 위주로 구성되어 있고, 소리는 화면과 일치하지 않는 상태로 처리되어 있다.

(2) 코 고는 소리

시각과 청각의 어긋남은 #57에서 가장 극대화된다. #57은 절름발이 사위 때문에 일어난 문중회의 신이다. 파혼을 하자니 양반 체면이 훼손되고, 강행을 하자니 자손이 피해를 입게 생겼으니, 집안의 원로들은 고민에 빠지지 않을 수 없다. 달리 해결책도 없는 상황에서 심각하고 우울한 분위기가 고조된다.

이 때 맹노인은 상황에 아랑곳하지 않고 달게 자고 있다. #57의 말미에서 '코 고는 소리'가 효과음으로 삽입되고 있다. 이러한 '무거운 분위기/우스운 코 고는 소리'의 대립은 '시각/청각, 침묵/고음, 심각함/황당함, 다급함/여유로움'의 이항 대립을 가능하게 한다. 그리고 대립적인 성향을 한 화면에 병존시킴으로써, 묘한 이미지의 길항 작용을 유도해낸다. 이것은 "서로 관련 없이 두 화면의 '상극'으로써 새로운 사상을 표현하는 데에 몽타주의 본질이 있다"21) 는 오영진의 몽타주 개념에 의거할 때, 설명될 수 있는 이질적 배합이다.

3) 화면의 미학

<시집가는 날>의 오프닝 신은 자연 경관이다. "화창한 봄 하늘 아래 완만한 호선을 그리며 멀리 가까이 산과 언덕의 파노라마"가 펼쳐져 있다. 그런데 그 풍경 속으로 끼여드는 음악이 있다. "아늑한 골짜기와 언덕에서 구름처럼 피어오르는 도라지 타령"이 그것이다(57면).

이러한 설정은 풍경이 원거리에서 근거리로 이동하면서 맹진사의 집을 비추고, 작품이 전개되면서 도라지를 캐는 처녀들과 그 노랫소리가 반복되면서 어느 정도 연관성을 갖게 된다. 다시 말해서 작품을 관류하는 핵심 상징으로 상정하려는 기미를 드러낸다.

그러나 도발적으로 보여지는 한 신이 있다. '#15 호숫가'가 그것이다. 입분이는 갑분이가 함부로 뽑은 도라지를 다시 심고 물을 주다가, 괴상한 노인을 만나게 된다. 그 노인은 자신을 '도라지 영감'이라고 지칭한다.

　　(에펙트) '입분아!'
　　입분이 깜짝 놀라 소리나는 쪽을 본다. 그의 시선을 따라 '판'하면

---

21) 오영진, 「아방가르드 영화와 몽타쥬 이론」, 『오영진 전집』 5, 범한서적주식회사, 1989, 101면.

저만큼 떨어진 곳 수양버들 밑에 강태공을 연상시키는 영감 하나가 낚싯대를 늘이고 있다.

의관은 하지 않았으나 희고 긴 수염과 위엄 있는 풍모가 범인이 아니다.(64면)

이 노인은 우울한 입분이에게 환상을 보여준다. 노인이 만든 환상은 일종의 도원경이다. 신이한 능력과 연관지어 생각하면, 이 노인을 옛날 이야기에 등장하는 이인(異人)으로 볼 수 있겠다. 그런데 좀 더 숙고하면, 이 신의 설정 의도를 알기 어렵다. 삭제하는 편이 낫다고 생각할 수도 있다. 구조적으로 보았을 때, 이 신은 뒤의 신과 유기적으로 연결되지 않는 급작스러운 신으로 보이기 때문이다.

그렇다면 오영진은 왜 이 신을 삽입했을까. 서사적 맥락에서 보면, 이 노인은 입분이의 운명을 조율하는 신령스러운 존재로, 김미언과의 인연을 맺어주는 월하노인쯤으로 간주할 수 있다. 그러나 더 중요한 이유가 있다. 그것은 오영진의 영화관에서 다시 찾아야 한다.

공간에 있어야 할 많은 것을 말소해 버리는 대담한 생략법 어떤 하나를 강조하고 부조(扶助)하기 위하여 넓은 공간을 문자 그대로 공백으로 남겨두는 대담한 구도 하나의 화폭을 상상해보자. 멀리 우편에 산봉우리가 불쑥 솟았고 좌편에는 조그만 초가집이 한 채 초가집에서 산까지 이르는 중간에 어디서 시작되고 어디서 끝나는지 모를 시냇물이 흐르고 그 냇가를 사립을 쓴 늙은이 하나가 낚싯대를 메고 건넌다. 그밖에는 그냥 회색이 아니면 아주 공백, 어디까지가 산이고 하늘이고 땅이고 물인지를 분간할 수 없는 이 그림은 필요하다고 생각되는

많은 것을 생략했기 때문에 공간은 더욱 광활한 것이다.[22]

위의 인용문은 '물체가 점령하는 이외의 모든 공간이 그대로 공백으로 강조됨으로써 화면은 균형을 잡는다'는 오영진의 주장을 뒷받침하기 위해서 제시된 논거이다. 그런데 이 논거가 <시집가는 날>의 도라지 영감 신과 비슷하다.

<시집가는 날>은 오프닝 신에서부터 자연경관을 대거 등장시키고 있고, 가까이 있는 맹진사의 집을 제시한 상태이다. 또 나무와 물이 어우러지는 광경('호수')을 보여주고, 저 멀리의 늙은이를 보여준다. 늙은이가 앉아 있는 것만 빼면 거의 동일한 상황이며, 늙은이의 모습을 인상적으로 제시하기 위해서 화면의 순간적인 전환(이펙트에 의해)까지 염두에 두면 동일한 상황이라고 해도 무방할 것이다.

그렇다면 플롯의 무리를 감수하면서까지 이 신(# 15)을 삽입한 것은 실제로는 화면상의 공간 배치를 강조하기 위함이다. 즉, <시집가는 날>의 많은 신들이 조그만 마을에서 일어난 해프닝을 기조로 하여 그 안에서 행복을 찾아가는 남녀의 이야기를 서사적으로 뒷받침하기 위해서 짜여졌다고 할 때, 이 신(# 15)은 이러한 이야기의 구조에서 반드시 필요하지는 않지만 화면 안에 미학적으로 배치된 조형적 아름다움을 보여주기 위해서 취사선택되었다고 볼 수 있다.

오프닝 신에 이어 라스트 신까지 호숫가를 강조하는 것도 동일

---

22) 오영진, 「'시네마스코프'의 화면구성」, 『오영진 전집』 5, 범한서적주식회사, 1989, 33면.

한 이유로 여겨진다. 초례를 치른 김미언 일행이 맹진사댁을 나서면, 다음 신으로 호수가 나온다. 이 호수는 지형지물이기에 배경 역할을 할 것이고 또 서사적으로 도라지 영감과의 관련성도 시사한다고 하겠다. 그러나 오프닝 신의 자연경관과 연결되어, 조형적인 아름다움과 심리적 동향을 드러내는 신으로 이해하는 편이 옳을 것이다.23)

4) 카메라 워크

(1) 팬(PAN)과 이동 화면

<시집가는 날>에는 '팬'('판'으로 표기)이 많이 쓰이고 있다. 팬 촬영(水平撮影)은 수평대나 마운트를 고정시킨 채 오른쪽에서 왼쪽으로, 혹은 왼쪽에서 오른쪽으로 카메라를 수평 이동시키는 촬영 형태이다. 틸트와 마찬가지로 팬은 한정된 지역 내에서 장면을 포착할 때 많이 쓰이며 연기자를 따라가는데 쓰인다.24)

팬 촬영은 화면의 연속성을 강화하는 이점이 있어 연기자의 연기를 중시하는 대목에서 효과적이다. <시집가는 날>은 팬을 도입부부터 즐겨 사용하다가, 맹진사가 절름발이 흉내를 내는 신에서 결정적인 효과를 발휘한다. 이 신은 맹진사 역을 연기하는 배우의

---

23) 오영진은 객체에 의한 심리적 묘사를 설명하기 위해서, 황량한 인물의 심적 상태를 처량한 강기슭의 풍경으로 대치한 예를 들고 있다. 즉, 호숫가 풍경으로 등장 인물의 심적 동향을 나타낼 수 있다고 믿고 있는 셈이다. 이러한 예는 거꾸로 호숫가 풍경으로 새로운 출발과 안정을 드러낼 수 있다고 추정할 수도 있다(오영진, 「영화와 문학에 관한 프라그멘트 4」, 『조선일보』, 1939년 3월 7일 참조).

24) 이승구·이용관 편, 『영화용어해설집』, 영화진흥공사, 1990, 464면 참조.

코믹한 연기가 돋보여야 하는 대목이다.

46 사랑 맹노인의 방

맹진사가 아버지의 귀에 대고 무엇이라고 열심히 설명한다.

맹노인은 어린애처럼 벙글벙글 천진난만한 웃음만 띠울 뿐 아무런 반응이 없다.

맹진사 다시 한 번 소군소군.

맹노인 애야 귀가 개렵구나 훗 훗……

맹진사 기가 막혀 일어선다.

생각 끝에 노인 옆을 떠나 저만큼 가서

별진(辰) 잘숙(宿) 쩔뚝발이 시늉을 하며 노인 눈 앞을 오락가락 한다.

카메라 맹진사를 좌우로 '판'(80면)

맹진사가 귀가 어두운 아버지 맹노인을 위해, 사위 후보자가 절름발이임을 설명하는 대목이다. 실제로 이 역을 맡았던 김승호는 명연기자로 유명한데, 이 대목을 코믹하게 연기했다. 맹진사의 연기는 필름의 커트에 의해 편집되기보다는, 인물의 생생한 동작과 태도를 통해 보여질 때 더욱 흥미를 제고시킬 수 있다. 절룩거리는 걸음걸이의 역동성을 포착하기에 팬이 알맞기 때문이다. 이를 위해서 카메라의 수평촬영이 지시된 것이다.

사실 〈시집가는 날〉에서는 팬이 지나치게 빈번하게 사용되고 있다. 이것은 영화의 화성구조(orchestration)를 해칠 가능성이 크다. 영화 내의 조형적 질서 혹은 광학 기법의 균형을 무너뜨리기 때문이다.[25] 이것은 일단 주의해야 할 사항이다. 그럼에도 맹진사의 절름발이 연기 대목은 팬의 적절한 사용처이다.

오영진은 이동 촬영의 한 예로 총 맞은 주인공의 걸음걸이가 인상적이었던 영화를 소개한 바 있다.[26] J. 메이슨의 압도적인 연기를 보여주기 위해서 카메라는 장시간 옆으로 이동했다고 한다. 이로 인해 리얼리즘이 훼손되기는 했지만, 배우의 우수한 연기가 확대되었다고 말하고 있다.

맹진사의 절름발이 연기가 팬에 의해 포착되도록 지시되었다면, 김미언의 헌앙한 걸음걸이는 '이동 화면'에 의해 포착되도록 지시되었다. 이동 화면이란, 이동 카메라에 의해 촬영된 장면을 말한다. 이동 카메라는 촬영시 카메라를 움직이는 행위 혹은 카메라의 위치를 변화시키면서 촬영한 장면을 뜻한다. 다시 말해서 카메라를 고정시키지 않고 이동하면서 찍은 화면을 가리켜 이동 화면 내지는 이동 카메라라고 한다.[27]

87 사랑 뜰

꿈도 아니고 거짓도 아니다. 오리를 받들고 점잖게 걸어오는 미언, (카메라 이동) 샛별같이 빛나는 눈동자, 철퇴같이 억세인 다리, 그때 유랑하게 일어나는 음악.

88 대청

맹진사 대경실색하여 창황히 맨발로 석계를 내려온다.

각띠 방울이 불안스러이 잘랑거린다.

89 초례청

맹진사, 미언에게 가까이 와서, (카메라 이동) 얼어붙은 듯이, 움직

---

25) 스테판 샤프, 『영화구조의 미학』, 이용관 옮김, 영화언어, 1991, 169~171면 참조.

26) 오영진, 「'시네마스코프'의 화면구성」, 『오영진 전집』 5, 앞의 책, 34면 참조.

27) 이승구·이용관 편, 『영화용어해설집』, 앞의 책, 329면 참조.

이지 못한다. 정지되는 음악

(…중략…)

맹진사 이 사람이 이리 좀 더 가까이…….

미언 두어 걸음 가까이 온다. 간드러진 걸음걸이. (카메라 이동)(99면)

미언은 정상적인 걸음걸이를 가지고 있다. 이를 강조하기 위해서 카메라는 이동 화면을 택했다. 다양한 각도로 촬영된 일련의 분절 쇼트가 하나의 연속체를 구축함으로써 3차원성을 획득하는 것은 일반적인 쇼트들의 접합과 배열이다. 이와는 달리 이동 촬영은 만곡, 순환성, 그리고 무엇보다도 유동성의 개념을 상기시킨다.[28]

인간의 걸음걸이는 리듬감이 풍부한 움직임이다. 이러한 리듬감은 고정된 카메라를 사용할 경우 제대로 형상화하기가 쉽지 않다. 그래서 카메라를 유동시키면서 촬영함으로써, 신체의 움직임을 자연스럽게 담아낼 수 있는 방법을 고안하게 된다. 뿐만 아니라 카메라의 적절한 조작으로 걷고 있는 김미언의 신체를 인상적으로 부각시킬 수 있게 된다. 다리의 움직임에서 '샛별 같은 눈동자'로의 이동 촬영, 즉 하반신에 초점을 둔 촬영에서 신체의 일부를 부각시키는(경우에 따라서는 클로즈업) 촬영 방식 또한 가능해지는 것이다.

(2) 부감과 앙각

부감(high angle)은 카메라가 위에 위치하여 피사체를 내려다보고 촬영하는 기법이다. 부감은 내려다보이는 대상을 왜소하게 보이게

---

28) 스테판 샤프, 『영화구조의 미학』, 앞의 책, 137면 참조.

한다.29) 따라서 피사체는 미약해 보이고 위축된 심리를 드러내게
된다.

　<시집가는 날>에는 부감이 간혹 쓰이고 있다. 예를 들면, #35,
#47, #57, #59가 그것이다. #35는 물에 비친 남자(김명정)를 입분
이가 내려다보는 신이고, #47은 맹씨가의 사위가 절름발이라는 소
문이 퍼지고 난 뒤 우물가에서 두레박이 떨어지는 신이며, #57과
#59는 절름발이 사위를 두고 맹씨 가문의 원로들이 모여 회의를
하는 모습을 위에서 찍은 신이다.

　세 종류의 신(신의 수로는 넷) 모두 어둡고 우울한 이야기를 보여
준다. 입분이는 갑분이가 시집 간 뒤에 혼자 남을 자신의 처지에
슬퍼하고 있고(#35), 우물가의 두레박은 불행의 나락으로 떨어지는
맹씨 일문의 분위기를 상징적으로 보여주고 있으며(#47), 맹씨 일
가는 불구자인 사위로 인해 고민에 휩싸여 있다(#57, #59). 이러한
신들은 저조한 기분이나 추락하는 이미지를 풍긴다.

　이 중에서 #35는 독특한 신이다. 이 신은 어두운 호숫가에서 그
릇을 씻고 있는 입분이가, 흔들리던 수면 위로 한 남자의 모습을
발견하는 구조로 되어 있다. 이 때 카메라는 입분이의 시선을 빌어
물위에 비친 남자를 바라볼 것이다. 이것은 부감이다. 그러나 그
사나이의 모습은 입분이를 내려다보고 있는 형국이다. 즉 입분이
가 물을 내려다본다는 입장에서는 위에 위치하지만, 실제 그림자
의 주인이 더 위에 있다는 점에서는 올려다보고 있는 입장이다.

　두 가지 입장은 '부감 속의 앙각(앙각)'의 가능성을 점치게 한다.

---

29) 죠셉 보그스, 『영화보기와 영화읽기』, 이용관 옮김, 제 3문학사, 1991, 147면 참조.

앙각(low angle)은 피사체를 크고 위엄 있게 보이게 한다. 따라서 입분이가 왜소해진 자신의 처지를 구원해 줄 크고 위엄 있는 조력자를 만나고 있다는 의미로, #35는 해석된다. 이러한 해석은 김명정에 의해 뒤바뀌게 되는 신부로 인해 어느 정도 플롯 상의 전개와 일치된다.

5) 장면의 배열

(1) 이동 법칙

신과 신의 연결은 자연스러워야 한다. 이러한 연결을 위해서 많은 편집 방식과 광학적 기법이 고안되었다. 그럼에도 신과 신의 연결, 쇼트와 쇼트의 연결은 시나리오 창작에서 중요한 과제로 남겨지곤 한다. <시집가는 날>은 비교적 이러한 연결에 무리가 없는 시나리오이다. 신과 신의 어색한 연결을 막기 위해서 어떠한 방식을 도입했는지 알아보자.

먼저, #10에서 #11로의 연결을 보자. #10은 김판서의 집을 떠올리는 맹진사의 생각이 시각적으로 환치된 신이다. 그 다음은, 사랑방인 맹노인의 방이다. 어떻게 연결할 것인가. #11은 맹효원의 질타 섞인 질문으로 시작된다. "그러군 또 뭘 봤나?" 맹진사가 김판서집에서 보고 온 것을 보고하는 것으로 #9·#10이 전환된 것이다(본래는 #8에서 아내와 유모에게 경위를 전달해주는 것이었다). 자칫하면 어색할 수도 있는 삽입 화면을 자연스럽게 신 전환의 장치로 만든 경우이다.

164

　#13에서 #14로의 전환도 이동의 법칙이 활용된 경우이다. 로버트 맥기는 시나리오에서의 구성을 '장면의 배치와 연결'로 파악했다. 이러한 구성을 원활하게 하는 요건 중에 '이동의 원칙'이 있다. 이동의 원칙은 장면과 장면을 연결하는 제3의 요소를 마련하는 방법이다. 한 장면에서 다음 장면으로 넘어갈 때 두 장면을 매개하는 요소가 없거나 명확하지 않다면, 즉 사건들을 연결하는 고리가 없다면 이야기의 전개는 위태롭게 된다. 그래서 장면의 전환에는 어떤 내적 필연성이 있어야 한다. 가령, 해안을 찰랑이는 파도 장면에서 잠자는 사람의 숨소리 장면으로 이동하거나, 앞 장면과 뒤 장면에서 반복되는 어구가 있는 것 등이다.[30]

　#13은 안방으로, 갑분이가 어머니 한씨로부터 혼사에 대한 소식을 듣고 있다. 마지막은 한씨가 사랑방의 소식을 물으면서 "그렇겠지 그러구 아버지께선?"이라고 말한다. 이 말은 문맥으로 볼 때 맹진사를 지칭한다. 그 다음 #14는 맹진사가 아버지인 맹노인에게 갑분이의 혼사를 말하고 있다. "갑분이 혼사 말씀이에요. 아버지".

　위에서 제기한 대로 #8에서~#14에 이르는 신들은 사랑방과 안방을 넘나들면서 전개되고 있다. 이것을 자연스럽게 연결시키기 위해서는 신을 이동하는 필수적인 요건 혹은 전환 장치가 마련되어야 한다. '아버지'는 바로 #13과 #14를 연결하는 요령 있는 어구인 셈이다.

　#40~#42로의 전환은 공통 동작에 의존하고 있다. #40에서 맹

---

30) 로버트 맥기, 『시나리오 어떻게 쓸 것인가』, 고영범 · 이승민 옮김, 황금가지, 2002, 431~433면 참조.

진사의 하인 삼돌은 김명정으로부터 김미언의 비밀을 알아낸다. 김명정이 "쉬이 비밀이야"라고 삼돌에게 주의를 주면서 신이 끝난다. 다음 #41은 놀라 뛰어간 삼돌이 맹진사를 찾는 신이고, 그 다음 #42에서는 이 사실을 전해들은 맹진사가 "이 놈 삼돌아 입밖에 내지 마라"고 말하며 '손가락을 입에 대고 주위를 살피'는 행동이 나타난다. '주의'('비밀'이라는 단어와 '쉿'이라는 손짓)라는 공통 이미지로 연결되고 있다.

뿐만 아니라, 고요와 비밀이라는 이미지는 #43, #44, #45로 이어진다. #43은 미륵불의 인서트이다. 풀이하자면, '돌처럼 굳은 침묵'이다. #44의 방앗간의 고요와 #45의 인기척 없는 저택도 역시 조용한 분위기를 보여준다. 그러다가 #47에서 우물가에 두레박이 떨어지면, 소문이 무섭게 번져 나가는 분위기가 연출된다. 이것은 유연한 편집 기법을 활용하여, 영화 문법을 훌륭하게 선보인 경우이다.

한편 뒤에서 말하게 될 #71에서 #103까지의 혼례 시퀀스는 연속된 두 개의 사건 진행이 리듬과 템포 상의 대비를 통해 결합된 경우이다. 자세한 연결 방식은 다음 장에서 상술하겠지만, 혼례가 끝나고 이어지는 신방 신은 여기서 미리 설명하겠다.

#104는 혼례의 종결 신이다. 여기서 미언과 입분은 절을 한다. 그리고 그 말미에 F·I가 지정되어 있다. 그러나 이것은 F·O의 오기로 보인다. 밝은 날의 혼례가 끝나 가는 것은 시간의 경과와 함께 어둠의 도래로 이해될 수 있다. 그러면 '#105 풍경(夜)'은 어색하지 않은 연결이다.

166

#106이 갑분의 방이고, #107이 입분의 방인 것은 서술 상의 순서를 고려한 것으로 무리가 없다. #108에서 다시 시작되는 다음 날 아침은 새 출발답게 작품의 오프닝 신처럼 '산과 들'의 풍경으로 시작되는 것도 일관성이 있는 설정이다. 시간과 서술 상의 순서를 따르고 이용하는 것도 이동의 법칙에 꼭 필수적인 사항이다.

(2) 평행 편집

<시집가는 날>의 백미는 뒤바뀐 신부가 있는 혼례식장으로 헌앙한 신랑이 걸어들어 오는 신이다. 이 신을 중심으로 엇갈리는 운명이 나타나는데, 졸지에 행복을 얻게 된 입분이와 재앙을 피하려 했다가 호기를 놓친 맹씨 일가(특히 갑분이와 맹진사)의 모습이 교차한다.

이러한 교차는 연극(희곡)에서는 공간적 제약으로 인해 제대로 표현되지 못한다. 왜냐하면 혼례식장과 갑분이가 피난한 장소는 멀리 떨어져 있기 때문에, 두 상황을 명확하게 전달하기 어렵기 때문이다. 그러나 영화(시나리오)는 이러한 공간적 제약에 구애받지 않는다.

혼례날이 밝자, 김미언 일행은 마을로 들어오고 맹진사는 사위가 절름발이가 아니라는 사실을 확인한다(#71~#89). 당황한 맹진사는 삼돌에게 피신한 딸 갑분이를 데리고 오라고 부탁한다(#90). 입분이를 다시 찾을 수 있게 된 삼돌은 갑분이를 데리러 출발한다. 이 때부터 삼돌이 갑분이를 찾아 데리고 오는 신들(#91~#93, #95, #97~#99)이 한 축으로 전개되고, 다른 한 축으로는 혼례가 진행되는 신들(#94, #96, #100~#102)이 나열된다. 두 개의 사건 축은 메인 플롯과 서브 플롯을 형성하며 나란히 전개된다.

메인 플롯은 혼례청에서 식을 올리는 신들이다. 이 신들은 수효는 적지만 신의 길이(지속 시간)가 길고 많은 다이얼로그를 포함하고 있다. 등장인물의 등퇴장도 빈번하다. 반면 상대적으로 수효는 많지만, 삼돌이와 갑분이가 돌아오는 신들은 각 신이 짧고 단속적이다. 대화나 사건보다는 인상적인 장면으로 구성되어, 인서트 화면처럼 삽입된다. 이러한 두 신들의 연속선은 교차되면서 평행하게 진행된다.

이러한 교차 편집(cross cutting)은 두 상황을 밀도 있게 연결하여 사건 전개의 긴박감을 주는 미학적 효과를 거둔다. 혼례청에서 시간을 끌며 딸 갑분이가 도착하기를 기다리는 맹진사와 그의 식솔들은 무척 긴 심리적 시간을 경험해야 하며, 식장으로 빨리 돌아가 잃어버린 신부의 자리를 차지하려는 갑분은 초조한 상태이다. 이를 신의 길이로 표현하고 있다.

또 메인 플롯에 맹노인이 나타나면 속도의 변화가 한층 복잡해진다. 평소에 행동이 느리고 말귀가 어두운 맹노인이 엉뚱한 소리를 하면서 신의 시간에 부합하는 듯 하다가, 갑자기 휘몰아치듯 혼사를 진행시켜 신의 속도를 바꾸어 버린다. 마냥 지체될 수 있었던 메인 플롯의 신 지속시간을 갑작스럽게 변화시키는 인물로 기능하는 셈이다.

이러한 점에서 #103은 주목되는 신이다. #103에서 갑분이와 삼돌이는 맹진사의 집 앞에 당도한 상태이다. 그러나 간발의 차이로

식은 진행되고 그들은 달려오던 속도와 심리적 조급함을 멈추어야
한다. 지문은 이러한 인물들의 움직임과 신의 분위기를 다음과 같
이 정리해서 보여주고 있다.

> #103 저택근처
> 삼돌이와 갑분이가 이번에는 당나귀에 이끌려 기진맥진하여 당도
> 한다. (카메라 후퇴 이동)
> 대문 앞까지 왔을 때, 우렁차게 들려오는 주악(奏樂)
> 청천에 벽력인 양
> ─갑분이도
> ─삼돌이도
> ─당나귀도
> 못에 박힌 듯 걸음을 멈추고(105면).

서브 플롯이 메인 플롯과 결합하는 순간이고, 두 플롯의 속도 차
이가 무화되는 순간이다. 서브 플롯의 속도와 필요성은 이 순간 사
라진다. 다시 말해서 두 플롯이 생성되고 속도 차이를 보이는 이유
는 그로 인해 영화적 긴박감이 생겨나도록 유도할 필요성이 있었
기 때문이다. 그 필요성이 상실되면서 장면을 흐르는 속도 역시 멈
추게 된다.

속도의 차이는 시나리오가 '시간의 구성 형식'이라고 단정하는
오영진의 견해에 부합된다. 오영진은 「시나리오가 왜 문학인가」에
서 시나리오는 '스토리 전개의 스피드와 여기에 수반되는 생리적
쾌감'이 독자들을 매혹시킨다고 말했다. 그리고 시나리오를 '시간

적 리듬을 그 성립조건의 필수적 요소로 하는 예술'이라고 정의했다.

이 말은 시나리오가 근본적으로 시각적이고 공간적이라는 말과 배치되는 것이 아니다. 오영진은 시나리오의 구체적 특징이 시각에 있음을 강조하면서도, 시나리오가 독자적 장르가 되기 위해서 그러한 시각적 장치들이 시간의 구성형식에 따라 배열되어야 한다고 말하고 있는 것이다. 다시 말해서 "시간을 어떻게 처리하느냐 시간을 어떻게 축소하고 또 시간을 어떻게 확대하느냐 다시 말하면 일정한 창작의식과 목적 아래서 어떻게 재구성하느냐 하는 점"에 시나리오의 형식과 특수성이 결정되는 것이다.[31]

교차 편집은 시각적으로 마련된 장치(신과 그 신의 연속적인 배열인 플롯)들이 시간의 지속과 빈도 그리고 순서에 따라 배열되는 대표적인 예이다. 여타의 장르에서도 전혀 불가능한 것은 아니지만, 시나리오(영화)에서 가장 극대화된 효과를 얻을 수 있는 특징인 셈이다. <시집가는 날>은 이러한 특징을 잘 살려 미학적 효과를 제고(提高)시켰다고 결론지을 수 있다.

4. <시집가는 날>에 구현된 영상 미학

영화가 시각 중심 예술임을 부인할 길은 없어 보인다. 오영진도 그렇게 생각했다. 그리고 그러한 생각을 영화 이론으로 주장하는 한편, 시나리오 창작에 적극적으로 반영하였다. 대표적인 신이 맹진사의 머리 속에서 그려지는 김판서댁의 위용이 화면 위에 시각

---

31) 오영진, 「시나리오는 왜 문학인가」, 『오영진 전집』 4, 앞의 책, 312~313면.

적으로 환치되는 #9, #10이다.

맹진사는 사윗감을 선보기 위해 김판서댁에 갔다가 엄청난 규모의 행랑방과 창고를 보게 되었고, 그것을 집에 돌아와 식구들에게 설명하게 되었다. 식구들과 대화하는 신에서 맹진사가 보고 온 김판서댁의 위용은 시각적으로 보여진다. 맹진사의 다이얼로그를 통해 김판서집에 대한 정보를 '들려주는' 것이 아니라, 시각적 장면으로 포착해서 '보여주는' 것이다. 청각성이 문학의 본령이라면, 영화는 시각성 위주의 체계라는 오영진의 주장이 창작으로 실현된 사례이다.

시각 중심성은 불가시의 세계(대표적인 것이 심리 상태)를 표현할 때 장애가 될 수 있다. 문학과는 달리, 영화는 보이지 않는 인간의 감정을 '보여주기' 위해서 새로운 표현 방법을 고심해야 한다. <시집가는 날>에 설정된 여섯 개의 길은 이러한 고심이 담긴 신이다.

여섯 개의 길은, 그 길을 걷는 사람과 태도 그리고 그 전후의 상황, 길의 모양과 속성 등으로 전혀 다른 심리 상태를 구현하고 있다. 같은 길이라도 입분이가 걸을 때와 갑분이가 걸을 때 혹은 같이 걸을 때 전혀 다른 심리 상태로 표출된다. 또 김미언이 오는 길과 갑분이가 오는 길, 그리고 김미언과 입분이가 돌아가는 길은 서로 다른 분위기를 형성한다. 왜냐하면 그들이 그 길을 걷는 심리적 정황이 다르기 때문이다.

시각 위주의 화면 구성은 청각적 요소를 시각적 장치의 보조물로 사용하는 예에서도 확인된다. 오프닝 신에서 누군가의 이름을 '부르는' 사람이 아닌, '불려지는' 대상을 포착하고 화면 밖에서 그

소리가 들리는 것으로 처리하는 점이나, 심각한 회의 중에 코를 고는 소리를 삽입하여 이질적 분위기를 형성하는 점이 그러한 예이다. 청각적 요소는 시각적으로 포착된 이야기의 어떤 대목을 강조하거나 보조하는 역할로 기능한다.

심지어 오영진은 미학적 구성미를 강조하기 위해서 플롯 상에서는 그다지 필요하지 않은 신을 구축하기도 했다. #15는 플롯 상의 기능만을 고려한다면, 생략해도 상관없는 신이다. 그러나 화면 안에 배치된 조형적 아름다움을 강조하기 위해서 삽입한 것으로 보인다. 오영진이 시나리오의 독자성을 언어(문학의 특징)와 변별되는 시각적 요소로 정의하고 있다고 할 때, 이러한 사례들은 그의 영화관이 시나리오의 신 구축에 상당한 영향을 미친 사례로 판단된다.

오영진의 영화관은 신의 구축뿐만 아니라, 신의 배열에서도 확인된다. 카메라 워크와 편집 방식을 보자. 오영진은 맹진사가 절름발이 흉내를 내는 신에 팬 촬영을 지시하고 있다. 카메라가 한 곳에 고정된 채 좌우로 각도만 달리하며, 우스꽝스러운 맹진사의 연기를 포착하도록 지시한 것이다. 여러 장소를 이동하면서 찍은 쇼트들을 이어 붙인 신보다는, 반복적인 시야(카메라 렌즈의 좌우 이동) 안에 갇힌 맹진사의 몸짓을 연속적으로 관찰하는 긴 쇼트가 효과적일 것으로 판단한 것이다.

반면 김미언의 의젓한 걸음걸이와 헌칠한 풍채는 이동 촬영으로 지시되었다. 맹진사의 방정맞은 몸짓에 팬이 적합하다고 판단했다면, 김미언의 당당함을 보여주는 데에는 이동 촬영이 적합하다고 판단한 셈이다. 활기찬 걸음걸이를 보여주기 위해서는 '왔다갔다'를 반복하는 닫힌 시야보다는, 한 쪽으로 이동하면서 막힘 없이 따라가는 시야가 적당하다. 더구나 카메라의 탄력적인 움직임도 가능하기 때문에 걸음걸이뿐만 아니라 당당한 눈빛 같은 신체적 요소를 묘사하는 데에도 이동 촬영이 적합했던 것이다.

부감과 앙각도 카메라의 중요한 테크닉에 해당한다. <시집가는 날>에서는 주로 부감을 써서 침체된 분위기를 보여주고 있다. 특히 호숫가에서 김명정을 만나는 입분이의 부감은 일품이다. 물결 치는 수면 위로 떠오른 김명정의 얼굴을 보는 입분이는 부감이지만, 그 부감 안에는 앙각이 숨어 있다.

우울한 분위기에서 구세주처럼 등장한 김명정은, 결과적으로 입분이의 우울함과 어려움을 해결해 주는 거대한 존재이다. 김명정은 비록 부감으로 포착되고 있지만, 입분이를 내려다보는 자세이기 때문에, 앙각의 요소를 지니게 되고, 이것은 피사체를 크고 긍정적으로 보이게 만드는 앙각의 숨은 의미를 구현하게 된다. 복잡한 쇼트의 배열을 거치지 않고도 한 쇼트로 복잡한 심리적 정황과 미래에 대한 복선을 겸하게 할 수 있다는 점에서 이러한 테크닉은 주목될 수 있다.

영화에서 쇼트와 쇼트, 신과 신의 연결은 자연스럽게 이루어져야 한다. 편집의 관건은 이러한 자연스러움을 실현하면서도, 의미 있고 경제적으로 쇼트와 신을 배열하는 것이다. 이를 위해 고안된 법칙이 이동 법칙이다. 한 장면에서 다음 장면으로 넘어갈 때, 두 장면 사이의 매개체를 삽입하여 그 전환을 납득시키는 것이다. <시

집가는 날>은 이러한 이동 법칙에 충실한 시나리오이다. 이러한 충실함은 시나리오를 시간의 문학으로 규정한 오영진의 영화관과 밀접한 관계가 있다.

김판서댁을 시각적으로 환치한 신(#9, #10)에서 다음 신으로 넘어갈 때의 재치 있는 설정이라든지, 비밀스러운 몸짓과 단어로 연결되는 일련의 신들, 그리고 공통 단어나 행동으로 연결된 쇼트들은 유기적인 연결을 고려한 흔적이다.

그러나 무엇보다 중요한 신의 연결은, 결혼식 시퀀스이다. 맹진사댁에 김미언과 입분이의 결혼식이 진행되는 메인 플롯과, 피신한 갑분이가 삼돌이와 함께 귀가하는 서브 플롯이 교차되는 구조로 꾸며져 있는 이 시퀀스는, 신의 길이와 속도 그리고 분위기에서 서로 이질적인 두 개의 스토리 라인이 평행하게 진행되면서 대비되는 속성을 발휘한다.

결혼식을 늦추면서 갑분이가 도착하기를 기다리는 맹진사 식구들은 시간이 천천히 흐르는 것처럼 느껴질 것이고, 빨리 결혼식에 참석해서 자기의 권리를 되찾으려는 갑분이나 삼돌은 시간이 빨리 흐르는 것처럼 느껴질 것이다. 이러한 심정을 표현하기 위해서 결혼식장의 신은 지속시간이 길고, 귀가 신은 지속시간이 짧다. 그 안에서 피사체의 움직임으로 보았을 때도 결혼식장의 신은 느리고, 귀가 신은 빠르다.

속도와 길이에서 이질적인 신들이 교차하면서 만들어내는 심리적 효과는 긴박감이다. 관객은 이러한 차이를 지켜보면서 심리적 탄력을 얻고 쾌감을 만끽하게 된다. 이러한 교차편집의 탁월함은,

시나리오가 '시각적 장치들의 시간적 구성 형식'이라는 오영진의 정의를 구현하는 대목이다.

오영진은 초기의 영화관(映畵觀)에서 영화를 공간의 예술이라고 말했던 것을 고쳐, 시간의 예술이라고 재정의했다. 그것은 시각적 장치들이 시간적 순서와 배열에 의지해 나타남을 강조하기 위함이었다. 오영진이 말한 시간의 처리·축소·확대는 결과적으로는 편집에 관한 사항이었다. 그의 이론은 단순한 영화적 원리로 발표된 것이 아니라, <시집가는 날>이라는 시나리오 속에 용해된 것이다.

오영진은 삶의 전반기에는 영화평론가와 이론가로 살았지만, 후반기는 시나리오 작가로 살았다고 한다. <시집가는 날>은 전반기에 창작되어 무수한 변이와 장르 이동을 거치면서 오늘날 우리가 아는 시나리오로 정착되었다. 그러면서 오영진의 영화관이 변모하는 과정을 흡수했고, 이론적 토대를 바탕으로 완성도 있는 시나리오로 탈바꿈했다.

특히 영화가 시각적이라면 어떻게 시각적일 수 있고, 영화가 시간의 예술이라면 어떤 점에서 그럴 수 있는지를 보여주는 구체적 사례로 남았다. <시집가는 날>은 궁극적으로는 시나리오의 문학성을 어디서 찾아야 하고, 어떻게 다른 문학과 변별되는지(독자성)를 자문하고 고민했던 오영진의 영화관이 만들어 놓은 작품인 셈이다.

오영진 시나리오의 오프닝 신(opening scene)

1. 오프닝 신의 개념과 필요성

　영화 편집 현장에서 '오프닝(opening)'이라고 하면, 보통 영화 제목이 제시되고 크래딧 타이틀(인물자막)[1]이 종결될 때까지 상영되는 영화 도입부의 신(scene)들을 가리킨다. 그러나 이러한 현장 용어가 학문적 보편성까지 확보한 상태는 아니다. 더구나 크래딧 타이틀을 개성적으로 만들기 시작하면서, 명확한 기준으로 제시하기 곤란한 경우가 증가했다. 또 오프닝의 기능과 가치가 중시되면서, 보다 심도 있는 의미를 담아내려는 시도도 늘어나고 있다.

---

1) 인물자막(人物字幕)이란 영화 제작에 참여한 주요 인물의 명단을 보여주는 자막을 말한다. 배우, 감독, 촬영, 조명, 제작자, 원작자, 각본, 각색, 제작사 등 영화 정보가 상세하게 표기되어 있다. 영화의 첫 부분이나 마지막 부분에 배치되는 것이 통례이다. 1960년대 초반까지는 첫 부분에 배치되는 것이 일반적이었으나, 최근에는 영화의 끝에 배치되는 것이 통상적이다. 그럴 때 보통 시작 부분에서는 주요 연기자와 스텝만 소개되고, 나머지 상세한 정보는 영화 후반부에 기재된다. 1950년대에는 한 시퀀스가 끝난 다음에 인물자막을 제시하여 다음 시퀀스에 대한 기대감을 고조시키는 형식적 장치로 활용되기도 했다. 각 작품의 창작 의도에 따라 자막 전체가 독립된 미학적 자질로 발현되기도 한다(이승구·이용관 엮음, 『영화용어해설집』, 영화진흥공사, 1990, 333~334면 참조).

그럼에도 한국 영화(시나리오)의 '오프닝'에 대해 이렇다 할 견해가 제출된 적은 없다. 오프닝 형식에 대한 도전과 실험은 현장의 몫으로만 맡겨졌고, 이를 이론적으로 뒷받침해야 할 필요성과 의의는 간과되었다. 이에 본고는 이러한 현실에 대해 문제를 제기하면서 오프닝 연구를 시도하려고 한다.

먼저 현장에서 사용되는 '오프닝'을 '오프닝 신(opening scene)'으로 통칭하려고 한다. 일반적으로 영화의 도입부를 가리키는 명칭은 '퍼스트 신(first scene)'[2], '프롤로그' 혹은 '프롤로그 신', '오프닝' 혹은 '오프닝 신' 등으로 다양하다. 경우에 따라서는 이미지로 시작할 경우에 '오프닝 신'이라고 하고, 하나의 시퀀스를 이루면서 시작할 경우에는 '프롤로그 신'으로 구별짓기도 한다.

그러나 이러한 구별은 근본적으로 영화의 도입부가 중요하고 앞으로 전개될 이야기와 유기적으로 연결되어야 한다는 생각을 공유하고 있다. 다시 말해서 도입부의 의의와 구성을 염두에 둔 개념이라는 데에는 일치를 보인다는 것이다. 이에 영화의 시작을 연다는 뜻의 오프닝 신이 두루 통칭할 수 있는 명칭이라고 판단된다.

사실 오프닝 신은 하나의 신만을 가리키지는 않는다. 도입부의 신들을 통칭하여 부른다는 점에서 실제 명칭으로는 오프닝 시퀀스(sequence)[3]가 더욱 타당하다. 그러나 흔히 오프닝 신이라고 말하고 있고, 영화의 도입부에 묘사되거나 시나리오의 첫 대목에 기술된 신들이 하나의 기능을 중심으로 모인 신들이라는 점에서 '오프

---

2) 오영진은 <종이 울리는 새벽>에서 '퍼스트 신'이라는 용어를 사용한 바 있다.
3) 시퀀스는 시간, 공간, 액션의 연관성을 갖춘 신들이 모여 이루어진 시나리오의 구
  성 단위이다.

닝 신'으로 용어를 통일하고자 한다.

사이드 필드는 시나리오의 패러다임을 제시하면서 '시작 10분' 안에 시나리오의 성패가 달려 있다고 단정적으로 말했다. 이 말을 바꾸면 도입부에 자리잡고 있는 신들의 연결 묶음(이것은 일종의 시퀀스 개념으로까지 이어진다)이 오프닝 신(사이드 필드 개념으로 하면 '시작 10페이지'에 해당)에 해당하고, 이 오프닝 신이 시나리오 전체의 운명과 영화의 성패를 결정하는 중요한 임무를 맡게 된다는 것이다.

그렇다면 오프닝 신은 어떤 점을 갖추어야 하는가. 사이드 필드는 시작 10분 안에 "1) 누가 당신의 주인공인가? 2) 무엇이 극적인 전제인가? 3) 이야기를 감싸는 극적 상황은 어떤 것인가?"가 전달되어야 한다고 요약한다. 사이드 필드가 칭찬하며 모범으로 삼는 시나리오는 로버트 타운의 <차이나타운>이다. 사이드 필드는 이 작품의 오프닝 신을 분석하며 처음 10페이지가 그 후에 일어날 사건을 암시하고 있다고 말한다. 더 나아가서는 반전과 해결 그리고 주제까지 함축하고 있을 때에만 완벽한 시나리오에 접근할 수 있다는 의견을 피력한다.[4]

사이드 필드가 말하는 '시작 10페이지'는 본고에서 말하는 오프닝 신보다는 범위가 넓다. 본고에서 상정한 오프닝 신(opening scene)이란, 영화의 최초 도입부에 연속 배치된 일련의 신들을 가리킨다. 보통 주인공이 제시될 때까지를 오프닝 신으로 보았다. 이러한 오프닝 신의 범위는 대체적으로 비슷하지만, 작품마다 달라질 수 있다. 본고는 오프닝 신을 고찰하여, 신의 구축과 배열 양태

---

4) 사이드 필드, 『시나리오란 무엇인가』, 유지나 옮김, 민음사, 1992, 70~107면 참조.

에 대해 살펴볼 것이고, 그 안에 담긴 작가의 의도와 형식적 유기성을 판단할 것이다.

오프닝 신을 살펴야 하는 이유는 여러 가지가 있다. 시나리오의 모든 신은 작가가 정확한 의도를 가지고 면밀하게 계산한 끝에 채택한 것이어야 한다. 더구나 오프닝 신은 이야기를 어떻게 시작할 것인가의 문제뿐만 아니라, 어떻게 전개하고 어떻게 마무리할 것인가의 고민까지 내장하고 있어야 한다. 만일 이러한 문제 의식이나 고민이 결여되어 있다면, 지루하지 않을 수 있는 이야기를 지루하게 만들 위험마저 내포하게 된다.

또 오프닝 신은 관객들을 사로잡는 힘이 있어야 한다. 사이드 필드의 말대로 시작 화면 안에서 관객들은 주인공과 앞으로 보게 될 이야기를 예상하고 앞으로 벌어질 사건을 어느 정도 암시받게 된다. 일종의 '이야기의 유전자 지도'를 전달받는 셈인데, 관객들은 그 지도를 가지고 영화 전체를 어떻게 탐사할 것인가에 대해 궁리할 수 있어야 한다.

그러므로 올바르고 유효한 지도를 제시하되, 한 번에 해독되지 않도록 주의해야 한다. 앞으로 전개될 이야기와 전혀 관계없는 오프닝 신도 문제이지만, 앞으로 전개된 모든 이야기를 더 이상 볼 필요가 없도록 만드는 오프닝 신도 문제이다.

오영진은 식민지 시대부터 영화에 대한 관심과 열정을 가지고 있던 영화인이었다. 그는 시나리오를 창작했고, 영화 평론을 썼으며, 영화 이론을 확립하기 위해 노력했다. 특히 그는 오프닝 신의 중요성을 인지하고 자신이 생각하는 영화적 짜임새를 변화 발전시킨 작가였다. 그러면서 동시에 오프닝 신의 매너리즘에 빠진 작가이기도 했다.

그가 남긴 시나리오를 살펴보면, 오프닝 신에 대해 숙고한 흔적을 찾을 수 있다. 그 흔적은 오프닝 신의 다양한 변모 과정과 복귀로 나타나고 있는데, 이를 분명하게 살펴보기 위해서 작품들의 집필 순서로 분석 순서를 결정하였다. 그리고 이러한 오프닝 신의 특징을 종합하여 세 시기로 분할하였다. 오영진이 남긴 모든 시나리오를 분석 대상으로 결정했으며, 오프닝 신을 설명하기 위해서 필요하다면 다른 신들도 고찰의 범위에 포함시켰다.

2. 모화면을 이용한 오프닝 신

1) '세 갈래 길'의 모화면

<배뱅이 굿>은 1942년 8월 『국민문학』에 발표되었다. 이 작품은 '세 갈래 길'이 포착되는 신에서 시작된다.

F·I

#1 세 갈래 길

바른 편 길은 원만한 경사를 지은 비탈길, 왼 편으로는 동리로 통하는 좁은 길이 있고 두 길이 합쳐서는 넓은 신작로가 논 밭을 꿰뚫어 가없이 펼쳐져 있읍니다.

비탈길을 미풍에 긴 수염을 나부끼며 노새 등에 넌즛 올라 거드럭시며 내려오는 점잖은 양반이 하나.

말고삐를 잡고 앞선 젊은이는 배뱅이 댁 머슴 돌쇠입니다.

#2 은행나무 있는 곳

세 길이 합쳐지는 지점에 높이 솟은 은행나무 한 그루. 여기에서 노새는 걸음을 멈추고 절절 오줌을 깔기는 것입니다. (중략)

#3 좁은 길

비탈길 아래, 좁은 길로는 어린애 열아문이 왁자지껄 떼를 지어옵니다.

선두에 장구를 둘러멘 젊은 사나이는 애들이

"새―장구 미치꽹이

새―장구 미치꽹이"

하며 놀려대는 소리에 장단을 맞추어 덩실 덩실 춤을 춥니다.

옷은 남루하고 볼 품이 없으나 그의 얼굴만은 어린이 처럼 깨끗하고 명랑하지요.[5]

#1은 설정 화면(establishing shot)이다. 설정 화면이란, 스토리나 배경을 쉽게 인지할 수 있도록 돕는 쇼트(혹은 신)를 말한다. 대개 넓은 각도로 공간적 배경을 포착하여 영화의 전체적인 윤곽을 제시하는 방식을 가리킨다. 단순히 공간적 배경만을 지칭하는 것이 아니라, 서사적 측면을 요약적으로 보여주는 쇼트(신)도 있다.

대체적으로 "시퀀스의 시작 부분에서 향후에 진행될 이야기를 위해 장소나 무대 또는 극적인 분위기를 예시해 주는 화면"을 가리킨다.[6] 스테판 샤프는 설정 화면이 대체로 "주어진 상황 전체를 객관적이고 안정된 넓은 시야로 포착하는 모화면으로 시작"한다고 말하면서, 이러한 시작법을 '모화면 촬영(Master Shot Discipline)'이

---

5) 오영진, <배뱅이 굿>, 『오영진 전집』 3, 범한서적주식회사, 1989, 9면.

6) 이승구 · 이용관 엮음, 『영화용어해설집』, 앞의 책, 211면.

라고 정의한다.7)

　그러나 <배뱅이 굿>의 설정 화면은 주어진 상황 전체를 객관적으로 보여주는 모화면의 기능을 충실히 이행하지는 못한다. #1은 마을의 초입이다. 마을로 진입하는 의원과 돌쇠, 그리고 허풍만과 아이들의 모습을 보여주는 길목이다. 그러나 그 길목은 작품의 주요 공간이 되지 못하며, 이야기의 시작과 인물의 소개를 제외하면 중심 사건과 유기적으로 연관되는 신을 만들어내지도 못한다. 영화는 마을로 진입하는 인물들을 보여주면서 시작되고, 또 끝날 뿐이다.

　다만 '세 갈래 길'은 라스트 신의 배경이 되고 있다. <배뱅이 굿>은 꾀 많은 젊은이(허풍만)가 배뱅이 부모를 속이고 죽은 배뱅이의 혼이 씌워진 것처럼 연기하여 많은 재화를 가로챈다는 내용이다. 시나리오에서는 재화를 얻은 허풍만이 '세 갈래 길'로 마을을 빠져나가는 것으로 마무리되는데, 그 때 허풍만은 가로챈 재화를 모두 잃어버리고 처음과 같은 처지가 된다. 주제적인 측면에서 '공수래 공수거'의 관념을 보여주기는 하지만, 이것은 허풍만의 꾀와 통쾌한 속임수라는 본 내용과는 거리가 있는 것이다.

　따라서 <배뱅이 굿>의 오프닝 신은 제대로 만들어지지 못했다고 보아야 한다. 주제 의식이나 플롯과의 연관성도 희미하다. 다만 그 이후 오영진이 즐겨 쓰는 자연 경관을 이용한 모화면을 제시하는 출발점이 되었다는 점에서 작가론적 의의를 찾을 수는 있다.

---

7) 스테판 샤프, 『영화구조의 미학』, 이용관 옮김, 영화언어, 1991, 159면 참조.

2) 확대된 자연 경관과 플롯에의 틈입

시나리오 <시집가는 날>은 1943년 9월 『국민문학』에 일본어로 발표되었다. 당시 제명은 <맹진사댁 경사(孟進士低の慶事)>로 희곡 제목으로는 이 제명이 더 많이 알려져 있다.8) 시나리오 <시집가는 날>은 희곡 <맹진사댁 경사>로 각색되어 공연되다가, 1956년 이병일 감독에 의해 <시집가는 날>로 영화화되었다.9)

이후에도 두 번 더 영화화되었다. 1962년 이용민 감독이 리바이벌할 때에는 원제인 '맹진사댁 경사'를 사용했고, 1977년 김응천 감독이 다시 리바이벌할 때에는 '시집가는 날'의 제명을 사용했다. 여기서는 이병일 감독의 의해 영화화된 시나리오 <시집가는 날>을 분석 대상으로 삼았다.

1. 산과 들(遠景)

화창한 봄 하늘아래 완만한 호선을 그리며 멀리 가까이 산과 언덕의 파노라마.

아늑한 골짜기와 언덕에서 구름처럼 피어오르는 도라지 타령.

(노래) '도라지 도라지 도라지' (중략)

카메라 다시 '판'해서 아래로 내려오면 조는 듯 평화스러운 마을.

질펀히 깔린 논과 밭, 바야흐로 춘수(春水)는 만사택(萬四澤)이다.

멀리 거울 같은 호수가 은빛으로 빛나고-.

(O · L)

푸른 수양버들 사이로 그림같이 정결하고 아담한 초가집과 기와집

---

8) 서연호, 『한국근대희곡사』, 고려대학교출판부, 1994, 254면 참조.

9) 변인식, 「시나리오를 문학의 경지로 이끌어낸 작가」, 『한국예술총집』III, 대한민국 예술원, 2000, 296면 참조.

이 은연하다.

(O·L)

그 중에서도 두드러지게 웅장한 대방가(大方家) 맹진사 태량의 저택.[10]

카메라는 롱 쇼트로 주변 경관을 포착하고 있다. 멀리 '산과 언덕의 파노라마'가 장대하게 펼쳐져 있다. <배뱅이 굿>의 세 갈래 길이 웅대한 자연 경관으로 확대되어, <시집가는 날>의 첫 장면으로 변주된 것이다.

카메라는 점차 그 시야와 범위를 변화시켜 마을에 접근한다. 그 방식은 "카메라가 '판'해서 아래로 내려오"는 것이다. 다시 말하면 카메라를 수직으로 이동해서 외화면에 있던 마을의 풍경을 포착하도록 지시하고 있다. 이것은 틸트 쇼트(tilt shot)[11]에 해당한다.

멀리 포착된 자연 환경이 원경이라면, 마을의 정경은 중경에 해당한다. 그리고 O·L이 되면서 마을 사이에 있는 집들로 화면이 채워진다. 카메라는 집들 사이를 더욱 접근해 들어가, '대방가 맹진사 태량의 저택'을 포착한다. 이 맹진사 집이 작품의 주요 공간적 배경이다. 맹진사의 집은 앞의 대자연 → 마을에 비해 상대적으로 가깝기 때문에 근경에 해당한다.

정리하면 <시집가는 날>의 첫 신은 대자연의 풍경으로 원경을 설정하고, 카메라가 접근하면서 마을 풍경으로 중경을 제시하고, O·L 기법으로 근경에 해당하는 맹진사의 집을 제시한다.[12] 이러

---

10) 오영진, <시집가는 날>, 『오영진 전집』 3, 범한서적주식회사, 1989, 57면.
11) 틸트 쇼트는 카메라가 삼각대 등 축 위에서 수직으로 움직여 촬영된 쇼트를 뜻한다.

한 구조는 모화면에서 카메라 기법을 이용해서 주요 배경으로 접
근하는 일반적 오프닝 신에 해당한다.

<배뱅이 굿>에서는 오프닝 신과 플롯의 유기적 연결이 미흡했
는데, 이 점 또한 <시집가는 날>에서 대폭 개선된다. 먼저 오프닝
신의 자연 경관을, 다시 보여주는 신(#15)을 플롯의 중간에 삽입한다.

> (에펙트) '입분아!'
>
> 입분이 깜짝 놀라 소리나는 쪽을 본다. 그의 시선을 따라 '판'하면
> 저만큼 떨어진 곳 수양버들 밑에 강태공을 연상시키는 영감 하나가
> 낚싯대를 늘이고 있다.
>
> 의관은 하지 않았으나 희고 긴 수염과 위엄 있는 풍모가 범인이 아
> 니다.
>
> **입분이** 할아버진 누구세요.
>
> **영 감** 나? 세상에선 도라지 영감이라고 부르지
>
> **입분이** 도라지 영감? 호 그런 이름이 있어요?
>
> **영 감** 암 있지. 나, 저 산너머 동리에 산다. 여름이 되면 놀러 온.
> 일 년 열두달을 두구 도라지꽃이 만발해 있지, 잎에서 꽃이
> 피고 꽃에서 선녀가 피어 온 동리가 너처럼 예쁘고 착한 애
> 들만이 사는 도원경이란다. 산과 두 골짜기가 노래로 가득
> 차고……
>
> 입분이 영감의 이야기에 도취하여 어느 듯 꿈나라에서 놀게 된
> 다.13)

---

12) 이러한 카메라 테크닉은 "티모센코의 '집중'"에 해당한다. 먼저 롱 쇼트로 보여주
고 그 쇼트의 하나 이상의 세부를 클로즈 업하여 만든 신을 뜻한다(루돌프 아른하
임, 『예술로서의 영화』, 김방옥 옮김, 홍성사, 1983, 99면 참조).
13) 오영진, <시집가는 날>, 『오영진 전집』 3, 앞의 책, 64~65면.

15는 플롯의 흐름에서는 그다지 요긴하지 않다. 도라지 영감이 입분이와 미언을 연결해 준다고 볼 수도 있지만, 설령 그렇게 간주하지 않아도 이야기를 이해하고 표현하는 데에 전혀 무리가 없다. 그런데도 이 신이 삽입된 이유는 오프닝 신과의 연계 때문이다.

오프닝 신은 세외 도원경 같은 아름다운 자연을 보여주고 있다. 따라서 그 아름다운 자연을 이야기 속에 끌어들일 여지가 있고, # 15는 자연적 배경을 카메라에 담아 꿈 속처럼 행복해하는 입분이의 모습을 만들어낼 수 있었다. 서사적으로 필요하지는 않지만, 조형적으로 아름다운 신을 만들겠다는 의도로 풀이된다.

또 오프닝 신을 플롯과 단절시키지 않으려는 의도도 깔려 있다. 라스트 신을 보면 미언과 결혼한 입분이의 신행 길에 호수가 포착되고 있다. # 110이 그것이다. 이 신은 오프닝 신의 호수를 다시 한 번 강조하는 역할을 한다. 수미상관의 원리가 적용된 것이다.

결론적으로 말해서, # 15를 통한 오프닝 신의 틈입은 그다지 유효한 것은 아니다. 모화면을 자연 경관에서 끌어오는 방식은 <배뱅이 굿>에 비해 훨씬 체계적이고 일관성을 갖추고 있지만, 여전히 공간적 배경을 제시하고 그 안에 포착된 인물을 소개하는 기능에서 벗어나지는 못하고 있다.

3) 도시 경관으로의 변주

시나리오 <인생차압>은 희곡 <살아있는 이중생 각하>로 먼저 쓰여졌다. 희곡 <살아있는 이중생 각하>의 공간적 배경은 이중생

집의 안 사랑채이다.14) 희곡은 이 공간을 벗어나지 않는다.15) 그래서 이중생이 체포되는 사건은 집으로 온 임표운에 의해 추후 보고식으로 전달된다. 시나리오는 이러한 공간적 단일성(폐쇄성)을 극복하고자 한다. 그것이 오프닝 신으로 나타난다.

○ 서울의 빌딩가

그리 부끄럽지 않은 스카이라인.

(나레이션)

"서울은 확실히 부흥했다. 남 부럽지 않은 고층 건물이 여기저기 솟았고 상점가도 하루하루 풍성해져가며 국산품의 생산도 전에 비하면 눈이 부실 정도로 증가했다"

○ 상업 센터

빈번한 자동차의 왕래

○ 모 무역회사(1)

○ 다른 무역회사(2)

(E) "그 중에서도 소위 국제적인 무역이랍시고 간판을 내걸은 큰 회사까지 생겨나 한집건너 이마를 맞대고 늘어섰으니 과연 경하하지 않을 수 없지 않은가!"

○ 반도 임업주식회사

회사−정면(앵글로)

검찰청 짚이 앞에 와서 멎는다.

그러나 개중에는 이런 것도 있다. 말하자면 빛 좋은 개살구

○ 사장실

---

14) 오영진, <살아있는 이중생 각하>, 『오영진 전집』 1, 범한서적주식회사, 1989, 57면.

15) 김만수, 「희곡과 시나리오의 차이에 대한 연구:오영진의 경우」, 『한국극예술연구』 13집, 극예술학회, 2001년 4월, 83면 참조.

텅빈 호화로운 사장실

(E) "사장이란 자는 항상 자리를 비고 있다. 그는 정치를 한답시고 관청으로 은행으로 또는 노상 길거리를 오락가락하다가 그만 하루 종일 보내고 마는 것이다"

○ 사무실

사원들이 양 다리를 책상위에 올려 놓고 낮잠을 자고 있다.16)

첫 신은 극단적인 롱 쇼트로 서울의 풍경을 담아내고 있다. 내레이션이 곁들어지면서, 서울의 부흥한 모습이 강조된다. 다음 신은 카메라의 시야가 보다 협착해지면서 '상업 센터'를 담아낸다. 그 다음 신은 무역회사이다.

서울 전체 풍경이 원경을 이룬다면, 상업 센터는 중경에 해당하고, 무역회사는 근경에 해당한다. 즉, <시집가는 날>의 공간적 수축 혹은 카메라 시야의 축소 방식을, <인생차압>에서는 서울 풍경에 적용하고 있는 것이다. 자연 경관이 도시 경관으로 바뀌었을 뿐이지, 오프닝 신의 구성 방식은 동일하다.

그 무역회사 중에 하나가 '반도 임업주식회사'로 <시집가는 날>의 '맹진사 댁'과 같은 위상을 지닌다. 협착해진 카메라는 '호화로운 사장실'로 진입하고, 그 안의 광경을 담아내기 시작한다. 따라서 <인생차압>의 오프닝 신은 <시집가는 날>을 그대로 따른 셈이다.

그러나 몇 가지 차이는 있다. 일단 희곡 <살아있는 이중생 각하>가 지닌 공간적 폐쇄성을 파괴했다는 점이다. 유현목은 작품 배경

---

16) 오영진, <인생차압>, 『오영진 전집』 3, 범한서적주식회사, 1989, 115면.

의 약 80%를 이중생의 주택(200평 스튜디오)에서 촬영했다.17) 나머지 20%에 해당하는 신이 오프닝 신과 이중생의 집을 벗어나는 신이다. 오프닝 신은 공간적 단일성이 야기할 수 있는 시각적 답답함을 해소하기 위해 일부로 이중생의 주택이 아닌 공간을 택했다고 볼 수 있다.

다음, 인물의 등장을 늦추는 기능이다. 희곡 <살아있는 이중생 각하>에서도 주인공 이중생은 주변 인물이 소개된 이후에 등장한다. 시나리오는 이중생의 사업체와 부하 직원으로부터 시작하여, 가족들과 하인들이 소개된 이후에, 이중생이 등장하도록 구성되어 있다. 이것은 주인공에 대한 호기심을 가중시키려는 의도로 파악된다.

마지막으로, 오프닝 신은 플롯에 제법 긴밀하게 틈입한다. <시집가는 날>의 #15처럼 조형적 아름다움을 위한 신이 아니라, 인물의 성격적 변모와 관련된 서사적 기능을 수행하는 신으로 재편된다.

○ 반도호텔(옥상)

맥주 잔을 가운데 놓고 표운과 하연. 하연 일어나 서울 시가를 내려다 보며 손짓해서 표운을 부른다. 표운 그리고 간다. 하연 전깃불이 반짝거리는 서울 거리 한 쪽을 가리키며.

하연 우리집 저―기죠?

표운 그렇군요, 참 저―기가 반도임업…… 불하나 안켜졌군. 저―

---

17) 변인식, 「시나리오를 문학의 경지로 이끌어낸 작가 」, 『한국예술총집』Ⅲ, 앞의 책, 299면.

기가 영창이지.18)

울적한 마음에 하연은 임표운과 함께 술을 마시고 있다. 대가집 딸에서 한 순간 망한 집안의 딸 신세로 전락하면서, 그녀 역시 성격적으로 변화한다. 그러나 자포자기하거나 표독스럽게 변하지는 않는다. 오히려 건전한 사고 방식을 가진 젊은 여자로 바뀐다.

이러한 돌변이 이상하게 여겨지지 않는 것은 임표운과의 관계 때문이다. 시나리오는 하연이 임표운과 사귀게 되면서 주변의 어려움을 이겨내는 과정을 신으로 보여주고 있다. 그러면서 그들이 만나는 장소를 오프닝 신에서 카메라가 서 있던 장소로 결정한다. 서울 전경과 반도임업이 보이는 위치이다. 이 신에서 하연의 눈은 오프닝 신의 카메라 시야와 일치한다.

이러한 외형적 일치는 내용적 차이를 포괄한다. 오프닝 신이 이중생의 허세를 보여주었다면, 하연의 눈에 비친 서울의 정경은 모든 것을 잃은 자의 새로운 출발을 뜻한다. 이러한 차이로 인해 두 신은 다시 반복할 필요가 있는 것이다.

4) 과거 서울의 변주된 모습

<시집가는 날>과 <인생차압>의 카메라 워크, 즉 롱 쇼트에서 협착되는 카메라 시야는 <청년>에도 동일하게 나타나고 있다. 또한 <인생차압>의 도시 경관을 활용한 모화면 설정도 그대로 적용된다.

---

18) 오영진, <인생차압>, 『오영진 전집』 3, 앞의 책, 142면.

1. 서울장안

멀리 산으로 둘러쌓인 아늑한 도읍.

해조 소리처럼 들려오는 장안의 소음.

2. 한강수

3. 경복궁

4. 경운궁

5. 독립문

6. 파고다 공원

7. 흐르는 한강수

(자막)"복사 꽃의 옛 벗을 연기처럼 흩어져 어수선히 지나간 50여 년이여, 모두 변한 터전에 흰 머리로 돌아와 옛 사당 앞 비낀 해에 눈물을 뿌리다니"

8. (자막)흐르는 한강수에 다음 자막이 떠 오른다.

"고종 31년. 갑오, 서력으로는 1894년. 이른 봄

이때 우남 이승만 박사의 나이 20세"

9. 서울 거리 골목

좁은 골목을 사람들이 미어지게 달려간다.(후략)19)

극단적인 롱 쇼트로 촬영된 서울 전체 경관(원경), 이어서 이어지는 각 지구별 경관(중경), 그리고 사건이 일어나는 실제적인 공간으로서 거리(근경)가 동일하게 나타나고 있다. <청년>의 주인공인 '우남'이 등장하기 전에, '동학군'에 관련된 시국 정보와 민영환·신긍우와 같은 주변 인물이 소개된다. 그리고 나서 신긍우의 말 속에서 먼저 언급되었던 '우남'이 등장한다.

---

19) 오영진, <청년>, 『오영진 전집』 3, 범한서적주식회사, 1989, 195면.

이러한 오프닝 구성 방식은 1950년대의 서울을 개화기의 서울로 옮겨 놓은 것만 다를 뿐, 기본적으로는 <인생차압>의 그것과 같다. 그러나 형식적 짜임새나 미학적 효과는 오히려 크게 미치지 못한다. <인생차압>의 구성을 그대로 답습했기 때문에, 오히려 역효과를 일으킨 경우이다.

3. 플롯에서 발췌된 오프닝 신

1) 정보의 은폐와 점진적 노출

<종이 울리는 새벽>(1958년)은 당시까지 오영진이 고수하던 오프닝 신의 구성 방식을 획기적으로 전환시킨 작품이다. 그것은 모화면 촬영으로부터 시작하여 플롯의 점진적인 진행을 돕던 오프닝 신이, 플롯의 시작이 아닌 중도에서 만들어져 미리 제시되었기 때문에 가능했다.

(F · I)

종로＝뒷골목

저녁 때 손이 지난 종로 뒷골목. 주정꾼이 떼를 지어 밀려들기에는 아직도 밤이 깊지 않은, 비교적 한산한 식당거리.

자막(D · E)　　　　1946년 3월 서울

어디서인지 낡아빠진 레코오드로 유행가 '해방의 역마차'가 들려 온다.

중국요리집＝앞

'홍해루'란 간판이 붙어 있다.

중국인 뽀오이들이 늦은 저녁을 먹고 있다.

구석진 방

두 손님 앞에 간단한 접시그릇과 술잔.

음식은 제쳐놓고 그 중 한 사람이 종이에 다음 같은 약도를 그리며 굵은 목소리로 설명한다. (약도 제시)

"문화극장의 강연회는 아홉시 십분에 끝난다. 이태승이 강연이 끝나면 곧 극장 뒷문을 나와 오른편으로 꺽어져서 주차장 B에서 자동차를 타고 정거장으로 갈 것이다. 모든 일은 놈이 자동차에 오르기 전에 해치워야만 한다. 이 기회를 놓치면 다음 기회는 좀처럼 어렵소."

그가 그리는 약도로 말하는 손님의 얼굴은 돌처럼 차고 살기가 떠돈다. <u>이야기를 듣고 있는 손님은 종시 뒷모습 밖에 안 보인다.</u>

손님은 말을 이어

"주차장 A에 동무가 잘 아는 운전수가 40년형 포오드차 안에서 기다리고 있을 것이다. 검은 빛깔 자동차이다. 물건은 그 씨이트 속에 있다…. 과업을 완수하고는 C지점으로 가라. 거기에는 다시 포오드가 와 있을 것이다. 그 이후에는 모든 것을 운전수 동무에게 맡기라."

지령이 끝나자 그는 자리에서 일어나며,

"동무의 과업이 당적으로 얼마큼 중대한가를 알겠지? 이 과업에 실수가 있을 수 없는 것이다…… 그럼 성공을 믿네."

한 마디 던지고는 나가버린다.

뒷 모습은 약도를 한동안 들여다 보고 있다가 결심한 듯이 종이를 구겨쥐고 일어선다.[20](밑줄 강조 : 인용자)

종로 뒷골목의 어둡고 후미진 공간에서 비밀 모의가 진행 중이다. '1946년 3월 서울'이라는 자막은 정치적·시대적 분위기를 첨

---

20) 오영진, <종이 울리는 새벽>,『오영진 전집』3, 범한서적주식회사, 1989, 282~283면.

부한다. 이 시기는 해방 직후의 혼란기이며, 모든 질서와 체계가 정립되기 이전이다.

이러한 배경을 등지고 '뒷모습'이라고 지칭된 테러리스트가 이태승을 해치려 일어서고 있다. 오프닝 신은 지령을 받은 뒷모습이 이태승을 죽이려 하고 이태승에 의해 신분이 노출되는 일련의 사건을 긴장감 있게 보여주고 있다.

그것은 정보를 과도하게 노출시키지 않고 적정하게 통제하고 있기 때문이다. 카메라의 위치를 보면, 이태승이 쓰러지기 직전까지 암살자의 얼굴이 노출되지 않도록 신경 쓰고 있다. 이태승이 누구인지, 왜 죽이려 하는지, 어떻게 죽일 것인지를 정확하게 알려주지 않는 것이다.

그로 인해 관객들은 사건의 추이를 촉각을 곤두세우고 주시하지 않을 수 없게 된다. '씨이트 속의 물건'을 찾아 약도대로 이태승에게 접근하는지를 주시하게 되고, 이태승을 해치는 광경을 목격하게 되며, 사건이 어떻게 끝날지를 추리하게 된다.

이러한 시작 방식은 이전까지 오영진이 간과하고 있던 오프닝 신의 중요한 기능을 일깨운다. 오프닝 신은 관객들의 호기심을 자극하고 작품 속에 몰입할 수 있도록 감성적 자극을 주어야 한다. 이전의 작품들은 공간을 제시하고 그 안의 인물을 제시하며 사건이 점진적으로 진행되도록 하는 배경 구실에 멈추고 있었다. 그러나 <종이 울리는 새벽>은 강렬한 영상과 정보의 통제로 이러한 단순 배경 역할을 탈피한다.

오프닝 신의 묘미는 플롯이 진행되면서 더욱 뚜렷해진다. 이전

까지 오영진의 작품들을 일별하면, 오프닝 신과 플롯을 연계하려
는 의도가 점층적으로 강하게 나타나는 것을 알 수 있다. <종이
울리는 새벽>은 이러한 의도가 형식적으로 집약된 작품이다.

이태승 저격 사건의 용의자로 창호가 잡히게 되고, 이태승의 매
부인 한시운이 담당 검사가 되어, 이 사건을 맡게 된다. 그러면서
심상치 않은 세 사람의 인연이 드러난다. 이 셋은 과거에 절친했던
사이였다. 창호는 이태승의 여동생인 윤희의 가정 교사였다가 윤
희를 사랑하게 되지만, 결혼에 실패한다. 윤희와의 결혼이 좌절되
자 자포자기하는 심정으로 학도 지원병으로 출정한다.

전쟁의 상황이 바뀌어 연합군이 승리를 거두게 되자, 그들의 도
시였던 평양은 소련군에 의해 해방을 맞는 것처럼 보였다. 창호는
그 시절 주둔군의 장교로 암약하고 있었다. 이태승은 소련군의 점
령과 정책에 반기를 들다가, 살해 위협에 쫓겨 필사의 월남을 감행
하게 되었다. 창호는 이태승의 저격을 명령받고 남한으로 밀파되
고, 오프닝 신에 보여진 일련의 저격 사건을 일으킨다.

플롯이 진행되면 저격 사건은 다시 재연된다. 플롯을 진행 순서
대로 정리하면 오프닝 신의 저격 과정이 있고, 저격 과정에 이르는
과거 사연을 회상으로 보여준 다음, 다시 저격 과정을 되풀이하고,
저격 이후의 상황을 보여주는 셈이다.

흥미로운 것은 재연된 저격 신 구성이, 오프닝 신과 다르다는 점
이다. 그 대목을 요약하면 다음과 같다(작품에는 신 넘버가 별도로 부기
되지 않았다. 그래서 저격 시퀀스를 요약하여 인용하고, 앞의 오프닝 신과 구별
하기 편하도록 '장면'이라고 칭하기로 한다).

1. 인쇄공으로 위장한 남파 간첩으로부터 저격 명령을 하달 받는다.

2. '종로 ＝ 뒷골목'

3. '중국요리집 ＝ 바깥'

4. '중국요리집 ＝ 안'

5. 거리 : 어두운 거리를 걷다가 서울지방 검찰청 청사를 보는 창호

6. 관사 골목 : 관사 골목에서 '한시운'의 집을 찾는 창호

7. '시운의 집 ＝ 뒤뜰' : 희미한 불빛 넘어 평화로운 가정과 윤희의 모습

8. '서재' : 이태승과 동지 몇 명이 의논을 하고 있고, 윤희는 창밖의 인기척을 느낀다.

9. '뒤뜰' : 달아나는 창호의 뒷모습

10. '관사골목' : 도망치는 창호의 뒤로, 그를 부르는 음성이 들린다. 인쇄공(밀파된 공작원)이 그를 감시하고 있다가 저격이 창호의 임무라고 다시 한 번 주지시킨다.[21]

요약 인용된 장면 1은 오프닝 신의 이전 단계이다. 장면 2·3·4는 오프닝 신에 포함된 장면들이다. 다른 점이 있다면 창호의 신분이 이미 오프닝 신에서 노출된 후이기 때문에, 굳이 암살자의 정체를 감추려는 카메라 워크(뒷모습)를 고집하지 않는다는 것이다. 또 장면 4(중국요릿집)에서 오프닝 신을 통해 공개된 지령 내용을 보여주는 신이 없다는 점이다. 창호가 중국요리집 안으로 들어가 누군가를 찾는 모습만 포착되고 있다.

장면 5는 더욱 달라진다. 오프닝 신에서도 창호가 거리를 배회하는 신이 포함되어 있다. 그러나 검찰청을 지나면서 올려다보며

---

21) 오영진, <종이 울리는 새벽>, 『오영진 전집』 3, 앞의 책, 338~343면 참조.

감회에 잠기는 신은 없다. 장면 5는 명백하게 한시운의 존재감을 부각시키는 장면이다. 장면 6~9를 보면 명백하다. 창호는 이태승의 저격을 앞두고 복잡한 심회에 휩싸여 있으며, 그 심정을 보여주는 시각적 장치로 장면 6~9가 제시된 것이다. 이러한 복잡한 과정을 거친 후에 장면 10에서 창호는 암살을 확정짓게 된다.

이러한 관점으로 장면 1~10을 보면, 오프닝 신에서 창호가 거리를 걷는 신들이 장면 10 이후에 해당하는 것임을 알 수 있다. 창호는 '홍해루'를 나와서 한시운과 이태승이 있는 집 근처를 일단 배회하고(장면 6~10), 그 다음 오프닝 신에 나타난 '전차길' '다른 길(1)' '다른 길(2)'을 거쳐 주차장에 도착하여, 주차장에서 총을 꺼내 저격 준비를 갖춘다.

그러니까 오프닝 신은 저격 시퀀스의 일부를 발췌하여 구성한 것이다. 작품의 클라이맥스에 해당하는 저격 시퀀스를 옮기되, 일부만 옮겨 이야기 도중 다시 재연되었을 때도 새로운 긴장감을 가질 수 있도록 유도한다. 영화의 시작이 관객에게 강렬한 호기심과 흡인력을 부여한다는 점에서 이러한 신의 발췌·배치는 영화 서사의 민활한 대응 전략이라고 할 수 있다.[22]

오프닝 신은 한 번 더 반복된다.

창호, 뒤를 돌아보고 깜짝 놀란다.

---

22) 스테판 샤프는 정보를 한꺼번에 공개하지 않고 부분적으로 나누어서 혹은 편집과 카메라 워크의 변화에 따라 순차적으로 공개되도록 하는 영화 문법을 '점진노출 (slow disclosure)'라고 명명했다(스테판 샤프, 『영화구조의 미학』, 앞의 책, 125~ 129면 참조).

그의 눈 앞으로 엄습해 오는 태승!

지난 날 밤 문화골목 뒷골목의 광경이 주마등과 같이 창호의 눈 앞을 스친다.

<u>훠어스트·씨인</u>의 사건(저녁광경)이 창호의 눈 앞에 떠오른다.

이상한 환각과 환청에 빠지는 창호, 경적소리. 풀·스피―드로 달리는 자동차 소리.

발사하는 권총(<u>전번 씨인과는 반대 카메라 앵글</u>)23)(밑줄 강조 : 인용자)

재판정에 서 있던 창호는 살아난 태승과 마주한다. 그 순간, 오프닝 신에서 태승을 저격하던 광경이 창호의 머리 속을 스친다. 그 광경을 시나리오는 '퍼스트 신' 즉 '오프닝 신'의 반복으로 지시하고 있다. 흥미로운 것은 세 번째 상영되는 저격 시퀀스를 '반대 카메라 앵글'로 촬영하도록 명시했다는 점이다. 그래서 오프닝 신과는 달리 저격 전에 걷는 창호의 얼굴이 포착된다.

<종이 울리는 새벽>의 오프닝 신은 3번 반복된다. 스테판 샤프는 반복 영상(familiar image)은 "기억의 효과라든가 분위기, 유사성, 이념 등의 반복 강조로 기능하"고 "한 신이나 또는 신의 일부가 구성되도록 돕는 중심축의 영상으로 구실"하기도 한다고 말한다. 한 영화에서 반복되는 영상이 있게 마련이고, 그 영상은 일정한 효과를 구현하게 된다는 것이다.24)

이 작품에서 반복되는 신들을 다른 카메라로 촬영하여 새로운

---

23) 오영진, <종이 울리는 새벽>, 『오영진 전집』3, 앞의 책, 347면.

24) 스테판 샤프, 『영화구조의 미학』, 앞의 책, 113면 참조.

각도에서 보여준다거나, 오프닝 신에서 생략된 신들을 삽입하여 새로운 정보와 정서를 지닌 신으로 재창조해서 전체 플롯 속에 삽입시켜 재상영하는 솜씨는 특히 주목된다.

반복 영상일지라도, 이러한 형식적 변주로 인해 시각적으로 차별화되고 해석적으로 미묘한 차이를 가져오게 된다. 이러한 차이는 영화를 보는 관객들에게 변화된 상황을 인지하도록 종용하여, 영화를 새롭게 해석하도록 유도한다. 오영진은 변화된 영상 해석을 뒷받침하기 위해, 영화 미학 혹은 서사 전략을 위한 오프닝 신을 도입부터 매설했던 것이다.

2) 구체적 사건의 제시

주변 환경(자연이나 도시 경관)으로 오프닝 신을 상정하지 않고, 구체적인 사건의 와중에 시작하는 구성 방식은 <하늘은 나의 지붕>(일명, 「십대의 반항」)에서도 비슷하게 나타나고 있다(이 작품은 1959년에 김기영 감독에 의해 영화화 되었고, 1960년 샌프란시스코 영화제에 참가하여 특별상을 수상하였다). 오프닝 신을 보자.

(F·I)

1. A파출소

도심지대. 신사가 입에 거품을 물며 떠들어 댄다. 그의 이야기를 냉정한 태도로 듣고 있는 김형사.

신 사 "버스를 타려던 순간 시계가 없어졌어요. 쓰릴 맞았죠. 글쎄 이래 가지구서야 우리 시민이 어떻게 하룬들 안심하고 살겠오?"

김형사　"랏슈아워 땐 흔히 있읍니다. 주의 안하셨단 콘들 못 벼갈
　　　　려구요."

김형사　"저길 좀 보십쇼……."

2. 혼잡한 버스·정류장

손님들이 저마다 먼저 타려고 엎치락, 뒤치락. 그 사이에 끼어 눈알
을 굴리는 소년.

3. 전차 정류장

혼잡 속에서 가방을 째는 소년. 돈뭉치는 그의 손으로……. 아무 것
도 모르고 피해자는 앞을 다투어 전차에 오른다.

4. 어떤 골목

불량(不良) 소년들이 모여 무엇인가 꿍꿍이 한다. 고등학교 제복도
있다.

5. 큰 길

학생복을 입은 두 패의 소년이 대치(대치). 난투가 벌어진다.

(김의 소리)

"저마다 먼저 타려고 저 꼴들이니 이 애들에겐 좋은 기회지 뭡니까.
시계이기 다행이지 좀 더 귀중한 것이라면 어떻게 되죠? 날치기, 빵쟁
이, 뚜룩잽이…… 선량한 시민들이 이 애들 때문에 입는 피해는 막대
합니다. 그러나 이와 동시에 그들 자신이 입는 피해를 애들은 자각하
지 못하지요. 그들은 아까운 청춘을 낭비하고 귀중한 그들 자신의 인
생을 쓰리당하고 있다구 하겠지오…….

　선생 …… 현재 당신은, 아니 우리는 시계보다 더 귀중한 것을 잃고
있읍니다."[25]

---

25) 오영진, <하늘은 나의 지붕>, 『오영진 전집』 3, 범한서적주식회사, 1989, 362~
363면.

첫 신은 파출소이다. 시계를 도둑맞은 시민이 하소연을 하고 있다. 마주 앉은 김형사는 러쉬아워 때에는 흔히 벌어지는 일이라고 이야기한다. 그리고 러쉬아워 때 일어날 일들을 설명한다.

#1에서 김형사는 "저길 좀 보십쇼…"라고 말하며 사건 현장을 가리키지만, 이것은 실제 현장일 가능성이 적다. 왜냐하면 목전에 벌어지는 범죄 행각을 수수방관하는 김형사의 태도가 이상하고, 버스 정류장과 전차 정류장의 혼잡을 뚫어보는 시선의 실체도 의심스럽다. 또한 이어지는 골목 신이나 큰 길의 난투 신은 김형사의 시선이 미치기 어려운 곳이다.

김형사의 설명이 시각적인 장면과 곁들여졌다고 판단하는 편이 옳을 것이다. 그렇다면 김형사는 일종의 내레이터이다. 그가 <하늘은 나의 지붕>의 환경에 대해 정보를 제공하고 있는 셈이다. 이것은 #5의 '김의 소리'로 구체화된다.

김형사가 시민에게 하는 말을 통해, 작가는 이 작품이 의도하는 바를 내레이션으로 미리 노출시키고 있다. 중심 인물이 '불량 소년'일 것이고, 그들의 이야기를 통해 사회의 어두운 부면을 조명할 것이며, 무엇보다 그들 청소년의 인생이 낭비되고 있는 안타까움을 표현할 것이라는 작가의 전언이 드러나고 있다. 이것은 직접적이고 설명적이라는 점에서 오프닝 신으로 적당하지 않다.

오프닝 신은 앞으로 일어날 사건을 암시하고 주변 정보를 통제하여 긴장감을 조성하는 수준에서 그쳐야 한다. 자세한 내레이션으로 상황을 설명하면, 앞으로 전개될 사건에 몰입하기 힘들 것이기 때문이다. 또 주제를 지나치게 노골적으로 드러내거나 작가의 의도에 맞게 이야기를 재단하는 것도 바람직하지 못하다.

이어지는 #6과 #7을 보면, #1~#5에 이르는 신들이 어색하게 조립된 것임을 알 수 있다.

#6 A파출소
신사의 얼굴에 무안한 기색이 떠돈다.
김형사, 당직에게
"그럼, 한 바퀴 돌아올까…… (신사에게) 하여튼 함께 가 봅시다."
신사, 그의 뒤를 따라 나간다.

#7 남대문로
오후, 종로 조흥은행 근처. 복잡한 보도 길가에는 담배장사, 잡화상, 도장쟁이 조롱에 든 새장, 등등 노점 상인이 잇달았다. 때 마침 토요일, 오피스·타임이 바로 끝났을 무렵.

빌딩에서 샐러리·맨이 쏟아져 나와 넓지 않은 보도에 인파를 이루었다. 혼잡 속을 길남이와 억쇠 종로 쪽으로 걸어가고 있다.[26]

#6은 김형사가 피해자와 앉아 있는 파출소이다. #6에서 김형사의 시선을 따라 거리로 나갔던 카메라의 시선이 복귀하고, 김형사의 내레이션도 끝난다. 김형사는 이야기를 끝내고 순찰을 위해 파출소 문을 나선다.

그 뒤 김형사는 범죄 현장을 수사하는 형사의 본업으로 플롯에 틈입하지만, #1~#5에 이르는 신들과 플롯과의 직접적인 연관성은 제시되지 않는다. 물론 '신사'도 다시 등장하지 않는다. 이것은 #1~#5에 이르는 신들이 오프닝을 위해 일부로 만들어졌을 뿐,

---

26) 오영진, <하늘은 나의 지붕>, 『오영진 전집』3, 앞의 책, 363면.

긴밀한 의도 아래 짜여진 것이 아님을 알려준다.

그렇다면 주인공인 '길남'과 '억쇠'가 천천히 걸어오는 #7에서 영화가 시작되어도 아무런 문제가 없다. 비록 작가가 의도했던 서사적 정보가 늦게 전달되고 내레이션이 빠지게 되지만, 그러한 정보들은 플롯이 진행되면서 어차피 전달될 것이므로, #1~#5에 이르는 신들은 불필요하다고 해야겠다.

결론적으로 말해서, 오영진은 <종이 울리는 새벽>에서처럼 인상적인 오프닝 신을 제시하지 못했다. 구체적인 사건 현장으로 영화를 시작한다는 기본적인 의도는 <종이 울리는 새벽>과 유사했지만, 구체적인 사건 현장으로 접근하는 방식이 설명적이었고 그렇게 만들어진 오프닝 신이 플롯과 유리되어 별다른 효과를 거두지 못했다.

4. 자연 경관으로의 복귀

1) 원경의 제시와 자극적 사건의 혼합

1959년 『시네마펜』에 발표된 시나리오 <꿈>은 이광수의 동명 소설을 각색한 시나리오로, 문예영화 시나리오에 해당한다. 본래 소설 <꿈> 또한 『삼국유사』[27]의 <조신설화>를 각색한 것이다. 조신의 이야기를 이광수가 소설로 만들고, 오영진이 이것을 시나리오로 각색한다.

---

27) 일연, 「낙산의 두 보살 관음·정취, 그리고 조신(卷四 落山二大聖觀音正趣調信條)」, 『삼국유사』(하), 이동환 역주, 삼중당, 1992(중판), 111~116면 참조.

세 작품의 관계를 비교 분석한 한옥근은, 세 작품의 주제와 구성
이 일치한다는 결론에 도달했다. 그러나 세부적으로 달라진 대목
도 있다. 그것이 시나리오의 오프닝 신이다. 한옥근은 오프닝 신을
'발단부'라고 말하고 있다. 그는 발단부에서 조신과 달례(김씨 처녀)
가 만나게 되는데, 그 만남의 계기가 벼랑에 핀 꽃을 꺾어 바치는
사건 때문이라고 말한다.[28]

이러한 사건은 『삼국유사』 내 <헌화가>와 주변 설화를 차용한
것이다[29]. 이러한 연구 결과는 일면 타당하다. 그러나 한 가지 간
과된 점이 있다. 그것은 이 둘의 만남이 단순히 <조신설화>나 <헌
화가>만을 차용한 것이 아니라는 점이다. 남녀가 만나는 장면은
≪구운몽≫의 그것과도 흡사하다.

F · I

산과 산

이른 봄. 진달래와 살구, 매화 그 밖에도 이름 모를 야생의 꽃으로
울긋불긋 수놓은 산과 산. 산 능선은 완만한 호(弧)를 그리고 바다를
향해 뻗어 산봉(山峰)이 다한 곳에는―.

낙산사

넓게 터를 닦고 크고 작은 불당이 즐펀이 깔린 대가람(大伽藍) 법
당 기와는 햇빛을 받아 황금빛을 반사하고 대웅전에는 부처님께 사시
(巳時) 맞이를 올리는지 제기를 들고 넓은 경내를 오락가락하는 승려
들의 모습이 작게 보인다. 종루에서 은은히 울리는 법쇠 소리가 산과

---

28) 한옥근, 『오영진 연구』, 시인사, 1993, 84~85면 참조.
29) 일연, 「수로부인(卷二 水路夫人條)」, 『삼국유사』(상), 이동환 역주, 삼중당, 1992
　　(중판), 129~133면 참조.

골짜기에 흘러 앞으로 활짝 열린 동해바다로 흩어진다.

바다

동해바다도 햇빛을 받아 황금빛으로 빛나니 이 지역 전체가 그대로 눈부신 황금의 세계를 현출하고 있는 것이다.

산길…… 거북재

험한 산길을 조신이 급히 온다. 법쇠소리 여기까지 가느다란 여음을 보내고 있다. 조신 걸음을 더욱 재촉한다.

어떤 초당 앞

깎아 세운 석벽 밑에 초당 한간 조신 그 앞을 지나치다가 못이 박힌 듯 멈칫 선다. 법쇠소리조차 그친 정적과 유수 속에 선녀처럼 깨끗하고 아름다운 젊은 여인 달래(月禮)가 시녀 하나를 거느리고 초당 툇마루에 걸터앉아 다리를 쉬고 있는 것이다.(중략)

달래, 자리에서 일어나 공손히 합장한다.

조신도 당황히 위의를 갖추고 합장으로 답례하고 달아나듯이 초당 앞을 떠난다.

달래는 조신의 어색한 뒷모습을 장난꾸러기같은 호기심으로 보고 있다가 무엇을 생각했는지

달래   예 저 시님 잠깐만 여쭈어라.

시녀   시님을요? 아씨

달래   (*끄덕이며 혼잣말로*)…… 본래 꽃에는 주인이 없다는 걸……
　　　　내가 저 시님으로 하여 꺾게 한들 어떠랴.[30]

주인공이 승려이고 바삐 절로 돌아가고 있다는 점, 아름다운 여인과 산속의 외딴 길에서 마주쳤다는 점, 그리고 둘 사이의 희롱(장난)이 발생했다는 점, 그것도 여인 쪽에서 적극적이었다는 점 등

---

30) 오영진, <꿈>, 『오영진 전집』 4, 범한서적주식회사, 1989, 9면.

은 ≪구운몽≫의 성진과 팔선녀의 만남 장면을 연상시킨다. 관련된 증거는 더 있다. 성진이 용왕에게 심부름을 다녀오는 길이었던 것처럼, 이 작품에도 원경으로 바다가 제시되어 있다는 점이다.

오영진은 오프닝 신에 <헌화가>의 배경 삽화 못지 않게 ≪구운몽≫의 도입부를 도용하고 있다. 그것은 주제적 현시를 강화하기 위함이다. ≪구운몽≫은 일반인에게도 인지도가 높은 작품이다. 이러한 작품을 응용함으로써, 도입부부터 시나리오 <꿈>의 주제의식을 강조하려는 의도를 내비친다. '꿈 같은 인생(일장춘몽)', 혹은 '욕망의 덧없음' 같은 이 작품의 주제를 미리 구현한 셈이다.

오프닝 신에서 흥미로운 사실은 자연 경관의 대두이다. <종이 울리는 새벽>과 <하늘은 나의 지붕>에서 직접적인 사건을 제시하면서 시작되던 오프닝 신이, 이 작품에서는 과거의 방식인 자연 경관의 대두로 회귀한다. 멀리 산이 원경으로 제시되고, 낙산사가 중경으로 제시된 이후에, '초당'이 근경이자 사건의 무대로 제시된다.

이러한 공간적 수축은 <종이 울리는 새벽>까지 흔히 쓰이던 시작 방식이다. 착실하게 공간을 제시한 다음, 조신과 달례가 만나는 사건을 배치하고 있다. 두 사람의 만남은 <헌화가>의 주변 설화와 ≪구운몽≫의 설정을 빌어 최대한 호기심이 유발되도록 구성되었다.

2) 오프닝 신의 반복과 변주

오프닝 신을 반복영상으로 제시하는 영화 서사 전략(<종이 울리는 새벽>, 1958)은 <심청>(1963)에서 재현된다. <심청> 역시 고전소설

≪심청전≫을 각색한 시나리오로, 문예영화 시나리오에 해당된
다.[31] 그런 측면에서는 <배뱅이 굿>, <꿈>과 같은 계열의 시나리
오로 볼 수 있다. 오프닝 신의 측면에서 살펴보면, 자연 경관을 사용
했다는 점에서 <시집가는 날>, <꿈>과 동일한 맥락을 이루고 있다.

그림 (一)

단청도 선명하게 펼쳐지는 산수화 카메라 몽운사(夢雲寺) 전경에
서 PAN하여 산봉우리 위의 구름과 물이 불어 넘치는 못, 늪

산간의 벽계수가 앞으로 탁 트인 황해바다로 흘러내리고 언덕 위를
나는 학의 무리.

숲 사이에서 산새들과 평화스러운 마을 황해도 황주땅, 도화동의
전경을 보이고 마을로 내려오며

이 마을에서도 가장 가난한 심봉사의 집

시비(柴扉)와 무너져가는 초가 오막사리 앞에 멈춘다.

그림 (二)

심봉사의 초라한 살림 살이.

어지러운 헛간 좁은 뜰.

궤딱지 같은 몸채에는 방이 하나.

(창唱) "상춘 화류 호시절에"(중략)

카메라 심봉사와 곽씨 부인 앞으로 다가간다. 심봉사는 하염없이
담뱃대를 물고 있고 부인은 삯바느질에 골몰한다.

그림 (三)

---

31) 문예영화란 문학작품을 원작으로 하여 시나리오를 구성(각색)하고 이를 근간으로
   제작된 영화를 가리키는 장르적 개념이다. 이러한 정의에서 문제가 되는 요인 중
   하나가 고전소설의 각색 사례이다. 기존의 견해는 이러한 각색을 문예영화로 보
   지 않는 시각이 우세했으나, 이것은 논리적 모순이며 문학의 범주를 기형적으로
   만드는 편견이다(김남석, 『한국 문예영화 이야기』, 살림, 2003, 3~6면 참조).

카메라는 다시 산간의 벽계수와 기암절벽 울창한 숲과 심산유곡을 기어올라 몽운사 넓고 넓은 법당 경내에 이르러 어둠컴컴한 미륵당 안으로 들어간다.[32]

멀리 산이 보이고 산을 훑는 카메라의 움직임이 보인다. 그 움직임 안에는 호수도 있고, 인가도 있다. 이것은 산 → 호수 → 마을 → 집(맹진사)으로 이동하는 카메라의 움직임과 흡사하다. <시집가는 날> 이래 반복된 시작 방식을 재현한 것이다. 카메라의 이동 사이에 노래(창)가 삽입되고 있는 방식도 동일하다.

차이점이 있다면 자연 경관을 '실사'가 아닌 '그림의 영사'로 처리했다는 점이다. 또 하나, <종이 울리는 새벽>에서처럼 오프닝 신과 플롯의 신을 연결시키려 한다는 점이다. 그 안에는 카메라의 움직임을 반대로 지정하는 지시문이 들어 있다. 같은 장면을 보여주되, 변주시켜 보여주라는 지시인 셈이다. 이것은 이태승 피격 시퀀스의 재연(세 번째)과 부분적 변주(카메라 각도의 달라짐)와, 형식적으로 동일하다.

그림 (六)

그림 (一)을 반대로 PAN한다.

임금의 행차

몽운사로 행하는 임금과 심황후의 화려한 행차이다.

만조백관이 뒤따른다.

심봉사─부원군 앞을

---

32) 오영진, <심청>, 『오영진 전집』 4, 범한서적주식회사, 1989, 75~76면.

한쌍의 봉황처럼 연(輦) 위에 앉은 임금과 심청의 모습.

카메라 심청의 얼굴에서

다시 서서히 PAN하여

언덕 위를 나는 학의 무리와 산봉우리의 구름과 몽운사의 대가람

(합창 계속된다)"어라 만수 / 어라 대신이로구나" (중략)

단청도 아름다운 산수화─몽운사로 향하는 화려한 왕궁의 행차를

보여준다(F·O)[33](밑줄 강조 : 인용자)

<심청>의 라스트 신이다. 처음에는, 오프닝 신(그림 一)을 그대로 사용하고 있다. 그러다가 카메라가 반대로 팬하면서 구조와 정서가 달라진다. 반대로 팬한 곳에는 오프닝 신에서 볼 수 없었던 행렬이 지나가고 있다. 인당수에 빠졌다가 꽃과 함께 바깥 세상으로 나온 심청이가 보이고, 그녀의 달라진 위상이 보인다. 가난하던 도화동 심학규의 딸이 아니라, 최고 권세를 누리는 국모로서 도화동을 찾아가고 있다. 그들의 목적지는 몽운사이고, 그들의 정서적 상태는 행복이다. 라스트 신은 오프닝 신을 응용한 것이다. 그러나 카메라의 움직임을 달리하여 그 구조를 변화시킴으로써 다른 느낌을 자아내고 있다. 오프닝 신의 입장에서 보면, 수미상관의 원리에 입각한 결말이라고 할 수 있다.

3) 자연 경관으로의 퇴행

1973년에 발표된 <한네의 승천>은 오영진이 남긴 마지막 시나

---

33) 오영진, <심청>, 『오영진 전집』 4, 앞의 책, 136면.

리오이다. 그러나 오프닝 신을 보면 초기 시나리오와 별반 다를 것이 없다. 이 작품 역시 아름다운 산수에서 시작하고 있으며 오히려 다른 작품보다도 보다 더 길게 산수를 보여주도록 지시하고 있다.

(F · I)
*산과 산
동이 틀 무렵.
아침 안개를 띠고 멀고 가까이 산과 산. 먹으로 그린 한 폭의 산수화라고 하겠다.
그중의 하나가 미륵봉.
소나무와 잣나무가 하늘높이 솟았다.
쭉지 넓고 흉칙스럽게 생긴 검은 새 한 마리가, 무엇에 놀랬는지 금속성의 소리를 지르며 나뭇가지에서 후두둑 날아간다.[34]

오프닝 신들은 아름다운 산의 곳곳을 훑고 지나간다. '나무', '산길', '징검다리', '계곡A', '계곡B', '폭포' 등이 그것이다. 그리고 이러한 자연경관의 끝에 제시된 것이 '선녀담'이다. 선녀담에는 한 여자가 죽어가고 있다.

*선녀담
물소리도 새소리도 끊기고, 다시 현묘한 음악만이 남는다.
거울처럼 잔잔한 호면을 안개가 흐른다. 진고의 세계와 같은 정적, 선경(仙境)이 있다면, 이런 곳을 두고 말함일까.
만명, 길게 숨을 내뿜고 이마에 맺힌 땀방울을 씻으며 눈을 들어 호

---

34) 오영진, <한네의 승천>, 『오영진 전집』 4, 범한서적주식회사, 1989, 139면.

면을 본다.

그의 눈에 비치는 영상—안개 속에 완연한 여인의 모습. 분홍빛 저고리와 치마가 호면 위에서 헤엄치듯 은현한다(슬로우 모우션).

눈을 씻고 다시 보는 만명.

여인의 형상, 물 속으로 깊이 스며든다.

소스라쳐 놀라 소리지르는 만명.35)

선녀담에서 죽어가는 여자를 만나는 이가 주인공 만명이다. <한네의 승천>은 이 여인을 구하여 마을로 데려간 이후 발생되는 사건과 이를 통해 밝혀지는 과거 사실이 서사의 핵심 동력으로 작용한다.

배경이 제시되고, 주인공이 제시되고, 앞으로 전개될 사건이 제시된다는 점에서 오프닝 신의 일차 목표는 달성된다. 또 만명의 어머니가 죽고, 한네가 죽고, 만명이 사라지는 공간으로 '선녀담'이 활용된다는 점에서 공간에 대한 이미지도 적정하다.

그러나 수준 높은 작품의 오프닝 신이라면 응당 갖추고 있어야 할, 주제에 대한 암시라던가, 이후 사건 전개의 대한 단서라던가, 갈등을 수습할 수 있는 해결책 같은 것은 발견되지 않고 있다.

사이드 필드는 로버트 타운의 <차이나타운>을 예로 들면서 우수한 시나리오가 되기 위한 조건으로 영화 도입부의 기능을 말한 바 있다. 그는 영화 도입부라면 영화 전체의 서사에 대한 '유전자격 지도'를 가지고 있어야 한다고 강조한다. 그런데 <한네의 승천>은 그러한 수준에는 도달하지 못하고 있다. 이 점은 아쉬운 점이다.

---

35) 오영진, <한네의 승천>, 『오영진 전집』 4, 앞의 책, 140면.

플롯이 진행되면서 '선녀담'은 직접적으로 카메라에 포착되거나 간접적으로 언급된다. 그러면서 사건이 종결될 장소임이 은근히 암시된다. 그러다가 한네가 투신하고 만명이 실종되는 장소임이 밝혀진다. 이 작품의 라스트 신은 이러한 선녀담을 보여주는 것에 그치고 있다.

***선녀담**

안개가 서서히 바람에 불려 걷히면서 눈앞에 떠오르는, 붉게 타오르는 호면(湖面).

물소리도 새소리도 없는 진공의 정적 속에 호면을 맴도는 꽃신 한 짝. 잔양(殘陽)이 둔한 회색으로 가시면서 꽃신은 한번 크게 동그라미를 그리고 무엇이 그리 바쁜지 폭포가 있는 낭떠러지를 향하여 급히 올라간다.

***폭포**

수십길 절벽에 높이 달린 폭포

웅덩이에서 오색이 영롱한 운무가 신비스러운 음률과 함께 자욱이 피어오른다.(F · O)[36]

오프닝 신에서도 떠내려온 꽃신과 정적이 제시되고 있다. 라스트 신은 이러한 오프닝 신의 분위기와 상황을 그대로 옮겨오고 있다. 그러나 이제 그 의미가 다르다. 떠내려온 꽃신은 구원받을 누군가가 아니라, 죽은 누군가를 표상한다. 오프닝 신의 정적은 고요한 분위기를 강조하기 위함이지만, 라스트 신의 정적은 죽은 자에 대한 애도를 보여주기 위함이다.

---

36) 오영진, <한네의 승천>, 『오영진 전집』 4, 앞의 책, 190면.

　오프닝 신과 라스트 신을 연결하여 구조상의 안정감을 가져오고 의미상의 관련성을 강화하며 그 안에 살짝 변주를 가하여 상황을 새롭게 인식하도록 만드는 것은, 앞에서 이미 살펴본 바 있다. <심청>도 그러했고, <시집가는 날>도 그러했다. 그러므로 <한네의 승천>이 크게 다른 형식을 취한 것은 아니다.

　다만 이러한 형식적 설계가 주제의식을 구현하는 데에는 다소 모호함을 야기했다는 지적은 가능하다. 왜냐하면 이 작품에서 한네가 무엇을 상징하는지, 한네의 고난이 불행한 한 여성으로서의 인간적 삶을 넘어설 수 있는 근거가 과연 있는지, 자문해야 하기 때문이다.

　한네와 만명 어미의 삶은 남성에 의한 수난이라는 점에서는 공통적이지만, 그 수난이 과연 보통 여성의 입장을 대변할 수 있는가라는 질문에는 그다지 유연하지 못하다. 보편성이 확보되지 못했기 때문에, 오프닝 신과 라스트 신만으로 이를 보완할 정도는 못된다. 당연히 의미상 혹은 정서상의 변화도 보여지지 않는다.

　이것은 기교만 성하고 의미는 허술해지는 결과를 낳았다. 오프닝 신과 라스트 신 사이의 관계를 기교적인 측면에서만 설계하고, 과연 내용적인 측면에서 어떻게 구현해야 하는가에 대해서는 그다지 고심하지 않았기 때문이다. 기계적으로 오프닝 신을 배치하고 이를 강화하는 형식적 장치를 고안(그것도 습관적으로 반복했다)했을 뿐, <한네의 승천>에 담긴 주제의식을 명료하게 하기 위한 방안을 시도하지 않은 것이다.

5. 오프닝 신의 변모 과정과 미학적 성과

어떠한 이야기이든 그 시작은 어렵기 마련이다. 의미있는 이야기를 만들려고 하면 더욱 그러하다. 그러한 측면에서 오프닝 신은 시나리오(영화)의 성패를 가늠하는 중요한 요건이다. 그럼에도 오프닝 신에 대한 심도있는 논의는 없는 상태이다. 그리고 대외적으로 내놓을 수 있는 모범적 오프닝 신에 대한 합의도 미흡한 상태이다. 이러한 문제 의식은 오프닝 신을 차분히 살펴야 할 필요성을 제기한다.

오영진의 시나리오는 이러한 문제 제기에 부딪친 흔적을 보이고 있다. 그것은 그가 남긴 시나리오의 오프닝 신들이 일정한 연속선상에 있다는 점에서 그 근거를 찾을 수 있다. 첫 작품인 <배뱅이굿>의 오프닝 신은 플롯과는 그다지 상관없는 장식적인 것에 불과했다. 억지로 의미를 부여하려다 보니, 작품의 본의와는 상당히 동떨어진 장면을 만들어 버리고 말았다.

<시집가는 날>, <인생차압>, <청년>은 미흡했던 오프닝 신의 의미와 기능을 조금씩 보완하는 과정에 놓인 작품들이다. 대자연의 풍취에서 설정화면이 창출되고 있고, 먼 거리의 롱 쇼트에서 주요 배경인 공간으로의 접근이 나타나고 있으며, 플롯의 내용과 연관성을 찾으려고 시도했다는 점 등이 그 증거이다.

그러나 오프닝 신이 공간적 배경을 제시하고 인물을 소개하고 점진적인 사건 진행이 일어나도록 돕는 제한적인 기능만 맡고 있다는 점에서, 오프닝 신의 중요성이 진정으로 자각된 시기로는 볼

수 없다. 오프닝 신은 이야기의 도입부로서, 관객들에게 필요한 정보를 주는 단락으로만 인식되고 있다.

그러다가 <종이 울리는 새벽>에 들어서면 오프닝 신의 구조적 위상이 달라진다. 오프닝 신은 구체적인 어떤 사건(저격 시퀀스)의 일부를 옮겨오며 시작된다. 이전 작품들과는 달리 엄격한 카메라 워크와 계산된 신의 배열로 암살자의 정체와 목적 그리고 암살 대상과의 관계 등이 주도면밀하게 배치된다.

관객들은 모의 현장에서 가려진 사건 경로를 따라 저격 사건을 구경하게 되고, 그것을 통해 긴장감과 호기심을 이끌어내는 심리적 효과를 경험하게 된다. 대자연의 설정 화면에서 카메라가 화면 안에 가급적 포괄적인 정보를 담으려고 했던 것과는 달리, 구체적인 사건을 보여주지만 그 안에 담기는 정보는 제한한다. 구조적으로 통제된 것이고, 이러한 통제는 플롯이 진행되면서 차근하게 밝혀진다.

관객들은 이미 보았던 저격 시퀀스를 플롯 진행 과정에서 다시 보게 되고, 암살자의 기억으로 한 번 더 보게 된다. 반복되는 시퀀스이지만, 그 안에는 변주가 있고, 추가되는 정보가 있고, 그에 따라 달라지는 관람 느낌이 있다. 이로 인해 오프닝 신은 구조적으로 반드시 필요한 부분으로 인식된다. 플롯과 유리된 장식적인 부분이 아니라, 플롯을 떠받치는 핵심 요소로 격상되는 것이다.

구체적인 사건으로 오프닝 신을 삼는 경우는 그 뒤 <하늘은 나의 지붕>에서 다시 나타난다. 그러나 과장된 사건 도입으로 인해 오프닝 신은 어색하게 삽입된다. 무엇보다도 지나친 정보 나열(내레이션)과 플롯과의 무리한 접합으로 인해 그 효과를 발휘하지 못한다. 반드시 필요한 구조의 일부로 작용하기보다는, 불필요한 군더더기로 전락하고 마는 것이다. 제2기의 성패가 나누어지는 이유이다.

두 번째 시기를 지나면, 오프닝 신이 대자연의 설정화면으로 회귀하는 제 3기에 접어든다. <꿈>, <심청>, <한네의 승천>이 이 시기 작품이다. 이 시기에는 원작을 시나리오로 각색하는 사례가 많았다. 그러나 오프닝 신은 원작의 시작을 따르지 않았다. 가령 <꿈>은 《구운몽》의 사례를 참조해서 남녀의 만남을 유도했고, <심청>은 자연의 풍경을 그림에 대입해서 변화를 가했다.

그러나 3기의 작품들은, 대자연의 풍경을 설정화면으로 삼는 시작법을 벗어나지 않는다. 마지막 작품인 <한네의 승천>은 이러한 시작법을 더욱 철저하게 고수한 경우이다. 전에 없이 장시간 산천과 자연의 풍광이 소개되고, 그 안에 위치한 선녀담이 제시된 다음에 그 안에서 익사할 뻔한 여자를 구하는 주인공이 등장한다. 이러한 시작은 1기의 특징과 다를 바 없다.

오영진 시나리오의 오프닝 신은 단순 배경에서 정보 통제의 수준까지는 올라갔다. 더 자세하게 말하면, 오프닝 신이 단순하게 사건 전개를 위한 기반으로 작용하는 단계가 아니라, 사건 전개 그 자체여야 한다는 인식까지는 도달했다.

그러나 그 이상의 새로운 발견은 없었다. 3기에서 다시 처음의 수준으로 돌아가는 결과가 이를 증명한다. 다시 말하면 오프닝 신으로 선택된 사건이 앞으로의 사건 전개에 보다 강도 높게 틈입해야 한다는 인식에는 도달하지 못한 것이다. 주제를 암시하고 갈등을 유발하고 그 해결책을 내포하는 수준 높은 오프닝 신은 엿보이지 않았다.

단 그러한 오프닝 신을 추구했다는 흔적은 찾을 수 있다. 가령 <하늘은 나의 지붕>의 오프닝 신에서는 주제를 암시하려고 시도했다. <배뱅이 굿>의 오프닝 신이 주제를 암시하되 그 암시가 본 내용과 동떨어진 것이었다면, <하늘은 나의 지붕>의 오프닝 신은 주제를 너무 성급하게 그리고 직접적으로 노출시켰기 때문에 형식적인 부담으로 남았다. <심청> 같은 경우에는 남녀의 만남을 통해 갈등을 증폭하려고 했으나 결과적으로는 평범한 것이 되고 말았다. <한네의 승천>에서 선녀담은 갈등의 해결책(자살)으로 기능하지만, 오프닝 신이 이러한 기능을 효과적으로 제시했다고는 볼 수 없다.

우수한 시나리오일수록 오프닝 신의 기능이 단순하지 않다. 오프닝 신은 작품 전체의 플롯과 유기적으로 관련되어야 한다. 오영진의 시나리오에서 이러한 유기성이 발견되지 못한 것은 유감스러운 일이지만, 한국 영화가 발전할 수 있는 또 하나의 지표를 제시한다는 점에서는 고무적인 일이다.

〈인생차압〉의 '살아있는 이중성'

1. 작품의 공연사와 내부 결함

오영진(1916~74)의 〈인생차압〉(원제 : 〈살아있는 이중생 각하〉)은 1947년 11월 초 그가 평양에서 서울로 월남할 때 지니고 온 것으로 1949년 극예술협회에서 공연되었다.[1] 훗날 신극협의회(약칭 신협)로 명칭이 변경되는 극협의 연보를 참조하면, 이 작품은 1949년 6월 1일부터 이진순 연출로 중앙극장에서 공연되었다. 당시 제명은 '인생차압'이었다.[2]

오영진은 본래 평양 사람으로 정치 지도자인 조만식의 비서로 활동하다가 소련군에게 정치적 위협을 당하게 되자, 1947년 11월 7일 월남했다.[3] 그의 월남은 연극인들의 대거 월북으로 빈곤했던 남한 연극계에 커다란 수확이 아닐 수 없었다.

그러나 오영진은 월남 후 테러리스트의 피격을 당해(1948년 7월

---

1) 서연호, 『한국근대희곡사』, 고려대출판부, 1994, 332면 참조.
2) 김동원, 『미수의 커튼콜』, 태학사, 2003, 161면 참조.
3) 한옥근, 『오영진 연구』, 시인사, 1993, 25~26면 참조.

11일) 생사의 기로를 몇 번이나 넘겨야 했다. 병석에 있던 오영진을 이해랑이 자주 찾아가게 되었고, 이것이 계기가 되어 이해랑은 오영진에게 작품을 청탁하게 되었다. 당시 이해랑은 '극협'을 이끌고 있었는데, 흡족한 창작품이 없어 고민하고 있었다. 이해랑의 청탁을 거절하기 힘들었던 오영진이 극협에게 내준 작품이 <인생차압>이었다.4)

이 작품의 초연은 관객들에게 외면당했다. 그러나 당시 신문 기사를 보면, 미학적 성과에 대해서는 어느 정도 인정받고 있다. "오영진 씨가 가지고 있는 유모어와 풍자는 그의 전작들에 있어서 이미 정평이 있거니와 금번 신희곡(<인생차압> : 인용자) 속에 담겨 있는 풍자 또한 지금 대두되다간 흐려져가는 반민자들의 교활하고도 가증스러운 발악 양상을 정면으로 날카롭게 찌르는 대신 씨의 독특한 유모어로 반정(反政)하는데 성공하였다"5)

국립극단 측의 공연 기록을 보면, <인생차압>은 두 번 공연되었다. 1957년 10월 30일부터 11월 5일까지 제5회 정기공연작으로 무대화되었고, 1977년 4월 21일부터 24일까지 제80회 정기공연작으로 무대화되었다. 1957년 작의 연출자는 이해랑이었고, 1977년 작의 연출자는 이승규였다.

최근 이 작품은 연우 무대에 의해 세 번 공연되었다. 첫 번째는 1993년 4월 15일부터 5월 9일까지 연우소극장에서 공연되었고, 두 번째는 1994년 3월 12일부터 20일까지 문예회관 대극장에서 공연

---

4) 유민영, 『이해랑 평전』, 태학사, 1999, 241면 참조.
5) 이춘인, 「풍자와 교훈―<살아있는 이중생 각하>를 보고」, 『경향신문』, 1949년 6월 6일.

되었다. 세 번째 공연은 2000년 9월 16일부터 10월 24일까지 연우소극장과, 삼척, 동해 등지에서 이루어졌다.

특기할만한 점은 이중생 역을 이호성이, 우씨 역을 성병숙이 도맡아 했다는 점이다. 또 이중건과 형사 역을 한 배우가 맡았는데, 첫 번째와 두 번째 공연에서는 안석환이 연기해 큰 호응을 이끌어 내었다. 또 송달지의 장광설이 사라진 점과 하식의 배역이 삭제된 점이 특기할 만하다.

<인생차압>이 구조적으로 완벽하다고 칭송 받지만, 그렇다고 결함이 없는 것은 아니다. 연우무대의 작품 수정은 이러한 결함을 나름대로 인지하고 치유하려 한 흔적이다. 작품 성패와 관련 없이 이러한 시도는 주목된다. 그러나 <인생차압>의 수정과 보완은 희곡 공연에서만 이루어진 것은 아니다.

희곡 <인생차압>은 1958년 영화화된다. 개봉관은 시공관이었고, 감독은 유현목이었으며, 김승호·유계선·황정순·최남현·장민호(하식 역) 등이 출연했다. 현재의 통념으로는 시나리오 제명이 <인생차압>이고 희곡의 제명은 <살아있는 이중생 각하>이다. 이 후부터는 이러한 통념에 따라 희곡을 지칭할 때는 '살아있는 이중생 각하'로, 시나리오를 지칭할 때는 '인생차압'으로 통일하고자 한다.

희곡 <살아있는 이중생 각하>의 공연 미학을 확립하고 표현하기 위해서는 시나리오 <인생차압>의 영상 미학적 특질을 참조할 필요가 있다. 물론 그 반대도 마찬가지이지만, 뒤늦게 쓰여진 시나리오 쪽에서 먼저 쓰여진 희곡의 문제점을 숙고한 흔적이 더 농후하다. 그것은 기본적으로 무대에서 필름으로 표현 매체가 변모되었기 때문이지만, 단순한 각색의 문제만은 아니다. 전이 과정에는 희곡의 결함을 보완하려는 노력이 숨어 있다. 희곡 <살아있는 이중생 각하>의 여전히 '살아있는 결함'에 대한, 시나리오 <인생차압>의 '담보된 화두'라고나 할까.

송달지는 어떤 인물로 창조되어야 하는가, 하연은 어떻게 하면 돌발적인 성격의 소유자로 보이지 않을까, 답답한 장면이 만들어지는 원인이 무엇이고 해결책은 무엇인가, 하식이의 등장이 과연 필요한가 그렇다면 그 이유는 무엇인가, 이중생의 죽음은 어떻게 처리되어야 하고 그 의미는 무엇인가.

이 모든 질문은 희곡의 결함으로부터 왔다. 따라서 시나리오는 답변하지 않을 수 없었다. 희곡이 겪었던 문제점을 해결하지 않고는 완성된 영상 미학을 구현할 수 없었기 때문이다. 시나리오 <인생차압>은 이러한 측면에서 희곡 <살아있는 이중생 각하>의 훌륭한 전범이기도 하다.

2. 첫 장면과 오프닝 신(opening scene)

시나리오 <인생차압>과 희곡 <살아있는 이중생 각하>는 시작 방식이 다르다. 희곡은 우씨와 박씨의 대화로 시작된다. 그녀들은 부산하게 방을 꾸미고 있는데 대화 내용으로 판단하건대, 곧 집에 있을 잔치를 준비하는 눈치이다. 우씨와 박씨는 부산한 어조와 행동으로 이러한 분위기를 묘사해야 한다.

그 다음 집안 사람들이 소개된다. 용석 아범(우씨 박씨와 함께 등장해 있다), 옥순, 송달지, 복순, 어멈, 하주 등이 차례로 등장하면서, 이중생 집안의 가족 구성원과 성격적 면모가 제시된다. 가령 용석 아범은 느리고, 송달지는 우직하다. 하주는 성미가 거센 아내이고, 송달지는 그런 아내에게 눌려지내는 처지이다. 여기까지가 도입부이다.

이렇게 인물 성격과 가정 상황이 제시되면 이중생이 등장한다. 이중생의 등장은 본격적인 사건의 시작이다. 시경 경제계의 형사가 다녀가면 위기가 암시되고, 그 위기는 인천 별장에 갔다가 쫓겨난 하연의 등장으로 재확인된다. 이중생과 함께 외출했던 임표운이 이중생의 체포 소식을 가지고 귀가하며 위기는 본격화된다.

그러나 시나리오는 다른 방식으로 시작된다. 유현목이 연출할 당시 정경은 이 작품의 특징과 오프닝 신의 필요성을 단적으로 알려준다. "작품 배경의 약 80%가 주인공의 주택이어서 당시 스튜디오 200평이 꽉 차도록 세트를 세워놓고"[6] 영화를 제작했다. 이러한 정보는 오프닝 신을 도시 풍경으로 내세운 이유를 어느 정도 시사해준다.

○ 서울의 빌딩가

그리 부끄럽지 않은 스카이라인.

(내레이션)

"서울은 확실히 부흥했다. 남부럽지 않은 고층 건물이 여기저기 솟았고 상점가도 하루하루 풍성해져가며 국산품의 생산도 전에 비하면

---

6) 변인식, 「시나리오를 문학의 경지로 이끌어낸 작가」, 『한국예술총집』Ⅲ, 대한민국 예술원, 2000, 299면.

눈이 부실 정도로 증가했다”

　　○ 상업 센터

빈번한 자동차의 왕래

　　○ 모 무역회사(1)

　　○ 다른 무역회사(2)

　　(E) “그 중에서도 소위 국제적인 무역이랍시고 간판을 내걸은 큰 회사까지 생겨나 한집건너 이마를 맞대고 늘어섰으니 과연 경하하지 않을 수 없지 않은가!”

　　○ 반도 임업주식회사

회사—정면(앵글로)

검찰청 쯿이 앞에 와서 멎는다.

그러나 개중에는 이런 것도 있다. 말하자면 빛 좋은 개살구

　　○ 사장실

텅빈 호화로운 사장실

　　(E) “사장이란 자는 항상 자리를 비고 있다. 그는 정치를 한답시고 관청으로 은행으로 또는 노상 길거리를 오락가락하다가 그만 하루 종일 보내고 마는 것이다”

　　○ 사무실

사원들이 양다리를 책상 위에 올려놓고 낮잠을 자고 있다.[7]

카메라는 극단적인 롱 쇼트로 서울의 스카이라인을 포착하고 있다. 내레이션은 이러한 화면에 설명을 첨부한다. 서울의 발달상을 보여주는 것이다. 그리고 그 예로 상업 센터(#2)가 인서트 된다. 그 다음 무역 회사 광경이 두 신으로 삽입된다(#3, #4). 이것은 ‘반도

---

[7] 오영진, <인생차압>, 『오영진 전집』 3, 범한서적주식회사, 1989, 115면.

임업주식회사'의 정경을 포착하기 위한 설정 화면(establishing shot)
이다.

설정 화면이란, 스토리나 배경을 쉽게 인지할 수 있도록 돕는 쇼
트이다. 대개 넓은 각도로 공간적 배경을 포착하여 영화의 전체적
인 윤곽을 제시하는 방식을 가리킨다. 그러니까 화면은 원경(遠景)
으로서의 서울(#1), 그 중에서도 상업지구(#2), 상업 지구 안의 여
러 회사(#3, #4)를 차례로 제시한 다음, '반도 임업주식회사'를 제시
하는 것이다.

이러한 화면 제시법은 원경에서 근경으로, 전체에서 부분으로
좁혀지는 풍경 제시 방식을 따른다. 이러한 방식은 오영진의 시나
리오 <시집가는 날>(바로 직전 작품임)에서 어느 정도 단초가 나타
나고 있다. '산과 들'에서 '호수'로, 이어서 '맹진사 집'으로 이어지
는 카메라 워크와 화면 정렬 방식이 그것이다. 오영진은 원경에서
근경으로 좁혀지는 오프닝 신을 <인생차압>에서도 역시 동일하
게 사용했다. 다만 그렇게 좁혀진 활동 공간이 '맹진사의 저택'이
아니라, '이중생의 회사'라는 점에서 다소 차이를 보일 뿐이다.

희곡 <살아있는 이중생 각하>를 살펴보면, 3막 4장 동안 무대
적 배경이 전혀 바뀌지 않는다. 계속해서 '이중생씨의 안 사랑채'이
며, 그 안에서 시간적 단절만 나타날 뿐이다. 그러다 보니, 이 공간
을 떠나서 벌어진 일은 등장한 인물의 대사로 전달된다. 가령 이중
생이 체포된 사건은 급히 달려온 임표운에 의해서 경과보고 식으
로 집 안 사람들에게 전달되는 것이다.

시나리오는 희곡의 이러한 공간적 단일성(폐쇄성)을 극복하기 위

해서 처음부터 이중생의 집이 아닌 공간을 선택했다. 그리고 그 안에서 일어나는 흥미로운 사건을 부각시키려고 노력했다. 이중생의 회사로 들이닥친 일단의 무리들과, 이들의 급작스러운 행동에 당황하는 회사원들의 대립이 그것이다. 그러나 곧 이 무리들의 신분이 검찰청 형사로 밝혀지면서, 이러한 대립은 이중생(오프닝 시퀀스에서는 사장의 이름도 밝혀지지 않는다)에게 닥친 위기로 파악되며 일단락 된다.

이 과정에서 이중생이 사업에 충실한 사업가가 아니라는 사실과, 이중생 집안 사람들이 대단한 허세를 부리고 있다는 정보와, 오영진 희곡이 담지하는 특유의 위트가 부가된다. <인생차압>의 오프닝 신은 '이중생 집'이 아닌 공간을 포착함으로써, 단일 공간이 줄 수 있는 시각적·심리적 답답함을 해소하려 했다.

3. 단일함과 벗어남

희곡 <살아있는 이중생 각하>의 공간적 배경은 '이중생씨의 안사랑채'이다. 관객에게 보여지는 모든 사건은 이 공간에서 일어난다. 이 공간 밖에서 일어나는 사건은 말로 전달될 수밖에 없다. 가령 이중생이 구리개 입구에서 체포된 사실을 전하는 임표운의 대사가 그러하다. 공간적 단일성을 고집할 경우, 이중생이 형사에게 체포되는 장면은 무대 위에서 재연될 수 없다. 그러다 보니, 형사는 이중생의 집을 방문하여 위기를 암시하는 인물 정도로 그려진다. 그러나 시나리오 <인생차압>은 다르다. 형사가 이중생을 대면하고 체포하는 장면이 그려져 있다.

  다음과 같은 장면도 희곡이 지닌 공간적 단일성으로 인해 만들어졌다.

최변호사　이대루 두었단 서린동 집뿐만 아니라 영감 전 재산을 처리함에 있어서 난관이 가로놓였단 말입니다.

이중건　무슨 난관?

최변호사　최후 수단인 동시에 큰 모험이죠. 조용히 말씀 드릴 수 없을까요?

이중생　응. 여보, (우씨에게) 애들 데리구 들어가슈. 임군두 자릴 피해주구 형님두 인제 안심하시구 들어가 쉬시죠.

이중건　안 된다. 이눔. 끝장을 보기 전엔……

우씨와 하주는 안으로 들어간다. 최변호사, 중생에게 귓속, 중건은 꾸벅꾸벅 졸기 시작.

하연　임선생님, 뒤뜰루 산보 가셔요, 네? 뒤뜰두 인제 마지막일지 모르잖아요?(임표운 뒤따라 후원 울바자 길로 나간다)

하연　까마귀날자 배 떨어진다구, 목 날자 밥바가지 떨어지구…… 호호…… 이번 통에 임선생 목만 달아났지.

임표운　제 목이야 한두 번 달아난들 뭐라겠습니까? 일만 잘 피면요.(…중략…)

하연　흥, 일이 잘 펴지다니요. 임선생님은 그렇게 쉽사리 될거라고 생각하셔요. 저… 내 임선생 취직시켜 드리리까?

임표운　아, 아니요. 그래 어디루…

하연　건국제재회사

임표운　아버지가 경영하시는… 제재회사 말씀이요?

하연　(고개를 끄덕하고)네, 아버지가 경영하시던.(던을 특별히

강조)

임표운　네에?……(2인 퇴장)

최변호사　결국 저 사람들이 문제 삼는 것은 사기, 배임횡령, 공문서
　　　　　위조 및 탈세범인 위대한 사업가 이중생이거든요.(후략)[8]

　긴 인용문은 보석으로 나온 이중생과 가족들이 만났다 헤어지는
대목이다. 이중생은 어떻게 해서든 집안의 재산을 지키려고 하고,
이런 이중생의 태도를 하연이 비난하고 나선다. 부녀간의 언성이
고조될 즈음, 안채로 갔던 이중건(이중생의 형)이 나온다. 그로 인해
부녀간의 다툼은 일단 중지되고, 다툼은 형제간으로 이전된다. 인
용된 대목은 이중건의 요구 사항을 이중생이 들어주기로 약속한
이후에, 집안 사람들을 물러가게 하고 최변호사와 비밀 회의를 하
려는 대목이다.

　이중건은 자리에 남겠다고 고집을 부려, 이중생과 최변호사와
함께 안 사랑채에 남게 된다. 이중생의 지시에 따라 우씨와 하주는
안채로 들어가고, 하연과 임선생은 하연의 제안대로 뒷뜰로 산책
을 가게 된다. 이 순간 무대 위는 두 개의 인물 그룹으로 나뉘어진
다. 사랑채 안의 이중생 그룹과, 후원으로 통하는 울타리 길의 하
연 일행이 그것이다. 두 그룹은 높이와 거리에서 떨어져 있고, 무
엇보다 공유하는 관심사가 다르다. 사랑채 안은 재산을 지키는 방
책에 대해 토의 중이고, 울타리 길은 친근해진 사람들이 서로의 감
정을 교류하는 중이다.

　하나의 공간에서 하나의 주도적 이야기를 보여주던 상황은 일시

---

8) 오영진, <살아있는 이중생 각하>, 『오영진 전집』 1, 범한서적주식회사, 1989, 80면.

에 두 개의 공간에서 벌어지는 서로 다른 이야기를 보여주어야 하는 상황으로 바뀐 셈이다. 이러한 상황을 영화적 기법으로 설명하면, 평행구조(parallel action)가 된다. 평행구조는 서로 다른 장소에서 발생하는 두 개의 서사구조로 이루어지는데, 크게 두 개로 나눌 수 있다. 하나는 서사 평행구조(narrative parallel action)로, 탐색·추구·구출·추적과 같은 주제에 많이 쓰이면서 일정 시간이 지나면 두 개의 이야기가 하나로 합류하게 되는 구조를 말한다. 다른 하나는 인접 평행구조(adjacent parallel action)로, 하나의 방과 그 옆방·위층과 아래층·실내와 실외·마당과 길가·자동차와 그 근처의 다른 자동차 등등의 장소에서 벌어지는 사건들이 병행하는 구조를 뜻한다.9)

‘최변호사와 이중생의 공간’(안방) → ‘하연과 임표운의 공간’(하수)으로 넘어오는 구조는 인접 평행구조에 해당한다. 두 개의 인접한 공간에서 사건이 일어나고, 서사 평행구조처럼 이야기가 합류하여 새로운 플롯으로 재편되는 구조를 지향하지 않기 때문이다. 영화였다면 이 대목에서 카메라 각도를 달리할 것이다. 최변호사와 이중생의 이야기를 보여주다가, 하연과 임표운의 이야기를 보여줄 수 있는 카메라 각도를 선택할 것이다. 어쩌면 하연과 임표운이 산책하겠다는 후원까지 카메라로 추적할 수도 있을 것이다.

그러나 희곡(연극)의 공간은 하연과 임표운의 대사를 하수(후원으로 통하는 울타리 길이 있는 쪽)에서 대사로 처리하도록 허용할 수밖에 없다. 그 순간 사랑채 안의 최변호사와 이중생의 대사는 정지된다.

---

9) 스테판 샤프, 『영화구조의 미학』, 이용관 옮김, 영화언어, 1991, 91면 참조.

그들은 가급적 관객들의 시선을 빼앗지 말아야 한다. 분리된 공간에서 하연과 임표운이 안정적으로 연기할 수 있도록 도와야 한다.

시나리오는 이러한 공간적 단일성에 구애받지 않기 때문에, 다른 방식으로 하연과 임표운의 행적을 보여준다.

○ 소공동 근처

하연　(집에서 나와 : 인용자)걸어온다

뒤따라 온 임표운.

표운　아가씨 진정하세요.

하연　그 아가씬 그만 집어치세요.

표운　어서 댁으로 돌아가십쇼. 댁내에 큰 문제를 앞두구…… 참으셔야지.

하연　임선생은 왜 다른 사원들처럼 달아나지 않으셔요?

표운　(수줍은 태도로) 사장영감 일이니 누구든 남아 거들어야죠.

하연　임선생님 함께 놀러가줘…… 모두 잊어버리게.(중략)

○ 한강

모─타 보─트 위의 속력을 놓아 달리는 보─트 표운과 하연. 넓은 한강이 보─트 놀이와 헤엄치는 젊은이로 덮였다.

하연　더 빨리!(중략)

○ 반도호텔(옥상)

맥주 잔을 가운데 놓고 표운과 하연. 하연 일어나 서울 시가를 내려다보며 손짓해서 표운을 부른다. 표운 그리로 간다. 하연 전깃불이 반짝거리는 서울 거리 한 쪽을 가리키며.

하연　우리 집 저─기죠?

표운　그렇군요. 참 저─기가 반도임업……불 하나 안 켜겼군. 저─기가 영창이지.10)

하주와 다툰 하연이 집을 나가자, 임표운이 뒤따라 나가 하루 동안 즐겁게 지내는 장면이다. 희곡에서 뒤뜰로 산보를 가는 대목보다는 꽤 긴 장면이다. 이 장면에서는 아직 이중생이 보석으로 나오지 못한 상태이고, 희곡에서는 아버지와의 충돌을 경험한 후이기 때문에 시간적으로 동일한 상황이라고는 볼 수 없다.

그러나 하연이 집안 상황에 대해 반발심을 가지고 있고, 임표운에 대해서 좋은 감정을 지니고 있다는 점에서 이 장면은 '뒤뜰 산보'와 동일한 위상을 지닌다. 차이점은 공간적 배경의 활용이다. 시나리오 <인생차압>에서는 오프닝 신에서 보여주었던 서울의 전경을 다시 한 번 보여주면서, 개방된 공간을 제시할 수 있다. 반면 희곡 <살아있는 이중생 각하>는 이러한 개방적 공간을 실연시킬 수 없기 때문에 한 공간 내의 두 개의 상황이라는 연극적 기법을 만들어내었던 것이다.

4. 돌변과 점증

희곡과 시나리오를 비교했을 때 크게 차이를 보이는 역이 송달지이다. 희곡 속의 송달지는 마음씨 좋은 아저씨 인상이다. 부인의 싫은 소리에도 쓰다 달다 말이 없고, 장모의 편잔에도 얼굴색 하나 바뀌지 않고 응대한다. 하인들에게도 인기가 있고, 이중건에게도 칭찬을 받는다.

이러한 송달지의 인상은 마지막 대목에서 급격하게 변화한다.

---

10) 오영진, <인생차압>, 『오영진 전집』 3, 앞의 책, 141~142면.

무료 병원 이야기를 꺼냈다는 이유로 장인에게 수모를 당하고, 부인에게까지 욕설에 가까운 핀잔을 듣자, 송달지는 하주의 뺨을 때리며 막혔던 입을 열어 일장 연설을 한다. 장광설은 송달지의 내부에 쌓였던 것을 끄집어내었다는 점에서 내적인 리얼리티가 없는 것은 아니나, 어수룩하고 사람 좋아 보이던 송달지에게서 일어났다는 점에서 성격적 돌변으로 취급되기도 한다.

작가도 이 점을 염두에 두고 있었다. 가령 '구변이 없다'는 말을 달지의 대사 속에 삽입한다든지, 과거 경력이 심상치 않았음(감옥에 갔다 온 적이 있다)을 간접적으로 알린다든지 하면서 송달지의 행동과 장광설이 우연이 아닌 것으로 보이게 만들려고 하고 있다.

시나리오는 이 점을 더욱 공고하게 처리했다. 도입부에서부터 달지가 무료 병원에 대한 갈망을 가지고 있음을 밝혀둔다. 그로 인해 무료병원을 세우겠다는 결말부의 발언은 갑작스럽게 느껴지지 않는다.

또 송달지는 계속해서 신경 안정제(환약)를 먹고 있다. 자신이 처한 지금의 상황을 못마땅해 하지만, 이를 참고 받아들일 수밖에 없는 고민을 미리 내비치고 있다. 이로 인해 송달지는 '성격 좋은 무골한'이 아니라, '고민을 감춘 지식인'으로 여겨진다.

임표운과 하연의 관계를 눈치채는 대목에서는 어수룩한 인물이 아니라, 상당히 눈치 빠른 인물로 묘사되고 있다. 이것은 송달지가 상황을 이해하지 못하는 것이 아니라, 알면서도 모른 척 하고 있음을 알려준다.

시나리오에 나타난 송달지 성격은 희곡에서보다 세부적으로 정합하다. 뿐만 아니라, 결말에서 보여주는 행동과 연설도 다르다. 무료 병원 문제로 핀잔을 받은 송달지는 하주에게 화를 내기는 하지만 때리지는 않는다. 물론 일장 연설도 없다.

희곡에서 달지의 대사는 집안 사람들이 모두 모인 자리에서 일어난다. 달지는 비록 구변이 없는 말투라고 스스로 말하지만, 상당히 세련된 논리로 그 자리에 있는 사람들에게 새 시대를 위한 구시대의 청산에 대해 역설한다. 그 대사는 이전의 송달지 대사에 비하면 대단히 길고 정연해서, 이질감을 느낄 정도이다. 최근 연우무대에서 무대화한 <살아있는 이중생 각하>에서 이 대사는 전부 삭제되었다. 그것은 송달지의 이전 성격에 비추어 볼 때 갑작스럽다는 지적에 따른 것으로 판단된다.

시나리오는 이러한 문제에 보다 깊게 천착해서 송달지 성격의 숨겨진 일부를 미리 제시했고, 그럼에도 불구하고 어색할 수 있는 장광설을 축소했으며, 그 대사가 발화되는 상황을 제한함으로써 (즉 하식과 하연에게만 듣게 함으로써), 내적 근거를 보다 넓게 확보하려고 했다.

이 밖에 성격적 변모를 보이는 인물로 임표운을 들 수 있다. 임표운은 하연에게 관심이 많은 인물이다. 시나리오에서 하연이 왜 다른 직원들처럼 이중생의 곁을 떠나지 않느냐고 물었을 때, 수줍어하면서 얼렁뚱땅 대답한 것은 실은 본 마음을 감추기 위함이다. 그는 하연을 일찍부터 좋아하고 있었다.

희곡에서는 임표운과 하연의 사이를 암시적으로만 표현하고 있다. 즉, 임표운이 궁지에 몰린 하연을 구해주거나 가족들로부터 비난을 받는 것에 대해 역성을 들어주면서, 두 사람이 가까워지는 것으로 그려진다. 오히려 하연이 뒤뜰로의 산보를 제안하면서 관심을 먼저 피력하는 것으로 보일 수도 있다.

시나리오는 둘 사이의 관계를 보다 일찍 연관시키고 있다. 그것은 하연이 인천으로 떠나기 전에 임표운이 아버지의 계획(랜돌프와의 관계)을 귀띔 해줌으로써, 하연이 봉변을 면하도록 도와준다는 설정에서 나타난다.

사실 희곡의 설정대로 하면 하연은 외국인 랜돌프에 대해 허영심을 품었다가 봉변을 당한 인물로 볼 수 있다. 한반도에 미군이 진주하면서 미국인에 대한 선망은 높아졌고, 하연의 태도는 이러한 선망의 차원에서 이해될 수 있다.

문제는 이러한 하연이 하루아침에 돌변해서 아버지의 모든 것을 부정하고 착실한 직장을 염원하는 '건강한 여자'가 될 수 있는가라는 것이다. 희곡은 이 점에서 이렇다 할 해답을 제시하지 못하고 있다. 허영기 많은 부잣집 딸이, 그것도 외국인에 대해 선망을 가지고 있던 상류층 여자가, 하루 아침에 사무원이 된다는 것은 성격적 돌변으로 이해된다.

시나리오는 이러한 문제를 해결하기 위해서 하연을 본래부터 외국인에 대한 허영기를 품지 않은 인물로 상정한다. 아버지에게 속아서, 그러니까 자발적인 의사 없이 인천에 갔고, 임표운이 아니었다면 봉변을 모면하기 힘들었던 순진한 처녀였다고 설정하고 있다. 이러한 설정이 극적 흥미를 고조시키는 것은 아니나, 하연의 성격적 돌변을 보다 근거 있게 설명할 수 있도록 만들어준다.

5. 친일파와 공산주의자

희곡 <살아있는 이중생 각하>의 시대적 배경은 해방 직후이다. 1945년 일제로부터 해방이 되자, 이중생은 관리인을 속이거나 혹은 관리인을 사칭해 많은 재산을 자기 소유로 만든다. 미국 기관을 문턱이 닳도록 출입하여 얻은 성과라 할 때, 이중생이 활보하던 시기는 미군정이 시행되고 있던 1945년 직후일 것이다.

이러한 시대적 배경은 주제를 뒷받침한다. 이중생의 행각과 몰락을 통해, 친일파 혹은 친미파의 속성과 악덕을 보여주는 것에 작가의 의도가 있다. 시대적 상황은 작가의 의도를 명확하게 보여주기 위해서 꼭 필요한 배경이다. 일제 강점기가 끝나고 친일파가 친미파로 변신하던 시기야말로 기회주의자의 속성이 첨예하게 폭로되는 시점이기 때문이다.

시나리오 <인생차압>은 이러한 시대적 배경을 옮겨 놓고 있다. 시대적 배경에 대해 명시하지는 않고 있지만, 하식의 귀가 시점으로 보았을 때 1950년대 중반쯤이 아닌가 싶다.

희곡에서의 하식은 일제가 일으킨 태평양전쟁(대동아 전쟁)에 참전한 것으로 되어 있었지만, 시나리오에서는 이러한 설정이 변경되어 있다. 하식은 1950년 6·25전쟁에 참여했다가 포로가 되었고, 참전한지 5년만에 돌아온 인물이다. 그러면서 반공 사상이 설파되기 시작한다.

오영진은 젊은 날에는 사회주의자를 자처했다. 그러나 북한에서 소련군의 만행과 공산주의의 실상을 목격한 후, 월남하여 반공주의자가 되었다. 하식의 발언은 이러한 오영진의 사상적 변모와 관련이 깊다. 시나리오가 영화화된 것이 1958년이니, 하식의 발언과 귀향은 1950년대 중반의 사회적 풍조를 반영한 결과로 여겨진다.

희곡이 친일파 혹은 친미파로 여겨지는 기회주의자의 악덕을 폭로하는 데에 초점을 두고 있다면, 시나리오는 여기에 공산주의자의 악덕까지 포함시키려 하고 있다. 즉, 기회주의자의 범주에 친일파, 친미파뿐만 아니라 공산주의자까지 포함시키고 있다. 아니 어떤 면에서는 더욱 강도높게 공산주의자를 비판하고 있다.

6. 장면의 이동과 신(scene)의 단절

희곡 <살아있는 이중생 각하>는 장면 연결에서 세련된 기교가 돋보이는 작품이다. 예를 들어보자.

> **임표운**　(하연에게) 아가씨 이 자리를 피하십쇼. 이게 무슨 챙핍니까.
> **이중생**　이년, 아직두 도사리구 앉았을 테야? <u>없어지지 못허구.</u>
> 이중건 상수로 등장
> **이중건**　<u>없어져라?</u> 내가 갈 집이 어뎄어. 하주야, 젊은 녀석이 한
> 　　　　병 술에 곤드레가 되다니…11)(밑줄 강조 : 인용자)

이중생과 하연은 서로를 비난하고 있다. 이중생은 하연이 아버지를 비난하는 것을 못 참아 하고, 하연은 아버지로 인해 받은 수모와 아버지의 행실에 대해 비난하고 있다. 두 입장은 서로 부딪치

---

11) 오영진, <살아있는 이중생 각하>, 『오영진 전집』 1, 앞의 책, 78면.

게 되는데, 그 때 이중건이 등장하면서 부녀의 다툼은 이중건 형제의 다툼으로 전이된다.

정리하면 이중건이 등장하기 전후의 국면은 서로 다른데, 끊기지 않고 연결되어야 하는 것이다. 이를 위해 영화의 '이동의 법칙'이 응용되었다. 시나리오는 많은 신들로 구획되어 있고, 촬영은 신별로 별도로 이루어지고 있다. 그러다 보니 신과 신이 어색하게 연접하는 경우가 많은데, 이를 방지하기 위해서 두 신 사이의 공통적 매개체를 연결해서 전환을 부드럽게 하는 경우가 생긴다.[12]

가령 앞 장면의 총소리가 뒷 장면의 스탬프 소리와 겹쳐지면서 살인 현장에서 우체국으로 넘어가는 방식 등이 그것이다. 이러한 전환은 신의 연결을 부드럽고 체계적으로 다듬는다. 위의 장면에서도 이러한 이동의 법칙이 적용되고 있다. '없어져라'는 이중생의 입에서 발화되었다가, 곧 이중건의 입으로 옮겨가면서 의미상의 국면 전환을 가져온다. 이 문장 하나로 인해 이중건의 개입(재등장)이 무리 없이 용납될 수 있다.

하나의 사례를 더 들어보자.

> **용석 아범** (술상을 들고 후원으로 가며) 용석이가 우리나라 광복군으로 가다가 일본 놈들에게 맞어 죽었다구……그럴 테지, 그래야지. 용석아, 잘했다, 잘했어. 도련님이 인젠 네 대신 날 돌보아 주시구 네 몫까지 나랏일을 하신다는구나. 용석아… 그래야 허지. 우리들 늙은 것들은 다아

---

12) 로버트 맥기, 『시나리오 어떻게 쓸 것인가』, 고영범 · 이승민 옮김, 황금가지, 2002, 431~433면 참조.

　　　　　　죽어두 좋아, 암 어서 죽어야지. 서방님이나 도련님 같
　　　　　　은 분들이 씩씩허게 일해야지, 헛 우리들이야 뭐 관속에
　　　　　　한 발 들여놓은 송장들인 걸, 헛헛…(후원으로 가자마자
　　　　　　'악' 소리와 함께 '영감마님' '영감마님'하며 아범 뒤걸음
　　　　　　질쳐 나온다)
용석 아범　영감마님, 영감마님, 시첼 누가 널을 헤치고 뜰루 끌구
　　　　　　나왔어요. 마님, 아이구머니, 이런 흉변이……13)(밑줄
　　　　　　강조 : 인용자)

　용석 아범의 대사는 아무렇게나 구성된 대사가 아니다. 의미상
으로는 용석이의 장한 죽음과 젊은 세대(서방님과 도련님)에 대한 기
대를 담고 있지만, 외형적으로 조금 길고 지루하다. 독백이라고 해
도 대사가 많지 않던 용석 아범에게 지나치게 길고 의미심장한 대
사는 금물이다. 잘못하면 작가의 의도를 직접 드러내는 꼭두각시
형 인물을 만들고 말기 때문이다.

　오영진은 용석 아범의 말속에 '송장'의 비유를 갈무리한다. 이
비유는 이중생의 '시체'와 연결되면서, 동시에 관 속에 한 발 들여
놓은 세대(보수층)가 곧 시체가 되어야 한다(물러남)는 의미를 부여
하게 된다. 그러나 무엇보다 중요한 것은 무대 앞(후원으로 가기 전)
에서 하던 대사가 무대 뒤(후원)를 다녀온 뒤에 하는 대사와 서로
연결된다는 점이다. 장면을 분리시키지 않고 연계시키는 솜씨를
발휘한 것이다.

　반면 시나리오는 매끄러운 장면 전환을 보이고 있지 못하다. 특

---

13) 오영진, <살아있는 이중생 각하>, 『오영진 전집』 1, 앞의 책, 102면.

히 F·O를 많이 사용한 것은 결점으로 지적될 수 있다.

> **형사** 알다뿐입니까 사장! 조서에 다 나타났는걸요. 한박사 입장두
> 좀 난처하신 모양이더군요. 자, 가실까요?
> 철컥하고 단장 든 손에 고랑을 채운다.(짧게 F·O)
> (짧게 F·I)
> **○ 이중생 댁(사랑방)**
> 은은히 흘러나오는 아악 연주와 함께(후략)14)

이중생은 체포되지만, 그 다음 장면에서 이중생의 집은 여전히 흥겨운 잔치 분위기이다. 겉으로는 흥겹지만 실제로는 불운하다는 뜻을 전달하기 위해서는 F·O가 자제되고, 빠른 전환으로 분위기를 대조시켜야 한다. 그럼에도 암전이 끼어들면서 이러한 효과가 발현되지 못하고 있다.

이 밖에도 습관적인 F·O가 많고 신과 신의 연결이 부자연스러운 경우가 많다. 이것은 희곡에서의 유연한 장면 전환에 비하면 거친 측면이 다분하다.

7. 마지막 장면과 라스트 신(last scene)

희곡에서의 마지막 장면은 이중생의 죽음이다. 물론 그 죽음은 무대 위에서 직접적으로 실연되지 않는다. 이중생은 가족들로부터 외면당한 상태에서 극도의 허탈감에 빠져 있다가, 낙담 끝에 면도

---

14) 오영진, <인생차압>, 『오영진 전집』 3, 앞의 책, 133면.

칼을 들고 무대 후면(후원)으로 들어간다. 그리고 무대 위로 용석 아범이 등장한다. 용석 아범은 술상을 들고 후원으로 갔다가 이중생의 시체를 목격하게 된다.

관객들은 이중생의 시체를 직접 목격하지는 못하지만 용석 아범의 다급한 음성으로 후원의 상황을 짐작할 수 있게 된다. 짐작을 통해 관객들이 보다 큰 관극 효과를 거둘 수 있다고, 작가는 계산하고 있다. 이러한 간접적 마무리는 시나리오에서도 비슷하게 활용되고 있다.

> ○ 정원(담장)
> 그 지전이 이중생의 머리 위에도 떨어지고.
> 샘물 위에도 떨어져 함께 흘러내린다. 그 지전을 쫓아 흐르면.
> ○ 샘터
> 지전이 떠내려와 뱅뱅 물위에서 맴돈다.
> 그 물 아래에는 날이 퍼런 면도칼.
> 아마, 송달지가 잊어버리고 간 것인지도 모른다.[15]

거짓으로 죽은 채 하고 다른 이의 이름을 차용한 이중생은 갑갑하고 괴로운 여생을 살아야 할 것이다. 그것은 담장을 벗어나지 못하는 이중생의 처지로 표현된다. 자유롭게 날리는 지전이 되기 위해서는 특단의 조치가 필요하다.

지전을 따라 카메라가 이동하면 이중생이 샘물 근처에 있다. 이곳은 송달지가 하식과 하연에게 속마음을 털어놓으면서 사회 정화

---

15) 오영진, <인생차압>, 『오영진 전집』 3, 앞의 책, 188~189면.

(기회주의자 제거, 새로운 대안의 등장)의 당위성을 토로하던 곳이다. 그곳에서 이중생은 자살을 한 것으로 보인다.

버려진 '면도칼'은 외화면(off screen)에 있는 이중생의 시체를 알리는 상징물이다. 마치 용석 아범이 후원에서 이중생의 시체를 보고 뛰어들어와 가족들과 관객들에게 보고하는 것처럼, 버려진 면도칼은 이중생의 최후를 암시하고 있다.

8. 영상 미학를 통해 본 공연 미학

시나리오 <인생차압>을 보면, 희곡 <살아있는 이중생 각하>의 단점과 한계를 보완하려 한 흔적이 있다(물론 다 성공적이라는 뜻은 아니다). 희곡이 이중생의 가옥 내부(안 사랑채)를 보여주는 데에 충실했다면, 시나리오는 외부의 풍경을 담아낼 수 있는 신을 고안했다. 오프닝 신에서 서울시 정경과 회사의 모습을 보여준다던가, 하연과 임표운의 데이트 장면을 통해 서울의 모습을 보여주는 것이 그러한 예이다. 영화 촬영의 약 20%가 외부에서 이루어졌다는 것은 연극이 가져오는 폐쇄성을 극복하고자 한 의도로 풀이된다.

외부적 공간을 활용할 수 있게 되면서, 많은 사건이 재연될 수 있었다. 가령 이중생이 체포되는 광경, 압수 수색이 일어나는 광경, 앞에서 말한 데이트 광경도 그러하다. 희곡에서는 이러한 광경들을 추후 말로 보고하던가 아니면 암시만 주는 방식을 택해야 했다. 이러한 간접성과 폐쇄성을 극복할 수 있다는 점에서 외부 공간의 틈입은 희곡 연출에서도 고려할 사항이다.

성격 구축이 보다 탄탄해졌다. 송달지의 성격적 변모를 무리 없이 처리하기 위해서 사전 설정이 강화되고, 장광설과 손찌검에 대한 검토가 이루어졌다. 송달지의 성격에서 폭발적인 면모를 찾고 이를 강화하는 작업이 시나리오에서 일어났다. 하연과 임표운의 관계도 그러하다. 하연의 성격이 돌변하는 것처럼 묘사되지 않은 것도 시나리오의 세부적 변경이 뒷받침되었기에 가능했다(하주의 탐욕이나 그것에 대한 어머니 우씨의 반응을 보여주는 신도 대거 강화되어 있다). 연극 연출시 이 점을 참조하면 인물의 보다 분명한 성격을 구출할 수 있을 것이다.

하식의 귀환이 다른 방식으로 설정됨으로 해서, 주제 또한 상당히 변화한다. 하식은 태평양전쟁이 아닌, 6·25전쟁에 참전한 것이었고, 그로 인해 반공주의에 대한 생각을 투영시킬 수 있었다. 공산주의자를 기회주의자로 취급할 여지가 생긴 것이다.

연극 공연은 현실적 의미를 항시 살펴야 한다. <혈맥>이 40년대 해방 공간을 날카롭게 해부한 명작이지만, 90년대의 공간에서는 변화된 현실을 감당하기 힘들었다. 그 결과 국립극장 공연이 실패로 끝나고 말았다. <살아있는 이중생 각하> 또한 같은 시대를 다루고 있고, 연극사적으로 거의 같은 위상을 지니지만, 변화된 현실에서 적응할 수 있다는 속단은 아직 이르다. 연출자는 항시 이 점을 염두에 두고, <살아있는 이중생 각하>의 현실적 유효성을 살펴야 한다.

라스트 신은 희곡의 설정 의도에 의거해 만들어졌다. 비록 용석 아범이 등장해서 미래 세대에 대한 전언을 말로 하는 장면은 삭제

되었지만, 이중생의 죽음이 간접적으로 보여지도록 처리한 점은
미학적 효과를 고려했기 때문이다. 하지만 이중생의 죽음이 불러
오는 참담함과 의미를 제고시키기 위한 방법으로서의 선택이지,
만일 다른 방식으로 미학적 효과를 제고시킬 수 있다면 언제든지
바뀔 수 있는 사안임을 기억할 필요가 있다.

개척된 미래

영상 미학의 확장

제 3 부

3부 개척된 미래 : 영상 미학의 확장

한국 희곡에 나타난 교차편집 구조

1. 교차편집의 정의와 미학적 정립 과정

교차편집의 사전적 정의는 "각기 다른 장소에서 동시에 발생하는 평행 행위를 시간상 전후관계로 병치시키는 편집기법"1)이다. 영화 사적으로 볼 때, 포터(Edwin S. Porter)가 <미국 소방수의 하루>(The Life an American Fireman '02)와 <대열차강도>(The Great Train Robbery '03)에서 처음으로 사용한 이래 그리피스(D. W. Griffith)와 러시아의 몽타주 이론가들에 의해 체계화되었다.

에디슨의 촬영 조수였던 에드윈 S. 포터는 스토리를 구축하기 위해 에디슨의 촬영 필름을 뒤졌고, 그 안에서 소방관의 활동을 찍은 장면을 발견했다. 포터는 그 장면을 보다 색다르게 보여줄 플롯을 고안했다. 불타오르는 건물 속에 있는 어머니와 어린이를 구하는 소방관의 이야기였다. 작품의 클라이맥스에서 적어도 2번의 시점 이동(3개의 공간)이 생긴다. 불이 난 건물로 몰려드는 소방관(건물

---

1) 이승구, 이용관 엮음, 『영화용어해설집』, 영화진흥공사, 1990, 40면.

외부), 건물 내부에서 불길에 놀라 실신하는 여인 → 여인을 밖으로 구해내는 소방관(건물 내부), 깨어나서 자신의 아이를 구해달라는 여인 → 다시 불길이 치솟는 건물로 들어가는 소방관 → 한참 시간이 흐른 후 아이를 안고 나오는 소방관(건물 외부)이 그것이다. 이러한 스토리 영화에 대한 발상은, 쇼트와 다른 쇼트의 결합을 전제하고 있다. 포터는 간단한 쇼트들을 취사 선택해서 연속적으로 전개되는 이야기의 환영을 만들어내었다. 이것은 하나의 사건을 하나의 시점(즉 연속 촬영에 의존)으로 표현하는 멜리어스 식 촬영방식에 획기적인 전기를 가져왔다.2)

   <대열차강도>는 포터가 발견한 편집방식을 보다 다듬은 사례이다. 이 작품의 클라이맥스는 도망치는 강도와 이를 눈치채고 추적하려는 마을 사람들의 모습이다. 포터는 강도들이 황야로 도망가는 장면(신 9), 다음 전신소 내부에 묶여 있는 통신사 → 어린 딸의 등장 → 풀려난 통신사(신 10), 그 다음 흥겨운 무도회장으로 뛰어든 통신사 → 밖으로 달려나가는 마을 사람들(신 11)로 이 대목을 표현했다. 비슷한 시간대에 서로 다른 공간에서 일어나는 광경을 짧은 신으로 정리해서 극적 긴장감과 사건의 개요를 전달하는 것이다. 신 9와 신 10은 동시간대에 일어난 서로 다른 장소의 사건인데, 나란히 병렬됨으로써 결합의 컨티뉴이티로 인해 사건 전달의 개요를 담당하게 되었다.3)

   <대열차강도>의 신 9와 신 10은 교차편집의 원조격 장면이다.

---

2) Karel Reise · Gavin Millar, 『영화편집의 기법』, 정용탁 옮김, 집문당, 1981, 13~16
   면 참조.
3) 같은 책, 13~16면 참조.

두 장면의 병치는 두 장소에서 병행되는 평행 행위를 시간상 전후 관계로 병치시키는 교차편집의 개념에 부합된다. 이러한 개념을 보다 정교하게 발전시킨 사람이 그리피스이다. 그는 <국민탄생>에서 한결 진보된 그리고 한층 긴장감 넘치는 편집방식을 선보였다. 그리피스는 암살 직전의 링컨과 그의 경호원들, 객석의 관객들, 그리고 살인자의 움직임을 신(scene)들로 분할해서 불연속적으로 배치함으로써 영상 서술 방식에 깊이감을 더했다. 다양한 디테일이 누적되면서 신의 강조점이 달라졌고, 신들의 결합으로 불안한 극적 분위기가 조성되었다. 이것은 각각 진행되는 4개의 이야기를 크로스 컷팅(cross cutting)해서 편집했기 때문이다. 4개의 공간을 볼 수 있는 시점(視點)이 확보되어, 전체적 이야기(링컨의 암살 장면)를 구성하는 것이다.4)

이러한 흐름이 미국식 편집 방식(미국식 몽타주)을 정립해 나갔다면, 에이젠슈테인을 중심으로 한 일련의 소비에트 영화 이론가들은 교차편집에 새로운 의미를 부여해 나갔다. 에이젠슈테인은 미국식 몽타주를 평행편집(parallel editing)으로 규정했고, 그리피스에 의해 개발된 '평행편집'이 두 개의 이야기를 기계적으로 교차시켜 외적 통일성(outer unity)을 구현하는 데에 목적이 있다고 주장했다.

반면 이에 맞서는 소비에트 몽타주는 '내적 모순(inner contradictions)'의 상호작용 속에서 '내적 일치(inner unity)'를 이루는 점이 다르다고 구별했다. 다시 말해서 미국식 몽타주는 소비에트 몽타주와는 달리 두 개의 이야기가 외형적으로만 연결되어 있어 새로

---

4) 같은 책, 16~21면 참조.

운 의미를 생성시키지 못하지만, 소비에트 몽타주는 두 이야기 사이의 관련성 혹은 내적 유사성이 강조되면서 새로운 의미를 만들어낸다는 것이다. 이러한 예는 에이젠슈테인의 영화 <파업>에서 데모하는 군중을 학살하는 쇼트와 도살장에서 소를 도살하는 쇼트의 결합에서 찾을 수 있다.[5]

교차편집이 추적의 시퀀스에 주로 사용되는 것은 쫓는 자와 쫓기는 자가 필연적으로 나눠지기 때문이다.[6] 가령 서부영화에서 달리는 역마차가 있고 이를 뒤쫓는 인디언이 있다고 할 때, 두 개의 이야기는 서로 평행하게 전개된다. 역마차의 이야기를 주 평행(primary parallel action)이라고 한다면, 인디언의 이야기는 부 평행(secondary parallel action)이라고 할 수 있고, 두 개의 이야기가 교차되면서 두 개의 이야기도 나란히 진행된다. 평행구조(parallel action)는 이제 흔하게 쓰이는 영화구조로서 추적 이외에도 탐색, 추구, 구출 등의 주제에 적합하다.[7]

이러한 평행구조에서 교차편집의 기법을 통해 미학적 효과를 확보하기 위해서는 분리된 두 개의 이야기(평행한 신)를 접합하는 방식을 고민해야 한다. 각 신의 지속 시간, 전환 빈도, 화면 크기와 광학 기법, 담당 기능을 조율해야 하며 무엇보다 속도감을 살리는 방법을 고안해야 한다. 주 평행과 부 평행, 혹은 여러 개의 쇼트로 분할된 장면들이 조합되는 방식에 따라 속도감과 긴장감이 재편되

---

5) 김용수, 『영화에서의 몽타주 이론』, 열화당, 1996, 161~164면 참조.

6) Ronald B. Tobias, 『인간의 마음을 사로잡는 스무 가지 플롯』, 김석만 옮김, 풀빛, 1997, 150면 참조.

7) Stefan Sharff, 『영화구조의 미학』, 이용관 옮김, 영화언어, 1991, 91~92면 참조.

는 셈이다. 이를 위해 많은 편집자들이 감각과 이론에 의지해서 쇼트와 신들의 결합을 궁리했고 그 결과 우리가 보는 많은 좋은 영화들의 영상 미학이 발현된 것이다. 가령 역마차와 인디언을 똑같은 길이와 일정한 간격으로 보여줄 때보다, 주 평행을 길고 부 평행을 짧게 보여주다가 전환 간격을 변화시키고 지속 시간을 다르게 조절하며 화면의 크기와 카메라 앵글에 변화를 준다면 뒤쫓아 오는 인디언으로 인해 고조되는 긴장감을 얻을 수 있으며 이로 인해 영상 미학은 속도감을 획득할 수 있다.

　이러한 편집 기법은 영화가 오랫동안 발전시켜 온 것이며 영화라는 매체에서 가장 유력하게 발휘되는 형식 미학인 것은 분명하다. 그러나 그 기원은 문학에 있으며[8] 반대로 영화의 파급력이 문학[9]과 연극[10]에 미치고 있음이 이미 지적된 바 있다.

　본고는 연극 미학의 새로운 모색을 위해 과거의 영화적 기법이 침투한 사례를 시기별로 고찰할 의도로 쓰여졌다. 그 중에서도 연극의 느린 전환과 속도감을 보강할 수 있고, 공간적 제약을 효과적으로 보완할 수 있는 '교차편집'의 형식 미학을 살펴보고자 한다. 1930년대부터 우리 희곡사에서 교차편집의 기법을 이용한 주목할 작품들이 발표되었으며 이러한 경향은 최근까지 이어져왔다. 본고는 1930년대 채만식의 <제향날>을 필두로 하여, 1940년대 김영수의 <혈맥>, 1950년대 이용찬의 <가족>, 1980년대 이현화의 <불

---

8) Paech, Joachim, 『영화와 문학에 대하여』, 임정택 옮김, 민음사, 1997, 96면 참조.
9) 도정일, 「90년대 소설의 영화적 관심과 형식 문제」, 『세계의 문학』, 봄호, 1993.
10) 김남석, 「오태석 연극에 나타난 영화적 기법 연구」, 『오태석 연극의 미학적 지평』, 연극과 인간, 2003, 17~40면 참조.

가불가>를 분석 대상으로 삼고자 한다. 이것은 이 작품들이 한국 희곡사에 중요한 정점을 형성하는 작품이며 동시에 교차편집의 기법을 다양하게 실험한 작품들로 일정한 형식적 맥락을 형성하기 때문이다.

2. 과거와 현재의 교차 반복 : 〈제향날〉

채만식의 〈제향날〉은 1937년 11월 『조광』에 발표되었다. 발표 지면에는 '희곡'이라고 장르의 명칭을 명기하고, '임의상연촬영사절(任意上演撮影謝絶)'이라는 문구도 부기되어 있다. '촬영'이라는 단어를 생각하면, 채만식은 이 작품을 단순한 희곡으로만 창작한 것은 아닌 듯하다. 작가의 의도를 직접적으로 확인할 자료는 없지만, 이 작품이 영화적 기법을 강도 높게 반영하고 있는 것만은 부인할 수 없는 사실이다. 그 중에서도 장면의 교차편집 방식은 상당히 주목된다.

작품은 전경(前景)을 포함해서 3막으로 구성되어 있다. 전경의 시간은 소화 12년 그러니까 1936년(丙子)이다. 이 시간은 작품의 현재 시간을 가리킨다. 현재 시간에서 할머니 최씨는 죽은 남편의 42주기를 준비하고 있다. 제향(제사)날을 맞이하여 외손자 영오가 찾아오고, 최씨는 남편(영오의 외할아버지)이 죽게 된 사연을 영오에게 들려준다.

〈제향날〉은 그 사연을 무대 위에 직접 실연하는 방식으로 전개된다. 최씨의 이야기가 중요한 대목으로 접어들면 조명이 어두워

지면서, 그 당시 광경이 재현된다. 낡고 쇄락했던 최씨의 집은 42년 전의 부유한 집으로 바뀌어 있고, 일흔의 최씨는 이십대의 새색시로 변해 있다. 43년 전 과거가 무대 위에 펼쳐진 것이다.

1막 1장은 갑오농민운동이 실패로 끝난 직후인 1894년이다. 동학의 접주였던 김성배(최씨의 남편)가 집으로 돌아오자, 성배의 어머니와 아내 최씨는 위험하다며 그를 도주시키려 한다. 김성배는 자신 때문에 관가에 잡혀가 고초를 당하고 있던 아버지를 외면할 수 없었기 때문에 자수를 결심한다. 1장은 집에서 잡혀가는 김성배의 모습을 그리고 있고, 2장은 정기정(正己亭)에서 고초를 당하며 처형장으로 끌려가는 김성배의 모습을 그리고 있으며, 3장은 처형장에서 사살되는 김성배의 모습을 그리고 있다.

3개의 장은 과거 김성배의 최후를 보여주는 요약적인 장면이다. <제향날>에서 회상된 과거는 현재 시간에 틈입하여 무대 위에 재현된다. 회상된 과거가 무대 위에 재현되기 위해서는 공간적 비약이 필요하다. 다시 말해서 1장의 부유한 집이 되기 위해서는 전경의 낡은 집이 부유한 집으로 바뀌어야 하고, 2장의 정기정이나 3장의 처형장이 되기 위해서는 무대 전환이 필요하다. 작품에서는 그 전환을 위해 조명의 암전을 지시하고 있다.

(舞臺는 조금前부터 徐徐히 暗, 轉하다가 마주막말이 끝날때에 完全히暗, 轉을 마친다. 다시 急히 밝어오면서 第一幕第一場)
第一幕(前景에서 四十三年前)
－第一場
大門간과 사랑방뒷門앞으로 안마당을가리는 채면하나가 더어있는

外에는 全部前景과같으나 집이荒廢하지 아니했고 살림살이諸具도
豊富하거니와 윤씨가흐르고 우물도廢井이아니다.11)(밑줄 강조 : 인용자)

조명이 어두워졌다가(F·O) 다시 밝아지면(F·I), 무대에 다른
시공간이 펼쳐진다. 이러한 기법은 플래시 백 기법에 해당한다. 근
대적인 시간 개념이 생기면서 연극은 과거의 시간을 무대 위에 표
현하는 법에 대해 깊이 있게 천착해 왔다. 그러나 순간적인 이동은
근본적으로 연극적인 제약으로 작용한다. 그것은 연극이 공간적
제약을 쉽게 넘어서기 힘들기 때문이다. 공간적 이동에 적합하며
플래시 백의 수법이 더 유연하게 작용하는 장르는 아무래도 영화
라고 할 수 있다. <제향날>은 이러한 연극적 제약을 무시하면서
영화적 공간 이동을 지시하고 있다. 이것은 처음부터 연극적 상연
이외에도 영화적 촬영을 염두에 두었음을 의미한다.

42년 전의 과거를 무대 위에 실연하게 되면, <제향날>은 일종
의 교차편집 효과를 이룩하게 된다. 달라진 시공간과 평행하게 전
개되는 두 개의 플롯이 구축되기 때문이다. 또 1막에서만 세 개의
회상된 과거 장면이 틈입함으로써 네 개의 극중 현재가 여백에 배
치되고, 그로 인해 여섯 번의 장면 전환이 일어나는데, 이렇게 빈
번한 장면 전환은 영화 쇼트들의 결합에 비유될 수 있다. 이러한
재현된 과거와 전환 방식을 통해 관객들은 42년 전의 과거와 극중
현재를 비교하면서 김씨 집안의 쇄락 원인을 찾을 수 있다.

김씨 가문의 쇄락 원인은 비단 1막에서만 제시되는 것은 아니다.

---

11) 채만식, <제향날>, 『조광』3, 1937년 11월, 303면.

2막은 김성배의 아들인 김영수와 관련된 두 개의 회상된 과거 장면을 포함한다. 김영수는 성장하여 가정을 꾸리고 쇄락했지만 아직도 상당한 가산을 이용해 가게를 차린다. 그러나 그는 집안을 건사하는 일에 충실하지 못하고, 3·1운동을 계획하고 주도함으로써 다시 쫓기는 신세가 된다.

2막 1장은 3·1운동을 모의하는 김영수를 보여주고, 2장은 중국으로 망명하기 위해서 집에 들르는 김영수의 최후를 보여준다. 이렇게 회상된 과거 장면은 작품의 여백에 배치된 현재와 교차편집되어 형상화되며, 3막에서도 비슷한 효과가 나타난다. 다른 점이 있다면 3막에서는 성묘에서 돌아온 상인(김영수의 아들)이 영오에게 프로메테우스 신화를 들려준다는 점이다. 3막 1장은 원시인들에게 불을 전하는 프로메테우스를 형상화하고 있고, 2장은 그로 인해 벌을 받는 프로메테우스를 형상화하고 있다.

<제향날>에는 회상된 과거 장면(신화 장면까지 포함)이 7개 삽입되어 있고 7개의 장면을 무대 위에 재현하기 위해서 그 앞뒤로 현재 장면(극중 현재)이 배치되어 있다. 무대 전환은 14번 이루어진다. 이것은 마치 짧은 쇼트들로 전환해서 두 가지 플롯(주 평행primary parallel action, 부 평행secondary parallel action)을 병진시키는 영화의 평행구조와 흡사하다.

주 평행은 보통 극중 현재가 차지하기 마련인데, <제향날>의 비중은 오히려 재현된 과거에 편중되어 있다. 극중 현재는 회상된 과거 장면을 용이하게 연결하기 위한 설정이다. 영오가 방문해서 이야기를 들려달라고 하는 장면이 대표적이다. 최씨는 영오의 바

람을 들어준다는 명목으로 과거사를 재현할 수 있는 극적 당위성
을 얻는다.

이러한 측면에서 재현된 과거와 극중 현재의 결합은 푸도프킨의
연결 몽타주(montage of linkage)에 해당한다. 푸도프킨에게 있어 몽
타주란 '명백한 연결'로 연속적인 액션을 만들어 궁극적으로는 통
합적인 전체를 창조하는 것이다. 그는 영화에서 일어나는 모든 사
건들이 논리적으로 연결될 수 있어야 한다고 생각했고, 몽타주 역
시 사건들이 논리적 흐름을 보완할 수 있어야 한다고 믿었다.12)

극중 현재는 과거의 이야기를 부드럽게 연결하기 위해서 혹은
과거의 이야기가 자연스럽게 발현되기 위해서 존재하는 장면들의
묶음이다. 반면 재현된 과거는 의미적 유사성을 가진 세 가지 신으
로 묶을 수 있다. 김성배와 관련된 세 개의 장(영화의 쇼트)은 1894
년의 동학 운동, 김영수와 관련된 두 개의 장은 1919년 기미독립
운동, 상인과 관련된 프로메테우스 신화는 사회주의와 공리적 차
원에서의 지식인 운동을 가리킨다.

세 개의 신을 세 개의 구성 단위로 간주할 때 세 개의 구성단위
는 에피소드적 구성(episodic construction)을 이룬다. 각각의 어트렉
션(에피소드)은 연극의 공격적인 측면(aggressive aspect)을 극대화하
여 정서적 충격(emotional shocks)을 가하는 공연의 기본 단위를 말
한다.13) 이 어트렉션을 활용하여 에이젠슈테인은 고유한 몽타주
미학을 완성했다.

---

12) 김용수, 『영화에서의 몽타주 이론』, 앞의 책, 59~67면 참조.
13) Sergei Mikhailovich Eisenstein, 『영화의 형식과 몽타쥬』, 정일몽 옮김, 영화진
　　흥공사, 1990, 310~314면 참조.

그러니까 <제향날>의 극중 현재와 회상된 과거는 연결 몽타주에 가깝고, 회상된 과거 세 개의 묶음은 충돌 몽타주에 가깝다. 서로 다른 두 측면의 장면들을 배합하여 교차편집의 효과를 이룩하려는 의도가 짙은 작품이다.

이러한 교차편집의 기법은 당시로서는 특이했지만 많은 제약을 가지고 있었을 것으로 추측된다. 무대 전환이 용이하지 않기 때문에 암전은 상당히 길어질 수 있었고, 그로 인해 영화에서 발현되는 속도감은 좀처럼 얻기 어려웠을 것이다. 또 7번의 삽입 방식은 시기적으로 일정한 간격을 유지하고 있어 쉽게 예측될 수 있었을 것이다. 속도감에서 능률적인 효과를 거두기 어려웠고, 반복되는 패턴이 간파 당하여 의도했던 영화적 긴장감을 얻기 어려웠다는 것은 이 작품이 1930년대 산물이기 때문이다.[14]

당시 영화미학에서 몽타주의 수준을 알 수 있는 작품은 나운규의 <아리랑>이다. 이 작품은 1926년 조선키네마사에서 8권으로 만들어졌으며 동년 10월 1일에 단성사에서 개봉되었다. 주인공 영진은 3·1운동에 가담했다가 모진 고문을 받고 정신 이상자가 된다. 그리고 친일파 기호를 미워하고 그를 보면 죽이지 못해 발작을 일으킨다. 영화 <아리랑>은 민족의식을 지닌 영진과 친일파 기호를 중심으로 진행되며, 영진이 기호를 죽이는 장면에서 초현실적인 환상 장면이 삽입된다. 영진은 자신의 여동생 영희를 겁탈하려는 기호를 죽이기 전에, 아라비아 사막에서 사랑하는 젊은 남녀가 대

---

14) 이러한 판단은 당시 공연 자료나 리뷰를 통해서 얻은 결론은 아니나, 희곡을 면밀하게 분석하여 얻은 결론이다(김남석, 「문학의 바깥에 위치한 비평의 풍경」, 『비평의 교향악』, 새미, 2003, 77~94면 참조).

상(隊商)에게 물을 애걸하다가 거절당하는 환상을 본다. 영화는 영진의 현재적 처지와 목마른 남녀의 처지를 몽타주 기법을 통해 연결하고 있다. 즉 나라를 잃은 영진의 현재 처지와, 물을 잃고 애인까지 빼앗길 처지에 놓인 환상 속의 남자의 처지를 동격으로 놓은 것이다.

이러한 환상장면에 대한 평가는 긍정적이다. 유현목은 이 환상장면을 "한국영화가 처음으로 시도한 대담한 몽타주 기법이었다. 나운규의 비유적, 상징적, 대조적 몽타주는 러시아에서 체계화한 몽타주 이론과 맞먹는 것이다"15)라고 평가했다. 이것은 1926년 우리의 영화에서 비로소 몽타주 기법이 처음 선보였다는 사실로 받아들일 수 있다. 즉 30년대의 영화적 현실에서 몽타주나 그 변형인 교차편집은 그리 높은 수준이거나 보편적으로 상용화된 상태로 보기 어렵다.

그러나 <제향날>에서 일률적인 교차편집의 방식에 변주를 가하려는 모색은 찾을 수 있다. 그것은 장면 전환 기법과 삽입된 장면의 지속 시간이다. 1막 1장으로 접어들 때 조명의 변화는 '徐徐히 暗, 轉하다가 마주막말이끝날때에 完全히暗'이다. 그러나 모든 회상된 과거 장면이 이러한 방식으로 재현되는 것은 아니다. 1막 2장은 '무대 急히 暗轉. 다시 徐徐히밝어지면'으로 전환되고, 1막 3장은 '무대 急히 暗轉. 다시 急히 밝어지면'으로 전환된다. 이러한 조명의 변화는 회상된 과거 장면으로 접어들 때만 달라지는 것이 아니라, 극중 현재 장면으로 회귀할 때도 달라진다. 조명의 변화를

---

15) 유현목, 『한국영화 발달사』, 한진출판사, 1986, 120면.

통해 회상된 과거 장면의 위상과 의미 그리고 분위기를 조절하려
는 시도인 것이다. 이것은 영화적 문법으로 따지면 다양한 광학적
기법에 해당한다.

　또 회상된 과거 장면의 지속 시간을 달리한다. 1막 1장은 대체로
긴 편이다. 김성배가 자수하러 와서 집안 사람들과 길게 이야기를
나눈다. 반면 1막 2장과 3장에서 김성배는 거의 이야기를 하지 않
으며 지속 시간도 매우 짧다. 1막의 회상된 과거 장면이 길이에 변
화가 있다면(길다가 짧다가 했다면), 2막의 두 장은 대체로 긴 편이다.
김영수는 가족들과 대화를 나누면서 무대 위에 오랫동안 등장하고
있다. 반면 3막의 프로메테우스 장면은 대체로 짧다. 대화보다는
독백에 가깝게 대사를 하고 시각적 이미지를 중시한다. 이처럼 삽
입된 장면의 지속 시간의 변화는 단조로울 수 있는 과거와 현재의
교차 반복의 패턴에 변화를 가미한다. 이것은 교차편집을 조율하
는 하나의 방식으로 판단된다.

3. 공간적 분할과 다중 플롯 : 〈혈맥〉

　김영수의 〈혈맥〉은 1948년 6월 문교부주최 제1회 전국연극경
연대회 참가작이다. 김영수의 〈혈맥〉은 적어도 세 가족의 이야기
가 집약된 작품이다. 김영수는 극작과 소설 창작을 겸했던 작가이
다. 그의 희곡에는 소설에서 주로 추구되는 '대상의 총체성'이 강도
높게 나타나고 있다. 이러한 현상은 그의 데뷔작부터 하나의 흐름
을 형성하고 있다.

그의 데뷔작 <광풍>은 양서방네와 조선달네의 고난을 보여주
고 있다. 두 가족은 다 쓰러져 가는 움막에 살고 있는데, 그들의 집
은 철거될 운명이다. 작품은 두 가족의 불행을 주시하면서, 주 플
롯과 부 플롯을 구축해낸다.

<단층>은 네 가구가 나온다. 작품의 배경은 줄행랑식 셋집인데,
이 집의 구매자인 변호사가 세입자를 고려하지 않고 팔아버린다.
네 가구는 길가로 나앉을 판이다. 여기자인 강정실과 그녀의 노모,
남동생, 여동생, 아들이 한 가족이고, 삯바느질을 하는 점순과 철
공소 직원인 김학수가 또 한 가족이고, 아들인 오돌의 수입을 빼앗
아 술을 먹는 오돌 아버지네가 또 한 가족이며, 젊은 매춘부 백인
옥과 그녀의 모친과 딸이 마지막 한 가족이다. 이 네 가족의 이야
기는 서로 얽혀서 평행하게 진행된다.

<혈맥> 역시 세 가족과 주변 인물들의 이야기이다. 털보와 그
의 아들 거북이가 한 가족이고, 깡통과 딸 복순과 계모 옥매가 또
한 가족이며, 원팔·원칠 형제 그리고 그의 어머니와 원팔의 처가
마지막 한 가족이다. 이들은 성북동 산비탈 방공호에 산다. 그리고
그 주변에 이발을 하는 갑득이와 댄서 겸 창녀인 백옥희가 산다.
그리고 많은 하층 노동자들이 등장한다.

유민영과 백현미는 김영수 희곡 세계에서 이 세 작품은 일련의
흐름을 형성한다고 주장한다. 이 세 작품이 일종의 환경극을 형성
하면서 보다 정교하게 발전했다는 것이다. 그러면서 작품 배경의
유사성과, 인물 계층의 공통성을 지적한다.16) 김영수가 쓴 희곡 가

---

16) 유민영, 『한국현대희곡사』, 홍성사, 1982, 375~394면 참조 ; 백현미, 「김영수 희

운데 이 세 작품은 완성도나 작가 의식의 측면에서 상위에 속하며 틀림없이 일련의 연속성을 형성하고 있다.

그러나 이러한 연속성은 <혈맥>의 극작술을 보다 면밀하게 살펴보았을 때 도출될 수 있다. 그리고 그 이전의 성과가 <혈맥>의 가치와 의의를 분명하게 밝혀낼 수 있을 때 유효하다고 판단된다. 이를 위해서는 <혈맥>의 공간적 분할을 면밀히 살펴볼 필요가 있다.

1947년경. 이른 여름.

서울 성북동 근방, 어떤 산비탈 아래에서 사흘 동안에 일어난 이야기.

무대는 상하수로 나누인 언덕, 언덕 위는 일제시대 소개(疏開)통에 여러 채의 집이 한꺼번에 헐려 나간 넓은 공터. 공터 뒤로는 상수 끝에서부터 하수 끝까지 철망이 둘러 있고, 철망 뒤 저 멀리로는 도심지대의 높은 건물이 바라보인다.

상수 철망 앞으로 아까시아나무 두어 주. 밤이면 이 도심지대의 불빛이 멀리 바라보기에 별같이 찬란하고 아름답다. 언덕 중앙쯤 해서 아래로 오르내리는 비탈길이 하나 있고, 그 옆에는 '계림상사건축용지'라고, 흰 펭키 바탕에다 검정 글씨로 쓴 표목 말뚝이 꽂혀 있다.

하수 모퉁이에 전선주에는 '소변엄금', '밑에 사람 사오'라고 서투르게 쓴 종이가 붙어 있다. 언덕 아래에는, 비탈길을 사이에 두고 방공호가 셋이 나란히 뚫려 있다.

하수, 제1방공호에는 깡통영감네 가족이 살고 있고, 중앙 제2방공호에는 원팔네 가족이 살고 있고, 상수 끝, 제3방공호에는 홀아비 털보네 부자(父子)가 살고 있다.[17]

곡 연구」, 『한국희곡작가연구』, 태학사, 1997, 229~244면 참조.

17) 김영수, <혈맥>, 『한국문학전집 33/희곡집(하)』, 민중서관, 1960, 333~334면.

무대를 바라보았을 때, 왼쪽부터 오른쪽으로 가면서 차례대로 제1, 제2, 제3 반공호가 위치한다. 세 개의 방공호는 차례대로 땜쟁이인 깡통영감, 목판담배장수인 원팔, 복덕방 거간인 털보의 집이다. 깡통영감에게는 복순이라는 딸이 있는데, 계모인 옥매는 복순을 기생으로 만들려고 한다. 복순은 기생이 되기보다는 영등포 공장에 들어가서 정당한 노동을 하기를 원한다. 원팔에게는 원칠이라는 동경유학을 한 동생이 있다. 원팔은 원칠을 탐탁하지 않게 여긴다. 왜냐하면 원칠은 글을 쓰고 사상 문제를 토론하는 인텔리로 행동할 뿐 힘들게 일하고 현실에 적응하려는 노력을 기피하기 때문이다. 털보의 아들인 거복이는 장사를 하고 싶어하지만, 아버지인 털보는 아들을 미군부대에 넣어 그 덕을 보려 한다. 털보는 장사 밑천을 빌려달라는 아들의 청을 거절하고, 그 돈으로 청진계집을 후처로 얻었다가 그녀에게 가산을 몽땅 도둑맞는다. 갑득이는 반공호 주변에서 머리를 깎는 청년으로 복순을 좋아한다. 반면 복순은 거북이를 좋아한다. 복순과 거북이는 원칠의 가르침을 믿고 따른다. 옥희는 순수한 처녀였으나, 댄서가 되자 금전을 숭배하는 여자로 변한다. 원칠에 대한 애정을 표현하지만, 원칠은 그녀를 외면한다.

이 작품에서 이러한 가족적 배치와 관계는 복잡한 갈등 양상을 유발한다. 먼저 각 가정에서 발생하는 중요한 갈등부터 살펴보자. 깡통 영감 가족은 복순과 옥매의 갈등이 주류를 이룬다. 이것은 모녀 갈등으로 정리된다. 갈등의 핵심은 돈에 대한 견해차이다. 정당하게 돈을 벌려고 하는 복순의 가치관은, 딸을 기생으로 만들어서라도 돈을 벌겠다는 옥매의 비인간적인 가치관과 대립한다. 원팔과 원칠의 대립은 노동에 대한 견해차에서 발생한다. 원팔은 인텔리들의 공허한 이론과 요란한 말재주를 신뢰하지 않는다. 원칠은 형이 권유하는 약삭빠른 출세와 현실 타협주의에 반발한다. 이것은 형제 갈등으로 정리될 수 있다. 거북은 아버지 털보와 대립하다 가출한다. 대립의 이유는 두 가지이다. 털보는 거북에게 미군 부대에 들어가라고 했지만 아들은 그것을 싫어했고, 아버지는 아들에게 돈이 없다며 매몰차게 대하면서도 자신의 편이(재취)를 위해서는 거금을 들였기 때문이다. 거북은 아버지를 떠나 복순과 함께 새로운 미래를 준비한다.

이 세 가지 갈등은 〈혈맥〉에 뚜렷하게 구축되어 있다. 이 외에도 집주인과 세입자들 사이의 대립, 연정 문제로 일어난 감정적 마찰, 자식을 잃은 후 벌어지는 털보와 옥매의 싸움, 아내와 돈을 잃은 털보와 중매노파 사이의 말다툼 등이 있지만 이것들은 사소하고 지엽적인 갈등에 불과하다. 그러니 공간적 배치는 핵심적인 갈등선(葛藤線)을 따라 정리되어 연극적으로 부각되고 있다.

세 가족을 같은 무대 공간에 배치하는 것은 당시의 통상적인 극작법에서 벗어나 있다. 비슷한 시기에 발표된 비슷한 규모의 작품인 함세덕의 〈기미년 3월 1일〉의 경우처럼, 막의 전환을 통해 서로 다른 세 개의 이야기(3막)를 전달하는 것이 일반적인 방법이었다. 아니면 세 가족이 모두 공유할 수 있는 단일한 공간을 정해놓고, 그들의 등퇴장을 통해 이야기를 진행시키는 방법을 사용했다. 그런데 김영수는 무대를 분할하고, 분할된 무대에 사건을 개별적으로 할당하며, 그 개별적으로 할당된 이야기를 무대 위에서 동시에 진행시킨다.

가장 유려하게 처리된 막이 2막이다. 일단 2막은 1막과는 약간 무대 배치가 달라진다. 2막에는 언덕의 하수에 '구루마 우동집'이 위치한다. 저녁이 되면서 반공호의 또다른 식구인 우동집이 출현한 것이다.

2막이 시작되면 원팔의 모친이 찬송가를 부르고 있다. 죽어 가는 며느리에 대한 비통함이 담겨 있는 노래이다. 이 노래는 "다른 사람의 연극이 있든 말든 모른 체하고 부르"라고 지시된다. 옥매는 깡통에게 술을 가지러 갔다올테니 집을 잘 보고 있으라고 말한다. 복순이가 돌아오기를 기다리다가 깡통은 우동집 사람에게 시간을 물어보고, 갑득이는 우동집에서 밖을 내다보며 깡통에게 들어오기를 청한다. 원팔의 모친과 원팔과 원칠의 대화가 시작된다.

이처럼 2막의 서두는, 방공호 주변의 여러 사항이 동시에 제시된다. 한씨가 찬송가를 부르고, 옥매가 나가고, 갑득이가 깡통을 청하고, 원칠과 원팔이 다투는 상황이 거의 동시에 진행된다. 특히 다음과 같은 부분은 무대 위에서 여러 사항이 동시에 표현되어야 함을 암시한다.

원팔　 (담배만 빤다)
원칠　 (형을 바라보다가 다시 천천히)
우동집　 (안에서 목소리로) 어서 오쇼오.
갑득　 (내다보고) 아저씨 들어오세요! 제가 오늘 한 잔 낼께요! 네!
깡통　 (웅크리고 앉았을 뿐)

갑득   아저씨!

원팔   (담배를 비벼 끄고, 꽁초를 귀에다 꽂더니 발 씻은 물을 길
         옆에다 확 끼얹고, 다시 궤 위에 앉아서, 그날 판 돈을 세
         기 시작한다)

갑득   아저씨…… 들오세요!

깡통   (덤덤히) 돈 있니?

갑득   글쎄 들오세요! 참 내! 오늘은 하이칼라 넷 깎었어요!

깡통   (그제야 일어나 우동집 안으로 들어가며) 그럼 그것 다 마
         시자.

갑득   아저씨두 참……(머리를 디민다)

어머니 (약을 짜 가지고 안으로 들어간다)

원팔   (돈을 세면서) …그럼. 내 발잔등에 떨어진 불은 누구레 꺼
         준대든? 홍, 배때기에서 쪼르락 소리가 나구, 당장 급사를
         한들, 어떤 놈 밥 한 술 갖다 줄 놈 있대든……? 홍, (입 속
         으로 한참이나 돈을 세다가) 다아 소용없어 우선 내레 살구
         봐야디. 덮어 놓구 너같이 날뛰면 무슨 일이 되는 줄 아네?

원칠   형!18)

　　원팔과 원칠은 형제 간 대립을 겪고 있다. 그 옆에서 갑득은 깡통
에게 복순이의 일을 말하려 하고 있다. 네 사람은 같은 공간에 있지
만, 공통의 화제를 가지고 있지는 않다. 원팔과 원칠의 문제와, 갑
득과 깡통의 문제는 서로 별개이다. 물론 두 집단은 서로 공간을
공유하지도 않는다. 원팔과 원칠은 무대 중앙에, 깡통과 갑득은 무
대 하수에 위치하고 있다. 그러면서 두 가지 사건이 동시에 진행된다.

---

18) 김영수, <혈맥>, 『한국문학전집 33/희곡집(하)』, 민중서관, 1960, 355~356면.

위의 인용문에서 원팔과 원칠이 대립을 하고 나서 잠시 휴지가
생겨난다. 그 때 갑득과 깡통은 대화를 나눈다. 깡통이 우동집에
들어가면서 다시 원팔과 원칠에게 무대의 점유권이 넘어간다. 이
둘의 대립은 주된 세 가지 갈등라인 중에서도 핵심적인 것이다. 왜
냐하면 노동을 해야 한다는 원팔의 질책과 이로 인해 노동을 시작
하는 원칠의 각성에는 작가가 강조하는 주제적 전언이 담겨 있기
때문이다.

김영수는 원팔과 원칠의 사건만 전개시키고 나머지 가족의 문제
를 뒤로 미루어두지 않는다. 원팔과 원칠이 다투고 있는 무대 한
쪽에 이미 다음 사건을 위해 갑득과 깡통이 대기하고 있다. 그래서
그들이 우동집으로 들어가면 보이지 않게 된다 해도, 관객들은 그
들의 존재감을 느낄 수 있다. 그리고 원팔과 원칠의 다툼이 끝난
이후에, 그들은 무대의 중심(깡통의 반공호)으로 나와서 또다른 사건
을 일으킨다. 정리하면 2막에서 무대에는 두 개의 사건 진행이 일
어나고 있다. 원팔과 원칠의 다툼, 갑득과 깡통의 합의가 그것이다.
이로 인해 파편화될 수 있는 플롯이 흩어지지 않고 통합되는 효과
를 일으킨다.

세 가족을 같은 무대 공간에 배치한 것은, 변별되는 극작술에 해
당한다. 30년대나 40년대의 다른 작품을 볼 때, 세 가족의 이야기
는 다른 방식으로 처리될 가능성이 높다. 서로 다른 공간적 배경을
설정해서, 막 전환을 통해 표현할 수 있는 방법이 있다. 혹은 공유
할 수 있는 공간을 설정하더라도, 인물의 단순한 등퇴장을 통해 사
후보고 형태로 처리할 수도 있다. 그러나 김영수는 무대의 공간을

분할하여 각 가족의 공간을 처음부터 할당하고 그 공간을 지켜가면서 전체적인 이야기를 형성하는 극작술을 선보인다. 이것은 당시로서는 그리 보편화되지 않은, 발상도 쉽지 않은 공간 분할 방식이다.

이러한 공간 분할 방식은 플롯의 다층적인 흐름을 가능하게 한다. 즉 주도적 사건 진행과 보조적 사건 진행의 평행적 흐름이 가능해진다. 물론 이러한 사건 지선들은 서로 교차하면서 진행되기도 하고 영향을 주어 다른 사건을 촉발하기도 한다. 그리고 이러한 총체적 양상이 전후 사회의 혼란을 보여주는 효과적인 장치가 된다. 30년대의 걸작 <제향날>이 시간적 역전과 회귀를 통해 당시 사회의 혼란과 주제적 전언들을 연극적으로 형상화했다면, 40년대의 걸작 <혈맥>은 공간적 분할과 통합을 통해 다층적 플롯과 그 안에 담긴 사회상을 미학적으로 통합하는 데에 성공했다. 각각의 공간에서 벌어지는 사건을 하나의 신(scene)으로 간주한다면 공간의 분할과 독립적 진행 그리고 통합은, 신의 자립과 평행 그리고 교차적 양상으로 이해될 수 있다.

4. 분리된 공간의 동시 현현 : <가족>

이용찬의 <가족>은 1958년 국립극장 장막극 공모 당선작이다. 같은 해 4월 이원경 연출로 국립극단에 의해 초연되었다. 이 작품의 무대는 4등분되어 있다. 왼쪽은 박기철(아버지) 부부의 처소이고, 가운데는 박종달(아들) 내외의 처소이고, 오른쪽은 형사실(1막·3막)이거나 연희의 방(2막)이다. 박종달의 방과 형사실 사이에는 산길이 있고, 뒤쪽으로 층계를 올라가면 '바(bar)' 혹은 애리의 방이 되는 공간이 있다.

네 공간은 서로 다른 장소를 가리킨다. 통상적으로 연극 무대는 하나의 공간을 지칭한다. 장소의 이동은 막의 차단이나 조명의 변화로 유도되고, 장소의 변화는 곧 시간의 비약과 동시에 진행된다. 그런데 <가족>은 이러한 통상적 연극 무대의 사용을 거부한다. 이 작품은 한 무대 위에 서로 다른 네 공간을 연기의 거점으로 마련함으로써 등장 인물들을 각각의 공간에 세워두고 조명으로 그 공간을 활성화시켜 일정한 공간과 시간을 마련한다. 그러다가 두 개의 공간이 서로 교차하거나 혹은 동시에 현현하는 방식으로 공연이 진행되기도 한다. 각각의 공간을 하나의 신(scene)[19]으로 간주할 경우, 이러한 교차나 동시적 현현은 신의 교차 혹은 신의 합성으로 간주될 수 있다. 이러한 형식은 크게 세 군데에서 발견된다.

첫째는 기철과 덕실의 대화가 진행되는 1막에서 나타난다. 기철과 덕실은 죽은 임봉우에 대해 이야기하고 있다. 임봉우는 이미 죽은 상태이지만, 그들의 대화 속에서의 임봉우는 '바'에 앉아 술을 마시고 있는 행색이다. 이것은 영화적 기법으로 따지면 동시적 몽타주에 해당한다.

덕실 당장 옹색한 거지만 빚진 것들은 어떻게 하죠? 임봉우 영감
한테서 얻어 쓴 빚은 어떻게 해요? 그게 제일 많았던 것 같
은데. 참! 아까 임봉우 영감 뭐라고 말씀하시다 말았죠?

---

19) 본래 신은 시공간적 동일성을 가진 쇼트들의 집합을 가리킨다.

스포트라이트, 무대 윗켠 빠아 쪽을 비춘다. 임봉우가 앉아 있다.
밝은 채

기철 으음. 돈에 파묻혀 살아두 죽고 보면 다 허무하다는걸 얘기
하려던 거야. 소생두 없이 오직 돈에 대한 애착으로 살아온
사람이었지. 재산두 많이 모았구. 허지만 허망하게 죽고 보니
뭐냔 말야. 아무것도 아니지… 그러나 돈맛을 무척 바치면서
두 고리대금 하는 작자 치곤 쓸 줄도 아는 사람이긴 했어, 술
살 줄도 알았구. 죽던 그날도 나보고 자꾸 스탠드·빠아에 가
자구 했지 않았겠나―.[20]

기철과 덕실의 장면이 무대 왼쪽에서 일어난다면, 그 중간에 무
대 뒤쪽(bar)의 임봉우가 스포트라이트를 받고 있다. 플롯 상에서
공간의 이동이 전혀 계산되어 있지 않기 때문에, 이러한 배치는 기
철과 덕실의 생각이 삽입된 것으로 판단되어야 한다. 이것은 공간
적 병치이다. 즉, 서로 다른 두 공간의 병렬이다.

이러한 삽입(interlaced)은 '신들이나 개개의 프레임들을 연속적인
행동 속에 끼워 넣는 방식'[21]을 뜻한다. 특히 장면들간의 몽타주에
서 활용빈도가 높다. 또한 이러한 장면 사이의 삽입 방식은 동시적
몽타주(Simultaneous Montage)의 초창기 방식과 매우 흡사하다.

루돌프 아른하임은 합성화면과 상당히 비슷하게 사용되는 것 중
에 동시적 몽타주가 있다고 전제하고, 이것은 하나의 이미지 내에
서 병치된 장면들의 몽타주를 가리킨다고 변별한다. 그리고 이러

---

20) 이용찬, <가족>, 『가족―희곡선집』, 예니, 1986, 10~11면.
21) R. Arnheim, 『예술로서의 영화』, 김방옥 옮김, 홍성사, 1983, 98면.

한 기법이 처음 적용되었을 때, 기억이나 예감들을 표현하는 데 쓰였다고 말한다. 예를 들면 주인공이 생각에 깊숙이 잠겨 있는데, 갑자기 그가 생각하고 있는 것들이 동그란 삽입화면으로 스크린에 나타나는 경우가 여기에 해당된다.[22]

둘째도 비슷한 구도를 보인다. 임봉우가 죽던 날의 정경을 보여주던 대목은 다음과 같이 짜여져 있다. 무대 뒷편의 공간은 임봉우가 찾아간 '바'의 일층이다. 뒷편으로 오르는 계단의 초입은 진상과 종달이 이른 술집 입구가 된다. 세 사람은 같은 술집에 있지만, 공간상으로 떨어져 있다. 이러한 공간 상의 분리를 이 작품은 서로 다른 무대 설정으로 보여준다.

> **임봉우** 안 속는다. 약속 안 지킬려구 그러지? 한시 정각야.
> 바깥 문앞에서 만나. 그래 가지구 같이 들어가자.
> **여급 B** 네 그렇게 하세요.
> **임봉우** 넌 아냐, 넌 모레야
> 허허허 호호호 서로 웃는다.
> 층계 아래 무대 쪽이 어슴푸레 밝아진다. 종달과 이진상.[23]

두 모임(임봉우 / 종달과 진상)은 층계에서 만나게 된다. 여기서 종달은 임봉우를 계단 아래로 밀어버린다. 그러나 그 이전에 임봉우의 행적을 보여주는 장면(쇼트)과 진상·종달의 행적을 보여주는 장면(쇼트)이 차례로 제시되고 있다는 점은 교차편집의 형식을 따

---

22) R. Arnheim, 『예술로서의 영화』, 앞의 책, 124~125면 참조.
23) 이용찬, <가족>, 『가족-희곡선집』, 앞의 책, 10~11면.

르고 있다. 또 이러한 두 장면의 교차구조는 종달의 꿈이라는 하나의 장면(신)으로 통합되고, 그 장면은 기철의 방에서 종달의 늦잠을 채근하는 기철과 덕실의 장면과 통합된다.

셋째는 어릴 적 종달의 캠핑 사건을 보여주는 장면이다. 종달과 진상은 캠핑 계획을 세우고 종달의 아버지 기철에게 허락을 구하려 한다. 기철은 종달을 과잉보호하며 어려운 일을 시키지 않으려고 한다. 반면, 종달은 친구인 진상처럼 자신의 삶을 스스로 개척하고 싶어한다. 부자간의 대립을 보여주는 것이 캠핑 사건이다.

종달은 우여곡절 끝에 캠핑을 떠나도 좋다는 허락을 받고, 친구인 진상과 애인인 연희와 함께 산길을 걷는다. 그들은 즐거운 한때를 보내지만, 그 사이에 종달과 그의 부친에 대한 우려스러운 이야기도 오고 간다. 특히 종달이 아버지의 카메라를 망가뜨리고 나서 보이는 모습은 나약한 아들의 그것에 다름 아니다. 그 때 종달의 나약한 모습에 겹쳐 등장하는 것이 자신감 있는 아버지의 모습이다.

> **연희** 사랑하시는 나머지? …… 허긴 종달씨가 순진하시기 때문에 내가 좋아하는지도 모르죠. 닳아빠진 남자에게선 무엇을 갉아내구 싶을지언정 사랑할 순 없거든요 …… 오늘두 종달씨가 만약에 다치셨다면 어떻게 됐을까 …… (약간의 애교를 섞어) 내가 서러울뻔 하지 않았어요? 목놓아 울뻔 했지요.
>
> **종달** 정말?
>
> **연희** 정말이지 않구요. 기운을 내세요. 자 내려갈까요?
>
> 종달, 말없이 그리고 맥없이 카메라를 추켜든다. 카메라가 추켜들리

는 것과 동시에 기철의 방이 밝아진다. 기철, 서류를 들여다보고 있고 덕실은 잡지를 뒤적거리고 있다. 이 장면 밝은 채—24)

기철의 방과 종달의 산행은 교차 반복된다. '산행을 떠나기 전의 방' → '산행을 떠난 일행' → '산행을 떠난 이들에 대한 가족들의 이야기' → '다시 산행의 풍경' → '남은 가족들의 대화'가 오고 가며 이곳과 저곳의 공간적 교차와 비약이 일어난다. 이러한 변화는 분할된 공간을 통해 원만하게 무대화된다.

기철의 방, 산길이 교대로 조명을 받으면서 활성화되고 그 공간의 인물들은 조명을 받은 공간 안에서 움직인다. 이것을 바라보는 관객들은 하나의 독립된 쇼트나 신을 보고 있는 듯한 인상을 받고, 교차 혹은 혼합되는 신들의 병치를 통해 교차편집의 미학을 체험하게 된다. 이것은 영화적 편집 기법을 도용해서 작품을 만들었다는 주위의 평가25)를 증명한다.

5. 평행과 반복의 서사 구조 : 1980년대 〈불가불가〉

〈불가불가〉(1982, 5)는 연극 연습을 하는 광경을 연극적으로 재구성한 메타 연극이다. 등장인물들은 사극을 준비하는 배우들이다. 그래서 그들의 배역은 '배우 1', '여배우', '배우 5', '연출' 같은 형식

---

24) 이용찬, 〈가족〉, 『가족—희곡선집』, 앞의 책, 46면.

25) 서연호, 『한국근대희곡사』, 고려대출판부, 1994, 349면 참조 : 서연호는 이 작품의 '몽타주식 전개방법'을 사용했다고 언급한 바 있으며, 이를 부연하여 '사태와 의식의 변화에 따라 필요한 장면들을 선택적으로 편집하여 나열하는 방법'이라고 했다. 이러한 평가는 '교차편집'의 영화 문법으로 이 작품의 기법을 파악한 결과이다.

으로 부여된다. 이들은 공연을 하루 앞두고 6장으로 이루어진 사극을 연습하기에 여념이 없다.

　연습은 처음에는 우발적으로 일어난다. 공연장에 모인 배우들이 농담처럼 연습을 시작하고 차츰 많은 인원이 참여하면서 진지해진다. 객석에서 연습을 하다가 무대로 올라가 연습을 하게 되고, 연출자가 등장해 체계적인 연습으로 들어간다. 음향과 조명이 갖추어지고 무대를 이분한 채 두 개의 장면이 진행된다.

　ⅰ) 조명 훼이드·인 돼, 무대 좌측 돗자리 부분에만 둥그랗게 내려쏟는다.

연출　　(배우 1을 향해 손짓하며) 큐−

배우 1　……부인

여배우　……알고 있습니다.

배우 1　……한 나라가 두 나라를 맞아 생사를 결해야 하오.

여배우　승전 못지 않게 자랑스러워지셔야지요. (배우 1 앞에 무릎을 꿇고 앉아 목을 곧추 세운다)

배우 1　……삶을 버리고 죽는다는 것은 쉬운 일은 아니요.

여배우　죽지 못해 삶을 잇는 것은 더욱 쉬운 일이 아니지요.

배우 1　오, 부인……

여배우　……삶을 이어 노비가 되느니 죽음 얻어 날개를 펴리다. (두 눈을 살포시 내려 감는다)

배우 1　오, 오……

여배우　삶도 죽음도 쉽지 않지만, 사람이 사람답게 죽을 곳과 때를 얻는 건 더욱 어려운 일− 어서 황산벌로 달려가셔야지요.

배우 1　……(칼을 내리친다)

연출   (워키 토키에 대고) 라이트, 체인지—

악공들의 사잇소리 연주와 함께 좌측 돗자리 부분 조명 훼이드·아
울되며 동시에 우측의자 부분 훼이드·인 된다.

연출   (무대 우측 배우 12에게)큐—

배우 12 (국서를 받쳐들고)…일본 정부와 한국 정부는 양 제국을
         결합하는 이해공통의 주의(主義)를 공고히 하고자 한국부
         강의 실(實)을 인정할 수 있을 시(時)에 이르기까지 차(此)
         목적을 위하여 좌(左)의 조관(條款)을 약정함.(중략)

배우 12 제4조, 일본과 한국 간(間)에 현존하는 조약 및 약속은 본
         협약에 저촉되지 않는 한 모두 그 효력을 계속하는 것으로
         함.

배우 11 폐하

배우 2   어찌……26)

무대는 두 개의 권역으로 나뉘어져 있다. 좌측에는 돗자리가 펴
져 있고 부분 조명으로 그 권역을 표시하고 있다. 그 권역에 배우
1과 여배우가 위치한다. 그들은 지금 나당 연합군의 침입에 맞서
싸우러 가는 장군과 그 부인의 역을 맡고 있다. 장군(배우1)은 이길
수 없는 싸움에 나가면서 처를 죽이기로 결심하고 그 부인(여배우)
은 가망 없는 싸움에 패해 욕된 삶을 사는 것을 일찍 모면하기로
결심한다. 두 사람은 돗자리와 부분 조명의 권역에서 장면 1을 연
기하고 있다.

장군의 칼이 내려쳐지면서 장면 1이 마감되면 무대 좌측의 조명
이 꺼지고 무대 우측의 조명이 켜진다. 무대 우측에는 의자 하나가

---

26) 이현화, <불가불가>, 『이현화 희곡집 0.917』, 청하, 1987, 155~156면.

있고 배우 2·3·4·5·6·7·11·12가 있다. 그들은 이웃 나라
의 강압에 외교권을 박탈당할 조정의 왕과 신하를 연기하고 있다.
이웃 나라의 대신(배우 12)이 일방적인 국서를 읽고 있고, 다른 대
신(배우 11)은 왕(배우 2)에게 인준을 강요하고 있다. 이러한 상황은
을사보호조약 당시, 고종－일본 공사 대신들의 모습을 상기시킨다.
한 나라의 존폐를 걸고 맞서는 대립은 장면 5의 요체이다.

　두 장면은 한 무대에서 연출된다. 연출자는 무대를 반분하고 이
쪽과 저쪽의 상황을 넘나드는 형식으로 연극을 진행시킨다. 이러
한 진행은 두 가지 이야기를 동시에 진행시키는 평행편집을 연극
적으로 응용한 것이다. 특히 속도감 있는 진행을 보인다는 점에서
영화적 기법의 영향력이 강하게 감지된다.

　ⅱ) 음향효과, 다시 들어와 높여진다.

연출　(배우 1에게) 큐－

배우 1　……부인.

여배우　……알고 있습니다.

연출　큐－

배우 11　공은?

배우 4　불가요.

배우 11　절대적이요?

배우 4　그렇소.

배우 11　그럼 불가편.

연출　체인지－

좌측 돗자리 부분에만 청색 조명이 들어온다.

연출　큐－

배우 1 ······한 나라가 두 나라를 맞아 생사를 결해야 하오.

여배우 승전 못지 않게 자랑스러워 지셔야지요.

연출 체인지―

좌측 조명만 적색으로 바뀐다.

음향은 점점 더 고조돼 흐르고[27)

여전히 장면 1과 장면 5가 교차편집되고 있다. 그러나 ⅰ)의 상황과는 상당히 다르다. 일단 ⅱ)에서 장면 1은 끝까지 진행되지 않은 상태에서 장면 5로 넘어가고 있다. 이것은 장면의 지속 시간이 다르고, 전환 기준이 다름을 의미한다. 앞으로 더 진행될수록 장면의 지속 시간은 더욱 짧아지고 전환 횟수는 많아진다. 그 다음 다른 것은 음향효과가 삽입되어 있다는 점이다. 비록 연출의 지시에 의해 지정되고 있지만 음향효과는 점차 고조되고 체계적으로 정리되고 있다. 마지막으로 다른 것은 조명의 변화이다. ⅰ)에서는 조명의 크기와 위치에 대해서만 지정하고 있지만, ⅱ)에서는 색깔을 지시하고 그것도 푸른 색에서 붉은 색으로 변화하고 있다.

이러한 차이는 장면 1이 같은 내용을 반복하고 있는데 반해, 보여주는 방식은 변화하고 있음을 뜻한다. 그렇다면 장면 5 역시 전환의 템포에 맞추어 변화할 수밖에 없으며, 장면 1과 장면 5가 결합하는 형태 역시 계속 달라진다. 그런데 그 달라지는 형세는 점점 전환의 속도가 빨라지고 지속 시간이 짧아진다는 것이다. 이것은 영화의 가속편집에 해당한다.

가속편집(加速編輯, accelerated montage)은 이야기가 전개됨에 따

---

27) 이현화, <불가불가>, 『이현화 희곡집 0.917』, 앞의 책, 164면.

라 페이스와 리듬이 점점 빨라지도록 하는 편집방법으로 쇼트의 길이를 점차 짧게 연결함으로써 특정 효과를 얻는 방법이다.28) 장면 1과 장면 5가 점점 짧아짐으로써 관객들이 느끼는 극적 템포도 빨라지고 긴장감도 고조되는 효과를 가져온다.

<불가불가>에서 부분적으로 인용되는 장면(가시적으로 드러난 것)은 모두 6개이다. 장면 2는 10만 양병을 주장하는 신하와 이를 반대하는 신하의 어전 회의 장면(임진왜란 전)이고, 장면 3은 항복 문서를 써서 화친을 맺고 종묘사직을 보존하자는 신하와 이를 굴욕으로 여기며 반대하는 신하의 어전 회의 장면(병자호란 중)이며, 장면 4는 무신을 욕보인 문신을 척살하려는 측(무신)과 문신을 보호하려는 측(왕과 문신)이 충돌하는 장면(무신의 난)이다. 장면 6은 독립운동을 하다 잡혀온 포로와 이를 심문하는 측의 이야기(일제시대)이다. 그런데 심문자들은 포로의 아내를 욕보임으로써 포로로부터 중요한 정보를 얻으려 하고, 포로의 아내는 욕된 삶을 마침으로써 남편과 국가의 짐이 되지 않으려고 한다.

이러한 장면 설정을 보조적 사건 지선으로 여겼을 경우, <불가불가>는 장면 1과 장면 6이라는 두 개의 중요한 사건 진행(주도적 사건 진행)과 4개의 보조적 지선을 함축한 작품이 된다. 이 여섯 개의 평행한 이야기는 무작위로 취사 선택되는 형태로 무대 위에 실연된다. 비록 장면 1과 장면 5의 경우처럼 무대를 반분(半分)하고 동시에 교차하며 진행되는 경우는 없지만, 연습 도중에 배우들이 자리를 옮김으로써 일종의 잔상 효과를 일으킨다.

---

28) 이승구, 이용관 엮음, 『영화용어해설집』, 앞의 책, 14면 참조.

배우 5　그럼 2장도 미리 한 번 서봐둬. 괜히 성미 급한 사람 성깔

돋구지 말고.

배우 4　예, (배우 2에게) 자 이쪽으로 와. 이번엔 이쪽이 옥좌야.

서로 위치들을 바꿔 제 자리를 찾는다.

배우 3　(배우 2를 항해 굽히며……)마마. (좀 더 감정이 진해졌다.)29)

(밑줄 강조 : 인용자)

　미국식 평행편집은 외형적 연관성을 중시여기는 반면, 소비에트 (러시아)식 평행편집은 내적 연관성 혹은 은유적 등가성을 중시한 다. <불가불가>에서 평행구조를 이루는 여섯 개의 플롯은 내적 연관성에 따라 구축되어 있다.

　장면 1은 계백의 결단을 보여주는 장면이다. 계백(배우 1)은 개인 적 선택을 분명히 한 장수이다. 그는 불리한 싸움에 임해서도 물러 서지 않고 장군으로서의 본분을 다하려는 태도를 보인다. 이것은 개인적인 영달을 좇지 않고 역사적 책임을 다하려는 인물의 표상 이다. 그의 처(여배우)도 마찬가지이다.

　이러한 결단의 인간형은 장면 6에서 나타난다. 장면 6을 보면, 나라를 위해 목숨을 바치고 동료의 안위와 거사의 성공을 위해 기 밀을 털어놓지 않는 우국지사(배우 1)가 나온다. 고문자들(배우 11·12)은 이러한 우국지사를 괴롭히기 위해 아내(여배우)를 붙잡아서 심적인 고통을 가한다. 그러나 아내는 장렬한 죽음을 택함으로써 남편의 뜻과 국가의 미래를 해치지 않는다.

　장면 1과 장면 6은 결단을 분명하게 촉구하는 상황과 이를 외면

---

29) 이현화, <불가불가>, 『이현화 희곡집 0.917』, 앞의 책, 142면.

하지 않는 인물을 보여준다는 점에서 구조적으로 상동하다. 그것은 연출자가 내면의 연기에 몰입하지 못하는 배우 1에게 장면 1에 이어 장면 6을 연기시키는 대목에서도 확인된다.

반면 장면 2·3·4·5는 결단력 있는 인간형이 아닌, 양자적 입장을 고수하는 인물을 보여준다는 점에서 구조적으로 상동하다. 이 연극의 또다른 핵심 인물인 배우 5는 공식적인 대사가 한 마디인 배우이다. 그의 대사는 '불가불가'로, '불가·불가'로 읽을 경우 '절대로 안 된다'는 뜻이 되고 '불가불·가'로 읽을 경우 '어쩔 수 없이 허락할 수밖에 없다'는 뜻이 되는 묘한 어구이다.

국시를 정하거나 정책을 결정하기 위해서 회의를 하는 과정에서 신하들은 두 측으로 나뉜다. 역사의 선택이 어떤 쪽에 지지를 보내건 간에 두 측은 나름대로의 소신으로 입장을 개진한다. 그러나 유독 배우 5가 맡은 신하만은 애매모호한 대답으로 상황을 모면하려한다. 배우 5는 어느 한 쪽의 입장이라고 딱히 말할 수 없는 말을 가지고 양자적 입장을 견지한다. 그것은 역사와 현실이 어떠한 방향으로 나아가든 그 책임으로부터 벗어나 개인적인 영달을 지속하려는 욕심 때문이다. 즉, 배우 1과 여배우가 보여주었던 결단형 인물형과 반대인 것이다.

장면 2·3·4·5가 극적 '포인트'로 배우 5의 '불가불가'를 문제 삼고 있다는 점에서 네 개의 장면은 장면 1·6과 그 구조적 위상과 의미적 형상화 측면에서 반대이다. 정리하면 장면 1·6 / 장면 2·3·4·5는 결단형 인물형 / 양자적 인물형의 대립을 확인시키며, 배우 1 / 배우 5의 대립을 이끌어낸다. 결말에서 배우 1이 배우

5에게 상해를 입히는 것은 이 작품의 내적 긴장이 여기에 있음을 알려준다. 즉, <불가불가>는 '불가·불가'가 되든 '불가불·가'가 되든 어느 한 쪽의 의미를 분명하게 해야지, 이것도 저것도 아닌 어구가 되어서는 곤란하다는 작가의 생각을 대변하는 제목인 셈이다.

6개의 플롯이 평행하게 진행되고, 그 6개가 두 개로 나뉘어져 대립되며, 그 중에서 장면 1과 장면 5가 무대 위에서 크로스 컷팅되는 방식으로 주요 대목이 이루어지는 것은 서로 대립되는 의미의 충돌을 강조하기 위해서이다. 에이젠슈테인은 몽타주의 기본원리가 내적 모순이 상호 작용하여 새로운 통합적 의미를 만들어내는 것에 있다고 했다. 그렇다면 <불가불가>는 과감한 선택을 하는 사람과 모호한 타협을 꾀하는 사람의 충돌을 통해 시대와 현실의 문제를 바라보는 하나의 새로운 관점을 만들고 있다고 할 수 있다. 그런 측면에서 이미지의 연상적 비교(imagist thinking)에 바탕을 둔 '충돌 몽타주'30)의 연극적 구현으로 <불가불가>를 파악할 수 있다.

6. 교차편집 기법의 시대적 전개 양상

채만식의 <제향날>은 과거(신화 포함)와 현재가 교대로 재현되는 구조적 특징을 지니고 있는 작품이다. 영오의 외할아버지 이야기(동학운동)나 외삼촌의 이야기(3·1운동)는 모두 과거의 이야기이며, 작가가 생각하는 역사의 문제이다. 채만식은 이러한 과거를 현재의 흐름 속에 투입하여 형식적으로 재현할 수 있는 방법을 모색했

---

30) 김용수, 『영화에서의 몽타주 이론』, 앞의 책, 136~144면 참조.

고 그 결과 '회상의 장면화'가 만들어졌다.

과거와 현재의 교차 반복은 채만식의 역사의식을 반영한다. 채만식의 시각은 역사와 현재를 동시에 파악하는 이중의 구조로 되어 있다. 그의 역사관은 과거와 현재를 아우르는 '겹시각'[31]의 형태로 형상화된다. 이러한 겹시각의 형식적 집약이 <제향날>의 과거와 현재의 교차 반복 구조인 '회상의 장면화'[32]이며, 이러한 회상의 장면화를 가능하게 한 형식적 기법은 영화미학의 총화인 '교차편집'으로부터 왔다.

김영수의 희곡 <혈맥>은 공간적 집약성이 뛰어난 작품이다. 김영수는 방공호를 무대적 배경으로 설정하고, 가난한 세 집안을 그 안에 위치시킨다. 그리고 각각의 집안에 문제적 갈등을 설정하고 무대 위에서 동시적으로 진행시키는 수법을 도용한다. 이러한 수법은 세 가지 플롯을 동시에 진행시키는 영화의 교차반복 기법과 흡사하다.

김영수의 <혈맥>에 등장하는 세 집안, 즉 털보네·원팔네·깡통영감네는 가난한 이들이다. 뿐만 아니라 댄스걸 옥희, 이발사 갑득이, 설렁탕 배달부, 청진계집 등도 가난한 이들이다. 김영수의 연극적 소재는 가난인 경우가 많다. 그는 식민지 착취가 가장 첨예하게 나타났던 시절부터 빈민층을 대상으로 한 작품을 많이 썼다. 그것은 그의 성장 과정과 와세다 재학 시절에 끼니를 굶을 정도로 가난했고 그럼에도 극장과 책에 심취했으며 아일랜드 문예부흥기

---

31) 송하춘, 『채만식—역사적 성찰과 현실풍자』, 건대출판부, 1994, 45면.
32) 김재석, 「채만식 장막극의 공연 기법과 그 의미」, 한국극예술학회 편, 『채만식』, 태학사, 1996, 126면.

의 극작가들의 작품에서 영향을 받았기 때문으로 진단된다.[33]

김영수는 가난의 문제와 사회 변동기의 혼란을 한 작품 내에 삼투시키기 위해서 무대적 설정을 독특하게 마련한다. 무대를 가난의 세 측면을 보여주는 이들에게 할당하고 그들의 연기 공간을 보장함으로써 세 공간을 한 무대 위에 동시에 현현시키는 수법을 고안한다. 이러한 변화는 공간적 제약을 자유롭게 이탈하고 다양한 설정을 통해 변화시키는 영화적 기법(교차편집)과 흡사하다.

이용찬의 <가족> 역시 무대적 공간을 분할하여 연극적 흐름을 조율한 작품이다. 박기철 부부의 처소(무대 왼쪽)와 박종달 부부의 처소(가운데)는 고정된 상태이나, 무대 오른쪽은 형사실이나 연희의 방으로 그리고 무대 뒤쪽은 바(bar)나 애리의 방이 된다. 등장인물들은 고정된 연기공간에서 연기함으로써 그들의 위치를 관객에게 인지하도록 돕고, 서로 다른 공간에서 동시에 위치함으로써 동시적 몽타주가 가능하도록 만든다. 또 공간의 순간적 이동(조명과 결합)이 가능해짐으로써 빠른 막 변환이 일어난다. 이러한 변환은 영화에서 쇼트의 바뀜과 비약에 필적할만하다.

교차편집의 묘미는 속도감과 동시성에 있다. 연극은 무대 변화의 어려움으로 인해 이러한 미학적 성과를 쉽게 거두지 못하는 약점이 있다. 1930년대의 <제향날>도 비록 교차편집의 미학을 응용하기는 했지만 속도감 있는 변환에는 약점을 드러내었다. 또 김영수의 <혈맥>도 무대적 분할을 통해 다층적 플롯을 가능하게 했지만 공간의 뒤바뀜이나 전환까지 꾀할 정도는 아니었다. 그러나 이

---

33) 김유미, 『작가 김영수』, 민음사, 2002, 284~285면 참조.

용찬의 <가족>에 들어서면 무대적 변환과 조명의 어울림이 속도
감 있는 장면 전환(교차편집)을 만들어내고, 어떤 경우에는 교차편
집의 기법이 합성화면의 효과를 내면서 동시적 몽타주를 만들어내
기도 한다.

  80년대 이현화의 <불가불가>는 이용찬의 <가족>보다 더 속도
감 있는 장면 전환과 복잡한 효과를 가능하게 한 작품이다. 이 작
품은 무대를 반분하여 조명과 음향을 통해 연극적 실연(實演)이 교
차되는 구조를 취하고 있다. 특히 전환 속도와 전환 방식에 끊임없
이 변화를 가하고 지속 시간과 전환 빈도를 가속화시킴으로써 점
점 연기 페이스와 연극적 리듬이 증폭되는 공연효과를 만들어낸
다. 이것은 교차되는 쇼트의 길이에 변화를 가함으로써 영상 미학
적 효과를 증폭시키는 가속편집의 효과에 필적된다.

  이러한 변환과 증폭 기법의 개발은 <제향날>의 과거와 현재의
교차 반복, <혈맥>의 공간적 분할, <가족>의 무대 공간의 동시적
현현이 불러일으키는 연극적 효과가 누적되면서 점차 그 미학적
가치와 의미를 인지한 결과이다. 특히 <불가불가>는 영화계의 미
학적 성과를 양분하는 미국식 평행편집과 소비에트 식 몽타주 기
법을 정교하게 포괄하고 있어, 영화적 문법과 체계가 연극 창작과
극작술에 미친 긍정적인 영향의 대표적 사례로 꼽힐 만 하다. 이것
은 교차편집 구조의 연극적 정착이 어느 정도 안정적으로 이루어
졌음을 보여주는 하나의 실례이기도 하다.

7. 교차편집 기법의 미학적 성과

교차편집의 기법은 본래 시공간의 유연한 이동을 보조하기 위한
고안물이었다. 한 사람의 행적을 따라 이야기가 전달되거나 고정
된 공간에서 벌어지는 사건을 보여주거나 시간적으로 연속된 사건
의 진행만 가능하다면 전달되는 이야기는 무척 지루하고 답답할
것이다. 교차편집은 하나의 사건과 동일한 공간 그리고 연속된 시
간을 뛰어넘고 이야기의 다채로움과 풍요로움을 얻기 위한 의식적
장치였다.

교차편집은 영화에서 두드러지게 개발되기 시작했다. 초창기 영
화는 연극 무대를 찍는 움직임이 있는 사진에 머물렀거나 간단한
사건을 기록하는 단편적 그림에 불과했다. 그러나 차츰 그 안에 이
야기가 담기게 되고, 그 이야기를 전달하는 방식에 대해 여러 가지
로 궁리하게 되었다. 에드윈 S. 포터가 개발한 쇼트의 단절과 이동
그리고 순서 상의 변화로 인해 영화가 보여줄 수 있는 새로운 이
야기의 세계에 눈뜨기 시작했고 이에 대한 후대의 천착이 복잡하
기 이를 데 없는 영화 미학을 만들어내게 되었다.

연극 역시 이러한 영화의 미학과 문법과 체계에 적지 않은 영향
을 받은 것으로 판단된다. 이 말은 그 이전에 시공간의 이전이 없
었고 주인공을 벗어나는 장면이 없었다는 뜻은 아니다. 영화의 획
기적인 시각과 포착 방식에 의해 그 이전에 가지고 있었던 문법이
나 미학들이 발전하기 시작했고, 영화는 그 자극제나 촉매제의 역
할을 했다는 뜻이다.

본고는 한국 연극 중에서 이러한 자극과 촉매 역할의 직접적인 영향을 받은 것으로 판단되는 네 작품을 연대 상으로 추출하여 분석하는 방식으로 쓰여졌다. 이러한 논문 방식은 그 자체로 한계를 지니게 마련이다. 일단 영화적 교차편집 기법(몽타주와 평행기법)을 도용하여 작품들을 분석할 경우, 해당 작품에 반드시 영화적 영향력이 가해졌는가를 증명하기 힘들다는 점이다. 극작가들이 이를 자인한 경우라 해도, 기존의 연극적 문법에서 그 원형을 찾을 수 있다면 반드시 영화적 영향력이라고 단정지을 근거는 없다. 실제로 영화적 문법조차도 문학 작품에서 그 원형을 찾을 수 있는 경우가 허다하다.

또 위의 네 작품만으로 한국 희곡에 나타난 교차편집 구조를 대표할 수도, 아우를 수 없다는 점이다. 다른 많은 작품들이 영화적 기법에 일정 부분 침윤되어 있고 이를 공개적으로 천명하고 있다. 그러니 네 작품으로 교차편집 미학을 완전히 설명하기는 무리이다.

마지막으로 교차편집의 기준을 어디까지 설정해야 하는지 애매하다는 점이다. 시공간의 자유로운 넘나듦이 교차편집의 기준이라고 한다면 후대의 많은 작품들이 이러한 범주 안에 귀속되지 않을 수 없다. 3일치의 파괴가 시공간과 행동(사건 진행)의 불연속성과 관련 있다는 점에서 교차편집 미학의 요건이 될 수 있다. 시간, 공간, 행동의 일치가 동시에 완벽하게 실행된 예는 거의 없다는 점을 상기한다면, 3일치의 법칙이 제대로 실현되지 못한 작품들은 자연스럽게 교차편집 미학과 관련되지 않을 수 없다.

이렇게 복잡한 조건에도 불과하고, 영화 미학적 접근은 크게 요청된다. 한국 연극의 미래는 지금으로서는 불투명하고 그것은 연극적 제작 방식에서 지나치게 답보적인 입장을 취하고 있기 때문이기도 하다. 수공업적 제작 방식을 따를 경우, 연극은 속도감 있는 전개나 다채로운 요건들을 제대로 살려내기 어려워진다. 영화는 속도감과 풍요로움에서 이러한 볼거리를 상당히 흡수하고 보다 복잡하고 정교한 컷팅과 편집을 통해 현란한 시각적·청각적 체계를 구축하고 있다.

한국연극에서 교차편집 기법의 실례와 미학적 효과를 가늠해야 하는 것도 여기에 그 이유가 있다. 1930년 한국 희곡(<제향날>)은 이미 상당한 수준의 교차편집을 선보였다. 과거와 현재를 교차하는 구조를 만들고 이를 반복적으로 활용함으로써 관객들에게 정서적 충격을 가하고 역사의식을 불어넣는 효과를 유도했다. 시공간의 교차는 시각적 변화와 볼거리를 제공하여 기존의 연극적 상황에 일종의 변화를 가져왔다.

1940년대 김영수는 공간적인 분할을 통해 플롯을 독립적으로 보존하는 형식의 작품인 <혈맥>을 발표했다. 이 작품은 처음부터 세 집안의 이야기를 공간적으로 분할시켜 한 무대 위에 집결시켰다. 그리고 각각의 집안에 서로 다른 갈등의 유형을 부여하여 독립적 갈등 전개가 가능하도록 배치했다. 이러한 배치는 독립된 공간을 따라 개별적으로 진행되는 사건의 핵심적 동력이 되었고, 때로는 서로 얽히는 사건들을 통해 다른 갈등과 충돌하기도 했다. 이러한 배치와 충돌 양상은 신의 독립과 평행 그리고 교차와 충돌의 편집 방식으로 설명될 수 있다.

'몽타주식 전개방법'이 유행하며 교차편집에 의한 영화적 효과를 적극적으로 도용한 시기는 1950년대이다.[34] 이 시기는 근대극 초창기에 유입된 리얼리즘 양식이 일대 변화를 겪은 시기이다. 해방과 전쟁을 지나면서 사회는 변화했고, 변화한 사회에 대한 연극적 대응 양식은 기존의 고루한 리얼리즘을 변화시키는 방법으로 나아갔다. 이른바 수정 리얼리즘이 생성되면서 그 중요한 변화로 영화적 양식이 유입되었다.[35] 이용찬의 <가족>은 이 시기를 관통하는 중요한 맥락을 보여준다. 이 작품은 막과 장에 의한 이동보다는 필요한 장면을 취사선택하는 방식으로 꾸려지고, 이러한 방식은 두 작품의 장면 전개를 빠르고 새롭고 유연하게 만든다.

그러다가 1980년대에 들어서면서 교차편집의 속도감과 가감 변화를 적극적으로 활용한 작품이 등장한다. 이현화의 <불가불가>는 느림에서 빠름으로, 단순한 변화에서 복잡한 변화로, 어색한 병치에서 조화로운 결합으로 바뀌면서 시공간의 이동과 사건의 교차 반복 효과를 극대화시킨 미학적 효과를 탄생시키기에 이른다. 이 작품은 가속편집의 효과마저 염두에 두고 있어, 극적 템포와 관극의 긴장감을 훌륭하게 배합시키는 성과를 낳았다.

<제향날>에서 <불가불가>에 이르는 과정은 정밀한 상호 연계성을 지니지 못한 상태이다. 그러나 각 해당 시기의 연극적 정체성을 새롭게 정립하고 답보된 상태에서 벗어나기 위한 일련의 실험적 시도로 고안된 작품들인 것은 분명하다. 이러한 실험적 시도는

---

34) 1958년 9월 극단 신협에 의해 공연된 유치진의 작품 <한강은 흐른다>도 몽타주 기법을 일부 응용한 작품으로 평가되고 있다.

35) 서연호, 『한국근대희곡사』, 앞의 책, 348~359면 참조.

연극(희곡)이 새로운 방식을 취하기 위해서 영화적 형식 미학을 참조하기 시작했음을 보여준다. 영화적 형식 미학이 성공할 수 있었던 요인으로 가난한 사회에 대한 폭넓은 현실인식(<혈맥>)과, 근대 사회로의 변동에 대한 민감한 자각(<가족>)과, 과거와 현실을 대조 분석하는 역사의식(<제향날>과 <불가불가>)을 꼽을 수 있다. 특히 <제향날>과 <불가불가>는 역사의식을 연극 속에 삼투시킨 효율적인 형식으로 영화적 형식 미학을 발현시킨 경우이다. 이처럼 영화의 형식 미학적 실험과 모색이 성공할 수 있는 요인은 작가 의식의 성숙과 고민에서 비롯된다.

1980년대 전반 문예영화 시나리오의 교차편집

1. 교차편집과 문예영화

교차편집 기법은 영화가 오랫동안 발전시켜 온 것이며 영화라는
매체에서 가장 유력하게 발휘되는 형식 미학인 것은 분명하다. 그
러나 그 기원은 문학에 있으며,[1] 반대로 영화의 파급력으로 인해
그 영향이 문학[2]과 연극[3]에 되미치고 있음이 이미 지적된 바 있다.

문예영화는 이러한 영화와 문학의 관계가 중첩되는 장르이다.
그러므로 원작의 문예미학이 각색 시나리오의 영상미학으로 어떻
게 발현되고, 각색 시나리오의 영상미학을 정립하기 위해서 어떻
게 원작의 설정을 참조했는지를 알아보는 것은 문학과 영화의 관
련성을 점검하는 소중한 지표가 될 것이다.

아울러 1980년대 시나리오에서 유달리 강조되는 평행 편집의 예
를 통해, 달라진 시나리오 작법과 영상 문법에 대한 인식을 엿볼

---

1) Paech, Joachim, 『영화와 문학에 대하여』, 임정택 옮김, 민음사, 1997, 96면 참조.
2) 도정일, 「90년대 소설의 영화적 관심과 형식 문제」, 『세계의 문학』 1993년 봄호.
3) 김남석, 『오태석 연극의 미학적 지평』, 연극과 인간, 2003, 17~40면 참조.

수 있다. 1960년대 <안개>나 1970년대 <불꽃>에서 보여진 회상 기법은 한국 시나리오 작법의 중요한 참조사항이었다.4) 이러한 시나리오는 이동의 법칙을 통해 현재와 과거, 현실과 회상을 넘나드는 획기적인 문법을 선보였다. 그러나 이러한 전환은 '시간의 전환'에 국한된 것이 사실이다. '공간적 이동'에 관한 한 두 작품만한 실례를 찾기 힘들었다.

이야기가 두 개의 상황으로 나뉘어져 서술될 때, 영화는 두 개의 이야기를 동시적으로 그리고 효과적으로 보여줄 수 있는 영상 문법을 찾지 않을 수 없다. 1980년대 전반의 시나리오에서 이러한 요구에 대한 당대인의 고민을 찾을 수 있다. 또 이러한 자문과 대답 속에서 만들어진 평행 구조가, 시나리오 작법에 보다 적극적으로 개입되어 과거보다 자유롭게 공간적 병치를 이끌어내고 있음을 확인할 수 있다.

2. 이동의 원칙과 평행 구조 : 〈난장이가 쏘아올린 작은 공〉

조세희 소설 ≪난장이가 쏘아올린 작은 공≫은 연작 소설이다. 여러 개의 단편 소설이 느슨하게 연결되면서 하나의 통일된 체제를 이루는 형태의 소설이다. 그 중에서 단편 <난장이가 쏘아올린 작은 공>을 홍파가 시나리오 <난장이가 쏘아올린 작은 공>(1981)

---

4) 김남석, 「1960년대 후반 문예영화 시나리오의 회상 기법 연구」, 『민족문화연구』 38호, 고려대민족문화연구원, 2003년 6월 ; 「1970년대 문예영화 시나리오의 형식 미학 연구」, 『한국문화연구』 3호, 고려대학교 한국문화연구소, 2002년 12월.

으로 각색했다.

　그러나 시나리오가 전적으로 단편 <난장이가 쏘아올린 작은 공>만을 대상으로 삼은 것은 아니다. 편집 기법적인 측면에서 보면, 다른 단편 소설의 형식을 참고한 흔적이 있다. 예를 들어 보자.

> **사용자 4**　더 이상 이야기할 필요 없어요. 뒤에서 애들을 조정하는 <u>파괴자</u>가 있어요.
> **영　희**　엄마, 큰 오빠가 저 아래 큰 집 유리를 <u>깨 버렸어.</u>
> **어머니**　알아. 아버지가 가셨어.
> **영　희**　그 집 아이가 아버지를 난장이라고 놀려서 그런 거야. 그런데 왜 아버지가 가지?
> **어머니**　너희들이 뭘 잘못하면 그 <u>책임</u>을 아버지가 지셔야 한단다.
> **영　희**　언제까지?
> **어머니**　너희들이 클 때까지.
> **사용자 1**　앞으로 무슨 일이 일어나면 그 <u>책임</u>은 여러분이 져야 돼요.
> **어머니**　큰 다음엔 너희가 한 일에 대한 <u>책임</u>을 너희 스스로 져야 돼.
> **사용자 2**　임금은 지난 2월에 이미 인상 조정이 되었고, 그 조정에 따라 지급하고 있어요. 상여금도 작년 연말에 지급했어요.5)(밑줄 강조 : 인용자)

　연작 소설 《난장이가 쏘아올린 작은 공》 안에 수록된 단편 소설 <잘못은 신에게도 있다>의 일부이다. 노조 측과 회사(고용자) 측이 협상을 벌이고 있고, 영수는 이 광경을 지켜보고 있다. 회사 측은 노조 측의 요구에 반발하며 그 의도가 불순하다고 비난한다.

---

5) 조세희, 《난장이가 쏘아올린 작은 공》, 문학과지성사, 1986, 176면.

그러면서 '파괴자'라는 단어를 사용한다.

'파괴자'라는 단어는 지켜보는 영수에게 과거의 기억을 떠오르게 한다. 영수는 아버지를 난장이라고 놀리는 아이의 집 유리창을 깬 적이 있었다. '파괴'라는 의미적 연관성에 의해, 소설은 깨진 유리창에 대해 영희와 어머니가 대화를 나누던 과거의 상황으로 접어들게 된다.

오빠인 영수가 정당한 일을 한 것이 아니냐는 영희의 물음에 어머니는 그렇지 않다고 말하면서 '책임'을 강조한다. 책임은 행동에 대한 대가이다. 그러나 그 책임은 힘 없는 이들이 짊어져야 할 족쇄 같은 것이다. 다시 '책임'이라는 단어는 현실적으로 힘이 없는 노조 측을 위협하는 회사 측의 발언으로 옮겨가고 있다.

흥미로운 것은 회사 측이 노조 측을 협박하기 위해서 사용되는 '책임'이, 다시 과거의 어머니가 훈계하는 '책임'의 중요성과 겹쳐진다는 점이다. 현재의 협박성 '책임'과 과거의 훈계용 '책임'이 나란하게 병치되면서, 과거와 현재, 기억과 현실의 풍경이 대비된다.

이렇게 '파괴', '책임'이라는 단어의 연상 작용은 두 상황(현실의 노사 협상과 기억의 유리창 사건)을 별다른 장치 없이 연결시키고 있다. 이러한 기법은 시나리오에서 이동의 법칙으로 설명된다. 로버트 맥기는 시나리오의 구성을 '장면의 배치와 연결'로 파악했다. 이러한 구성을 원활하게 하는 요건이 '이동의 원칙'이다.

이동의 원칙은 장면과 장면을 연결하는 제3의 요소를 활용하여 신의 전환을 꾀하는 기법이다. 한 장면에서 다음 장면으로 넘어갈 때 두 장면을 매개하는 요소가 없거나 명확하지 않다면, 즉 사건들을 연결하는 고리가 없다면 이야기의 전개는 위태롭게 된다. 그래서 장면의 전환에는 어떤 내적 필연성이 있어야 한다. 가령, 해안을 찰랑이는 파도 장면에서 잠자는 사람의 숨소리 장면으로 이동하거나, 앞 장면과 뒤 장면에서 반복되는 어구가 있는 것 등이 그러하다.6)

영호 형이 말해주던 맨델의 법칙 같은 건 믿고 싶지 않아.
(순간, 영수의 얼굴로 고통의 빛이 스친다)
(이어 명희와의 일들이 다르게 컷트 인된다)
(어느 여관 밀실에서)
(명희가 속옷 바람으로 선 채 영호에게 마구 울부짖는다)
명희 난 내일부터 술집에 나가. 어쩔 수 없잖아. 영수도 약속을 어기고 공장에 나가는 것처럼 나도 술집에 나가. 하지만 한 가지 약속을 지키고 싶어. 내 몸을 영수가 가져. 남이 차지하기 전에 영수가 나를 차지해.(중략)
명희 남자들은 다 좋아해.
영수 싫어, 나.
명희 싫다는 건 거짓말이야.
(방죽의—)
영수 …그래, 그건 거짓말이었어.
(하고 조용히 말한다)
영호 그래, 그러니까 명희가 죽었다고 슬퍼할 건 없어 우린 슬퍼해야 할 틈도 없잖아.
영수 (자조하며)…그래.

---

6) Robert Mekee, 『시나리오 어떻게 쓸 것인가』, 고영범 · 이승범 옮김, 황금가지, 2002, 431~433면 참조.

> **영호** …우린 결혼 같은 거 기대하지도 말아야 했어.
> **(여관 밀실)**
> **명희** (영수를 잡고 흔든다) 좋아, 겁이 나면 <u>결혼 같은 거 하지 않</u>
> <u>아도 좋아.</u>7)(밑줄 강조 : 인용자)

영수는 실의에 빠져 방죽에 앉아 있다. 명희가 음독 자살을 했기 때문이다. 영수를 걱정해서 찾아나섰던 영호가 다가와서, 열성에서도 우성이 나올 수 있다는 '멘델의 법칙'을 더 이상 믿지 않겠다고 말한다. 영수의 비관적인 말에 영호의 얼굴에는 '고통'이 스치고, 그 고통은 과거 명희가 보여주었던 '고통'으로 연관된다.

기억 속의 영희는 고통에 '울부짖'고 있다. 그러면서 영희와 만났던 기억 속의 공간으로 자연스럽게 전환된다. 다시 말해서, 비관의 말→ 영수의 고통→ 명희의 울부짖음으로 이미지가 연결되면서 상황은 방죽에서 과거의 여관 방으로 전환되는 것이다.

과거의 여관 방에서 명희는 순결을 영수에게 주려 하고 영수는 그것을 거부하고 있다. 명희는 영수를 회유하면서 남자들이 여자의 육체를 싫다고 말하는 것은 '거짓말'이라고 말한다. '거짓말'은 다시 상황을 전환시켜, 방죽의 영수의 입으로 발화된다. 영수는 "…그래, 그건 거짓말이었어"라고 자신에게 주입하듯 되뇌이고 있다.

영수의 이 말은 과거의 말인 동시에, 현재의 말이다. 영호가 들었다는 멘델의 법칙이 실은 '거짓말'이었다는 뜻이 되기 때문이다. 영수는 어릴 적 멘델의 법칙을 듣고 열성 유전자에서도 우성 유전

---

7) 홍파 각색, <난장이가 쏘아올린 작은 공>, 『한국 시나리오 선집』7, 집문당, 1992, 57면.

자가 태어날 수 있다고 믿었는데, 현실에서 그러한 가능성은 없어 보인다.

영수와 영호의 대화는 조금 더 지속된다. 그러다가 '결혼' 이야기가 나오고, 다시 화면은 과거의 여관 방으로 전환된다. 그 기억 속에는 '결혼'을 무시하는 명희가 있고, 그것을 아프게 듣고 있는 과거의 영수가 있다. 과거의 영수를, 명희를 잃은 현재의 영수가 추억하고 있는 신이다.

이러한 전환은 #69에서 일어나고 있다. 즉 한 신을 두 개의 시공간적 층위로 분리하고, 이를 이동의 법칙으로 넘나들게 구성하도록 지시하고 있는 셈이다. 그 매개 고리로, 고통의 이미지, '거짓말'이라는 단어, '결혼을 하지 않겠다'는 문장이 쓰이고 있다. 시간과 공간적 층위를 달리하는 두 개의 비트(beat)[8]를 교차 편집시켜 영수의 내면적 괴로움을 강화하는 신을 만들어낸 것이다.

#69가 시간과 공간의 전환을 동시에 염두에 두었다면, #90과 #91은 같은 시간적 층위에서 공간적으로 분리된 상황을 보여주도록 지시하고 있다.

#90. 고급 레스토랑
(비후스테이크가 만들어지고 있다)
(다정한 자리에서 우철이 다소곳한 영희에게 다정한 이야기를 하고 있다.

---

8) 비트는 신을 구성하는 가장 작은 단위 요소를 말한다. 보통 행동/반응이라는 행위의 교환을 일컫는다. 변화를 바탕으로 반복되는 과정에서 신이 구성된다(Robert Mekee, 『시나리오 어떻게 쓸 것인가』, 앞의 책, 65면 참조).

#91. 불이의 집 마당

(풍로에 불을 집피고 있는 불이)

(보고 있는 영수와 영호)

영호 다운은 됐지만 많은 걸 배운 것 같아요.

(영수 말없이 앞만 본다)9)

영희는 부동산 중개업자(우철)에게 팔린 집(무허가 건축물 증서)을 되찾겠다는 일념으로 집을 떠난다. 우철의 비서로 채용된 그녀는, 그를 따라 고급 식당에서 식사를 하고 있다(#90). 반면 영희가 사라진 집을 떠나지 못하는 그녀의 가족들은 모처럼 고기를 구워 먹고 있다(#91). 두 신은 고기라는 공통점으로 연결되어 있고, 침울함이라는 정서적 동일성도 보이고 있다.

이러한 관계는 몽타주를 형성하는 관계 중 '유사(similarity)'의 관계에 속한다. 고기라는 소재가 '대상물의 유사(형태상의 유사)'를 형성하고 있다.10) 그러나 상류 층을 대표하는 레스토랑의 이미지와 일상 가정의 모습을 보여주는 불고기는 다시 대조를 이룬다. 이것은 '의미상의 대조(contrast)'이다.11) 두 신은 이러한 유사점과 대조점을 동시에 지니고 있다. '형태상의 유사와 의미상의 대조'로 연관된 신인 셈이다.12)

---

9) 홍파 각색, 앞의 작품, 62면.

10) 루돌프 아른하임, 『예술로서의 영화』, 김방옥 옮김, 홍성사, 1983, 96~101면 참조.

11) 같은 책, 95~101면 참조.

12) 아른하임은 다음과 같은 예를 들어 '형태상의 유사와 의미상의 대조'를 설명하고 있다. "지하감옥에 감금되어 족쇄가 채워진 죄수의 발과 극장에서 춤추는 무용수의 다리, 혹은 안락의자에 깊숙이 앉아 있는 부유한 사람과 전기의자에 앉혀진 반역자". 이러한 관련성은 고급레스토랑에서 고기를 먹고 있는 딸과 철거 직전 무허

이러한 신과 신의 관계를 각색자도 # 90과 # 91의 관계를 '몽타주'로 파악하고 있다.

94. 몽타주

(영희와 우철이 고기를 먹고 있다)

(영희를 뺀 가족이 고기를 씹고 있다)

(이들의 면모가 다양하고 자세하게 묘사되며 몽타주 된다)13)

몽타주(montage)란 상이한 시간과 상이한 장소에서 발생한 쇼트를 함께 연결시키는 것을 뜻한다. 인위적인 조작에 의해 자연적인 시간과 공간이 해체되고, 시간상으로나 공간상으로 서로 관련이 없는 사물들이 함께 연결된다는 것이다. 그러나 몽타주가 교차 편집은 아니다. 아른하임도 몽타주가 크로스 컷팅(cross-cutting)과 구별된다고 밝히고 있다.14) 다만 몽타주의 기원이 크로스 컷팅이고, 크로스 컷팅과 몽타주가 차이를 보이는 것은 신이 비약하는 정도(즉 시공간의 격차)라는 점에서, 크로스 컷팅은 몽타주와 그 근원이 같고 작동 원리가 흡사하다.

영희의 가출로 플롯은 두 개로 양분되고, 카메라의 시점(視點)도 두 곳으로 분산된다. 이야기를 진행하기 위해서는 두 시점에 의해 포착된 사건들을 통합할 수 있는 방안이 마련되어야 한다. 교차 편집은 분리된 이야기의 동시적 진행과 효과적 통합을 위해 마련된

가 건물에서 고기를 먹는 가족들의 모습에서 찾을 수 있다(같은 책, 101면 참조).

13) 홍파 각색, 앞의 작품, 62면.

14) 루돌프 아른하임, 『예술로서의 영화』, 앞의 책, 90~95면 참조.

기법이다.

교차 편집을 위해서 신 사이의 연관성이 주목된다. 유사와 대조의 성향이 활용되어 공간적으로 떨어진 두 신을 접합시킬 수 있게 된다. 그 출발점이 고기를 먹는 '몽타주'이다. 이 몽타주로 인해 생긴 두 공간(사건) 사이의 연관성을 다른 신들이 넘나들기 시작한다.

#96에서 영희와 우철이 고급 맨션으로 귀가하면 #97에서 난쟁이의 집이 무너지고 있다(집). #103에서 난쟁이 일가가 평온하게 잠자리에 들면, #104에서 영희는 우철의 품 안에서 불안해한다(잠). #110에서 난쟁이의 얼굴이 '광기의 집념'으로 물들면, #111에서 영희는 모종의 음모를 꾸미려 한다(위험한 생각).

영희는 우철의 고급 주택에서 살지만 잠자리는 불안하고 그 집을 탈출해야겠다는 일념으로 가득하다. 난쟁이 일가는 무너진 집터에서 잠자리에 들지만, 영희가 돌아오지 않는 것을 빼면 화목하다. 그들은 많은 것을 빼앗겼지만, 가족에 대한 신뢰만은 버리지 않았다. 반면 우철은 영희를 자신의 곁에 두고 있지만, 둘 사이의 관계는 표피적인 것에 불과하다.

분리된 공간에서 일어나는 사건은 대조적이다. 그리고 이러한 대조적 사건을 보여주기 위한 신들이 지나가면, 영희가 집으로 돌아오는 신이 이어진다. 애타게 달려온 영희와 가족들이 재회하는 신이 라스트 신인데, 라스트 신에서 분리되어 진행되던 이야기가 결합되기에 이른다. 부정적이고 비관적으로 전개되던 플롯의 내용도 희망적으로 마무리된다.

시나리오 <난장이가 쏘아올린 작은 공>에는 두 가지 종류의 교차 편집이 나타나고 있다. 하나는 시공간적 위계가 다른, 즉 현재의 상황과 과거의 기억이 교차 편집되는 신들이고, 다른 하나는 동일한 시간대에 다른 장소에서 일어나는 사건을 보여주는 신들이다. 전자는 비트의 전환 속에 매개 고리가 장착되어 있고, 후자는 신과 신의 관계 즉 대조와 유사의 연관성으로 병치되고 있다.

3. 빈 공간의 틈입 : 〈안개마을〉

이문열 원작, 송길한 각색 시나리오 〈안개마을〉(1982년)은 철저하게 수옥의 시점에 의존하고 있다. 수옥은 입대한 남편과 헤어져 산골 마을 교사로 전근을 가게 된다. 시나리오의 도입부는 이러한 처지를 내레이션으로 들려주는 수옥의 말과 수옥이 거처하게 될 오지를 보여주는 신으로 구성되어 있다.

수옥은 그 마을에서 이상한 사내 깨철을 만나게 된다. 수옥이 마을 입구에서 내려 학교를 둘러보고 숙소에 머물 때까지, 깨철은 수옥의 시선에 계속해서 포착된다. 임지에 도착해서 처음 만난 사람도 깨철이고, 숙소로 가는 골목에서 매를 맞고 있는 사람도 깨철이고, 저녁 식사를 할 때 불쑥 찾아온 사람도 깨철이다. 깨철은 수옥의 시선에 의해 탐지되고 경계되어야 할 대상으로 제시된다.

응당 수옥은 임지에서 교사 생활을 하면서 깨철이 가진 위상에 대해 궁금해 한다. 그녀는 상황을 종합하고 자신의 추론을 덧붙여 깨철이 마을 여인들의 성적 해방구 노릇을 하고 있음을 알게 된다. 동성 마을이라는 혈연적 제한으로 인해, 이 마을 여인들에게 다른 남자들과의 만남은 억제되어 있다. 이러한 마을에 혈연적 유대가 없고 문제적 요인이 없는 깨철이라는 인물은 자연스럽게 주목과 관심의 대상이 될 수밖에 없다.

깨철의 정체를 깨달아가면서 수옥에게도 변화가 찾아온다. 수옥은 입대한 남편과의 뜨거웠던 날들을 회상하게 되고, 상대적으로 외롭고 쓸쓸한 임지에서의 독수 공방이 점점 힘겹게 느껴지기 시작한다. 시나리오는 이러한 과거와 현재의 대비적 상황을 몇 개의 신으로 연결시키고 있다.

 # 28. 동만이의 방 안

(원목에 그대로 눕는 깨철이)

사천댁　　아나, 이거 비라(벼개를 던져준다)

(깨철이 벼개를 벤다. 사천댁, 이번엔 허드레 이불을 덮어준다. 즐기듯이 비죽이 바라보는 동만이)

사천댁　　우리도 자입시다.

깨철　　마누라하고 뒤비져 밤새 배꼽이나 맞춰라.

동만　　문디이 같은 놈!(웃는다)

 # 29. 수옥의 하숙방

(잠옷차림으로 홀로 책상 앞에 앉아 손톱을 깨물며 자못 골돌한 상념에 잠겨있는 수옥)

내레이션　(수옥의—)깨철이 힘들여 일하지 않더라도 마을 전체의 부양을 받고 잠자리까지 제공받으면서 마을의 성원이 될 수 있는 것은 절반 이상이 아낙네들의 보호본능에 힙입은 것이리라. 나머지 절반 즉, 남자들끼리 그와 같은 깨철이의 존재를 묵인하고 즐기는데 대해선 오리무중의 수

수께끼였다. 하지만 차차 베일이 벗어지겠지.

(수옥, 자리에서 일어나 문고리를 단단히 잠그고 잠자리에 들어가 눕는다. 텅빈 방에 혼자 자기가 휘적거린다. 천장을 물끄러미 응시하는 그녀의 고독한 모습에—)

30. 도시 수옥의 신혼 방(밤)

(수옥에게 키스를 하며 곳곳을 따뜻이 애무해주는 영훈)[15]

#29에서 수옥은 혼자 자고 있다. 수옥은 깨철의 정체를 추측하고 있지만, 이 신의 기본적 정서는 외로움이다. 육체적으로 성숙한 여인이 독수공방해야 하는 처지를 보여주기 위함이다. 그러면서 자연스럽게 회상 신 #30이 전개된다. #30은 남편과 헤어지기 전 수옥의 뜨거웠던 정욕을 보여주고 있다.

그렇다면 #28은 왜 배치된 것일까. #28과 #29는 장면의 연속성에서 매개체가 확실하지 않다. #28에 이어 #29가 전개되지 않으며, 공간적으로도 분리되어 있다. 이 시나리오는 철저하게 수옥의 시선에 의해 사건 현장이 포착되는데, 그러한 측면에서도 #28은 예외적이다. 깨철과 수옥이 만나는 신은 직접 대면하거나, #24와 같이 수옥이 묵는 집으로 깨철이 나타나면서 이루어지는 것이 기본적 형식이었다. 그럼에도 #28(더 정확하게 말하면 #25부터)은 예외적인 상황으로 전개되고 있다.

그 이유는 #29와의 대조(contrast)[16] 때문이다. #28에서의 기묘

---

15) 송길한 각색, <안개마을>, 『한국 시나리오 선집』 7, 집문당, 1992, 120~121면.

16) 의미상의 대조에 해당한다(루돌프 아른하임, 『예술로서의 영화』, 앞의 책, 95~ 101면 참조).

한 합숙과, #29에서의 독수 공방은 의미상으로 대조된다. 이러한 대조는 공간적으로 분리되어 있고, 수옥의 시선이 못 미친다는 한계에도 불구하고, #28의 신 배치를 가능하게 한다. 아니 #28로 인해, #29로의 공간 전환이 자유로워지고, 이를 통해 #30으로의 회상(시간 이동)도 가능해진다.

원작에서 이 부분을 찾아보면 보다 확실해진다.

"너 집에 좀 자자"
"목욕하고 오믄 재워주마"
"이불 필요 없다. 니는 마누라한테 가서 엎어지면 될꺼 아이가?"
대개 그렇게 되는데, 그 과정이 너무도 자연스러웠다.[17]

원작에는 #28에 해당하는 장면은 있으나, #29에 해당하는 장면은 없다. 다시 말해서 각색 과정에서 #28을 원작으로부터 차용하고, #29를 새롭게 창조한 것이다. 왜 새롭게 창조했을까. 그것은 수옥의 독수공방을 부각시키고, 성적 욕구와 관련된 공간을 대조시키기 위함이다.

이러한 공간적 대조와 그에 의한 전환은 다음과 같은 전환으로 더욱 부각된다.

85. 수옥의 방
(책상 앞에 앉은 수옥, 편지지와 만년필을 챙겨 단숨에 써내려간다)
내레이션 (수옥의―) 나는 아무런 부끄럼없이 그에게 썼다. 한시

___

17) 이문열, <익명의 섬>, 『귀두산에는 낙타가 산다』, 열린책들, 1988, 35면.

바삐 그의 품에 안기고 싶다고…… 그의 체온과 뜨거운
숨결을 느끼고 싶다고…… 그리고 그날 밤 나는 그가 너
무도 사무치게 그리운 나머지……

86. 같은 방(깊은 밤)

(호야불만 호젓이 타고 있고―)

(잠자리에 몸을 뒤척이고 있는 수옥)

(밖엔 산짐승의 울부짖음이 처절하게 메아리치고―)

(뒤척이던 수옥, 열에 들떠 천장을 응시한다)

87. 병촌의 여인숙

(한덩어리가 되어 치열한 정사를 벌이고 있는 영훈과 수옥)

88. 수옥의 방(밤)

(몸을 뒤척이는 수옥)

89. 산골짜기

(백설이 하얗게 뒤덮인 채 달빛만 쨍한 적막한 골짜기에 처절하게
메아리치는 산짐승의 애끓는 울부짖음 소리―)

90. 수옥의 방(밤)

(몸을 뒤척이고 있는 들 뜬 수옥)

91. 병촌의 여인숙

(영훈과 수옥의 치열한 정사)

92. 수옥의 방(밤)

(열에 들뜬 수옥)

(저도 모르게 이불속으로 슬며시 손을 넣어 국부 쪽으로 옮겨간다)

(고통스레 눈을 감고 입을 벌려 헉헉 가쁜 호흡을 하는 수옥)

(그녀의 한 쪽 팔이 절박하게 움직인다)

93. 눈 덮인 산골짜기

(처절하게 메아리치는 산짐승의 애끓는 울부짖음―)

94. 병촌의 여인숙

(정사를 치루고 있는 영훈과 수옥)

95. 수옥의 방(밤)

(고통과 황홀과 땀으로 범벅이 된 수옥의 절박한 모습에 처절하게
메아리치는 산짐승의 애끓는 울부짖음이 사무치면서)18)

#85, #86, #88, #90, #92는 수옥이 머물고 있는 방안 풍경이다.
수옥은 남편이 휴가를 받아 찾아온다는 소식을 접하고 억눌렀던
성적 욕망이 분출되는 느낌을 받는다. 그러면서 편지를 쓰고 남편
과의 재회를 기다리게 되면서, 육체적으로 흥분해 간다.

#87, #91, #94는 수옥이 회상한 과거이다. 회상 속에는 영훈과
의 '치열한 정사'가 들어 있다. 수옥이 육체적으로 흥분되어 감에
따라, 회상 속의 정사 신도 잦은 빈도로 틈입한다.

그런데 틈입하는 신이 한 종류 더 있다. 그것은 '눈 덮인 산골짜
기' 풍경이다. #89와 #93이 그것이다. 이 신들은 왜 틈입했을까.
눈 덮인 산골짜기는 수옥이 묵는 마을의 풍경이다. 그러니까 수옥
의 방과 공간적으로 분리된 곳이다. 그렇다면 신과의 특별한 연계
없이 병치된 이유는 무엇인가.

원작을 살펴보면 인용된 대목은 "나는 이미 남자를 깊이 아는
여자가 되어 있었다. 겨울방학 때도 이미 사흘간의 여행을 남편과
함께 다녀온 적이 있었지만, 특히 약혼 후에 맞은 학년 말 휴가는
거의가 입대를 앞둔 남편과 함께 보낸 셈이었다(…)이내 남편에
대한 그리움으로 불타올랐다. 마음뿐만 아니라 몸까지 뜨겁게 타

---

18) 송길한 각색, 앞의 작품, 138~139면.

오르게 하는 세찬 그리움의 불꽃이었다"[19]로 표현되어 있다. 그러
나 어디에도 차가운 이미지의 산골짜기에 대한 묘사는 없다. 산골
짜기 풍경의 묘사는 각색자의 의도를 담고 있다. 그 의도는 무엇인가?

#95는 어느 정도 해답을 준다. 고통·황홀·땀에 젖은 채 수음
에 몰두하는 수옥의 모습은, 추운 숲 속을 헤매며 울부짖는 짐승의
이미지와 닮아 있다. 원초적이고 색육적인 이미지가 상통한다. 수
옥의 신음과 산짐승의 울부짖음도 유사성[20]을 갖는다.

그러나 더 중요한 연계성이 있다. 그것은 '수옥의 방/ 바깥'의 구
도는, '수옥/ 깨철'의 구도를 보여주고, 이것은 '욕망의 감금/ 욕망
의 해방'이라는 구도를 시사한다. 즉, 산골짜기의 차가운 풍경은
깨철의 활동 영역이고, 뜨거운 방안은 수옥의 현재 입장이다. 깨철
이 성욕의 해방을 통해 정신적인 자유와 차가운 이성을 구가한다
면, 수옥은 과잉된 억압을 통해 고통과 열정을 통제하지 못하는 상
황에 빠져 있다.

방안과 눈 덮인 골짜기는 이러한 의미를 담고 있기에 병치가 가
능하고, 이러한 병치는 교차편집으로 실현된다. 교차편집은 두 종
류의 공간적 상황을 교차시키되, 순서와 빈도와 지속 시간에 변화
를 가미해야 한다. 수옥의 방을 보여주는 신은 상대적으로 길고,
산골짜기의 풍경은 짧다. 순서도 '수옥의 방' 다음에 '산골짜기', 그

---

19) 이문열, 앞의 작품, 38면.
20) 의미상의 유사 중 '단일한 대상 사이의 의미상의 유사'에 해당된다. 푸토프킨의 몽
　　타주에 중에 웃고 있는 죄수, 시냇물, 첨벙거리는 새들, 행복한 어린아이를 결합시
　　켜 '기쁨'을 표현한 것이 있는데, 산골짜기의 울부짖음도 수옥의 신음과 결합되어
　　'의미상의 유사'를 이루고 있다(루돌프 아른하임, 『예술로서의 영화』, 앞의 책, 93~
　　94면 참조).

다음 '수옥의 방' 식으로 일정한 패턴을 노출시키는 것이 아니라, '병촌의 여인숙'을 다양하게 틈입시킴으로써 순서를 불규칙하게 만들고 있다.

<안개마을>에서의 교차편집은 깨철의 시선이 틈입하면서 일어난다. 깨철의 잠자리가 보여지는 것이나, 깨철이 있을 만한 산속(혹은 이미지 상으로 닮은 산짐승)을 틈입시키는 것은, 수옥과의 대조적인 입장을 보여주기 위함이다. 이러한 공간상의 병치가 이미지 상의 대립으로 이어지면서, 수옥과 깨철의 비현실적인 정사가 서사적 유효성을 갖게 된다.

수옥의 내면에 도사린 욕망과 깨철의 정체가 결합하기 위한 상황적 분리라고 할 수 있다. 교차편집은 두 공간의 상황(정확하게 말하면 세 가지 상황)을 하나의 상황으로 결집시키면서 그 내부에 일정한 의미를 투여하기 위해 마련되었다. 동시에 편집되는 신들에 변화를 가미하면서 형식적 변주도 고려하고 있다. 이것은 공간적 병치가, 분리된 이야기를 어쩔 수 없이 서술하기 위한 피상적 문법에서, 미학적 효과를 발현하기 위한 영상 문법으로 변화되었음을 보여주는 실례이다.

4. 자매의 이별과 만남 : <그해 겨울은 따뜻했네>

박완서 원작, 이문웅 각색 <그해 겨울은 따뜻했네>는 전쟁 때 헤어진 자매의 이야기이다. 언니 수지는 피난을 떠나다가 고의로 동생 오목(수인)을 유기한다. 그 뒤 수지는 오빠의 보호 아래 양가

집 규수로 성장하는 반면, 동생 오목은 고아원을 전전하며 어렵게 살게 된다.

　두 사람의 신세가 얽혀드는 것은 수지의 약혼자인 인재 때문이다. 인재는 수지의 도도한 자세에 반발하듯, 수지를 닮은 오목을 유혹한다. 그러나 인재는 오목을 하룻밤 상대로만 여기고, 오목은 이러한 인재의 태도에 큰 충격을 받는다. 오목을 사랑하는 일환은 두 사람의 관계를 눈치챈다.

 # 30. 도장

(공격하는 일환)

관중들　파이팅, 파이팅, 일환이 승복이 라이트, 레프트

(일환의 얼굴)

(맞는 상대방)

(쓰러지는 상대방)

심판　박스 워, 투, 쓰리, 훠.

 # 31. 오목의 방

(누워있는 오목)

오목　난 대가집 딸이야 난 대가집 딸이야.

 # 32. 도장

(맞는 일환)

(쓰러지는 일환)

 # 33. 오목의 집

(치장하는 오목)

 # 34. 오목의 집 앞

(오목 집 앞으로 오는 일환)

(가는 오목)

(보는 일환)21)

인재와 오목의 관계를 지켜보아야 하는 일환의 괴로움은 #30, #32
로 표현된다. 일환은 권투를 하고 있다. #30에서는 누군가를 향한
폭력을 휘두르고 있다. 일환은 마음 속에 쌓여 있는 분노를 권투라
는 격렬한 운동을 통해 분출시키고 있다. 그러나 #32에서 상대에
게 제압당하고 만다. 그것은 인재에 대한 분노와 그 이후에 올 패
배를 암시한다고 할 수 있다.

#31, #33은 오목의 모습이다. 신뢰했던 남자로부터 배신을 당한
아픔을 삭히고 있다. 오목은 자신의 처지를 바꾸고 싶다는 욕구를
드러낸다. '대가집 딸'이 되어 사회적 처지를 격상시키고 싶어하는
것이다. 두 사람의 괴로움은 #34에서 스쳐 지나가면서 융합된다.

오목의 신과 일환의 신은 공간적으로 분리된 상황이다. 시간적
으로는 동시에 일어나는 사건이다. 시나리오에서 두 신은 교차편
집된다. 일환과 오목의 괴로움을 보여주면서, 그들의 운명이 점차
합쳐지고 있음을 보여주기 위함이다. 그런 측면에서 #34에서 두
사람의 마주침은, 미래에 있을 두 사람의 결합을 뜻한다.

37. 결혼식

(성당 인써트)

수지 해설 전쟁이 가져온 단절 못지 않게 스스로 못 본 척한 단절

---

21) 이문웅 각색, <그해 겨울은 따뜻했네>, 『한국 시나리오 선집』7, 집문당, 1992,
    251~252면.

의 비극 또한 컸다 얼마 후 수소문 끝에 오목의 집을 찾았지만 벌써 어디론가 떠난 뒤였다. 난 아무 일도 모른 체 결혼을 했다. 시간이 흐를수록 무관심 속에 오목이는 내게서 잊혀져갔다.

(내려오는 신랑, 신부)

(차 타는 신랑, 신부와 하객들)

 # 38. 염전 오목의 방

(아이 낳는 오목)

아낙 조금만 더, 나온다구 힘 줘, 힘, 힘

(힘 쓰는 오목)

아낙 (소리) 축하해, 고추야

—디졸브—

 # 38-1. 월남전

(포화속에 탐색 중인 일환)

(베트콩을 뒤쫓는 일환)

(접근하는 일환의 사격)

(쓰러지는 베트콩)

(뒤쫓는 일환)

(진격하는 일환)

(도망가는 베트콩)

(수색하는 일환)

(아기엄마 발견하는 일환)

(수류탄 던지는 베트콩)

(다치는 일환)22)

#37은 수지의 내레이션에 이어, 수지와 인재의 결혼식을 보여준

---

22) 같은 작품, 253면.

다. 이어서 나오는 #38은 염전 근처 허름한 방에서 홀로 아이를 낳는 오목의 모습이다. #38-1은 '월남전'으로 베트공과 생사의 결전을 벌이다가 다치는 일환의 모습이다.

#37은 평화롭고 행복한 결혼식이고, #38은 이에 대조되는 오목과 일환의 처지이다. 다시 #38은 두 개로 나뉘어진다. 그것은 수지·일환의 결합/오목·일환의 분리라는 대조적 상황을 보여준다. 오목은 참담한 해산을 치르고 있고, 일환은 생사의 고비를 넘기고 있다. 상황의 대조가 공간적으로 분리된 상황들을 나란하게 병치하는 신의 배열을 가능하게 한 것이다.

그 뒤 오목과 일환이 결혼을 하게 되면서, 두 부부의 이야기는 분할된 플롯으로 전개된다. 두 부부는 서로 떨어져서 각자의 가정을 꾸리게 되지만, 오목이 낳은 인재의 아이로 인해 다시 부딪치게 된다. 수지 역시 오목이 동생이라는 사실을 알고 있지만, 오목의 현실적 처지가 한미해서 밝히지 못하고 만다. 그러다가 오목이 아이(일남)을 맡기는 사건이 발생하고, 인재가 수지의 소개로 취직을 하면서, 두 부부는 다시 한 자리에서 만나게 된다.

63. 막장 안

(떨어지는 물)

(일환의 얼굴)

인재 (소리) 자네와 난 참 묘한 인연이군.

인재 자넨 알고 있었지. 나하고 오목이 하고의 일을.

(기대는 일환)

인재 단 한 번뿐이었어. 오목이 하고의 일은. 늘 그 일이 내 마음

속에 가시처럼 박혀 있었어. 오목이가 자네 부인이 된 줄은
몰랐네.

인재 (소리) 자네 날 용서해 줄 수 있겠나?

인재 오목이를 만나서 용서를 빌고 싶어. 살아 나갈 수만 있다면
말야.

일환 말씀을 많이 하지 마십시오. 산소가 자꾸 없어집니다.

64. 갱 입구

(기다리는 오목)

(기다리는 수지)

65. 막장 안

(기다리는 일환, 인재)

(구조 소리 받는 일환)

(귀 기울이는 일환)

일환 구조반이 가까이 오고 있습니다.(중략)

66. 갱 밖

(기다리는 오목)

(기다리는 수지)

(내려다 보는 오목)

(나오는 갱차)

(인재를 보는 오목)

인재 (소리) 오목이

오목 우리 남편 어디 있어요?

(들것에 실려나간 인재)(중략)

오목 우리 남편 살려내

(수지의 얼굴)

오목 우리 남편 살려내, 우리 남편 살려내. 우리가 무슨 죄가 있

어? 우리가 무슨 죄가 있냐구?[23]

네 사람은 과거 수지의 연주회(극장 로비)에서 만난 적이 있다. 그리고 뒤얽힌 운명을 간직한 채 떨어져 살다가 다시 만나게 된다. 그런데 그 장소가 두 개로 나뉘어지면서, 만남도 일단 제한적으로 일어난다. 인재와 일환은 막장 안에서 구조를 기다리는 처지이고, 수지와 오목은 막장 밖에서 두 사람이 구출되기를 기다리는 입장이다.

공간적으로 분리된 상황은 원작의 설정을 따른 것이다. 박완서는 네 사람을 한 자리에 위치시켜 운명적 매듭을 지으려 했다. 시나리오는 이러한 설정을 공간적 평행으로 정리하고 이를 신의 교차로 표현한다. 두 개의 이야기로 흘러 오던 수지와 오목의 플롯이 다른 방식으로 정리되는 셈이다.

특징적인 것은 인재와 일환은 대화를 나누고 있고, 수지와 오목은 침묵하고 있다는 점이다. 이것은 소리의 대조(형태상의 대조)이다. 물론 인재와 일환의 대화는 인재가 일방적으로 말하고 일환이 한 마디로 대꾸한다는 점에서, 신 내부에서도 대조 관계를 형성하고 있다. 일방적 발화/간단한 답변, 대화/침묵은 교차 편집의 여건을 마련하고 있다. 즉 신과 신은 이러한 대조의 관계를 틈타 전환된다.

그러다가 #66에서 침묵하던 오목이 말문을 연다. 오목은 남편이 죽은 줄 알고 통곡을 하며 얄궂은 자신의 운명을 한탄하게 된다. 오목이의 억울한 마음을 알고 있는 수지가 이를 옆에서 듣고 있다.

---

23) 같은 작품, 262~263면.

악에 바친 오목은 소리를 지르다가 쓰러지고, #67 병원에서 깨어난다. #67은 라스트 신으로, 밝게 웃으면서 화해하는 오목과 수지의 모습을 담아내고 있다.

이러한 사건 전개는 원작과는 상당히 차이가 난다. 일단 수지와 인재, 오목과 일환이라는 부부 관계도 성립하지 않고 있다. 오목과 일환은 결혼하게 되지만, 수지는 인재를 버리고 돈 많은 유학생에게 시집을 간다. 다시 말해서 네 사람의 인생 유전이 강조되지 않고 있다. 물론 네 사람이 다시 한 자리에 만나는 신도 없고, 이를 통해 이룩되는 현세적 화해도 없다.

"오목아, 아니 수인아, 넌 오목이가 아니라 수인이야. 내 동생 수인이야. 내가 버린 수인이야. 내가 너를 몇 번이나 버린 줄 아니?······"
　　이렇게 목멘 소리로 시작해서 길고 긴 참회를 끝냈을 때 수인이는 이미 죽어 있었다. 그러나 수지는 용서받은 것을 믿었다. 수인의 죽은 얼굴엔 남을 용서한 자만의 무한한 평화가 깃들어 있었으므로.[24]

상황 설정이 병원이라는 점은 동일하다. 화해를 추구한다는 점도 동일하다. 그러나 화해의 방식은 차이가 있다. 시나리오는 밝게 웃으며 현생을 살아가야 할 자매의 얼굴을 보여주지만, 원작은 생과 사의 기로에서 간신히 이루어진 화해를 보여주고 있다. 그것도 다분히 수지의 심리적 해석을 바탕으로 한 화해이다.

시나리오는 원작의 결말을 지양하고 새로운 결말을 만들기 위해서 주요 등장 인물이 한 자리에서 만나는 신이 필요했다. 이 신을

---

24) 박완서, 『그해 겨울은 따뜻했네』, 중앙일보사, 1987, 410면.

통해 묵은 원한과 관계를 청산하고, 오목과 수지가 대면할 수 있도
록 유도했다. 그것이 교차 편집으로 제시된 막장 신이고, 그 이후
의 병원 신이다.

5. 교차편집 기법의 필요성과 의의

<난장이가 쏘아올린 작은 공>의 교차 편집은 플롯의 양분에서
발생한다. 영희가 집을 떠나면서 영희의 행적을 보여주어야 할 신
과 남은 가족들을 보여주어야 할 신이 별도로 전개되면서, 이를 교
차편집해야 할 필요성이 생겨난다.

<안개마을>은 플롯의 분할은 아니지만, 수옥의 입장과 깨철의
입장을 대비시키기 위해서 교차편집이 필요해진다. 수옥의 외로운
잠자리와 깨철의 불순한 잠자리가 대비되고, 수옥의 고독한 방과
깨철의 영역인 차가운 산골짜기가 대비된다.

<그해 겨울은 따뜻했네>에서는 오목과 일환의 처지, 수지와 인
재의 처지가 대비되다가 결말에서 오목과 수지/일환과 인재의 분
할이 시도된다. 이는 궁극적으로 분리되었던 두 부부가 서로 재회
하고 화해하는 결말을 추구하기 위함이다.

이처럼 1980년대를 대표하는 세 작품은 동시간대에 발생하는 분
리된 공간에서의 사건을 교차편집 기법을 활용하여 연결시키고 있
다. 문제는 이러한 연결을 뒷받침하는 내재적 장치이다. 이를 위해
교차되는 신들 사이의 유사점과 대조점이 제시된다.

<난장이가 쏘아올린 작은 공>에서 영희의 식사 장면(고기)과 가

족들의 식사 장면(고기)이 인접한다던가, <안개마을>에서 수옥과 깨철의 외로움이 강조된다던가, <그해 겨울은 따뜻했네>에서 일환과 오목이 괴로워하고 있는 신들의 병치는 형태상의 공통점을 이용하면서 내용상의 의미 상관을 보여주고 있다.

반면 1960~70년대에 각광받던 시간의 역전과 회귀는 이러한 공간적 평행 병치를 위한 보조적 수단으로 쓰이고 있다. <난장이가 쏘아올린 작은 공>에서 영수의 괴로움을 보여주기 위한 방법으로 과거 명희와의 사건이 소개되거나, <안개마을>에서 수옥의 외로운 처지를 강조하기 위해서 과거 남편과의 뜨거웠던 밤이 보여지는 사례가 그러하다.

이러한 시간의 역전과 회귀는 1960년대 <안개>나, 1970년대 <불꽃>에서 탁월하게 선보인 바 있다. 1980년대(전반기)에 접어들면 플롯이 양분되는 현상을 보이면서 시간의 역전은 회상의 구도로 처리되고, 공간적 평행 상태가 중요한 미학적 관점으로 제시된다.

이것은 다양하게 전개되는 플롯의 중요성이 확대되면서, 그 안에서 움직이는 인물들의 양태를 살피는 것에 형식적 주안점이 주어졌기 때문으로 풀이된다. 이것은 1960년대 전반 <오발탄>이나 <사랑방 손님과 어머니> 등에서 추구했던 더블플롯 혹은 멀티플롯과는 양상을 달리한다.

멀티플롯이 플롯의 형식적 반경을 확장하려는 데에 초점을 맞춘다면, 교차편집은 확장된 플롯을 조합하여 새로운 리듬감과 미학적 효과를 얻는 것에 목적이 있었다. 그리고 이러한 형식적 기교는 교차되는 신들의 의미적 상관성을 담아내려는 데에 일정한 기여를 했다.

1980년대에 들어서면서 시나리오 작법에 교차편집은 중요한 기법으로 고려되기 시작했다. 복잡한 플롯이나 긴 분량의 소설을 압축하는 데에 있어, 교차편집은 효율적인 방법을 제기했기 때문이었다. 이미 1970년대 장편소설의 영상화 즉, 장편소설의 시나리오화가 추진되면서 이러한 노하우가 축적되기 시작했고, 1980년대에 들어서면서 이러한 인식을 바탕으로 교차편집의 필요성이 증대되기 시작했다.

그러나 더 중요한 것은, 교차편집이 플롯의 압축이나 분량의 축소에만 기여하지 않았다는 점이다. 위의 세 작품에서 교차편집은 질적, 미학적, 형식적 의의를 지니고 있다. 영희와 가족의 이야기가 병치되면서 난장이 가족의 불운과 슬픔을 총체적으로 조망할 수 있게 되었고, 수옥의 시점에 교묘하게 깨철의 입장을 삽입하여 이를 대비시킴으로써 수옥의 정욕과 정사를 서사적으로 뒷받침할 수 있게 되었다.

또 <그해 겨울은 따뜻했네>와 같은 장편소설을 효과적으로 압축할 수 있는 방안도 마련되었다. 복잡하게 얽힌 오목과 수지의 운명을, 그녀들의 남편과 함께 응축시킨 막장 신은 효율적인 마무리로 판단된다. 비록 원작의 결말과 그 결말의 의도가 달라졌다고 해도, 이러한 각색 작업은 고심의 소산일 수 있다.

이야기는 기본적으로 시간적 공간적 제약을 염두에 두기 마련이다. 영화는 이러한 제약을 비교적 자유롭게 극복해왔는데, 이것은 공간과 시간의 변환을 계산할 수 있는 자체 내의 문법 덕분이었다. 교차편집은 이러한 문법이 미학적 효과를 동반하며 정리된 양식이다. 이 양식을 우리 시나리오는 1980년대에 와서야 깊게 체감하기 시작했다.

1980년대 전반기의 시나리오 <난장이가 쏘아올린 작은 공> <안개마을> <그해 겨울은 따뜻했네>는 원작의 설정을 참고하되, 이를 획기적으로 각색하여 영화적 문법에 알맞은 교차편집 양식을 실현시킨 작품들이다. 이러한 작품들을 통해 1980년대 우리 시나리오가 교차편집에 눈을 뜨고, 새로운 미학적 양식으로 정립하기 시작했음을 확인할 수 있다.

원작의 설정을 참고하되, 그 제약에 얽매이기보다는 새로운 문법과 미학으로 변모시킨 사례는 교차편집을 바라보던 당시의 시각을 보여주는 일종의 척도이다. 또 문예미학의 성과를 영상미학의 성과로 옮기려는 시도가 독자적으로 일어나기 시작하면서, 영상 시나리오가 문학의 영향권을 벗어나고 있음을 보여주는 증거가 되기도 한다.

드라마 《올인》의 놀이적 요소

1. 문제 제기 : 영상 미학과 시청자

사이드 필드는 영화와 관련지어, 텔레비전의 특성을 다음과 같이 지적한 바 있다.

영화와 텔레비전 사이에는 큰 차이가 있다. TV 모니터는 작으며, 그런 매체 형식은 관객의 능동적 참여를 억제한다. 우리는 텔레비전을 '보지 see' 않고, '지켜본다 watch'. 더 나아가서, TV 프로그램은 대개 광고에 맞춰 편성되어 있고, 극적 필요성과 이야기의 요구에 따라 구성되지 않는다. 텔레비전을 위한 글을 쓸 때에는 10~12분마다 광고 시간 commercial break이 있다는 사실을 염두에 두고 써야 하며, 그것에 맞춰 이야기를 구성해야 한다.

우리가 텔레비전을 지켜보기 때문에(즉 우리가 그것을 '바라보기 look at' 때문에), 텔레비전은 '말하는 매체'이다. 주요 방송국의 저작권 담당 부서의 책임자로 근무했던 내 친구 중의 하나는 "텔레비전은 영상이 있는 라디오 쇼"라고 말했다. 그것은 정확한 평가이다. 금주의 영화 또는 <전쟁의 바람 The Winds of War>과 같은 대규모 TV

스펙터클 미니시리즈를 보면, 주인공들이 그들의 감정에 대해, 그들이
원하는 것에 대해, 또는 그들이 해야 하는 것에 대해 말하는 것을 보
게 된다. 그들은 해설자이다.[1]

　흥미로운 지적에도 불구하고, 우리 방송 현실에 맞지 않는 몇 가
지 사안도 보인다. 이 점을 논외로 하고, 사이드 필드의 지적을 검
토해 보자. 첫째, '텔레비전 모니터가 작다'는 지적을 했다. 이것은
단순히 물리적인 크기만을 의미하지는 않을 것이다. '작은 모니터'
는 시청 방식이 개인적으로 이루어질 수밖에 없음을 의미한다. 그
렇게 되면 시청자의 반응도 개인적으로 국한될 가능성이 있다. 현
재 시청률 조사나 독자 의견 청취를 통해 텔레비전 시청의 일방성
이 어느 정도 극복되는 추세이지만, 텔레비전에 대한 능동적 참여
가 제한되는 사실만큼은 부인되기 어렵다.

　둘째, 텔레비전 시청은 관람자(시청자)의 능동적인 선택이 아니
라, 수동적인 선택에 의존하는 경우가 많다. 일상에서 텔레비전은
'켜 두는 것'으로 인식되곤 한다. 이것은 상응하는 가격을 지불하고
관람 여부를 결정하는 영화와 차이를 보인다.

　셋째, 비록 미국 텔레비전 편성과 차이를 보이지만, 우리나라 텔
레비전 프로그램 편성 방식에도 광고의 영향력이 나타나고 있다.
또 편성 방식에 따라 이야기의 구성을 조절해야 하는 필요성도 인
정되고 있다. 예를 들어 수목으로 편성되는 미니시리즈의 경우, 목
요일 방송분의 마지막 부분이 더욱 큰 궁금증을 유발하도록 짜여

---

1) 사이드 필드, 『시나리오 워크북』, 박지홍 옮김, 경당, 2001, 111면.

지며 다음주 수요일 방송분의 도입부에서 지난주 목요일 방송분의 마지막 부분을 더욱 길게(오랫동안) 보여준다.

넷째, 가장 중요한 차이점은 영상의 비중과 표현 방식에 나타난다. 사이드 필드는 친구의 예를 들면서 텔레비전 드라마가 '영상'보다는 '말'에 의존한다고 지적한다. 시각적 특질과 영상 표현 가능성을 억제하고 말과 설명에 의지하여 이야기를 전달(해설)하려는 경향이 있다고 말한다. 사이드 필드가 영화의 특징을 시각적 표현(영상)에서 찾고 있다는 점을 참고하면, 이러한 지적은 상대적인 폄하에 해당된다.

사이드 필드의 이러한 지적은, 현재 우리나라 방송 일각에서 제기되는 작가주의(auteurism)의 문제와 연결된다. 방송 프로그램에 작가주의적 시각이 적용될 수 있느냐는 문제는 논란의 여지가 많다. 그러나 텔레비전 프로그램이 '영상적 특성'을 보다 살릴 수 있고 수준 높은 '시각적 표현'을 통해 '예술적 지위'를 부여받을 수 있기를 바라는 입장은 늘 존재해 왔다. 그런 입장에 입각하면, 말과 해설에 의지하는 현재의 프로그램은 불만의 대상일 수 있다.

그래서 텔레비전 드라마가 작가주의를 본격적으로 표방할 수 없는 원인을 진단하는 데에 힘을 쏟는다. 그 중에서 설득력 있는 의견을 들어보자. "텔레비전은 시청자들의 일상 속에 노출되어 있는 매체의 특성상 '시각적 표현'에 전적으로 의존하기엔 알맞지 않다. 무엇보다 시청자들 일상의 소란함이 화면으로의 몰입을 방해한다. 때문에 이 매체는 자신의 '사상'을 '스타일'을 통해 드러내려는 노력보다는 시청자들의 일상적 현실을 텔레비전 속으로 확장하려는 노력을 더 많이 하고 있는 것처럼 보인다. 텔레비전은 시청자들에게 현실의 일부분으로, 혹은 의사(擬似) 현실로서 존재하는 듯하다. 그렇게 현실 속에서 얼굴을 마주하고 '말을 건네는' 매체로 자리잡고 있는 것이지 '이미지'를 통해 '심오한 내적 의미'를 표현하는 매체로 적절한 것은 아니다".[2]

작가주의 입장을 지나치게 강조했다가 소기의 성과를 거두지 못한 대표적 사례로 ≪백야 3.98≫을 꼽을 수 있다. ≪모래시계≫로 작가주의적 위상을 어느 정도 높인 김종학[3]과 송지나는 영상적 특질을 보다 강도 높게 실험했다. 그러나 시청자들은 그러한 실험을 긍정적으로 받아들이지 않았다. 기대했던 성과에 훨씬 못 미치는 시청률을 유지했으며, 지금까지 ≪여명의 눈동자≫나 ≪모래시계≫에 미치지 못하는 작품으로 평가되고 있다. 이것은 현 방송 현실에서 영상적 표현 가능성과 한계를 보여준 중요한 실례로 생각된다.

드라마 ≪올인≫은 전작들의 시도와 실패 그리고 성공과 그 요인을 염두에 둔 상태에서 만들어진 작품이다. 기획 단계부터 시청자들의 관심을 끌만한 요소들을 철저하게 계산했으며, 미니시리즈로 방영되는 도중에 시청자들의 요구를 받아들여 대본을 수정하는 작업도 마다하지 않았다. 시각적 표현 가능성을 염두에 두되, 고전적인 미학을 완성하기보다는, 시청자들의 욕망을 분석하여, 그것

---

2) 김옥영, 「한국의 방송 현실에서 작가주의란 가능한가?」, 『프로그램/텍스트』 제4호, 한국방송진흥원, 2001, 43~44면.

3) 주창윤은 김종학이나 김수현을 "산업으로서의 텔레비전이 특정 작가로 하여금 작가적 위치를 부여한 경우"로 꼽는다(주창윤, 「텔레비전, 작가, 작가주의」, 『프로그램/텍스트』 제4호, 한국방송진흥원, 2001, 23면).

을 반영하는 방식을 택했다. 소재 선택도 매력적이고 화려하고 탈
일상적인 것들을 위주로 했다.

그 결과 ≪여명의 눈동자≫나 ≪모래시계≫가 일부 담지하고 있
었던 한국 근현대사에 대한 인식적 접근이나 ≪백야 3.98≫이 보
여주었던 절제된 화면 미학과는 거리가 멀어졌다. 대신 드라마 ≪올
인≫은 지친 일상인, 특히 소시민들의 꿈과 환상과 욕망에 철저히
부합되는 비일상의 공간을 창출하는 데에는 성공했다. 그리고 이
러한 기획과 의도는 시청자들의 높은 관심을 반영하면서 상업적인
면에서는 일단 성공한 것으로 판단된다.

문제는 그 다음이다. ≪올인≫은 높은 시청률을 보이면서 종영
되었고, 종전의 ≪모래시계≫와 종종 비교되면서 드라마 상의 한
획을 그은 작품으로 평가되기도 했다. 그 이유에 대해서도 여러 가
지 의견이 제출되어 있다. 그러나 대부분 인상 비평에 머물고 있으
며, 기존의 통념을 뛰어넘는 관점의 전환이 제기되지는 못했다. 그나
마 ≪모래시계≫를 통해 상식적으로 유포된 생각의 반복인 경우가
많았다. 또 대부분 신문 기사와 저널을 통한 평가여서, 상업적이고
외부적인 동향에 대한 정보가 주류를 이루고 있다. 가장 큰 문제점
은 ≪올인≫의 구조와 완성도에 대한 내재적이고 일관된 견해가
제출되지 못했다는 점이다.

본 연구는 텔레비전 드라마 비평과 연구에 일말의 도움이라도
제기하기 위해서 관점의 전환을 꾀하고자 했다. ≪올인≫의 외형
적 성공이 놀이적 특성의 강화에 있다고 가정하고, 놀이의 개념과

유형을 중심으로 작품을 분석하는 관점을 도입했다. 이것은 ≪올인≫의 매력과 장단점을 놀이적 요소에서 찾고 의미 자질을 놀이적 유형과 비교하여 그 특질을 분석하기 위한 연구 방법이다.

드라마 작가와 연출가 그리고 방송 관계자의 의미 부여에도 불구하고, ≪올인≫은 철저히 놀이적 특성을 통해 만들어진 작품이다. 기존의 드라마가 문학적 서사와 영상적 표현이라는 중대한 논쟁을 거치며 만들어졌다면, ≪올인≫은 놀이적 특성을 어떻게 극대화하느냐에 초점이 맞추어졌다. 그것은 ≪올인≫이 시청자들에게 크게 호소한 측면인 반면에, 드라마적 구성 원리에서 급격한 결함을 드러낸 원인이기도 하다. 다시 말해 놀이적 특성으로 인해 시청자를 매혹시킨 면도 강하지만, 그로 인해 야기된 구조적 결점과 내재적 취약점도 상당하다. 본 연구는 그 허실과 장단점을 살피는 것에 치중할 것이다.

2. 연구 방법 : 놀이의 네 가지 원리와 타락

놀이는 현실에서 즐거움을 찾는 활동이다. 흔히 노동과 구분되며 생산적인 활동이 아닌 것으로 인식된다. 그런데 호이징가는 이러한 통념에 도전한다. 그는 놀이 정신이 사회 제도를 만들고 질서 유지에 공헌하며 문명 발전의 원동력을 이룬다고 주장한다. 그에게 사회적 활동과 제도적 산물은 놀이 정신과 관련이 있다.[4]

로제 카이와는 놀이의 개념을 유형적 범주로 나누어 살펴본다.

---

4) J. 호이징가, 『호모 루덴스』, 김윤수 옮김, 까치, 1993.

그는 놀이의 특성을 여섯 가지로 정리해서, 그 개념을 한정시킨다. 첫째, 놀이는 자유로운 활동이다. 강요가 아닌 자발적인 선택이다. 둘째, 놀이는 분리된 활동이다. 놀이는 일정한 시공간의 범위 내에서 이루어진다. 셋째, 놀이는 확정되지 않은 활동이다. 전개 양상과 결과가 정해져 있지 않다. 넷째, 비생산적 활동이다. 소유권의 이동을 제외하면 놀이는 어떤 것도 생산하지 못한다. 다섯째, 규칙이 있는 활동이다. 놀이는 약속(규칙)에 의해 진행된다. 여섯째, 놀이는 허구적인 활동이다. 놀이는 비현실적 활동이라는 점을 의식하고 행해진다.[5]

놀이는 네 가지 범주로 나누어진다. 아곤(Agôn), 알레아(Alea), 미미크리(Mimicry), 일링크스(Ilinx)가 그것이다. 아곤은 경쟁의 원리에 입각한 놀이 유형이다. 놀이의 참여자는 자신의 능력과 재주를 가지고 승부를 겨룬다. 보통 하나의 자질(스피드, 인내력, 체력, 기억력, 재주 등)을 겨루는 것이 일반적이며, 겨루는 자질을 제외한 다른 조건들은 균등하게 조정된다. 스포츠나 체스(바둑) 같은 경기가 여기에 속한다.

알레아는 행운에 승패를 맡기는 놀이 유형이다. 아곤이 참가자의 역량을 겨루는 것이라면, 알레아는 의지를 운명에 맡기고 결과를 기다리는 것이다. 아곤이 자신만을 믿는 것이라면, 알레아는 자신을 제외한 것을 믿는 것이다. 알레아는 라틴어로 주사위 놀이를 뜻하며, 주사위 놀이·룰렛·바카라·제비뽑기 등이 여기에 속한다. 운명을 이기는 것이 놀이의 관건이다.

---

5) 로제 카이와, 『놀이와 인간』, 이상률 옮김, 문예출판사, 1994, 25~34면 참조.

세 번째인 미미크리는 흉내와 가장(假裝), 모의(模擬, simulacre)와 구경을 통해 즐거움을 얻는 놀이 유형이다. 가면을 쓰거나 흉내를 냄으로써 다른 인간으로 변모하며, 그 변모를 통해 놀이자는 즐거움을 쟁취한다. 그리고 이러한 변모를 지켜봄으로써 관람자도 즐거움을 쟁취한다. 아곤과 알레아가 기회의 균등을 위해 현실과 차별되는 놀이 공간(세계)을 조성한다면(역량을 겨룰 수 있는 가능성을 똑같이 누려야 하고, 행운을 얻을 수 있는 확률을 똑같이 가져야 한다), 미미크리는 자신을 다르게 만들어서 현실로부터 벗어난다. 즉, 아곤과 알레아는 놀이 여건을 개혁한다면, 미미크리는 놀이 주체를 개혁한다. 연극과 페스티발은 미미크리에 속한다.

일링크스는 지각의 안정을 파괴하고 일종의 패닉(panique) 상태를 유발하여 쾌감을 얻는 놀이 유형이다. 이러한 유형의 놀이는 현기증(회전이나 낙하를 통한 혼란)을 추구한다. 일링크스는 그리스어로 소용돌이를 뜻한다. 즉 일링크스의 즐거움은 현실을 어리둥절하게 하는 일종의 경련(가슴 졸임), 실신상태(흥분) 또는 크게 놀라는 상태(얼떨떨함)에 들어가는 것을 뜻한다. 유원지의 놀이기구, 공중 곡예, 스키 등이 이러한 유형에 속한다.6)

네 가지 놀이 유형은 일상의 영역에서 변모된다. 놀이는 본래 현실과 절연된 '밀폐된 공간'을 요구하는데, 그 밀폐 공간이 개방되면서 놀이는 사회와 문화의 한 형태로 변모된다. 아곤의 문화적 형태가 스포츠라면, 제도적 형태는 상업상의 경쟁 시험이나 콩쿠르이다. 알레아의 문화적 형태가 카지노와 복권이라면, 주식은 제도적

---

6) 같은 책, 35~70면 참조.

형태이다. 연극은 미미크리의 문화적 형태이고, 제복이나 의식은 제도적 형태이다.

문제는 이러한 밀폐성이 극도로 개방되면서 현실과 놀이의 구분이 사라지고 규칙이 무시되며 놀이 원리가 파기되는 현상이다. 로제 카이와는 이것은 '놀이의 타락'이라고 했다. 놀이의 사회적 역할은 인간의 본능을 억제하고 제도와 문화적 약속을 기억하고 준수하도록 훈련시키는 것에 있다. 다시 말해서 문화의 여러 양식과 문명의 기준을 정착시키는 데에 유익한 공헌을 하는 것에 있다. 아곤의 타락인 폭력·권력의지·술책, 알레아의 타락인 미신, 미미크리의 타락인 광기(소외)·이중인격, 그리고 일링크스의 타락인 알코올 중독·마약 중독은, 놀이의 역할을 침해하고 사회와 문화의 기반을 훼손하는 역기능으로 작용한다.[7]

본 연구는 네 가지 놀이 유형을 척도로 드라마 ≪올인≫을 분석할 것이다. 특히 아곤, 알레아, 일링크스, 그리고 아곤·알레아·미미크리가 결합된 도박이 중심 척도가 될 것이며, 아곤과 알레아의 타락과 관련지어 작품의 결함을 고찰할 것이다(≪올인≫이 텔레비전 드라마라는 점에서, 이미 미미크리적 요소를 가지고 있다. 그러나 이것은 층위와 차원을 달리하는 문제임으로 본 연구에서는 별도로 언급하지는 않겠다). 이러한 분석 척도를 통해 인물의 성격과 구도, 사건의 진행과 계기, 소재적 특질, 편집과 촬영의 미학, 폭력성 처리의 문제, 주제의 제시와 작가적 의도를 놀이적 시각에서 고찰하려 한다.

---

7) 같은 책, 77~93면 참조.

324

3. 작품 분석

1) 경쟁의 원리 : 아곤

ⅰ) 주인공의 경쟁 : '아곤'은 '경쟁'을 통해 승부를 결정짓는 놀이 유형이다. 《올인》의 인물 구도는 경쟁 원리에 입각하고 있다. 주인공인 김인하와 최정원을 보자. 그들은 두 가지 목표를 성취하고자 대립하고 있다. 하나는 민수연과의 사랑이고, 다른 하나는 사업에서의 성공[8]이다. 《올인》의 중추적 갈등은 두 사람의 경쟁에서 파생된다. 당연히 서사의 상당 부분이 경쟁의 계기를 만드는 데에 할애된다.

최정원과 민수연이 만나게 된 계기는 김인하와 '불곰파'의 싸움이었다. 김인하는 민기사(수연의 부친)의 어려움을 모른 척 하지 못하고 불곰파의 일에 끼어 들고, 최정원은 김인하의 어려움을 모른 척 하지 못하고 싸움에 가담한다. 훗날 최정원은 그 때는 김인하처럼 사는 것에 매력을 느꼈고 그래서 싸움에 끼어 들었다고 술회한다. 하지만 다시 시간이 흐른 후에, 민수연에게 첫 눈에 반했고 그 싸움 역시 민수연으로 인해 일어난 것처럼 말한다. 이것은 최정원과 김인하가 민수연이라는 목표를 두고 오랫동안 다투어 온 경쟁자임을 강조하기 위한 설정이다.

그러나 이러한 설정은 서사적 전개 과정에서 모순을 파생시킨다. 7년이 지나고 최정원, 민수연, 김인하는 카지노에서 만나게 된

---

8) 카이와는 상업상의 경쟁을 아곤이 제도적으로 편입되어 정착된 형태라고 정리했다(같은 책, 93면 참조).

다. 김인하는 민수연을 알아보지만, 최정원은 민수연을 알아보지 못한다. 이것은 최정원이 민수연을 마음속에서부터 사랑했다는 설정에 중대한 결함을 제기한다.

두 사람의 경쟁은 민수연과의 사랑에서 시작하여, 사업에서의 성공으로 확대된다. 두 사람은 경쟁 업체의 경영인이 되어, 고도의 두뇌 싸움을 벌인다. 그러면서 그들의 두 가지 목표, 즉 사랑과 일에 대한 경쟁심은 고조된다. 이것은 경쟁의 원리를 적용해서 서사 구조의 긴장감을 유발한 경우이다.

아곤을 위해서는 전제 조건이 있다. 그것은 승부의 자질을 가리는 요소 이외에는, 기회의 평등이 주어져야 한다는 점이다. 이런 점에서 김인하는 최정원에 비해 불리하다. 최정원은 막대한 부와 권력을 지닌 사람이고, 김인하는 비천한 출생과 어려운 가정 환경을 지닌 사람이다. 그래서 드라마적 설정에서 김인하에게는 뛰어난 통찰력과 심리적 계산력 그리고 두둑한 배포가 주어진다. 이를 통해 그는 최정원과의 싸움에서 불리한 요건들을 만회해간다. 반면 최정원은 개인적 자질 면에서 뒤지기 때문에, 간교한 계략을 사용하지 않을 수 없게 된다.

대표적인 예가 김인하의 불행(죽은 것으로 알려짐)을 틈타 민수연과 가까워진 것이다. 드라마의 기획 단계에서는 최정원과 민수연이 결혼하도록 되어 있었다고 하는데, 이것은 김인하에게 뒤진 경쟁 요건을 만회시키고자 하는 드라마적 설정이라고 할 수 있다. 이처럼 아곤의 원리는 김인하와 최정원의 성격적 구축과 그들의 경쟁 요건에 영향을 미치고 있다.

ⅱ) 김인하의 라이벌들 : 주인공의 관계를 중심으로 플롯을 유형화하면, '라이벌 플롯'이 된다. 라이벌 플롯이란, 경쟁자(반드시 사람이 아닐 수도 있다)가 일정한 목적을 놓고 겨루는 플롯이다. 로널드 B. 토비아스는 라이벌 플롯이 서사양식에서 일찍부터 중요한 위치를 점유했음을 강조한다. 특히 문학은 예로부터 라이벌의 관계로 넘쳐흘렀다고 주장하면서, 많은 문학 작품을 그 사례로 들고 있다. <백경>이 그러하고 <파리대왕>이 그러하고 <노인과 바다>가 그러하다. 영화 ≪벤허≫는 숨막히는 라이벌의 승부를 11분 동안의 전차 경주로 압축하여 많은 이의 찬사를 받은 작품이다.[9]

드라마 ≪올인≫에는 김인하와 최정원 이외에도 많은 라이벌들이 등장한다. 김인하와 임대수를 보자. 김인하가 우발적으로 임대치(임대수의 형)를 죽임으로써, 임대수의 집요한 추적을 받게 된다. 그런데 두 사람의 관계가 추적의 플롯[10]을 만들지 않고 라이벌 플롯을 만드는 이유는 유정애 때문이다. 유정애는 김인하의 소꿉 친구로, 김인하를 짝사랑한다. 임대수가 유정애를 사랑하게 되면, 김인하와 임대수는 표면적으로는 유정애를 사이에 둔 경쟁자로 변화된다. 김인하가 유정애를 친구 이상으로 생각하지 않음으로써, 라이벌 플롯이 요구하는 강력한 경쟁 심리는 발생되지 않지만, 김인하와 임대수가 대결해야 하는 요인 하나는 추가된다.

김인하와 양승국은 드러나지 않는 경쟁자이다. 양승국은 최도환 일가를 위해 김인하를 결정적인 위기에 몰아넣는다. 김인하는 양

---

9) 로널드 B 토비아스, 『인간의 마음을 사로잡는 스무 가지 플롯』, 김석만 옮김, 풀빛, 1997, 217~225면 참조.

10) 같은 책, 145~155면 참조.

승국의 계책에 의해 7년 간 수감되어야 했고, 살인 누명을 쓰고 밀항해야 했고, 임대수 패거리들에게 몇 번의 죽을 고비를 넘겨야 했고, 나중에는 민수연을 잃을 위협에 처하기도 했다. 그러나 그 결과는 너무 싱겁게 판가름난다. 거의 모든 경쟁에서 압도적인 우위를 보이던 양승국이 너무 쉽게 몰락했기 때문이다.

김인하와 최도환의 관계도 ≪올인≫의 약점으로 지적될 수 있다. 드라마 2회분에서 최도환은 '김현주'라는 여인이 낳은 아들을 찾고 있다. 그 아들은 유아 보호 시설에서 맡겨졌다가 친족으로 보이는 사람이 데려간 것으로 되어 있다. 이것은 김인하의 출생 배경과 흡사하다. 따라서 드라마적 설정을 감안하면, 김인하와 최도환은 모종의 관계를 맺고 있을 것으로 추측된다. 그러나 그들의 관계는 끝까지 해명되지 않는다. 그리고 그들의 경쟁 역시 전면으로 부각되지 못하고 양승국과 그의 아들에 의해 수행되는 약점을 노출시킨다.

포커 대회에서 김인하가 상대해야 했던 도박사들도 경쟁자의 유형에 속한다. 포커는 부분적으로는 아곤의 원리에 입각한 놀이이다. 따라서 놀이의 정통적 개념에서 플레이어는 경쟁자이다. 김인하가 포커를 배우는 과정이나 포커 대회를 치르는 장면에서, 경쟁의 원리는 드라마의 흥미를 고조시키는 요인으로 작용한다. 심리적 긴장감과 아슬아슬한 승부가 시청자의 이목을 집중시키기 때문이다. 드라마 ≪올인≫에서 포커의 경쟁 원리는 시청자의 관심을 끄는 중요한 요인이다.

iii) 2대에 걸친 경쟁자들 : ≪올인≫에서 빼놓을 수 없는 경쟁자들이 서승돈과 최도환이다. 최도환은 서승돈 밑에서 성장한 인물이다. 최도환은 서승돈의 도움을 얻기 위해 서승돈에게 무릎을 꿇는 수모도 감수한다. 처음에는 명확했던 그들의 관계가 역전되기 시작한 것은, 최도환이 카지노에 뛰어들면서이다. 그러다가 최정원이 최도환을 돕기 시작하면서 전세는 역전된다. 서승돈의 오아시스 그룹이 최도환의 씨월드 그룹에 참패를 거듭하는 시기가 온 것이다.

최정원이 최도환을 돕고, 서진희가 서승돈을 도우면서, 그들의 경쟁은 자식들의 경쟁으로 확산된다. 그들은 미국 유학 도중에 만나 서로에게 호감을 갖게 된 사이이다. 처음에 최정원은 아버지를 거부하고 서승돈의 회사에서 일한다. 서승돈은 주관이 강한 딸에게 자신의 회사를 물려주려 한다. 둘은 일을 통해 자연스럽게 가까워진다. 그러나 최정원이 서승돈을 배신하고 아버지 최도환에게 돌아감으로써, 둘의 관계는 협력자에서 적대자로 변한다. 사업의 성패를 두고 싸워야 하는 경쟁자로 변모된 것이다. 둘의 관계가 사랑에 기반하고 있다가(적어도 서진희의 입장에서는), 경쟁자로 변모되는 것은 라이벌 의식을 강화하는 계기가 된다.

iv) 경쟁 구도의 성취와 결함 : 이처럼 드라마 ≪올인≫은 경쟁 관계에 있는 인물 구도에 입각하고 있다. 김인하와 주요 등장 인물들은 놀이에서 승부를 겨루듯, 상대와 경쟁하고 있다. 이것은 드라마 ≪올인≫이 의도한 대로, '승부'의 세계를 그리려했음을 확인시켜 준다.

그러나 경쟁의 원리가 이 작품에 절대적 성취를 가져온 것은 아니다. 폐해도 적지 않은데, 그것은 최정원과 임대수를 비롯한 라이벌들의 성격적 결함에서 나타난다. 그들은 개성적인 성격을 지닌 인물이기보다는, 경쟁 관계에 있는 김인하의 갈등을 증폭시키기 위한 인물로 만들어진다. 앞에서 살펴본 것처럼, 최정원이 민수연을 두고 김인하와 벌이는 경쟁 관계는 모호한 면이 있다. 민수연에 대한 감정이 일관되지 않고 급조된 인상을 주기 때문이다. 또 김인하를 친구이면서 경쟁자로 생각하는 라이벌 의식에도 적지 않은 모순이 있다. 차라리 김인하의 욕망에 따라 자신의 욕망을 복사해내는 인물에 가깝다.[11] 그렇다면 표면적으로는 경쟁의 원리를 따르는 것 같지만, 이면적으로 모방의 심리를 보여준다고 할 수 있다.

임대수가 김인하를 그토록 미워했으면서도 유정애 때문에 용서한다는 설정도 납득하기 어렵다. 그것은 드라마 내내 보여졌던 임대수의 잔인함과 '밑바닥 양아치' 근성에는 어울리지 않기 때문이다. 양승국이 너무 쉽게 패배한 것과 최도환과의 관계가 분명하게 밝혀지지 않은 것도 무시 못할 결함이다.

2) 우연의 원리 : 알레아

드라마 《올인》은 속도감 있는 전개가 돋보인 작품이다. 김인하와 민수연의 만남과 헤어짐은 이러한 속도감을 측정하는 기준이

---

11) 르네 지라르, 『소설의 이론』, 김윤식 옮김, 삼영사, 1978 참조.

된다. 김인하와 민수연은 기차에서 처음 만났고, 민수연의 아버지
가 일하는 극장에서 재회했다. 어린 김인하가 감옥에 가면서 그들
은 헤어졌는데, 7년 후 제주도에서 상봉했다(제4회 방영분).

속도감 있는 전개는 우연의 원리에 의존한다. 출감한 김인하는
민수연을 만나려고 예전의 처소로 찾아가지만 그녀를 만나지 못한
다. 그러다가 우연히 얻게 된 직장(카지노 보안 요원)에서 민수연과
재회한다. 이러한 재회는 서사의 개연성보다는 우연의 의외성(놀라
움)을 강조하기 위한 설정이다.

우연은 자신 이외의 모든 것에 의존해서 게임에 응하는 놀이의
원리이다. 이러한 우연은 김인하의 삶을 좌우한다. 드라마 ≪올인≫
의 초반부에서 김인하와 민수연은 우연 혹은 요행에 의해 만나게
된다. 문제는 그 다음인데, 이러한 만남의 방식이 반복된다는 것이다.

김인하는 수성파 보스의 강압에 의해 내기 도박을 하게 되고, 상
대 플레이어가 살해되는 바람에 살인 누명을 쓰게 된다. 살인 누명
을 모면하기 위해서 국외로 밀항하게 되면서, 민수연과 헤어지게
된다. 그의 운명은 걷잡을 수 없는 방향으로 변화된 것이다.

그런데 미국에서 자리잡은 김인하 앞에 민수연이 나타난다. 물론
서사적 계기를 만들기 위해서 각종 설정이 마련되기는 한다. 민수
연이 미국으로 유학을 떠나게 된 계기가 만들어지고, 아르바이트로
팔코네 딸과 만나게 된 계기가 만들어진다. 김인하 역시 카지노에
가게 되는 계기가 만들어지고, 유종구가 수감되면서 그를 구해내어
야 할 이유가 만들어진다. 경매장 일본 통역자에 문제가 발생하면
서 민수연이 통역장에 얼굴을 드러내기 위한 계기도 만들어진다.

이들의 만남이 우연이 아님을 강조하기 위한 설정도 마련된다. 김인하와 민수연은 공항에서 한 번 만날 뻔했는데, 서로를 알아보지 못하는 바람에 그냥 지나치고 만다(사실 이러한 설정은 드라마에서 앞뒤로 계속 반복된다). 그러니까 그들은 우연히 만날 수 있는 계기가 있었는데도, 그 우연에 의해 만나지 않고, 철저한 계기(?)에 의해 어쩔 수 없이 만나게 되었다고, 작가와 드라마는 설정하고 있다.

그러나 이러한 설정은 우연을 감추기 위한 요식 행위에 불과하다. 사건은 변화인데, 그 변화는 개연적인 설정으로 인해 관객과 독자가 납득할 수 있는 변화이어야 한다. 로버트 맥기는 플롯을 '인물에게 가해지는 구조적 압력'이라고 설명하는데, 그 압력이 신빙성(authenticity) 있게 이해될 수 있을 때 그 인물의 변화가 수긍될 수 있는 것이다.[12] 그 인물의 변화가 수긍될 수 있을 때, 비로소 진정한 변화가 일어난 것이고 사건이 전개된 것이라고 말할 수 있다.

이러한 관점은 고전적 서사 이론을 통해서도 확인할 수 있다. 아리스토텔레스는 플롯을 '사건들의 배열(arrangement of incidents)'이라고 했는데, 그 배열은 의미 있는 질서를 갖춘 것이어야 한다.[13] 의미를 담지하기 위해서는, 읽는 이가 사건의 배열을 자연스럽게 받아들일 수 있어야 한다. 다시 말해서 관객과 독자가 충분히 납득할 수 없다면, 의미 있는 질서(서사구조)가 만들어질 수 없다.

다시 드라마 《올인》의 속도감을 살펴보자. 김인하와 민수연의 비극적 사랑을 강조하기 위해, 그들은 드라마 상에서 줄곧 헤어진

---

12) 로버트 맥기, 『시나리오 어떻게 쓸 것인가』, 고영범 · 이승민 옮김, 황금가지, 2002, 59~279면 참조.
13) 오탁번 · 이남호, 『서사문학의 이해』, 고려대출판부, 1999, 47면 참조.

다. 그러나 그들의 헤어짐은 시청자와 독자들이 읽고 받아들이는
서사 내의 시간에서 사이를 둔 것이지, 실제 방영분에서는 곧 다시
만남으로써 실제 격차는 크게 발생하지 않는다. 이러한 설정은 드
라마 상의 주인공들의 행복한 재결합을 원하는 시청자의 욕구에
의거한 것이라고 잠정적으로 판단된다.

문제는, 헤어지는 계기는 자연스러운데 만나는 계기가 어색하다
는 점이다. 민수연의 아버지가 노름으로 죽었는데, 민수연이 카지
노에서 거부감 없이 일한다는 설정도 어색하다. 전과자 출신의 김
인하가 고급 손님을 대상으로 하는 카지노에 쉽게 보완 요원으로
취직한다는 설정도 어색하고, 최정원이 신분 조회 한 번 제대로 거
치지 않고 대기업의 요직에 앉는다는 설정도 어색하다. 이러한 어
색한 설정은 카지노라는 이 드라마의 배경 내에서 세 인물(서진희까
지 하면 네 사람)이 운명적으로 재회하도록 배치하기 위해서이다.

미국으로의 밀항도 많은 문제를 안고 있다. 미국으로의 밀항은
원작을 참조할 필요가 있다. 소설 《올인》의 차민수는 국내에서
노름을 하다가 어머니에 의해 반강제적으로 출국을 당한다. 그리
고 미국에서 자수성가하면서 포커 대회 월드 챔피언이 된다.14) 드
라마도 이러한 설정을 중시하고 적극적으로 차용하고 있다. 그러
기 위해서는 김인하의 미국 행 동기가 필요했다. 그것은 정상적인
방법이 아닌 밀항으로 찾아졌고, 그와의 재회를 위해 민수연의 미
국 행이 설정되었다. 하지만 그 이유는 자연스럽지 못하다. 민수연
이 미국에서 했다는 공부의 실체도 분명하지 않고, 얼마 동안 공부

---

14) 노승일, 《올인》 2, 들녘, 2000, 174~198면 참조.

했는지도 모호하게 처리되고 있다. 또 민수연이 공부에 제대로 집중하지 못하고 돌아왔는데도, 한국에서 능수능란하게 자신의 분야를 개척한다는 점도 어색하기 이를 데 없다.

이러한 문제들은 김인하와 민수연의 만남과 헤어짐의 과정을 긴장감 있게, 즉 우연의 놀라움과 의외성에 의존해서 꾸미려 했기 때문이다. 다시 원작을 참조하면, 김인하에 해당하는 차민수가 만나는 여인(두 번째 아내)은 카지노에서 만나는 것으로 설정된다. 그들의 사랑은 제3자의 개입 없이 이루어진다. 그래서 안정감이 있으며 어색한 설정을 유발하지 않는다.

드라마 ≪올인≫에 나타나는 알레아적 요소는 부정적인 요인으로 작용한다. 사건과 인물에 어색한 변화(계기)를 만들어내기 때문이다. 또한 대사에서 반복되는 것처럼 인생을 '재수 없는 어떤 것'으로 몰아붙인다. 김인하도 민수연도, 그들의 만남을 주저해야 할 때는 '운명'을 핑계삼는다.15) 이것은 이 드라마의 서사구조가 탄탄하지 못하다는 반증일 수 있다. 그 책임은 알레아적 원리의 남발에서 찾을 수 있다.

3) 경쟁과 우연과 구경의 결합 : 도박

ⅰ) 포커 : 도박은 ≪올인≫의 중요한 소재이자, 참신한 매력이

---

15) 이 진술은 보충이 필요하다. 혼수상태에서 깨어난 김인하가 민수연을 만나지 못하는 이유도, 민수연이 제주도에서 김인하의 사랑을 거부하는 이유도, 자신들로 인해 상대방이 불행해지는 것을 두려워하기 때문이었다. 그들은 자신들이 상대의 인생을 불행하게 만들었다고 믿는 것 같다. 그러나 이러한 설정은 내적 깊이를 동반한 것이 아니기 때문에 설득력 없는 대사에 불과하다.

다. 도박 중에서도 포커가 집중적으로 부각된다. 포커는 아곤과 알레아적 원리가 뒤섞여 있는 놀이이다. 먼저 포커는 배분되는 카드에 따라 어느 정도 승패가 결정된다는 의미에서 알레아이다. 그러나 포커의 승부가 전적으로 요행에 의해 결정되지는 않는다. 포커에서 운수만큼 중요한 것이 게임 운영 능력이다. 포커의 플레이어는 확률에 대한 수학적 계산력, 상대의 심리를 읽는 통찰력, 자신의 심리를 감추는 가장(假裝) 능력, 그리고 두둑한 배포와 강인한 체력 등을 갖추고 있어야 한다. 이것은 상대와 경쟁을 통해 이기는 아곤 유형에서 필요한 덕목이다.

이처럼 포커는 그 자체로 아곤적 요소와 알레아적 요소를 포괄하고 있다. 그래서 놀이의 유형으로 파악할 때, 포커는 아곤과 알레아의 흥미를 고루 갖추게 된다. 패가 주어지고 주어진 패를 운영하여 상대를 제압하는 승부는, 경쟁의 원리가 작동되면서도 전적으로는 경쟁의 원리에 의해 의존할 수 없도록 만드는 묘미를 내장하고 있다.

여기에 미미크리적 요소도 관계된다. 아곤과 미미크리는 본래 결합이 용이한 놀이 유형이다. 포커의 플레이어는 가장 능력을 갖추어야 한다. 이러한 능력은 로제 카이와가 정의한 '미미크리'에 해당된다. 로제 카이와는 '미미크리'를 모의(模擬, simulacre)나 흉내 혹은 연기(演技)의 측면에서 설명하고 있다.

모든 놀이는 환상(illusion : 이 말은 문자 그대로 놀이에 들어가는 것 in-lusio를 뜻한다)이라고는 말할 수 없어도, 적어도 약속에 의해 정해지고 몇 가지 점에서는 허구적인 하나의 닫혀진 세계를 일시적으로 받아들이는 것은 전제로 하고 있다. 여기서 말하는 놀이는 가공(架空)의 환경 속에서 활동을 전개하거나 운명에 복종하는 것이 아니라, 그 자신이 가공(架空)의 인물이 되어 그것에 어울리게 행동하는 것으로 성립한다. 따라서 다양한 표현을 하는 일련의 놀이를 우리는 여기서 직면하게 되는데, 그 표현들은 다음과 같은 사실에 근거를 두고 있다는 것이 그러한 놀이들의 공통된 특징이다. 즉 사람이 자신을 자기가 아닌 존재라고 믿거나, 자기나 타인에게 믿게 하면서 논다는 사실이다. 놀이하는 자가 자신의 인격을 일시적으로 잊고 바꾸며 버리고서는 다른 인격을 가장한다. 나는 이러한 표현을 행하는 놀이를 미미크리라는 말로 지칭하고 싶다.16)

포커에는 미미크리적 요소가 다분하다. 포커는 플레이어의 속마음을 감추어야 놀이에 원활하게 임할 수 있다. 좋은 패를 들었을 때는 좋지 않은 것처럼, 나쁜 패를 들었을 때는 나쁘지 않은 것처럼 행동해야 하며, 상대방의 복잡한 심리를 투시하여 그 역으로 행동할 수도 있어야 한다. 따라서 연기가 필요하다. "자신을 자기가 아닌 존재라고 믿거나 자기나 타인에게 믿게 하면서" 운영할 필요가 있다는 것이다. 드라마 ≪올인≫에서 김인하는 이러한 연기(미미크리)에 능숙한 인물이다. 그가 도박에 능통할 수 있었던 것은 운과 실력 못지 않게 연기(가장)에도 능숙했기 때문이다.

드라마 ≪올인≫에 삽입된 세계 포커 선수권 대회는 흥미로운 구경거리를 제공했다. 포커 선수권 대회는 아곤과 미미크리가 결

---

16) 로제 카이와, 『놀이와 인간』, 앞의 책, 47면.

합되는 실례이다. 승부를 결하는 플레이어에게는 포커 선수권 대회장이 아곤에 가깝지만, 이를 지켜보는 이들에게 이 대회장은 미미크리에 가깝다. 한편 큰 스포츠 시합에서 관객들이 미미크리적 충동(모의)을 느끼듯이, 포커 플레이어에게 같은 충동을 느낄 수도 있다. 반면 참가 선수들은 게임에서 이기기 위해 가장과 모의를 해야 한다. 종합하면, 플레이어들의 가장과 모의가 나타나기도 하고, 이러한 선수들을 보는 관중(시청자)들의 흉내와 동일시가 나타나기도 한다. 이것은 문학과 예술 작품의 주인공에 독자와 관람자들이 동화(동일시)되는 현상과 동일하다.17)

ii) 도박 : 드라마 ≪올인≫에서 도박 장면은 중요한 볼거리로 등장한다. 마이클 장이 카지노를 찾아오고 그로 인해 민수연, 김인하, 최정원이 만나는 장면에서, '바카라'는 중요한 소재로, 카지노는 흥미로운 배경으로 이용되었다. 그리고 김인하와 최정원의 능력이 부각되고, 민수연이 조명 받는 계기가 되었다. 드라마 상에서 도박장 안의 긴장감과 세 사람 사이의 긴장감이 얽히면서 흥미를 고조시켰다.

김인하와 유종구가 살인 누명을 쓰게 된 한명진과의 도박도 드라마적 긴장을 고조시킨 대목이다. 김인하는 과거의 원한을 잊고 친구의 어려움을 구하기 위해서 큰 도박에 끼어 든다. 상대들도 전문 도박사(이른 바 탓짜)들이어서 그들의 승부는 만만치 않다. 여기에 생소한 도박 용어인 '탄'을 소개하며 생기 있는 긴장감을 만들

---

17) 같은 책, 50면 참조.

어낸다.

이러한 통찰을 확대해 보자. 도박은 플레이어에게 일종의 아곤이고 알레아이다. 참가자들은 그들의 재주와 역량 그리고 운을 걸고 승부를 겨룬다. 그들의 승부는 좀처럼 예측하기 힘들다는 점에서 긴장감을 파생시킨다. 드라마 ≪올인≫은 이러한 경기자들의 모습을 화면에 담아서 시청자들에게 스포츠 시합을 중계하듯이 전달한다(등장 인물들도 텔레비전 혹은 모니터를 통해 간접적으로 구경한다). 이러한 구경은 참가자(플레이어)와 구경꾼(관람자)의 동일시를 유발하고, 이러한 장면을 다시 지켜보는 시청자들의 감정적 동일시를 유발한다. 시청자들은 그들에 대한 동일시를 통해 모방 혹은 흉내의 충동을 느끼기도 한다. 이것은 미미크리적 요소의 발현이다. 즉, 드라마 ≪올인≫은 도박을 통해, 아곤(경쟁심)·알레아(행운)·미미크리(가장과 구경)적 요소를 효과적으로 통합해내고 있다. 이것이 도박이 중요한 소재이자 참신한 매력이 되는 이유이다.

4) 균형 파괴의 원리 : 일링크스

소설 ≪올인≫에서 일링크스적 요소는 중요하게 다루어진다. 원작 소설의 주인공인 차민수는 어려서부터 바둑에 빠져 지낸다. 바둑은 경쟁이기 때문에 아곤이지만, 그 아곤을 반복적으로 시행(내기 바둑)하여 정신적 균형 상태를 무너뜨린다는 점에서 일링크스이기도 하다. 즉 계속해서 바둑을 두면 신체적 탈진과 함께 정신적 혼란 상태에 빠지게 되고, 바둑에 전념함으로써 현실적 활동(가령 직업)들을 도외시하게 된다. 이것은 일링크스적 폐해, 중독성을 초래한다. 소설에서 조훈현과 차민수가 군대에서 바둑을 두는 장면은, 그들이 현실적 균형을 잃고 도취 상태에 심취되는 것을 상징적으로 보여준다.[18]

차민수는 도박에도 빠져 막대한 시간과 재산을 탕진한다. 결국 미국으로 쫓겨나듯이 이민을 떠나게 되는데, 거기서는 더욱 심각한 일링크스적 놀이 유형에 빠져든다. 그것은 마약이다. 마약은 환각 상태를 유발하여 신체와 정신의 균형을 어지럽히는 타락한 일링크스이다. 놀이의 타락은 '현실의 전염'에 의해 발생한다. 놀이는 본래 현실과 분리된 활동인데, 그러한 경계선이 무너지고 규약이 무시되며 놀이 원리가 제멋대로 현실에 적용될 때 놀이는 타락하게 된다. 로제 카이와는 일링크스가 타락한 형태로 알코올 중독과 마약을 꼽는다.[19]

원작 소설에서 차민수의 전처가 알코올 중독에 빠지고, 차민수는 마약에 빠진다. 그들의 중독 현상은 부부간의 결별을 부른다. 원작은 일링크스적 요소를 강하게 포함하고 있으며 이로 인해 주인공의 인생이 크게 변화한다. 그러나 드라마 ≪올인≫은 이러한 요소들을 가급적 배제하는 편이다. 도박은 신체적 정신적 균형이 파괴될 정도로 심각하게 묘사되지 않고 있으며(오히려 재산 증식과 신분 상승의 정당한 수단으로 취급되고 있다), 알코올 중독이나 마약 중독은 애초에 설정되지도 않는다.

---

18) 노승일, ≪올인≫ 1, 들녘, 2000, 189~205면 참조.
19) 로제 카이와, 『놀이와 인간』, 앞의 책, 93면 참조.

다만 김인하의 심리적 괴로움을 표현하기 위한 수단으로 잠시 상정되기는 한다. 김인하는 민수연과 결혼식을 앞둔 상태에서 팔코네를 습격한 베트남 마피아의 총을 맞고 쓰러진다. 의식을 잃은 채로 8개월이 지났고, 외부에는 죽은 것으로 알려졌다. 기적적으로 살아나지만 김인하는 희망을 상실한 상태였다. 민수연은 떠났고, 자신은 다시 민수연에게 다가갈 수 없다고 판단 내렸기 때문이다. 그는 자포자기의 상태로 돈과 시간을 탕진한다. 술을 마시고 도박을 하면서 마음의 괴로움을 표출하는데, 이것은 일링크스적 놀이의 타락으로 설정된다. 드라마 《올인》은 김인하의 심리적 상처를 표현하기 위해서 놀이의 부정적 면모를 빌려온 것이다.

한편, 드라마 《올인》은 서사구조의 측면에서 일링크스적 놀이 원리를 응용하고 있다. 첫째, 속도감이다. 스피드에의 집착은 현기증을 불러온다. 그래서 젊은이들은 빨리 움직이는 것들을 통해 신체와 정신의 자유를 체험하려 한다. 이러한 풍조는 영상 미학적 효과에 적용된다. 특히 장면의 편집 효과에서 구현된다. 앞에서도 언급했지만 드라마 《올인》은 서사적 개연성과 신빙성을 희생하면서까지 사건 진행 속도를 높이고 있다. 이것은 현대의 시청자들이 요구하는 일링크스적 놀이 원리이다.

둘째, 배경 공간의 화려함이다. 드라마 《올인》은 해외 로케이션과 제주도 야외 촬영으로 큰 관심을 끌었다. 한정된 세트에 구애받지 않고 자연과 거리를 촬영 공간으로 설정했다. 웅장한 저택(팔코네 집)과 제주 바다의 아름다운 풍광과 은밀한 카지노 내부 그리고 특급 호텔의 고급스러운 인테리어가 화면에 포착되면서, 시청자들은 비현실적 공간이 주는 신비함과 화려함에 매혹된다. 이러한 매혹은 시각적 황홀감으로 이어진다. 서사 내용에서도 서민들의 단조로운 일상이 아니라, 호텔 사업과 카지노 건설 그리고 거액의 투자와 로비 활동 등을 소재로 채택하여 일상에서 만끽하기 힘든 환상과 욕망과 동경을 체현하고 있다. 이것은 현실적 안목에 길들여진 일상인의 정신적 균형 감각을 파괴하려는 연출 의도이다.

셋째, 등장 인물들의 개성과 화려한 의상이다. 본래 '스타에 대한 숭배'는 미미크리로 야기되는 문화적 관습이다. 수려한 용모와 고급 의상으로 촉발된 시각적 쾌감은 그 자체로 팬(매니아)들의 정신적 몰입(마비) 상태를 부를 수 있다. 즉 탈일상의 체험과 연예인에 대한 동경을 간접적으로 실현시킨다. 드라마 《올인》은 기획 단계부터 스타 시스템을 철저히 도용해서 이러한 마비(동경) 상태를 극대화시키려 했다. 그 결과, 《올인》의 성공은 출연진의 브랜드 가치를 몇 배로 향상시킨 것으로 추정되고 있다.[20]

5) 아곤의 타락 : 폭력과 출세와 술수

아곤이 놀이적 범주를 넘어 현실로 옮겨지고, 지나치게 성공만을 목적으로 삼게 되면 놀이 정신은 타락한다. 공정한 경쟁 규칙이 무시되고 경쟁자들의 비열한 공격도 정당화된다. 특히 도덕적, 사회적, 법률적인 구속을 벗어나 원하는 목적을 이루려는 성향이 증대된다. 대표적인 것이 폭력성과 권력의지와 술책이다.[21]

---

20) 기사, 『스포츠투데이』, 2003년 4월 2일자.
21) 로제 카이와, 『놀이와 인간』, 앞의 책, 91~93면 참조.

　드라마 ≪올인≫은 이러한 세 가지 면모, 즉 아곤의 타락을 비중 있게 다루고 있다. 먼저 폭력성을 보자. 김인하와 그의 친구들, 임대수와 그의 세력, 연계된 조직 폭력배들, 그리고 최도환과 그의 부하들(특히 양승국)은 폭력적인 성향을 짙게 드러내고 있고, 심지어 서승돈 회장도 과거에는 폭력조직과 관련이 있었던 것으로 암시되고 있다. 그들은 폭력으로 남을 제압하고 원하는 뜻을 관철시키려 한다. 이것은 규칙의 준수나 정당한 구속을 거부하는 행위이다.

　주목되는 것은 김인하의 폭력성이다. 김인하는 드라마의 주인공으로, 긍정적 가치관을 보여주어야 할 암묵적 필요가 있다. 그래서 그의 폭력성은 그의 인간성을 침해하지 않는 범위 내에서 용인되어야 한다.

임대수와 건달들… 쓰러진 정태를 걷어차는데
수연　아빠!
대수…수연을 잡고 한 쪽으로 거칠게 밀어놓는다.
수연…옆으로 쓰러지는데 한 쪽에서 그 모습을 보는 인하.
눈에 보이는 쓰레기통을 집어들고 건달들 쪽으로 달려가고 쓰레기통으로 임대수의 머리를 후려친다.
대수　…너 이 새끼…
나머지 건달들…인하에게 공격을 하고
인하…건달들한테 주먹과 발길질을 하는데…
한 쪽에서 그런 인하를 보는 수연.
(…중략…)
 # 84 영사실 앞
인하와 건달들 싸우고 있는데

　　인하…맞서서 싸워 보지만

　　역부족이고 건달들한테 얻어맞는 인하…

　　이때 영사실 앞쪽으로 오는 정원…그런 인하를 본다.

　　정원…두리번거리다가…한 쪽에 있는 몽둥이 하나를 집어들고 달려간다.

　　정원…다가가서…들고 있는 몽둥이로 건달 한 놈을 후려치고

　　인하…옆으로 다가선다.

인하　니가 왜 끼어들어! 꺼져!

　　이때 임대수와 건달들 인하와 정원을 공격하면…

　　정원…들고 있는 몽둥이로 건달들을 제압하는데…

　　오랫동안 검도를 배운 능숙한 솜씨다.

　　인하는 인하대로 주먹과 발길질로 건달들과 맞서고…

　　한 쪽에서 두려운 얼굴로 그런 정원과 인하를 보는 수연의 시선…

　　그런 세 사람의 모습에서 스톱모션.[22]

　김인하는 어려움에 처한 사람들(수연과 수연의 부친)을 돕기 위해서 폭력을 행사한다. 임대수와 건달들이 약자를 괴롭혀서는 안 된다는 사회적 약속을 어겼다면, 김인하와 최정원은 약자를 도와야 한다는 도의적인 약속을 실천하는 셈이다. 따라서 그들이 사용하는 폭력에 질적인 격차가 생긴다. 김인하와 최정원은 아곤의 놀이적 규칙을 손상시키지 않으면서 폭력을 사용한 것이다.

　아곤을 위해서는 평등한 놀이 조건을 구비해야 한다는 전제가, 위의 상황에서도 구현되고 있다. 먼저 위의 상황을 하나의 놀이라고 생각하자. 임대수와 그의 부하들은 유리한 고지를 선점하고 있

---

22) 최완규 극본, 유철용 연출, 《올인》 1회 대본.

다. 그들은 수적으로 우세하다. 김인하는 그들과의 놀이에서 이상적인 조건, 즉 동등한 기회를 얻기 위해 선제 공격을 가한다. 쓰레기통이라는 무기를 사용하기도 한다. 이렇게 해도 두 세력간의 놀이 조건은 동등해지지 않는다. 최정원의 개입은 놀이 조건을 동등하게 만들기 위한 하나의 변수이다. 최정원은 유리한 무기(몽둥이)와 암습을 통해, 상대편이 가지고 있던 유리한 조건을 상쇄한다.

아곤이라는 놀이 원리를 대입했을 때, 현실에서의 폭력은 일단 놀이적 요소의 타락이다. 규칙 위배는 사회적 도덕적 합의를 무너뜨린다. 따라서 약자를 돕는다는 또다른 합의를 지키려는 김인하의 개입(폭력 사용)은 놀이 규칙의 복원으로 간주될 수 있다. 또 싸움을 하나의 놀이라고 가정하면, 김인하와 최정원은 불리한 여건에 놓여 있기 때문에 이를 만회하기 위한 수단으로 무기와 암습을 허용 받는다. 정리하면 공정한 규칙과 동등한 조건을 부여받기 위한 상황이 설정되고 있고, 이를 통해 폭력은 어느 정도 정당한 것으로 인식되고 있다.

김인하와 관련된 싸움 장면은 상당히 많다. 그러나 거의 모든 싸움이 김인하의 열세에서 시작되며 싸움의 시초(선제 공격)가 외부에서 주어진 것이다. 놀이의 조건이 평등하지 않기 때문에, 그 동기에 관계없이 김인하의 폭력은 놀이적 조건의 불평등을 만회하려는 노력으로 일단 인식된다. 그리고 정당한 폭력으로 인정되는 효과를 거둔다.

최정원이 서승돈 회장을 배신하는 것은 권력의지에 대한 야심이 가져온 결과이다. 최정원은 비록 김인하의 밀항을 돕는다는 명분을 내세웠지만, 자신을 돌봐주고 믿어준 사람들에게 실망과 피해를 안겨준다. 이것은 자신의 이익과 성공을 위해, 신뢰와 약속이라는 보편적 합의를 파기한 행위이다. 따라서 아곤적 요소의 타락으로 볼 수 있다.

아곤적 요소의 타락은 최정원과 최도환 일파에서만 발견되는 것은 아니다. 미국에서 돌아온 김인하와 서승돈 세력은 연합전선을 구축하고, 최정원과의 사업적 경쟁을 추진한다. 그리고 최정원이 방심한 틈을 타서 손쉽게 목표를 성취한다. 이것은 정당한 경쟁이 아니라, 다소 불공정한 경쟁이다. 사업간의 경쟁은 아곤이 제도적으로 정착된 형태지만, 술책(배신)은 놀이적 요소가 타락한 형태이다. 하지만 이 드라마 상에서는 최정원의 배신과 최도환 일파의 부도덕성으로 인해 쉽게 용서되는 사안이다. 김인하의 반격(사업상의 술책)은, 최정원과 그의 세력으로 인해 훼손되었던 놀이 규칙의 복원으로 인식된다(또 실제 반영되지는 않았지만, 제니를 통해 권력의 힘을 빌린다는 애초 설정도 놀이적 요소의 타락에 해당한다).

드라마 《올인》은 아곤(경쟁심)의 타락상을 보여주고 있다. 그러나 아곤적 요소의 회복, 즉 동등한 기회와 정당한 규칙을 적용하여 그 타락상을 감추고 있다. 선하지 못한 폭력에 대항하는 선한 폭력의 의미를 만들어내고, 폭력성의 확산과 심취를 양해 받고 있다. 또 선하지 못한 인물의 권력의지와 이에 대항하는 복수 차원의 술수를 병행시킴으로써, 아곤적 요소의 회복을 강조하고 있다. 아곤의 부패와 놀이 조건의 회복이라는 생각을 이용하여, 폭력·출세·배신·술수와 같은 긍정적일 수 없는 인간의 덕성을 용인 받고 있는 것이다.

6) 알레아의 포기 : 위선적 통찰과 주제 노출

드라마 ≪올인≫의 결말은 사행심에 대한 포기이다. 포커와 카지노의 도박은 운에 상당한 돈을 걸고, 일확천금의 기회를 사는 놀이이다. 시청자들은 신들린 도박사의 솜씨와 그들이 누리게 되는 부와 영예에 몰입하여, 도박이 가져올 수 있는 위험성을 간과할 수 있다. 이것은 흔히 사행심의 조장으로 비판받는 측면이다. 드라마 ≪올인≫에도 그러한 위험성이 엄존하고 있는 것이 사실이다. 특히 카지노 내부와 호텔 전경을 이용하여 화려한 삶에 대한 유혹을 조장하고 있어 더욱 문제적이다.

그러나 이러한 문제에 대한 가치 판단은 엄격하게 말해서 놀이적 요소의 고찰 대상은 아니다. 놀이적 요소에서 알레아의 타락은 "우연을 존중하기를 그만둘 때 시작된다". "우연을 비인격적이며 중립적이고 감정도 기억도 없는 힘, 달리 말해서 운의 분배를 지배하는 법칙의 순수 기계적인 결과로 생각하기를 그만둘 때" 알레아는 타락하며, 알레아의 타락은 미신이나 점성술에 대한 믿음처럼 미래의 결과를 미리 알고자 하는 행위로 나타난다.[23]

드라마 ≪올인≫에서 김인하는 일생일대의 도박(입찰)을 포기한다. 그는 자신에게 올 행운을 더 이상 믿지 않고 도박 자체를 자신의 인생에서 버린다. 물론 도박을 통해 얻었던 화려한 삶에 대한

---

23) 로제 카이와, 『놀이와 인간』, 앞의 책, 81~82면 참조.

미련과 희망도 버린다. 이것은 교훈적인 측면에서는 상당히 후한 평가를 받을 수 있을지 모른다. 사회에서 요구하는 긍정적 가치를 체현하고 있는 것처럼 보이기 때문이다.

그러나 놀이적 관점에서 보았을 때, 이러한 행동은 진정한 의미에서의 포기가 아니다. 김인하는 자신이 가진 것을 모두 걸고, 더 중요한 것(민수연)을 가지려고 하기 때문이다. 그렇다면 이것은 알레아에 대한 포기가 아니라, 더 큰 행운을 위한 노림수일 것이다. ≪올인≫이 표명한 주제적인 통찰과 사회적인 함의는 여기서 일단 어긋난다. ≪올인≫에 담긴 것처럼 보이는 주인공의 통찰력(깨달음)은 조작된 것에 불과하다.

또 입찰(도박)을 포기하는 과정에서, 미래에 대한 예견을 일찍 내비추었다는 점도 문제적이다. 로제 카이와는 알레아의 타락이 운에 미래를 맡기지 못하고, 다른 수단으로 그 운을 알아보려고 하는 점에 있다고 했다. 그렇다면 드라마 ≪올인≫의 결말은 김인하의 태도 변화와 서사적 전개를 통해 그 결말을 미리 예측하게 만들었다는 점에서, 알레아의 타락을 상정할 수 있게 한다. 이것은 놀이적 원리를 견고하게 반영했다면, 사전에 차단될 수 있었던 결점으로 판단된다.

4. 놀이의 원리와 드라마적 구성 원리

드라마 ≪올인≫은 인물들의 경쟁 구도를 통해 아곤적 원리를 구현하고 있다. 김인하와 최정원의 경쟁을 비롯하여, 김인하/임대수, 김인하/양승국, 최도환/서승돈, 최정원/서진희의 경쟁 관계가 상정되고 있다. 이러한 경쟁 구도는 아곤적 놀이 유형이 보여주는 긴장감과 대립 관계를 드라마 내부에 일으킨다. 드라마 ≪올인≫의 재미는 이러한 아곤적 놀이 유형에 힙입은 바 크다. 그러나 최정원과 임대수가 김인하의 라이벌로 억지스럽게 상정되면서, 그리고 양승국과 최도환이 김인하의 라이벌로 제대로 구축되지 못하면서 아곤적 재미가 일부 반감되고 드라마 내부 구조에 중대한 결함을 초래하기도 한다.

인물들의 우연한 만남은 알레아적 원리를 극대화하기 위한 장치이다. 특히 김인하와 민수연의 재회는 우연히 일어난다. 여러 번 만날 수 있는 기회에도 불구하고, 둘은 스쳐 지나간다. 그러다가 카지노나 팔코네 집 혹은 사업장 같은 운명적 장소에서 충격적으로 서로를 인지하게 된다. 만남의 충격은 알레아적 원리에 의해 증폭된다. 우연한 만남과 그 계기는 알레아적 놀이가 보여주는 의외성과 놀라움에 기반하고 있다. 그러나 이러한 사건 전개는 서사구조의 개연성과 신빙성을 훼손한다. 그리고 두 사람이 떨어져 있거나 비극적인 심리 상태에 있을 때, 핑계로 작용한다. 이것은 알레아적 원리를 깊게 체현하여, 서사구조의 정합성을 침해한 폐해로 판단된다.

도박, 특히 포커는 드라마 ≪올인≫의 재미와 긴장감을 고조시킨 소재이다. 그것은 포커가 가지고 있는 놀이적 특성이 이중적이기 때문이다. 포커는 행운을 노리는 게임(알레아)이면서 동시에 그 행운을 운영하는 능력(아곤)을 겨루는 게임이다. 그래서 두 가지 놀이적 요소를 골고루 체험할 수 있다. 여기에 드라마 ≪올인≫은 한 가지를 더 첨부한다. 그것은 포커 선수권 대회를 통해 미미크리적 요소를 강화한 것이다. 로제 카이와는 미처 설명하지 못했지만, 포커에서는 가장(假裝) 능력이 요구된다. 이러한 가장 능력을 화면을 통해 특징있게 처리했고, 또 마치 스포츠처럼 포커 선수권 대회를 중계함으로써 이를 보는 관람자 그리고 구경하는 시청자들의 동일시를 유발했다. 이로 인해 드라마 ≪올인≫의 도박적 소재는 아곤·알레아·미미크리의 즐거움을 결합할 수 있는 계기가 된다.

일링크스적 요소는 서사내용 보다는 서사형식에서 찾아진다. 속도감 있는 편집을 통해, 스피드를 중시하는 풍조를 적극적으로 반영했다. 호텔, 카지노, 고급 저택, 아름다운 관광지, 호화로운 내부 장식 등을 보여줌으로써 일상의 한계를 넘어서는 배경을 화면 내에 삽입시켰다. 그리고 스타들을 대거 기용해서 그들의 상품 가치를 최대한 이용했고, 그 결과 그 가치를 상승시켰다. 이것은 현실인이 느끼는 일상과 삶의 안정적 상태를 뒤흔드는 요인이다. 즉, 정서와 생활의 균형을 흔들어 일종의 탈일상의 환상과 동경심을 자극하고 있는 것이다.

아곤과 알레아는 드라마 ≪올인≫의 허실을 냉정하게 판단할 수 있는 안목을 제공한다. 폭력성에 대한 우려는 많은 드라마에서 제기될 정도로 텔레비전 드라마의 위상과 척도를 재는 중요한 기준이다. 그러나 막상 폭력의 전염성과 혹은 폭력에 대한 경계심이라는 두 가지 입장 바깥으로 논의를 확대한 경우는 거의 없다. 그래서 피상적이고 상투적인 지적에 그치는 경우가 많았다.

그러나 아곤적 요소를 적용하면 확대된 결론을 얻을 수 있다. 아곤에서 경쟁을 겨루는 조건을 제외한 다른 조건들은 평등해야 한다. 그런데 폭력의 현장에서 두 세력은 균형을 이루지 않는 경우가 많다. ≪올인≫에서 김인하는 수적으로 혹은 상황에서 열세이다. 그래서 두 세력의 폭력은 폭력의 선악으로 나뉘면서 상반된 개념을 적용받게 된다. 이것은 김인하 세력이 아곤적 열세를 만회하려는 임의적 수단(암습, 무기 소지)마저 정당하게 만든다. 또 권력에 대한 의지, 술수의 측면에서도 김인하의 세력은 용인된다. 그것은 아곤적 경쟁 조건에서 상대가 유리한 입장을 고수하고 있다는 전제 때문이다.

알레아적 타락은 드라마 ≪올인≫의 중대한 문제를 해결할 수 있도록 만든다. 드라마 ≪올인≫의 결말은 전체적으로 바뀌었다. 작가가 애초에 발표한 시놉시스와 달라지면서, 해피엔딩으로 막을 내렸다. 이러한 결말처리에 대해 단편적인 입장은 무수히 제출된 상태이다. 그러나 그 호오(好惡)를 드러내는 반응에 불과하지 일관된 기준을 가지고 가치 판단을 내린 경우는 없다.

≪올인≫은 알레아를 포기하는 것처럼 보이지만, 즉 김인하가 인생을 걸고 했다는 자신의 도박을 버리는 것처럼 묘사되지만, 실제로는 알레아를 포기하는 것이 아니다. 김인하는 더 큰 도박을 수행하고 있다. 사업상의 성공을 포기하고 민수연과의 사랑을 얻고자 한 것이다.

또 알레아에 대한 욕망을 버림으로써, 즉 돈과 성공에 대한 야심(헛된 꿈)을 버림으로써, 인생의 중요한 통찰력을 얻은 것처럼 말하지만, 실제로는 결말을 미리 예측할 수 있게 만들 따름이다(그 과정에서 발생한 플롯의 허점을 예외로 친다 해도). 대중이 해피엔드에 안도감을 느끼는 것은 잘 알려진 사실이다. 그러나 해피엔드를 선택할지라도, 그 과정은 철저하게 숨겨져야 하고 예측불허의 진행과정을 보여주어야 한다. 그런데 ≪올인≫은 대중의 욕구만 반영했지, 그 욕구를 채우는 진정한 의도를 실현시키지는 못했다. 다시 말해서 상투적인 결말을 반복한 셈이다.

놀이적 개념과 유형은 드라마 ≪올인≫의 성패와 허실을 탐색하는 데에 중요한 척도를 제공한다. ≪올인≫은 아곤적 요소와 알레아적 요소를 드라마 내부에 중요한 설정(인물의 성격과 서사구조)으로 삼고자 했다. 그리고 도박이라는 소재를 통해 아곤·알레아·미미크리를 결합하는 소재를 보여주고자 했다. 편집과 촬영의 미학적 측면에서, 일링크스적 요소로 설명될 수 있는 '생기 있는 변화'를 추구하려 했다. 이러한 시도는 완전히 성공한 것은 아니지만, 재미와 긴장감을 제법 발생시켰다. 그러나 한편으로는 폭력(권력의지·술수)같은 놀이의 타락된 형태를 일부 옹호하는 불균형적인 시선을 산출했으며, 결정적으로 주제를 노출시키고 경험과 의미를 담는 주제 구현에는 실패했다. 이것은 아곤의 좋지 못한 면과 알레아의 깊이 있는 연구와 반영이 아쉬운 대목이다.

저자 · 김남석   1973년 서울에서 출생해서 1992년 고려대학교 국어국문학과에 입학하였다. 그 뒤 동대학원 국어국문학과에서 수학했다. 1999년 중앙일보 신춘문예에 평론「여자들이 스러지는 자리 - 윤대녕 론」이 당선되어 문학평론가가 되었다. 대학원에서는 드라마(연극)를 전공하여 2000년「오태석 희곡의 개방성 연구」로 석사 학위를 받았고, 2003년「1960~70년대 문예영화 시나리오의 영상 미학 연구」로 박사 학위를 받았다. 2000년부터 강의를 시작해서 고려대, 서울예대, 예술종합학교, 산업대, 한경대에서 강의를 했으며, 계간『리토피아』(2001년)와『게릴라』(2005년)의 편집위원으로 일하고 있다. 연구서로『오태석 연극의 미학적 지평』·『한국의 연출가들』·『한국 문예영화 이야기』를 발간했고, 문학평론집『비평의 교향악』을 발간했다. 문학과 문학비평에 관심이 많으며, 연극과 영화를 좋아해서 평론과 연구를 하려고 결심하고 있다. 현재 부산에서 부경대학교 계약교수로 재직하며, 학생들과 함께 '텔레비전 드라마와 시나리오 창작법'을 연구하고 있다.

기억된 미래

연극 · 영화론집

초판 1쇄 발행 _ 2005년 4월 29일

저 자 _ 김남석
발행인 _ 김홍국
펴낸곳 _ 도서출판 보고사
등 록 _ 제6-0429
주 소 _ 서울시성북구보문동7가11번지2층
전 화 _ 922-5120/1(편집) 922-2246(영업)
팩 스 _ 922-6990
메 일 _ kanapub3@chol.com
정 가 _ 15,000원
ISBN _ 89-8433-318-2 93810